摩雲手

江湖揚名，威震一方

白羽 著

他黑面長身，長眉入鬢，目如朗星，年富力強，
長衫佩劍，氣度威猛而嚴肅。
這人正是摩雲手，三點會盟的首領！

目錄

目錄

目錄

敘略

　　《摩雲手》的故事，發生在前清初年。武當派少年劍客田春禾，幼失怙恃，身世悲涼。他的父親田兆豐，字伯年，本是史閣部手下的一員武將。史閣部揚州兵敗，田伯年率領孤軍，轉戰失蹤；他妻就在大兵進城時，閉門殉節。唯有田春禾，自幼便被姑夫葉金洪收養過去。葉金洪是武當派的有名武師，兵火以後，夫妻倆遠涉異鄉，隱居務農，把田春禾改姓為葉，撫同己子；並命他隨著表兄葉春林、表姐葉春英，一同習武讀書，如此一恍，十有餘年。

　　到田春禾二十一歲，將要議婚時，他的姑母方才屏人揮淚，把實情告訴他。說道：「孩子，我不是你的母親，我是你的姑母啊。」葉金洪也對他說：「你的大哥、二姐才是我葉家的骨肉；你實在是姓田，你的父親名叫田伯年。你父親把你過繼到我夫妻膝下，本來有託孤存嗣的用意。現在我夫妻居然把你扶養成人，我總算對得住你。孩子，你該認祖歸宗了。你父母有些金珠細軟，我這裡都給你留著，登下帳簿。」遂將田伯年的遺書、遺物拿了出來，一一點交給田春禾。

　　田春禾初過繼到姑母家中，年才三四歲。起初他只當自己是葉金洪的幼子，早把親生父母忘了。姑父、姑母又過分疼愛他，每逢大哥、二姐和他吵架，必然重責大哥、二姐，他就以膝下寵兒自居，恃寵撒嬌，已非一日。現在，忽然曉得了自己的身世，原來自己並不姓葉；好比晴天霹靂，驟發耳畔，驚得他瞠目張口，駭不能言。詳叩之後，繼以悲感，給姑父、姑母叩頭不止。姑父把他挽起，慨加安慰道：「你就不必過分難過了，你

的母親墓木已拱，空流慟淚，也是徒然。只你的父親，聽江湖上傳言，他還在人間。據說他當日負傷遇救，已經脫出險難，更姓改名，削髮為僧了。他的舊部有在西南看見過他的，只可惜他的法名，傳言的人忘了打聽，掛單的地方也沒有訪明；只曉得本廟名叫伏魔寺罷了。」

田春禾生有至性，既知此事，雪涕不止。過了數月，便要拜別姑父、姑母，往尋生父。葉金洪雖在武林卓有聲名，但韜光匿跡有年，於當時後起的英雄，也多疏隔；欲替春禾代訪，苦無熟人。又見春禾咄咄書空，孝思不匱，也不忍十分攔阻。

但其時三藩初定，崔苻不靖，西南伏莽更多，葉金洪實不肯放他一人獨出。夫妻通宵祕議，終遣自己的一個兒子葉春林、一個門徒謝春雨，和田春禾結伴南遊；名為鬻拳賣藥，訪藝遊學，實在是千里尋親。葉金洪把藥箱子、兵刃、暗器，撿出三份，分給三人。告訴三人：「你們假裝賣藝遊學，可以結識武林中人，就便尋訪田舅父的蹤跡；萬不要得罪綠林，也不要招惹鷹爪。」又給三人帶了充裕的路費，寫了幾封薦書；臨行時囑咐了許多的話，遂剋日打發三人上道。

三個少年都是初生牛犢兒不怕虎的，一路上很勇敢地尋訪下去。每逢寺院，必往隨喜，遇到武林名輩，便投謁探問；南行多日，僥倖未生事故。忽一日，偕行荒郊，秋風雨至，三少年拚命一跑，趕到贛州附近一個小地方，名叫桃山埠的，卻是通驛的要站。三人避雨宿店，在鎮上遇見幾輛鏢車、數名驍勇的鏢客，也跟蹤投店來了。一入暮，便見鏢客們汲汲惶惶，多方戒備，如臨大敵。田春禾、葉春林、謝春雨深為訝怪，年輕多事，正要探究；那邊鏢客中的一人，已迎頭突來叩門求見，向三人大說江湖黑話，敘武林交道。謝春雨暗笑鏢師眼拙，必是認錯了人，有心惡作劇，自承是綠林人物。葉春林不欲多事，將自己的出處，告訴鏢客：「我們弟兄三人，乃是遊學訪藝的，在此地乃是過路。實在不曉得附近綠林

的。」鏢客聽了，疑惑略退，對三人仍在暗加提防。

旋到夜半，有人影登房窺店。雙方交手，賊人一攻而退。

兩個鏢客窮追逃賊，竟被誘失蹤；其餘鏢師大怒，忙結伴勘尋。三個少年不覺躍然，推誠想見，自道師承，願助鏢客一臂。遂於荒村古剎、酒肆茶寮，分頭密訪。從土民口中，得知附近有彌勒院古剎，方丈因諦上人，就是江湖上所稱的九指山僧，身懷異術，擅會捉妖療疾，廟中香火很盛。鏢客等細察真相，覺得這個因諦方丈，簡直是草莽的雄傑，借神道設教，愚弄俗眼。他那築壇捉妖，實在是運用武功絕技；他那焚符治病，也全靠良藥，用幻術妝點，使人驚奇罷了。兩鏢客的失蹤，就是被他所擒。

兩鏢客追賊時，正值九指山僧受當地巨室的聘請，代捉天狐。據說天狐魅力高強，正蠱惑著巨室的愛女。九指上人遂遣大弟子在巨室中庭，高築蘆棚，結法壇，設符籙，召法官，乘夜行法除妖。鏢客馮天來、何光裕，以夜行術登高追賊，誤入法壇棚頂，竟被首座僧識破，用法器一指，突發暗器，二鏢客墜地被擒；拿穢物塞住二人的嘴，用皮囊矇住二人的頭，說兩人是妖狐的同伴，天魔的化身，把二人押入廟中。鏢頭侯金朋等費了很大的事，訪出九指上人的形跡，皆大駭怒；邀助手，結伴侶，深夜探廟救友。不意九指山僧很不好惹，探廟之人幾乎全數入網。幸虧三少年被僧人誘供，說出身世，始知這九指山僧實在是三點會盟江南西路的領袖。而田春禾的父親田伯年和九指山僧聲氣相通，乃是同道。結果，廟中人遂以同道之子的情誼，把田春禾三個少年釋放出來，被囚的鏢客也同時解免了。田伯年的駐錫處，也因此訪著。

至於九指山僧，本是晚明的一位高門公子，學兼文武，慷慨好友；偶因多事，與鄰結仇；兵燹之後，身遭陷害，竟致全家覆滅。但他曾於無意中，救了一個風塵豪客；這個豪客竟聯繫群俠把他劫救出來。他已落得孑然一身，無家可歸；乃矢志報仇，將仇家刺死。他亡命異鄉，舉目無親，

敘 略

撫膺長慟，欲橫劍自戕，乃又為女俠所救，引領他會見三點會盟的群豪。
他們共推戴黑面少年，亡明後裔摩雲手為魁，在蠻煙瘴霧中，負隅踞險，
稱雄多年。

第一章　結伴尋親 ——————————

　　贛南道上，群山夾峙，浩水西流，展開一片秋野。有三個少年負囊曳杖，結伴而行。這三人便是田春禾和他的表兄葉春林、師兄謝春雨。

　　田春禾是清俊人物，額開目朗，圓臉通鼻，身量稍矮些，看外表倒像北方念書人。葉春林是細高挑，黃白淨子，說話聲音略低。謝春雨身胖而短，黑臉厚唇，說話像吵架。三個少年每人帶著一個小行囊，一根木挺，囊內藏著護身的兵刃和暗器。

　　三個人中的田春禾是專意出門尋親的，謝春雨是順便回家省親的。頂數葉春林年長，可是頂數他沒事，他是三個人中伴行的，或者說引路的。由浙江動身，先訪八閩，越過大杉嶺、九安山，又奔上江西大路。現在他們已入贛南。

　　三個少年且說話，且行路，每到一個地方，照例要打聽當地的武林宗派，並訪問古寺禪林。他們偶爾也坐船，但總嫌遲緩不便。他們在江口碼頭住了一夜，打算到贛州西南，拜訪一位拳師，打聽一點事情，故此他們易舟為步，一徑從碼頭出來了。

　　他們三個人竟不進贛州府城，從東關外繞過去，直投西南。一口氣走出數十里，錯過站頭，在荒村野店打過午尖，又往前走。到申牌以後，忽然烏雲四合，天際大有雨意。葉春林道：「不好，我們快走吧！」

　　北風轉急，木葉亂飛，霎時下了一場秋雨，淅淅瀝瀝，越下越大。三個少年渾身淋溼，冒雨急馳，遙望前邊又有一座小村鎮。田春禾道：「就宿在這裡吧！」聯翩飛跑，往東鎮口奔投過去。

雨濃天昏，將進鎮口，已近黃昏時候，忽聞得一聲：「窩和威！」從鎮南大路上，趕過來四輛鏢車，前面有兩個趟子手，打雨傘，挑燈籠，匆匆急走，也來入鎮打店，和三個少年碰了對頭。

這四輛鏢車，屬於湖廣省長勝鏢店。由鏢頭侯金朋，率領三位鏢客、兩個趟子手、八個夥計，押著這四輛鏢車，從廣東梅嶺北上，往贛州趕來。不想半路遇雨，鏢車上多有雨具，無奈路太泥濘，車便走得遲慢。又走了一程，鏢車上的油布，人身上的雨衣，多已淋透。趟子手於駿忙請問鏢頭：「天色已晚，恐怕趕不到贛州；偏東北有一座小鎮甸，倒可以投宿。我們是再趕一站呢，還是就近投宿呢？」

鏢頭侯金朋皺眉道：「雨這樣大，只可就近投宿。」趟子手立刻打著雨傘，搶行進街找店。

這鎮甸名叫桃山埠，是東西的大街；有一座大店和兩家小客棧。大店字號是「三元棧」，大車門坐北朝南，院中也有二、三十間客房，三進院子。趟子手於駿徑投三元棧，店夥上前兜攬生意。這地方，於駿不曾住過，仗著他久走江湖，眼珠明亮，看了看很穩當，便定下五間正房；車伕另住廂房。趟子手於駿教店夥趕緊去迎鏢車。

這時天色已昏黑，屋裡全掌起燈火。店夥們掌著燈籠，把四輛鏢車迎進店院，安置在後院馬棚裡。鏢客張彭年招呼著趟子手、夥計們，把鏢貨起下來，搭入正房暗間。鏢頭侯金朋等淨過面，自己先不脫衣換鞋，打著傘，到店裡店外巡看一周。

回到屋內，將張彭年、何光裕、梁恩祿三鏢客叫到暗間，低聲囑道：「這店倒是乾淨店，只是後牆空曠，東鄰是座柴場，夜間須警醒一點。」

鏢客何光裕矍然說：「二哥可曾留神，剛進街時，黑影中我看見一人，冒雨站在橫巷內，一個勁兒的端詳我們的鏢車。」

張彭年笑道：「也許是個空子，沒見過鏢車。」

何光裕道：「不，他眼光很銳利，神情也不大對勁，車趕過去，他還跟出巷外。」

梁恩祿正在剔鞋，走過來道：「不但這個，方才鏢車剛進大街，我還看見三個少年壯士，渾身溼淋淋的，從我們鏢車旁邊飛奔過去。這三個少年也很可疑，你們沒見他們行囊裡頭，暗合著青子嗎？」

侯金朋道：「我也看見了，他們帶著刀哩，晚上多加小心就是。我們先吃飯吧。」

鏢客梁恩祿便招呼堂倌，要酒點菜。飽餐一頓，時已定更，堂倌又泡上茶來。忽然間，店前一陣喧譁，似有人大吵起來。一個鏢客道：「這是什麼事？我們出去看一看。」

鏢頭侯金朋道：「且慢，梁大哥你一個人出去看看，我們留守。」

店門過道中，越吵越凶，似乎打起架來。侯金朋忍不住站起身，對同伴說：「你們看好了，我去把合把合。」冒雨來到店門過道一看，正是那三個少年壯士。他們三個人強要住店，把店夥打倒了。

三個少年正是田春禾、葉春林、謝春雨。當鏢車進鎮投店時，他們三個人冒雨飛跑，直奔到一家飯館。吃了飯，方才尋店；無奈三元棧房間已滿，住不下了。店夥請他三人到別家去投宿，葉春林說：「這大的雨，就在你們這裡將就將就吧。隨便有一兩間房子就行，你們就給拆兌拆兌。」

店夥搖手道：「沒有地方了。」說了一句話，回頭就走，把三人甩在門道，不搭理了。

謝春雨心中著急，趕上前把店夥一扯，手勁稍大，地上泥滑，店夥仰面倒地。店夥爬起來大叫，和謝春雨對罵起來。別個夥計走出來，要往外驅逐三人。三人一齊動怒，田春禾伸手要打店夥，被葉春林攔住。但是這

一吵，把店東吵出來了，把鏢客也吵出來了。

鏢客梁恩祿在旁看得清清楚楚，心中很是不平。這三個少年形跡可疑，又如此無理，他就要橫身上前詰斥。鏢頭侯金朋恰好趕到，暗將梁恩祿扯了一把，且觀究竟，不要出頭。

田、謝二少年齊向店東嘵嘵抗辯，葉春林攔住二人，對店東好言說道：「對不住，你是店東，我們只要一間房，你無論如何也請費心。」掏出一錠銀子來，道：「我這兩個兄弟太粗魯，這銀子請你們兩位夥計喝酒吧。」

店夥見了銀子，登時消了氣。葉春林情願出加倍的店錢，店夥反倒對店東說：「把跨院南小間借給這三位吧。」轉向三少年說：「倒有一間存貨的空房，只是太潮溼，久沒人住的。你三位要不嫌屈尊，就往裡請。」三個人大喜，跟著店夥往後院去了。

侯金朋鏢頭和梁恩祿鏢師互相示意，退回正房。把這避雨投店的三少年可疑情形，告訴了大家，說是他們也落在這店裡了。眾人詫異道：「哦，他們一定是綴砣的！」

鏢頭侯金朋道：「不管是不是，我們應該先暗看住了他們。」

何光裕道：「暗看住他們好，還是明點一下好？」

侯金朋道：「明點也可以。」說罷，先分派值夜的人；就把全數鏢行同人，分為上下夜兩班，輪流操刀值更。

侯鏢頭自己結束整齊，對鏢師何光裕、張彭年、梁恩祿道：「我先去點點他三人。」

張彭年站起來道：「何必二哥親自去，待小弟我去一趟。」

侯金朋笑道：「要動唇舌，還是何賢弟。」何光裕道：「我就去。」梁恩祿道：「我陪著你。」

何、梁二人站起來，直入跨院，到三少年宿處，先貼窗側耳一聽，又就窗隙一窺。雨打殘窗，破洞甚多，竟可一目了然。小屋內孤燈一盞，閃閃搖光；三個少年已全上了床，脫去溼衣，開啟行囊，正在更換乾衣服。細長的行囊開啟來，除了更換的衣服，果然還有兵刃，兩把刀，一條鞭，還有七節鞭、飛抓、暗器等物。何光裕暗暗點頭，教梁恩祿站在外面，自己轉到門口，舉手叩門。

　　三個少年田春禾、葉春林、謝春雨在南小間屋中，一面更衣，一面講究：「今天碰見鏢車了。」

　　葉春林問道：「你們可曉得是哪路鏢？」謝春雨道：「我如何知道？他又沒告訴我，我也沒問。」

　　田春禾笑道：「鏢行字號，燈籠上寫得明白，是湖廣長勝鏢店。」葉春林道：「春雨，你有眼不會用。」

　　謝春雨把身子一仰道：「管他呢，我只覺淋得難受。」忽然外面敲起門來，謝春雨一骨碌坐起，隔著窗問道：「誰？」田春禾道：「是夥計送水吧。」葉春林道：「不對。」

　　田春禾搶著下地開門，鏢客何光裕邁步走進屋來，向三人抱拳施禮，自報姓名、字號，轉過來又問三人的姓名、來歷。

第一章　結伴尋親

第二章　宿店鬧賊 ─────────────

　　鏢客何光裕在三少年房間，談了好半晌，疑疑惑惑走了出來。葉春林直送出門口，回屋關門。

　　何光裕咳了一聲，梁恩祿從黑影裡鑽出來，兩人相會，返回正房。侯鏢頭迎著問：「刺探的結果如何？」

　　何、梁二人一齊搖頭道：「這三個人非常奇怪，看言談舉動，定是武林中人。是不是梅嶺劉七綴下來的人，卻難斷定。」

　　何光裕道：「我用話點他們，他們似乎不很懂。最離奇的是，他們中間那個黑矮子姓謝的，竟自承認是過路綠林。那個細高挑姓葉的，卻力說他們是訪藝的武林後輩。到底他們是做什麼的，卻猜不透。」

　　梁恩祿道：「不過我看他們果然全帶著兵刃哩。那個姓田的後生不時哀聲嘆氣，好像心裡有事。」

　　何光裕道：「就是這一點，才教人猜不透哩。他們公然在店中，把兵刃明亮出來，當著我還擦刀。」

　　鏢頭侯金朋聽了，低頭尋思，半晌道：「休管他，我們只派人盯住他們就是了；該著怎樣，照舊怎樣。」

　　這時夜雨轉急，風吹蕭蕭，倍增淒切。侯鏢頭出去巡看一回，又將屋內細看過了，然後掩門加閂，眾鏢師睡的睡，守的守。五間房內的燈光全都吹熄，兩個值夜的鏢客和三個夥計，都全身結束好，手握兵刃，身帶鏢弩，坐守著十數板箱的鏢貨。另派趟子手於駿、馬亮二人，帶兩個夥計，分上下班，專盯同寓的三個少年，以防變生肘腋。

　　坐守一宵，雨聲漸小，竟一夜無事，同寓三少年睡得鼾聲如雷，也毫無異動。過了一會兒，後院已有人聲，眾鏢客全坐起來。梁恩祿睡得最晚，揉眼道：「且喜一夜無事。」說著將刀收起，挺身下床，坐在迎面桌旁，打哈欠，等候洗臉吃茶。忽一眼瞥到對面紙窗上邊有兩個月牙小孔。梁恩祿大詫，急急站起，到暗處一看，也有一小孔。記得昨夜看守時，窗戶雖有二三處破洞，均已糊上，這分明是昨夜間新添的，忙向同伴喊了一聲。

　　侯金朋正在洗臉，聞聲將手巾丟下，過來細細檢視窗孔。

　　有的是指甲挖的，有的是舌尖舐的，確乎是夜行人所為。四個鏢師相顧詫異，一齊回想昨夜值班的情景，都說委實不曾闔眼，也沒有聽見什麼動靜。兩班人相互抱怨起來。這個說：必是你們疏忽失察，那個說：大概你們打盹了。

　　侯金朋急忙搖手道：「你們不要亂叫。」連忙去到暗間，檢視所有的鏢貨；兩個夥計還躺在貨箱上面打鼾哩。侯金朋把二人叫醒來，細細驗看貨箱；見外面包封、套鎖、戳記，一切如故，擱放位置也如昨日。何光裕提起一隻板箱來，掂一掂分兩，也像沒有差錯；點一點件數，也照數無訛。四個鏢師方才放心，重將各捆各箱，一一仔細驗過，皆無破綻。又到屋外院內，門戶簷階，都仔細詳看一回，都不見可疑的行蹤。四人回店房坐下，七言八語，悄聲談起來。

　　侯金朋想了想，親自去到跨院，圍著那三個少年的宿處，暗暗窺看一遍。三個少年一夜勞頓，尚未起床。侯金朋轉身回來，何、梁、張三鏢客尚在議論，見侯金朋進來，一齊動問。

　　侯金朋道：「不必胡猜了，我們收拾收拾吧！」目視梁恩祿道：「這三個少年委實古怪，我們必須防著點，我猜想在這裡不致出事，只恐前途上，定有高手綠林等候，他三人定是追上來踩訪油水的。」說完，便將

何、梁、張三人，再叫入暗間，如此如彼說了一遍，梁恩祿也將自己的意見說出，四人商酌一回，遂定下審慎的辦法。侯、何、梁三人重複出來，到堂屋坐下，張彭年換上長衣，拿著雨傘，獨自出店邀人。

此時秋雨乍停，烏雲猶密，路上十分泥濘，何、梁二人仰面看了看天，挨個對鏢行夥計囑咐一遍。侯金朋獨在堂屋吃茶，將店夥計叫來，打聽許多閒話。天到晌午，忽又下起大雨來。直到黃昏時候，張彭年踏了滿腳稀泥回來。侯金朋忙問：「結果如何？」

張彭年滿面笑容道：「閻六爺答得很好，說為了江湖上的義氣，如有危急，定當拔刀相助。」

侯金朋道：「撥人的話呢？」

張彭年道：「他說兩天以後，準有六七個人在前頭暗護。」

侯金朋聽罷，低頭沉吟起來。復又問道：「今天撥人不行麼？」

張彭年道：「不行，他們的人全派出去了，今夜二更以前，只有馮天來一人可到。」

晚飯後，眾鏢師俱都熄燈睡下，照例留幾個人守夜。到二更將半，那張彭年邀請的助手馮天來方才趕到。侯金朋大喜，寒暄數語，忙招呼手下人，一齊起來，武裝戒備。命趟子手打點貨箱，悄悄套了鏢車，這便要趕三更，冒雨上路。

梁恩祿到帳房裡算帳，何光裕在院中看車，侯金朋、張彭年等在堂屋，正指點鏢行夥計，搬箱裝車。忽聽堂屋後窗外，咯噔一聲微響，聲音似出在房簷上。侯金朋一抖手將燈撲滅，叫道：「哎喲，這是什麼蟲子！」這是一句暗號，暗間內的趟子手一聞此語，也立刻吹滅燈光，緊緊守住鏢箱。侯金朋暗拉張彭年一把，張彭年會意，急馳入貨箱旁，握刀守住門戶。侯金朋也溜到門後，一攏眼光，剛要動作，便聽見院後何光裕大喊一

聲，立刻嘩啦一聲響，似飛鏢出手。隨有一人應聲狂笑，唰的一聲，好像竄上了房。屋裡眾人各持兵刃，隱藏在黑影中，新邀來的助手馮天來手持雙刀，奮勇穿窗撲出。

那侯金朋定好眼神，一扭身，走至堂屋門前，將屋門猛一開，忽一闔，然後輕輕一拉，如燕子掠空，竄出庭前，雙腳一墊步，躍登短牆，又一竄，直上正房。立身高處，往四面一望，瞥見正房後面，有兩條黑影，如飛的躍過後牆頭去了。

馮天來持雙刀追去，何光裕適從後院出來，急忙挺刀，跟蹤追趕。梁恩祿從櫃房出來，聞警也要跟追，被鏢頭侯金朋一迭聲喚住，命他作速到後跨院，看一看那三個少年。梁恩祿猛然省悟，立即前往。已有四隻貨箱，搭上鏢車，忙又搶著搭回屋中。眾鏢行一齊持械護鏢，或緊守門窗，或出院索賊，有的要分途往店外竄。

侯金朋站在房頭不動，對眾人喊道：「守鏢要緊，追賊是小事。」在正房屋脊上，東瞥西望，旋即下來，先到屋內一看，覆命手下人，把店院內外排搜一遍。

此時全店聞警，多有人起來驚問。梁恩祿伏在跨院暗處，監視著三個少年。田春禾、謝春雨驀地驚醒，聽了聽，說道：「不好，店裡鬧賊了！葉大哥，快起來！」兩個人抄兵刃，要跳出去。

葉春林翻身坐起，急叫道：「使不得！我們貿然出去，人家還許把我們當賊呢！」拍著床，催二人躺下。二人忍不住，定要出去看看。葉春林道：「你們一定看，快放下兵刃，把燈籠點著了。」田、謝依言，披好長衫，提了紙燈，與葉春林一同開門出來。

燈光一閃，梁恩祿蹲在窗根，突然長身道：「三位幹什麼？」

田春禾把梁恩祿一看道：「店裡是鬧賊了麼？」

梁恩祿手中正握著兵刃，竟橫身攔阻道：「對不起三位，前院鬧賊，是衝我們鏢行來的。三位請進屋吧，動起手來，與你們多有不便。」

謝春雨笑道：「真有小賊，相好的，我們也是武林朋友，我們給你幫幫忙吧。」轉身就要重取兵刃。

葉春林提起燈籠一照，已看出梁恩祿有猜疑的神氣，忙道：「春雨弟，你不要亂動，教人家誤會你，你要少管閒事。」

謝春雨道：「誰誤會我？憑什麼誤會我？春禾弟，我們到前院看看去。」

葉春雨攔不住田、謝二人，為免除誤會，只得跟隨二人，一同出了跨院。

梁恩祿持兵刃緊緊傍著，一面走，一面向葉春林搭訕道：「我們鏢行的人跟賊動上手了，你們三人要看熱鬧，可躲遠點。」葉春林又看了梁恩祿一眼道：「我們懂得。」

店院中亂過一陣，不見追賊的人回來，鏢頭侯金朋忿忿說道：「把鏢車貨卸下來，今天不走了。」轉身進入堂屋，堂屋內燈光已滅復明，侯金朋把手下人聚在一處，眼望張彭年道：

「我只恐馮、何二人上了賊人的當。」遂命趟子手於駿，帶兩個夥計，追尋出去。侯金朋自己按刀往椅子上一坐，含嗔不語。

秋雨仍在嘀嘀答答的下，店東驚驚惶惶的過來詢問情由，同店客人也冒雨出來，伸頭探腦看熱鬧打聽：「什麼事？什麼事？」

張彭年發話道：「眾位請回吧，這不過是鬧小偷，沒什麼看頭。和賊人打起來，萬一受了誤傷，太不值得。」客人們見鏢客瞪眼說話，都不探頭看了。謝春雨和田春禾竟答了腔，道：「哪位是鏢頭？我們可以給你幫個小忙麼？」

第二章　宿店鬧賊

第三章　法壇捉妖 ——————————

　　馮天來、何光裕二人，分兩路追出店外，遙見這兩條黑影，在雨路上如箭賓士。馮、何踐泥水緊追，忽聞一聲呼哨，兩賊湊合一處；一高一矮，一左一右，出離桃山埠市鎮，繞奔正南逃去。前逃後追，一霎時跑了二三里路。前面有一密林當道，馮、何二人暗道：「完了。」

　　不想二賊腳程忽然放慢，竟不穿林，反順著大道，並肩緩跑，且跑且回頭看。馮、何二人大怒，各將暗器取出，方要撒放，對面唰的一聲，早見兩賊齊將手一揚，兩道白光撲奔二鏢客上三路打來。馮天來往左一閃，何光裕往右一閃，啪噠一聲，暗器落地。唰的又連響，馮天來打出一鏢，何光裕打出兩飛蝗石。對面兩賊一伏身，反撲過來，飛鏢、石子直從賊人頭頂上打落在南邊道上。黑影中明晃晃刀光一閃，兩把短刀直砍過來。馮天來大叫：「好賊！」與何光裕刀鞭齊舉，急架還招。

　　大路邊，密林旁，四人捉對兒殺在一處。

　　秋雨忽晴，月影穿雲，地上足有半尺深爛泥。四個人進退攻守，來回奔跳，撲哧！撲哧！濺得泥水亂響。何光裕看那矮賊，矮短身材，黑色面皮，穿一身青衣褲，一聲不響，揮刀對戰，手腳很靈便，武功卻不見得強。那邊馮天來也細看對手，身高五尺六開外，蜂腰猿臂，白面微髯，也是一身青衣褲；手持短劍，穩健上招，忽前忽後，手重身輕，堪稱是個勁敵。

　　兩賊一面鬥，也一面細看馮、何兩人的面目，喝問：「呔！朋友通個名來。」

　　何光裕方要報字號，馮天來搶先大喝：「捉住你，自然教你知道！」且說，且將手中兵刃，沒頭沒臉劈去。二賊轉怒，也將刀劍一緊，盡力施展出來。

　　四人約鬥二三十回合，那矮賊漸漸敵不住何光裕，那邊馮天來卻和高身量的賊打個棋逢對手。兩對敵手喊一聲，調換過來，刀劍雙鞭逼緊來又鬥。約再搏鬥三十餘個照面，手到處刀迸火星，腳落處泥水飛濺，雖然秋涼，俱都熱上來。只見矮賊一個跳踵，腳下發滑，身失重心。馮天來大喜，趕上前一刀砍去，刀將落下；猛聽那邊高身量賊大喊：「著鏢！」唰的一聲，馮天來往北一竄，何光裕往西一竄，矮賊刀尖點地，託空躍起來，喊一聲：「風緊。」趁這機會，與高賊一前一後，復往南跑去。

　　馮天來大怒，何光裕大叫：「好奸賊，滑到哪裡去！」招呼一聲，兩鏢客頓忘窮寇勿追之戒，一左一右，沿大道拚命的往南追趕下去。兩賊腳程快、路徑熟，一眨眼跑出三里多地，已將馮、何二人甩開。依馮天來的意思，便要丟下二賊，不再追趕。何光裕卻想鏢雖未失，這兩人必是踩盤子的小賊，放走他，不亞如縱虎歸山，這二賊勢必回老巢送信，因此一心要捉住他，好明白真相，前途走著放心。兩人商量著，拔步奔追。

　　此時賊人早跑出三里多地，到一村落，連轉幾個彎，已然不見蹤影。馮天來提防暗算，又要止步，何光裕對村口罵道：「臭賊往哪裡去了？」

　　忽然村口偏東面牆根下，黑影一長，兩賊人從暗隅立起，唰的一揚手，暗器劈面打來。馮、何閃身避開，掄刀鞭上前；兩賊公然不動，直追到相隔兩三丈，二賊冷笑一聲，這才轉身奔入村中，緊追緊跑，不即不離，前後只保住五六丈的間隔。

　　馮、何兩人愈追愈怒，這賊太藐視人了，二鏢師暗打照會，各取鏢箭，猛竄上數步，對得準準的打出去。

　　好兩賊竟不回頭，嗖的一響，斜刺裡飛身跳上臨街民房，馮、何二人

也忙飛身上房。兩賊一看，忽地竄到街上，兩鏢客也跟蹤一躍，躍到街心，兩賊飛奔，兩鏢客從後急追；街前街後，村裡村外，跳上跳下，如貓鼠相逐，趕了好幾圈。兩賊忽然又跳到一家民房，從牆上一溜下去，穿簷走壁，鹿伏鶴行，轉眼間又一齊失蹤。

馮、何兩鏢客，一在房頂，一在街頭，東張西望，搜尋提防，只不見賊人形影。兩人擊掌湊在一處，方要說話，忽聽背後高處，唰的一陣響，如風舞飛沙。兩人急急回頭，猛見鄰街白霧迷濛，兩道火星破空而起。兩人吃了一驚，急尋過去，縱目一看，隔街一所寬大民宅內，湧起一座高樓，樓頂起脊後，似伏著一條黑影，卻不知是否逃去的二賊。馮、何二人急急施展飛騰術，竄上就近平房頂上。先向四面一望，然後登脊走垣，跳到街心，躧足走過去，復又飛身躍上高牆，攀上高樓，人影忽已不見。卻見樓下好寬展的一所庭院，是三進的大宅，左有跨院，後有場院，四周圍牆，像是大地主鄉紳的住宅，格局非常闊綽。這座樓就築在跨院，不是書齋，定是佛樓。

這時天將四更，雨止風停。這庭院除後院、跨院二處外，由前門直至中院，明燈輝煌，照如白晝，大廈迴廊，人出人進，好像正有所為。馮、何二人悄悄繞到樓西邊，接近內院處，俯頭往下窺探。中庭大過廳前，高築法壇，上齊房頂，有十幾個異樣僧人，正在那裡做法。擊鼓撞鐘，笙簫嘈啞，壇上壇下，插著些七星旗、八卦旗，供桌上雜陳著香燭、古鏡、寶劍、丹砂、銀汞、五穀，各樣法物。在煙霧瀰漫、燈光閃爍裡，隱聞法壇上群僧呢喃誦咒諷經之聲。壇下男女都有，想是本家宅眷。

何光裕扯了馮天來一把，悄悄地說：「奇怪，這是做什麼的？這不像做佛事。可是的，賊人逃到哪裡去了？」

二人正看著，法壇上四對僧人各舉古瓶一隻，寶劍一把，向四面八方一劃。法壇首座，端坐著一個紫袍僧，身形高大，面目嚴肅，手持蠅拂

子，口中念念有詞。旋放下拂子，提起硃筆，手揮口誦，做作一回，即一隻手捧起黃表，低頭垂目，厲聲誦念，其聲沉悶，愈誦愈急，卻呢呢喃喃，一字也辨不清。

馮天來、何光裕不覺大愕，伏在樓頭窺望，正要窺其究竟。忽聽法壇上啪的一聲響，上座僧人大喝一聲「急急如律令！」其聲慘厲，如午夜鴞鳴，馮、何二人嚇了一跳，只見那紫袍僧人將黃表往香燭上一送，登時點著，立從香爐中，浮起一道白煙，上沖霄漢。馮、何不禁抬頭仰望去，法壇對面大廳房脊後，隱約現露一團黑影，啾啾有聲。馮天來森然毛戴，握住何光裕的手道：「這許是捉妖吧？」

何光裕只將馮天來的手一捏，急急的再往房脊上張望，那團黑影已然消失。就在這一仰望間，冷不防聽法壇上群僧一陣暴喊：「好孽畜，還不下來，尚待何時？」

那首座僧拿起拂子，往對面虛空一指，大廳房頂後，訇然大震了一聲，如晴天霹靂，壇下本宅男女嚇得掩耳不迭，緊跟著又訇然響了一個霹靂，半空中吱的一聲慘叫，從房頂滾落一物，啪嗒一聲，摔在庭中，壇下男女早嚇得紛紛鑽入庭中。

首座僧軒眉叫道：「阿彌陀佛，本宅施主請看，妖物已落網矣！」

四對僧人，十二個法官，連忙仗劍持瓶，搶下法壇，用劍鎮住妖物。為首一僧將古瓶口倒持向下，對準妖物的頭頂心，口中念念有詞，喊一聲：「勒令！」急急用朱符黃綾，封紮了瓶口。

本宅男僕過來幾個，遠遠圍著探看，原來是一隻狗樣的野畜，臥在血泊中，渾身黑紫色，長尾，利喙，頭頂已劈裂，腦漿模糊，鮮血滴濺了一大片磚地。形狀並無可異，僅兩隻後腳、綁紮著一雙女子繡花弓鞋，不盈三寸。男僕們相顧私語道：「這別是母狐狸吧？怎麼迷我們小姐的，倒是個女妖呢？」

一個黑面長軀法官，故作未聞，用劍指著野畜說：「此乃一千六百年，頗具神通之一雌狐也。今蒙神師慈悲，招來神兵雷將三十六員，上布天羅，下張地網，將此妖擒獲。諸位用肉眼看，此畜似已腦裂而死，實則她猶未絕命。她的三魂七魄，已經神師法力收攝在瓶中者有二魂六魄。」

　　本宅男女個個目瞪口呆，驚詰異常，法官又說：「妖物雖除，妖氣未淨，神師還要持咒語，退神將，散神水，滌妖氣。」

　　言罷，眾僧一齊登壇。那隻死狐直放在庭心，好像是示眾。本宅男女七言八語的駭論，沒一個敢過去觸一觸。他們相信，妖精體內還有一魂一魄，足可害人。

　　樓頂上馮、何二人，伏在暗處，早看得分明。情知這黑影一閃，立刻雷鳴妖墜，內中必有蹊蹺。

第三章　法壇捉妖

第四章　壯士落網

　　這時候法壇上鈸鐃齊鳴，梵音呢喃，群僧仍在持法誦咒。

　　鏢師何光裕伏在樓頭，忍不住挪進數尺，半蹲著身子，仔細往下端詳。不想大庭房頂，驚雷墜妖處，倏又出現一團黑影，直直地站立起來，彷彿也具人形。馮、何二人攏目光，極力審視，夜影沉沉，約略辨得出，這人形頭大如鬥，身軀臃腫，半身露在房脊後，探頭探腦，面對這樓頂，恰似觀望馮、何二鏢客的藏身處。

　　何光裕十分驚異，悄說：「這是什麼東西？待我過去看看。」便將身一伏，抽刀掏鏢，嗖地竄過去。

　　馮天來急抓一把道：「等一等！」已經來不及，何光裕掠空三躍，早躍近過廳後坡，再張望時，那古怪的人形倏已不見。

　　何光裕膽大氣粗，慢慢往前挪動，直爬到過廳前坡。忽聽法壇上那紫袍僧人厲聲大喝：「膽大妖魔還敢猖獗！」用手中繩拂子，往這邊一指。

　　何光裕吃了一驚，急回頭尋找。果然有一條黑影，從後簷底倒翻上房頂，頭大如牛，張手如箕，衝著自己，正要撲過來，這分明是剛才那個怪物。何光裕大駭，急急換手握刀，揚鏢打去。唰的一聲，鏢剛出手，不防那紫袍僧在法壇上，用那拂子一指時，早飛出一道白線，直撲上房頂。何光裕只顧簷頭這個怪物，這個怪物利爪一揚，又縮回去，鋼鏢噹的一聲打空。一剎那間，背後那條白線已如飛打來。

　　何光裕打了一個寒噤，腰背一轉，陡覺奇痛，唰的又一道白光撲來，登時站立不牢，骨碌碌順坡墜落到中庭，庭中男女大驚亂喊。何光裕畢竟

有勇，「鯉魚打挺」，奮然站起身來。

法壇上那個黑臉面長軀幹的法官瞪眼大喝道：「孽畜還不受縛！」用手掐訣一指，嗤的一聲響，那個紫袍僧一揮蠅拂，何光裕剛剛竄起來，又突然跌倒。

馮天來伏在樓頭，火光之下，雖覷不清，卻已猜得著。他勃然大怒，將刀一按，嗖地竄下房來，三起三落，如蜻蜓點水，直躍到庭心，大喝道：「好惡僧，使這障眼法害人！」如飛的撲向法壇。

本宅一齊驚叫：「妖精又來了一個！」

馮天來人未到，暗器先發，陡打出兩支鏢，直攻首座僧和黑面法官。不管打中打不中，忙跳過來，一伏身，抓住何光裕的緊身絳，急急往肋下一挾，雙足用力，眼望東牆，就這麼掠空一竄。

當此時，法壇上那個紫袍首座僧和黑面法官，各各一閃身。紫袍僧用手中拂子又一指，喝道：「呔，孽畜，敢走！」

黑面法官也將降魔杵一揚，道：「好妖狐！」

馮天來一個龍踔，肩頭上熱辣辣的著了一下，登時栽倒；他把何光裕也丟在地上。法壇上八個僧人，十二個法官，多一半如飛地奔下壇來捉妖。各揮降魔杵、斬妖劍、縛鬼索、打仙鞭，將馮、何二人圍住，便要加縛。馮天來、何光裕負痛騾跌，還想支拒，猛然跳過來，揮兵刃拚力狠鬥。但是人單勢孤，這些法官、僧眾個個道術精強，武功矯健，亮縛足索，把馮、何二人先後套住，一拖而倒，打落兵刃，就要縛腕上綁。

馮、何用身法掙扎，這些法官們捉住妖精，拴繩子的手法十分在行，點腰眼，撐胳臂，拿大腿，寒鴨浮水式，很快地把二人捆上，二人竟動轉不得。

馮、何二人驚怒大罵，抗聲嘩辯：「我們不是妖精，我們是人！」

群僧又拿來狗血、蒜汁、經水、便溺等許多穢物劈頭蓋臉，把馮、何二人澆得人不像人，鬼不像鬼。

兩人憋著氣連叫：「我是人，不是妖怪，使不得！」

哪裡有人聽他的話，宅中人只有害怕，躲得遠遠的，這些僧人手舉木桿，照二人頭頂猛摑三下，又忙拿出兩物，俯身一託馮、何二人的下頦。馮、何二人被打得半昏，迷茫中睜眼一瞥，卻是一對蔴核桃。兩人心說：「罷了。」不等扣喉，忙自己張開嘴，含上蔴核桃。

那首座紫袍僧穩坐法壇，縱聲大笑道：「好孽畜，在我面前，還想弄詭？可知道貧僧法寶的厲害嗎？」立即提硃筆，寫神符兩道，衝僧眾一擺手，四個法官連忙登壇，立在兩旁。紫袍僧低低說了兩句話，四個法官接過符來，從朱盒裡，另取出肉紅色軟皮囊兩個，其大如鬥，上繪眉眼，略形人的面形。四法官急急下壇，將符塞在馮、何二鏢師的髮際，隨後對眾宣言道：「這兩個妖精神通廣大，須防他化形遁走。現在用神師的靈符，鎮住他們泥丸宮，他就逃不去了。」遂將肉色皮囊，往馮、何頭上一套，包頭沒頭，裝得很嚴。在頸口上一繫繩，馮、何二人頭入囊中，如戴面具，立刻口不能言，目不能見，耳輪嗡嗡，聽也聽不清，只能任人擺布了。

本宅男女驚魂略定，有的慢慢溜了過來看，穢水滿身的兩個妖人。已然用繩子捆在地上。年老的廚司點頭悄語道：「我這一輩子沒白活，真開眼了。你瞧，這兩個妖精比剛才那狐狸精還厲害，這些法物收拾他，它還沒有現原形哩。」

三兩個男僕一齊點頭。忽見馮、何二鏢客一動，又哼的一聲，立刻把僕人們嚇得倒退不迭。

黑面法官眼看馮、何二人的肩頭和腰部，對一個胖僧人微微努嘴。胖僧又暗暗點頭，忙取來幾塊黃綾，上繪朱符，與黑面法官兩人齊動手，把黃綾縛在馮、何二人的腰間、肩頭。二人的肩頭，仍從黃綾往外涔涔出

血，有三隻鋼針般的暗器，插入馮、何的肩膀，入肉三分。兩個僧人使個手法，將黃綾重新一纏，趁勢拔下針來，藏在袖底。另取兩塊大幅的黃綾，把馮、何二鏢師的全身形都給包上。

那紫袍首座僧端坐在法壇上，對眾人宣揚道：「我佛善哉！此兩怪乃狐狸之師侶，所謂天魔是也，今又被老僧行法擒得。

但此二怪又與妖狐不同，他頗識人性，變化不測，更有邪寶加害於人，須防他身雖被擒，內丹尚在腹內，還可以呼風作怪，呵霧迷魂。我們不教他潛運神通，變形逃走才好。」便叫八個僧人、十二個法官，抽出半數來，吩咐道：「這二妖有七十二變的神通，不可不加小心。你們速持我的法牒，將此二妖押回寺院。待我回廟，發動三昧真火，燒起丹爐，用六六三十六小周天，煉出二妖的內丹，它便無能為力了。然後我再飛劍斬去它的元神，方可為本宅施主府上永除妖氣。」

首座僧說罷，又在法壇上作起法來，高聲誦咒，念誦良久，寫好法牒一紙，付給門人，又將法水一瓶，頒賜宅眷，令每人飲三滴，可以袪狐毒，補元精，更生再造。合宅上下男女，見這樣築壇拘妖，活捉活拿，活眼活現，無不欽畏入骨。

不等天明，黑面法官率一半僧眾，親持法牒押送兩個妖精先走。本宅主人出來，拜謝紫袍僧首座，做下精潔齋飯，款待群僧。

紫袍僧一物不食，微笑說道：「貧僧不食人間煙火食，已經五十七年了，不過我的門人們倒可用些。」

宅主越發虔信，再三勸用。紫袍僧皺著眉，吃了三片雪藕，一杯松釀酒方罷。

緣行持法一夜，誦經邀天福，持咒堵妖氛，由職事僧收了布施謝禮，首座僧這才率領門人，辭別上轎而去。

馮天來、何光裕二位鏢師，就從這天失了蹤。

第五章　客邊邀助 ───────────

鏢頭侯金朋在三元棧，派兵點將，一面追賊護鏢，一面提神應付同店的那三個少年。這三個少年田春禾、葉春林、謝春雨的舉動實在可疑：入店投宿，既在前後腳；夜半鬧賊，他們又伸頭探腦，自然惹得鏢師們多加了一層防備。

候到四鼓將近，鏢客、趟子手等先後回來，報說：「分兩路追尋出鎮甸以外，並未發現賊蹤，也沒追上馮、何二人。」

又候了一會兒，馮、何二人仍未回轉，梁恩祿道：「這可怪了，他二人跑到哪裡去了？追不上賊，也該回來呀。」

張彭年道：「最奇怪的是馮天來馮師傅遠來是客，怎麼也一去不回頭了？」

卻幸查點鏢貨，沒有失落，但鏢師追賊未回，仍不能登程。直候到近午，馮、何二人依然不返，總鏢頭侯金朋不由心焦，怙悷。

侯金朋偷察田春禾三個少年的舉動，這三個少年竟也留在店中不走，並且自告奮勇，又要來幫忙，護鏢緝盜。侯金朋對梁恩祿說：「這三個少年好教人疑猜，我們索性再探究他們一下。」穿上長衫，親到三少年的房間，叩門求見。

謝春雨聽葉春林說，鏢客疑心他們了；他就要惡作劇，自承為綠林。但被侯金朋登門求見，一味的撰辭攀談，巧言套問，再再的向他盤詰桃山埠綠林道的動靜，他竟張口結舌，一無所知，連江湖上很尋常的切語也說不出來。侯金朋還在客客氣氣，繞著彎子訪他，他越說越露馬腳，越講越

顯著外行。葉春林忍不住笑道：「侯鏢頭，光棍眼賽夾剪，你也看看我們哥們是幹什麼的，你不要聽他胡說了。我弟兄不是線上的朋友，我們倒是武林後進。但我們此行乃是過路訪友，偶經此地。這桃山埠的綠林，我們三人誰也不熟悉。你不必自耗工夫了，不怕你們笑話，我們三個人是剛出師的小孩子，任什麼不懂，我們乃是奉師命，出來訪友訪藝的。」

侯金朋聽了，把三人的面孔又細端詳了一回，道：「這是葉兄多心。在下也是武林中人，湊巧住在一個店裡，彼此氣味相同，我這才過來拜望拜望三位，順便問問此地的武林先進。三位既然不曉得，也沒要緊，可是的，三位出來訪友，不知要訪哪位？貴老師是誰？」

葉春林不肯退讓，信口道：「這是我們的私事，恕難奉告。剛才是我們謝兄弟一時喜事，聽說店裡住下鏢客，半夜鬧賊，他學了一點笨拳，忍不住要出頭幫幫同道。這是他太不知自量。侯鏢頭乃是前輩英雄，哪能用我們小孩子幫忙呢？」

又說了些閒話，侯金朋堅坐不走，反倒縱談起武功來，又講起鏢行生涯。雖是自敘行藏，口氣上倒是有點試探的意味。

謝春雨信口胡拋天話，葉春林乘機反詰來人。田春禾少年沉勇，緘默半晌不言，到此忍不住發話道：「侯鏢頭，我們實說了吧。我們乃是武當派葉金洪老師的門下弟子。這一位就是我們老師的令郎，是我師兄。這一位是謝師兄，他這是回家，我們一面送他，一面就是奉師命出來歷練歷練。我們不配是挾技訪藝，尤其不是奉官私訪，更不是綠林道踩盤子的。侯鏢頭不要錯疑了我們。我們這位謝師兄聽見鬧賊，有點技癢，我們可以說是年輕多事。侯鏢頭極力探問此地綠林巢穴，莫非昨夜晚一鬧，真被劫走鏢貨不成？」

侯金朋笑了笑道：「沒有，我們幾個活人守著，還不致於失事。只是……」說到這裡嚥住，不好意思說自己鏢沒丟，卻丟了人。並且馮、何

二人也許追著賊蹤，此刻正在搜尋賊巢，故此隔夜未歸，不見得一準遇險。遂將話鋒一轉道：「原來三位是武當派葉老師的高足，失敬失敬！」對葉春林道：「葉仁兄果然是葉老師的賢郎，這更是幸會了。我們的同事張彭年，就是武當派北支的門徒，我把他邀來，和三位談談。這真是『人生到處逢知己』，哈哈哈哈！」立刻出來，把張彭年找到，暗囑張彭年，設法盤詰這三個少年，到底真是葉金洪的子弟不是。

張彭年滿面笑容，以同門之雅，跟蹤過來，求見葉春林；只敘了幾句話，竟將三人邀到鏢客自己住的房間內，與侯金朋、梁恩祿共談。時已晌午，叫了一桌酒席，請田春禾三人吃酒。三少年推辭不開，只得入座。

三個少年究竟年輕，張彭年是四十多歲的人，拿出自來熟的面孔，極力和三人敘門戶，透親熱，侯金朋和梁恩祿，就一杯一杯的敬酒幫腔。酒入歡腸，談鋒大啟，三少年不覺開懷縱談。三鏢客依舊潛存機心，試著誘探三人的出處、去向。葉春林還能藏話，謝春雨可就不打自招，說出自己回家完婚，又說出田春禾此次同行，乃是遠道尋親。

一講到田春禾遠道尋親的話，三鏢客全都注意。侯金朋首先問道：「原來田仁兄是出門尋親的，但不知令尊老大人臺甫是哪兩個字？我們鏢行走南闖北，認識的人最多，我們可以替田仁兄幫幫忙。」張彭年也說道：「田老伯莫非是線上的麼？田大哥可知道他老人家現在哪裡麼？」

田春禾未答，謝春雨率然說道：「你們別作踐人家田老伯，人家田老伯是好人，不是綠林。我們田二哥本不知田老伯的下落，要是知道，還不叫做千里尋親呢。」

侯金朋詫異道：「哦，田仁兄原來是千里尋親的孝子。」釘住這句話，一味詢問田春禾父親的名字和行業。

葉春林面色一變，道：「眾位前輩，這是田賢弟的私事，我們不能隨便亂說。」暗示著他們不該亂問。

田春禾喝得酒很多，雙頰通紅，忍不住將眼一瞪道：「三位鏢頭乃是前輩長者，就說出來，料也無妨。我在下實不知家父的下落，我家父上一字是『伯』字，下一字是『年』字，他老人家如今是看破紅塵，出家為僧了。我從小不知這些事。最近才聽人說，我，我一定要把他老人家找著。」說到此，把話鋒停住，下面的話不肯說了。

侯金朋看了張彭年一眼，都不曉得田伯年是怎樣人物。但既是僧人，卻有這樣的俗名，必定是半路出家，便問道：「伯年二字大概是田老前輩的號吧，不知他老人家的法名是哪兩個字？在哪個廟出家？三位不知道他老人家現在的地名麼？」

謝春雨道：「要知道地名，就用不著尋了。我們田二哥自幼孤怙，親母殉難，生父失蹤，遭這樣的人倫慘變，只聽說老人家兵敗之後，削髮為僧，詳細地址實在不曉得。」

梁恩祿忙問道：「什麼兵敗之後，削髮為僧？老人家從前莫非是位兵官麼？」

謝春雨還要說，葉春林忙攔住道：「謝賢弟，你又要不知道亂說一陣。」謝春雨不言語了。

田春禾觸起心中的疼痛，把酒連飲數大杯，長嘆一聲，向三鏢客望了一眼，將腰一挺，說道：「其實說說也不要緊，我知道三位鏢頭是長者。實不相瞞，我父親真是兵官，十數年前在臺灣兵敗棄職，削髮遁跡。我那時還小，多承葉姑父撫養，才得苟活。我起初只知自己父母雙亡，近來方知家父尚在人間，只是不知他老人家住憩何處？三位鏢頭乃是前輩英雄，還請守祕代訪。如果得知家父的下落，請費心成全我，我這裡叩頭拜託了！」滿面通紅，連眼睛也紅了。說著，立刻離席，便要下拜。

梁恩祿趕忙攔住稱讚道：「田兄真是大孝子，忠臣孝子人人欽敬，我弟兄久闖江湖，只要得知田老英雄的落腳處，我們一定要效勞代訪。」

侯金朋、張彭年、梁恩祿互相顧盼，已猜知田春禾的父親必是個逃罪的兵官，所以才削髮為僧。但是三鏢客並沒有猜對。田伯年並非逃罪的兵官，乃是勝朝的亡國敗將！三鏢客剛才還不放心三個少年，現在既知他三人的來歷，又問出三人的武林宗派，便一齊恍然，疑心盡消了。

殘餚未盡，六個人還在共飲閒談，那趟子手于駿從外面進來，把侯金朋請到內間，悄悄報說：「遍問此地，附近並沒有綠林，也沒有訪出馮、何二人的下落。」

侯金朋聽罷，皺眉良久，低告數語，起身就席落座。謝春雨看見了，忍不住就問：「侯鏢頭，你們嘰咕什麼？」

葉春林也覺詫異，眼望三鏢客，用反擊的口吻問道：「三位有什麼事，也可以說說，教我們聽聽麼？」

侯金朋口說沒什麼，面帶遲疑。葉春林冷笑了一聲，對田春禾道：「人家可以問我們，我們不能隨便問人家，我們全是年輕人，太沒有眼色。」

侯金朋忙道：「二位不要多心，我正要告訴三位，我在這裡想，我們還要託三位幫忙呢。」

三鏢客終於開誠布公地說道：「其實我們也沒有什麼大事，昨夜鬧賊，我們追出兩個人去。不知何故，直到現在，兩人全沒有回來。我們本要今天動身，現在不能走了。這事有點蹊蹺，我們要出去訪一訪這兩人的下落，探探此地有無綠林，無奈我們人少，分配不過來，我們還要留守店房。三位如念在武林同道上，肯幫一回忙，我們真是求之不得。」

田春禾、葉春林相顧著，道：「原來昨夜真出了岔！」謝春雨道：「得！侯鏢頭你放心，這點小事，我們弟兄三人可以給你效勞。」田春禾對葉春林道：「表兄，怎麼樣，我們可以幫侯鏢頭訪一訪麼？」葉春林道：「可以。」

　　三個少年慨允幫忙。於是，鏢師張彭年、梁恩祿和趙子手於駿，白天留店護鏢，三少年由謝春雨留在店房，幫著護鏢，由田春禾、葉春林，隨同鏢頭侯金朋，出訪桃山埠。

　　總鏢頭侯金朋更換衣衫，暗帶匕首一把、十三節鞭一條、金鏢一囊，叫來店夥，先將桃山埠附近的村莊、道路、強族、豪家、寺院、賭坊，一一問明。然後率趙子手馬亮，陪同少年田春禾、葉春林出離店房。因何、馮二人昨夜是追奔南方去的，便對田、葉二人說明，四個人抽成兩路。總鏢頭和田春禾做一路，趙子手馬亮和葉春林做一路，一直往南訪去。四人訪到天黑，一無所得；回到店中，仍無消息。侯金朋對梁、張二鏢師道：「不好，他兩人一定出錯了！」葉、田、謝三個少年很是熱心，特為留下不走，要幫鏢客再訪一天。

第六章　酒店得耗 —————————

次日一早，總鏢頭侯金朋改與葉春林結伴，鏢師梁恩祿與謝春雨結伴，重出踏訪。侯金朋和葉春林一口氣走出三十多裡，天已近午，兩人到一小市鎮，尋一小酒館，買些飲食。

叫過堂倌來問：「此地是什麼地方？」堂館答說：「此地叫棗林坡。」

侯金朋問：「這地方近來安靜不？」堂倌道：「安靜。」

葉春林插言道：「你們這裡出過盜案沒有？附近可有土匪出沒麼？」堂倌詫異道：「這附近一帶全是安善良民啊。」兩人雖然委婉盤問，這堂倌卻多了心，把二人當做私訪的官人了，畢恭畢敬的答對著，卻是問什麼，什麼都說不知道。

忽然從酒館外進來一人，手中拿著幾本書，一進門便叫：「劉掌櫃的呢？」櫃臺上站起一個癆病鬼，拿著一根旱菸袋，說道：「伍二爺從哪裡來？」來人道：「從城裡來。」說著取出一本書遞給劉掌櫃，道：「給你一本。」堂倌湊過來說道：「什麼呀，二爺？」伍二道：「善書，也給你一本吧。你要不看，可想著轉送別人。」

劉掌櫃道：「你這是從哪裡得來的這些本書？可是廟裡送給的麼？」伍二搖頭道：「不是，這是我自己出資印的，昨天剛從城裡文升齋刻成五百本。」順手遞過一本來。

劉掌櫃雙手接過，恭恭敬敬捧著一看道：「哦，原來是『蓮花寶』，你老這心願可不小，五百本的工料估摹著得十八九兩銀子哩。」

伍二道：「才九兩銀子，你說賤不賤？對你說吧，文升齋的主人是我

相好的朋友，他們那裡有底板，一翻就得。他說這是善舉，我們兩個人做了吧，減半價，整合九兩。錯非是我，別人真不行。我還得分送呢，回頭見吧。」

伍二在飯館分散了幾本，匆匆走了。劉掌櫃親自送到飯館門口，回轉來，對跑堂一撇嘴道：「他還行善哩，這吝嗇鬼居然一刻五百本，真是少有的事！」堂倌笑道：「鐵公雞也會拔下毛來，真是佛法無邊。」

侯金朋在飯座上傾聽良久，口中作念道：「什麼『蓮花寶』？堂倌，你手裡拿的是什麼書？」

堂倌將那本書遞過來道：「一本善書，你老看吧，這裡頭的符咒靈驗極了。」

侯金朋接過來看時，哪是什麼「蓮花寶」？書眉上題的是「妙法蓮華救世蕩魔靈寶禪經」。展卷一覽，厚厚一本，共分三卷，首卷叫「佛祖降凡渡人寶經」，七字一句，似歌似謠，語句十分粗俗。說得是世人罪孽深重，白洋浩劫將臨，人死過半，村落為墟。我佛祖惻然發大慈悲心，降臨凡間，渡脫有緣之人；信者免難，不信遭殃。中卷謂之「信士福」、「救世航」，內分「入道之門」、「勸善有福」、「嘌經消災」、「皈拂挽劫」等章，說來說去，無非勸人信奉佛法，皈依什麼三點白蓮會。有眷屬的俗家，不能捨身入會，也可以在家修持，諷誦此經，多布施即可以邀福，多勸善即可以延壽。下卷叫做「蕩魔咒」、「避邪篇」，內分「伏魔三乘法」、「密宗通」、「降妖訣」等十數章；載著許多符籙咒訣，詞旨幻渺，在可解不可解之間。末尾還附著一卷題為「靈徵記」，卻又文辭通暢，明白可懂。

侯金朋和葉春林草草看了一遍，不甚了解，眼望堂倌，詢問情由：「這本書到底是誰編的？剛才那位拿這書的人，可是還願麼？」

堂倌笑嘻嘻地說道：「你老猜著了，剛才那人真是印善書還願的。」頓了一頓說道：「提起這事太神了！這本書乃是現世活佛編的。剛才那位姓

伍的，別看那樣，他家中很有錢，就是嗇刻得要命。偏生他家出了橫事，好像老天爺要懲治他一樣。

他只有一個兒子，三個多月前，正辦喜事，娶媳婦入洞房，也不知來了個什麼妖精，一溜火光，門窗大開，把新郎給攝走了，新娘子嚇昏過去。伍老二花了好些錢，貼尋人單，僱閒漢查詢，求籤問卜，焚香許願，一晃兩個半月，總沒有尋著兒子。女家藉詞將姑娘接回去，鬧著要退婚帖。」

堂倌接著說：「伍老二他夫妻，哭得雙眼要瞎，眼看要家破人亡。多虧彌勒寺院方丈因諦上人，請下佛祖，降壇示兆，說是他兒子乃是被女妖精攝走了。教伍老二某日某夜某時，出城南行三十五里，在一小樹林內一塊大青石上，臉衝南坐定，閉上眼，念『救世避邪咒』三百六十遍，準可尋著失去的兒子，但是不許同旁人去。佛祖又說，父子團聚之後，須大做功德，懺悔宿孽。伍老二又害怕，又疼錢，又惦記兒子，猶豫了好幾天，還是教他老婆催逼著，如期而往。照樣坐好念咒，才念到一百多遍，就聽見樹林裡咔嚓一聲，響了一個焦雷，嚇得伍老二撒腿便跑。卻是隻有一條狹路在前面，伍老二跑出十幾步，當道上黑乎乎一堆，只亂動彈，也不曉得是人是獸，是妖是鬼。伍老二進退無路，正在害怕叫喚，只聽那黑堆忽然出了聲，叫道：『救命！』」

侯金朋突然插言道：「這可是他的兒子？」

堂倌將手一拍道：「嚇，你真聖明極了，可不是他的兒子，還有哪個！可是的，你老怎麼猜著的？」

侯金朋目視葉春林一笑，並不答話，反催堂倌快說下情。

堂倌接著說道：「伍老二乍著膽子，叫了一聲。他兒子只應聲，不能動，原來和粽子一般，捆在那裡呢。」

　　這堂倌唾沫飛濺，滔滔地誇說因諦上人的佛法靈驗，說到歸結，是伍老二大破慳囊，出了三百六十兩銀子的香資。又許印蓮花寶五百本分送各信士，還得給彌勒院掛一塊匾，須是鼓吹送去。現在這塊匾還沒捨得做呢。

　　堂倌又道：「你瞧這小子多麼嗇刻，這些本善書，連僱個人代送，都捨不得，他竟親自分送，他家至於這麼樣麼，越有錢，越手緊。」

　　侯金朋冷笑一聲，打斷跑堂的嘮叨，站起身來，將手倒背，做個姿勢，問道：「那個姓伍的兒子，可是這樣捆綁的麼？」堂倌道：「這倒沒問過。」

　　侯金朋向葉春林施一眼色，葉春林起來坐下，有點沉不住氣，從旁一迭聲問道：「這伍二爺的家住何處？伍二的兒子脫出魔手之後，可曾述說過前情麼？那座彌勒院在什麼地方？廟中有多少和尚？那個方丈素日為人如何？所說的活佛降壇，是怎麼個降壇？可是扶乩麼？這彌勒院還有別的靈驗事跡沒有？」

　　葉春林這樣一口氣問下去，在座飯客都相顧注視他；跑堂心想：「這人一定是私訪的了。」便嚥了一口唾沫，手扶著桌角說道：「提起彌勒院，嚇，那裡靈驗的事情可多哩。」說到這裡，眼向外瞥了一眼，忽放低聲音，探身說道：「你老打聽這個做什麼？你老可是訪查？」

　　葉春林還沒有說話，侯金朋忙笑道：「笑話，笑話！我們不過沒事，閒打聽罷了，這事聽著太稀奇，自然想問問，這個廟當真靈驗，我們也想隨喜隨喜。我們胸中也有疑難事，打算虔求佛法，指示一條明路哩。」

　　跑堂的吐了一口氣道：「那就是了。」遂將伍二家和彌勒院的所在，明白說出道：「那伍二爺的家離這裡不遠，就在正東小巷，朝南大門，門前有一棵大槐樹。彌勒院不在這市鎮裡，離這裡還有十幾里地，地名叫折柳屯。彌勒院就在折柳屯偏西，地方很僻靜，原來是一座古剎，荒廢多年。

由打八年前，才有這位因諦方丈，帶領幾位門徒，來廟修持。不久便把廟宇修葺一新，重塑佛像，另懸金匾，據說是他化緣化來的。不過誰也沒有聽說他們在哪裡募化來的。也沒有理會他怎麼動工，廟就這麼悄悄的翻蓋好了，所以多有人說他是邀請神工神匠蓋造的，也不知是不是。這位因諦老方丈年高德劭，深通神術，聽說他築一座神壇，參望拜鬥一百零八天；也不知是持什麼法，好像叫做什麼五十三參，竟參拜仙佛顯聖彌勒降壇，頒賜老方丈斬天妖劍一口、降魔金缽一具，還有仙丹一壺、照妖鏡一柄，還有什麼什麼，教老方丈拿這個救世渡人，斬妖除怪。這一來，老方丈越發神通廣大。人家卻是一心拜佛，戒律精嚴，只修陰功，藏招不肯輕露。」

堂倌接著說：「不想小徒弟們藏不住事，饒舌多話，竟傳得鄰村皆知，村民男女紛紛前往焚香禮拜，有的許願邀福，有的討符治病，有的求乩決疑，更有許下重大心願，請老方丈捉妖淨宅的，看風水，找墳地的。一來二去，倒把一座清修的古剎變成香火廟一樣。老當家本是修道的人，最好清靜，哪裡受得了？無奈出家人慈悲為懷，救世為本，人家齋戒而來，怎好閉門不見。老和尚雖不能有求必應，也只好隨緣救世，從此靈跡大著，信徒日增，現在廟中大小共有二百多僧人。老方丈為勸善起見，又命大弟子將「朱字真經蓮花寶」謄錄出來，如有還願的，便教他們出資刊印這本善書，廣結善緣。直到現在，莫看才七八年光景，早已鬧得鄉邑遠近皆知，稱他為現世活佛了。」

堂倌說到這裡，在座飯客各有停箸傾聽的；也有近村人知道的，便從旁夾七夾八，幫著誇說彌勒院的靈跡。在侯金朋身後，有一個老頭子和一個中年人，共桌吃酒，老頭兒一面吃酒，一面點頭咂嘴道：「真有活佛，不可不信。四勇，咱家大寶的病夠多重，若不是因諦上人早就死了！」

跑堂一面照應飯座，一面又說：「誰還不信，連縣裡太爺都給掛匾，

老當家已是半仙之體的人了，聽說早晚就要飛昇，肉體成聖，和二郎爺、八臂哪吒一樣。」

飯座一側秀才打扮的中年飯客嗤的笑了，將一口菜噴出來，酸溜溜地說道：「和尚也會飛昇，老道該圓寂了，怪力亂神，攻乎弄雞，非吾夫之徒也。」這一句掉文，各飯座哄堂大笑起來，把個秀才笑得滿臉通紅，口中喃喃說了幾句有聲無調的話。

侯金朋和葉春林聽了半晌，居然得著兩個地名，但是，切要的話還是不得要領，忙盯住堂倌，問道：「我只問你，到底這姓伍的兒子是教什麼怪物，用什麼方法攝走的？妖怪攝他去做什麼？這些日子將他擱在何處了？剛才你說一個霹靂，他就捆在樹林外，這又是什麼法力？他既然身被妖迷，必然詳知妖怪的真相，難道他逃出之後，他就不曾將被攝的前後情形，對人述說過麼？」

堂倌恰到別的飯座上去了，還沒容他遙答，在侯、葉二人背後的老頭子咳嗽一聲，搶先答道：「他倒想說，他也得說得出來呀！」

另一飯座問道：「怎麼的呢？」老頭子一撅鬍子嘴，說道：「嚇病啦！你想一個凡人，教妖怪攝走，教神仙奪回，妖呀神的，你想想，他擱的住麼？哼，嚇不死，就算便宜，他還說話哩！」

各飯座俱都譁然。老頭子接著說：「聽說因諦老方丈給了一道符，服下去了，還沒見鬆爽。真是病來如山倒，病去如抽絲，況且這又是什麼病？慢慢的你瞧吧，總會治得好，太靈驗啦。」

另外一個少年隔著桌子問道：「原來伍大少遇著魔票了，我想瞧他去，我們還是口盟弟兄哩。」

老頭子搖頭道：「趁早別去，這是多麼稀罕的事，誰不想打聽打聽？東鄰西舍，藉著探問病人，去的多著呢，當天一早，就有三十多個。伍老

二的娘們翻臉啦，她叫喊：『人家誰沒有膩事，那當兒煩你們找找，這個躲了，那個溜了，饒給錢，誰也不肯真心實意的幫忙，這工夫我們的人平安無事的回來啦，又他孃的探病啦，趁什麼熱鬧！』這娘們說得出，做得出，把客人全給罵出來啦。」

老頭子說著，嘻嘻哈哈大笑道：「倒是我老頭子，她還不好意思，留著我喝了一杯茶。」

中年男子忍俊不禁的笑道：「所以你就下飯館吃飯來啦！」

說得大家又是鬨然大笑。

侯、葉二人聽罷，也跟著一笑，葉春林忙轉臉問道：「這位老爺子，您可聽姓伍的講過被妖魅攝走的前後情形麼？」

老頭子道：「嚇病，嚇病了呢，你教他說什麼？人家都半死啦，他老子孃都說還沒顧上問呢？」

葉春林爽然大失所望，侯金朋更不多問，吃了幾杯酒，叫了飯來草草吃飽，待算完飯錢，兩位壯士便要出去，順路探訪。

第六章　酒店得耗

第七章　青衫客話 ————————

　　二人剛漱完口，那邊飯座上，又走進來兩個飯客，一個是鄉農模樣，一個穿著青長衫，像個閒漢。兩人入座點菜，隨口敘談，聽見飯桌上七言八語，紛紛講究彌勒院的異跡，兩人都側耳靜聽。那鄉農忽向青衣人道：「你聽聽，他們也是講究這樁事呢。」青衣人笑道：「這算什麼？我們表哥村裡，築壇捉妖，比這個還靈驗。一個狐狸精，晴天霹靂一聲，活活給擊死了，那才是活捉活拿呢。因諦老方丈真有高深的法術！」

　　那老頭子隔桌聽見，忙插言問道：「借光二哥，你這是說的哪裡，可是謝家莊謝財主家麼？」青衣人回答道：「怎麼不是！我們表哥就在他家做長工，親眼看見的，就是築法壇搬家具，還有我呢。」老頭子道：「謝家小姐教妖精給迷住，要請老方丈誦經除妖，我倒早聽說過，就是不曉得哪天施法捉妖。」

　　青衣人道：「你老自然不知道，這是昨天夜間的事，前昨兩天整忙了兩天兩夜。直到今早，法壇還沒拆呢。」

　　全飯座聽見這段新聞，又復聳然，都轉臉來，停箸張嘴，要打聽詳情。那個中年男子就問道：「真捉妖了麼？」鄉農道：「怎麼不真？」一指青衣人道：「是他們表兄弟親自眼見的事。」

　　中年男子道：「一共捉住幾個妖精？」鄉農答道：「三個。一個狐狸精給劈死了，還有兩個是什麼魔。」青衣人道：「是天魔。」

　　那個儒生詫異道：「豈有此理，斷無此事，請問天魔是什麼樣？」青衣人笑道：「人樣，就跟閣下脫了藍衫一樣，只是頭大些，紅骨碌的活像個

大紅瓢，那大小就有這麼大。」說著用手一比。

飯座客人聽了，全不很相信。鄉農忙道：「別打趣，到底什麼模樣？身量有多大？頭上可有犄角麼？」青衣人笑道：「我說的是真的，你們怎麼不信。那妖精的模樣非常怕人，看身量倒不高，也就是五尺來的。一身短打扮，緊褲緊衫，腳下穿著薄底燕雲快靴。」儒生道：「這不跟尋常人一樣嗎？有什麼可怕的。」青衣人拿眼掃了一下，面露鄙夷之態道：「看妖精的下身，本來和常人一樣，我也這樣說。可是再看他的上身，可就嚇殺活人，腔子上長著一顆斗大的肉頭，紅紅的，圓圓的，連一點頭髮都沒有，也沒生著眉眼口鼻。你們想想吧，好難看哩！」

許多人問：「連五官都沒有麼？」青衣人道：「沒有。」儒生越發不通道：「哪裡來的謊話？就是妖精，也應該有五官。」

青衣人哼了一聲，提高嗓子道：「你們知道，我是說謊嗎？你們不用不信，這還是我親眼看見的。我敢起誓，妖精腔子上只長著一個大肉球，就是沒有五官。」儒生道：「五官全沒有？」

青衣人道：「嘿嘿，真就全沒有！」儒生冷笑道：「沒有口鼻，可怎麼吃飯喘氣？」那老頭子插言道：「妖精吸人精血，跟我們人是不同的。」青衣人立刻得意高聲道：「著哇，到底老年人經的多，見的廣。那妖精身子跟人一樣，就是頭長的跟人不同，腔子上頂著這麼大的肉球，一定是剛把四肢變成人形，頭眼還沒變化好了呢。」

侯金朋在旁聽了，不覺一震，暗推了葉春林一把，教他別走；忙站起來，向青衣人問道：「老兄，你說的這捉妖精的事，你老兄是在什麼地方看見的？」

青衣人向侯金朋瞥了一眼，如獲識主一樣，面對眾人道：「就在謝宅前院看見的。一個妖精現了原形，教雷劈死了，兩個妖精沒現原形，兩隻手和腳都用法繩捆著；我還看見他直動彈呢？還聽他嗓子嘔嘔叫，那樣子

真嚇人。」許多人忙問：「那現原形的妖精是什麼樣？」青衣人答道：「跟狐狸一樣，就是裹著兩隻小腳，穿著小紅鞋，才三寸來長。」

侯、葉二人同聲問道：「這兩個人……這兩個被捉的妖魔沒有死吧？」青衣人答道：「那還活的了？」

侯金朋雙手緊握，站起來，又復坐下去，道：「妖精的屍展現在何處了？」青衣人道：「押到廟裡去了。」侯金朋道：「你不是說他還喘氣麼，又怎麼說活不了呢？」青衣人道：「妖精一到老方丈手裡，那還活得了？人家說啦，押回廟去，拿丹爐燒煉他，練出天魔的內丹來，才能斬決他的神魂。不然他會變化，一道火光，就借遁光跑了。」

侯金朋重重地嘆了一口氣，道：「哦，兩個妖精現時還在廟中麼？」青衣人道：「自然了，那還跑得了他？我眼看一大幫僧家和法官，押著這兩個妖精上了轎。」侯金朋道：「是用轎抬走了？」青衣人道：「不錯。」葉春林重問道：「這兩個妖精究竟穿著什麼衣裳？」青衣人答道：「那可看不清楚，教狗血矢溺澆得溼淋淋的，紅一塊，黑一塊，就只看出是短打扮。」侯金朋又問道：「那天魔可是一肥一高，和我們人身子一樣麼？」青衣人答道：「許是吧，捆著呢，捆得像一個蛋兒似的，我當時沒看出他們的高矮來，就只看見他頭太大，通紅通紅的。」

說來說去，還是剛才那幾句話。侯金明料知此人未必目睹，多半還是聽到別人轉述的罷了。把謝家莊和折柳屯彌勒院的詳址問明，便不再問，向葉春林關照了一聲，叫來堂倌，付了一塊銀子，匆匆出離飯館。

飯館人還在紛紛議論捉妖的事，也有猜疑侯金朋舉動不測的。雅座內另有兩個飯客，在裡面悄進飲食，低聲談話。見侯金朋、葉春林相偕走去，這兩人也慌慌張張，丟下一塊銀子，算還飯帳，一齊出離飯館去了，舉止也顯得很匆忙。

鏢頭侯金朋在前，少年壯士葉春林在後，大步攢行，逕奔謝莊，一口

氣跑出十餘里地。來到莊前，止步抬頭，向村口略打一望。這是個大村莊，人戶很多，也看不出異樣來。二人商量了幾句話，將長衫掩上，整齊冠履，兩人分兩面，緩緩進了前後村口。

尋尋走走，侯金朋到得謝財主門前，看見宅門洞開，門榜貼著黃紙，上有朱墨寫的文字，正從宅內抬出些竹篙、蘆席、桌燈等物，料是正在拆卸法臺。門前圍著許多看熱鬧的人，孩子、成人、男的、女的，伸脖探頭的張望。

侯金朋繞著謝宅踱了一圈，找到一個愛嘮叨的村老，裝做無心閒談，緩緩上前，施禮探問。由拆法臺問到捉妖，由雷劈狐精問到兩個被擒的天魔；然後拋去枝節，盡力追問兩個妖魔的形色、服飾和使的什麼武器。這個村老年高昏庸，說話夾纏不清，再三打聽，方才明白。說：這兩個妖精赤面紅髮，手使鋼叉。

侯金朋料知他是信口胡言，無枝添葉，只得轉問謝家的僮僕。不想眾人見侯金朋突如其來，眼生得很，饒你繞著圈子探問，沒有一個肯說實話的，比在飯館時大不相同。

跟著葉春林也從莊後繞來，假做閒漢，在旁插口閒問。但謝家庸僕那一種豪奴氣像，幾乎人人都把眼睛生在額角上，全不肯搭理這兩個生疏的過客。侯金朋心想，謝宅在鄉間必定很有勢力，很有地位，多問恐惹麻煩，只得停止直叩，留意旁觀。

巷口有一個挑夫模樣的人，蹲在那裡嘟噥。侯金朋心生一計，拿出二三錢一塊銀子來，將挑夫調到村外，以利買動他吐露真話。這挑夫本是鄰村閒漢，因輪不著拆台的庸活，正在生氣，忽於無意中得到這意外之財，不覺大喜過望。站起來，滿面轉笑問道：「客爺，你老打聽什麼事？你老儘管問，只要是這村裡的事，什麼也瞞不住我。哪家有錢，哪家沒錢，哪家有狗，哪家沒有狗，我都知道。」

侯金朋暗笑：「這傢伙拿我當賊了，恐怕他也不是好貨。」

佯做不懂，說道：「你別錯會了意，我只打聽謝家捉妖的事。」

「捉妖」二字還沒出口，挑夫早搶著道：「謝家的事更瞞不住我，連他家大小姐偷漢子，我也知道。」侯金朋道：「唔，誰偷漢子？」挑夫道：「他家十九歲的大小姐。」侯金朋道：「哦，這又是一樁新聞！老兄，我不問這個，我只打聽捉妖的事。」

挑夫道：「捉妖，我更知道了。」遂將謝家如何有錢，如何妖精迷住大小姐，如何屢請法師，捉妖淨宅，百試無效，如何請因諦老方丈築壇捉妖，因諦老方丈未來，只遣大弟子慧師傅前來施法；有頭有尾，細說了一遍。末後才道：「慧師傅的神通也很不小，當場捉住一個九尾狐仙，兩個大頭葫蘆精，如今都收到彌勒院煉丹爐裡，燒煉去了。」

那挑夫好像有憾於謝宅似的，終於又說到謝小姐身上，他說：「客人您看，越是闊家，門裡頭越醜越髒。憑謝小姐那樣人材，頭是頭，腳是腳，玉美人似的，大門也不出，二門也不邁，丫頭、老媽一大群，誰想她會不正經？哪知道啊，『滿街走的風流女，不出門的暗娼家』，饒那麼規矩，到底做出醜事來，所以才招來邪魔外道，騰雲駕霧地來奸汙她。這都是報應，活現世！謝財主霸占人家的十五歲大閨女，老天爺偏教他女兒招妖精！」用手一指上天道：「老天爺有眼睛啊！」

侯金朋順口問道：「你說謝家小姐不正經，她是怎樣不正經？」挑夫道：「這錯過是我，別人再不曉得。謝小姐和她宅上的裁縫有姦情啦！」如此如彼，夜間偷會，買通健婦使女，瞞上哄下，把個裁縫藏在繡樓暗間碧紗櫥後頭，倒也做得嚴密。

聽說都有了私孩子啦！裁縫那小子偷買打胎藥，差點沒把謝小姐給打死。大概教她父母發覺了，頭午才把裁縫散了，哪知裁縫情人不來了，妖精姦夫又來了。聽說裁縫這小子還捨不得走，現在還在鄰鎮開成衣鋪哩。

侯金朋不由詫異道：「這些事情，你又怎樣知道的呢？」挑夫揚揚得意道：「我怎麼不知道？那天夜裡，我親眼看見的麼。

裁縫那小子攀牆頭，跳花園，哼，別人看不見，我可大睜眼，全看見了。」侯金朋道：「你怎麼會看見得這麼清楚？」挑夫忽覺失言，忙說：「我什麼也沒看見，我也是聽人說的。」說到這裡，面現忸怩，上眼下眼地端詳侯金朋，好像心中有點惶恐。

侯金朋不住口地問，他遲疑半晌，方才說道：「客人，謝家的事我都說了，您還打聽什麼？我可要上工去了。」

侯金朋不由好笑，暗想：「這小子半夜會看見裁縫跳牆，恐怕這小子十有八九是個小偷兒。不管他，我且辦要緊的。」

遂再三釘問被活捉的兩個妖精的服飾、兵刃。不料這挑夫說謝小姐偷情，如親眼活見，一說到捉妖，可就很懸虛，很離奇了，只是信口胡謅。侯金朋又惱又笑，索性不再問了，把銀子給了挑夫，重到巷前，那葉春林正和一個老太婆說得高興。兩人打了招呼，見天氣不早，一徑出離謝家莊，回到桃山埠店房，已是萬家燈光齊照。

那梁恩祿和幫忙的謝春雨已先回來，空訪了一天，只聽說彌勒院是座古剎，因諦是個高僧，門徒很多，戒律很嚴，馮、何的蹤跡一無所得。那留守的張彭年在店房早已等得焦急，出來進去好幾次。侯金朋、葉春林進得店房，張彭年忙迎著問採訪的結果。侯金朋把棗林坡探聽得的情形，細細地說了一遍。

梁恩祿也說到謝家捉妖的事，曾聞附近村民哄傳，都誇因諦方丈法術精深。

張彭年大為詫異，說道：「這便如何是好，饒沒有訪出賊蹤，反倒丟了自己的人。這裡面必有蹊蹺。依我看，在謝宅被擒的兩個天魔，有多半

是我們那兩個倒楣鬼。彌勒院必是妖言惑眾的祕密會幫，趕巧了，拿我們的人當妖精填了餡。這工夫還怕馮、何二人性命不保哩！」

侯金朋皺眉道：「正是如此，江湖上裝神弄鬼的把戲很多。且讓我們先吃飯，不管馮、何二人失蹤何處，我們今晚必須先把謝家莊、彌勒院踩探一下。」言罷目視眾人。葉春林、田春禾、謝春雨三個少年很踴躍地說：「去探探很好！」張彭年道：「謝家莊去不去，倒沒什麼，彌勒院恐有會家，也許真會有邪法。探道聽風，我們的人去少了，必然棘手，我們全去了，這鏢車又無人看守，萬一中了他們調虎離山計，這跟頭更吃不起。」梁恩祿矍然道：「這不可不慮！」侯金朋瞠目不語。

少年壯士田春禾為人最機警，聞言微微一笑，答道：「這有什麼難辦？眾位鏢頭可以留兩位守店，我們弟兄三人專管探賊，就由侯鏢頭引領我們去。這樣辦，雙方兼顧，很可以放心了。」梁恩祿忙道：「田仁兄太客氣了，我們絕不是不放心，實在是我們人太少了，分不過來。」

侯金朋慨然道：「我看田、葉、謝三位壯士，少年熱腸，足可依靠。你二位不必解說了。」轉顧田春禾道：「他二位也只是就事論事，我們的人實在太少。田仁兄剛才打算很對，如蒙相伴探廟，我真是感謝不盡。我想這彌勒院必是妖人潛藏之所，前晚窺店的那兩個賊，如果是妖人派來的，那麼此時他們廟中必有防備。我自己去訪，固嫌勢孤，但邀著三位同去，未免又教三位跟著涉險。無奈馮、何二人乃是我們的患難朋友，我們怎能丟下不管？」說著站起來，連說：「人太少，怎麼辦？」

梁、張二鏢客齊道：「人少也得探一下！」葉春林道：「我弟兄情願幫忙，我們也借這機會，闖練闖練。」田春禾道：「況且也不見得準有險，我們可以看事做事，先探謝家莊，後探彌勒院。」謝春雨尤其踴躍，道：「我們一言為定，我們什麼時候去呢？是今晚，還是明晚？」

侯金朋依然沉吟道：「自然早去好，晚一天，何、馮二人便危險一分。

只有一節，我們的人有守店的，就沒有探廟的，我們的鏢車放在店內，也嫌不穩。」

　　三人鏢客為難多時，三少年到此也不好越俎代謀了。半晌，梁恩祿道：「我們莫如盡今晚一通夜之力，先將鏢車送到雙斧閭六那裡。」

　　侯金朋道：「著！我們還可以催他來幫忙。並且馮天來失蹤也該給他送個信。」張彭年道：「我已經派人送信去了。」

　　當下就這麼商定，侯鏢頭把手下鏢行夥計、趟子手、車伕人等傳齊，一一關照了，連夜亮出鏢車，並遣三少年相幫護送直投贛城閭六那裡去。

第八章　錦衣活屍

　　閻六是南路有名鏢客，他的鏢局就開在贛州。侯金朋一行，初落店時，查見賊人窺窗，就知有高手在暗中綴著。當即持帖邀助，閻六立遣馮天來到場幫拳，並答應撥幾個人，在前途伺候。不想未及登程，竟在店中出了差錯，鏢貨未失，人倒先丟了。侯金朋只得押著鏢車，踏著秋風雨路，徑奔贛州。車行中途，忽有兩個騎馬的客人，從岔路跟過來，忽前忽後，與鏢車同行。看舉動似有意，又似無意。侯、張、梁等人大怒，各持兵械，鎮住鏢車。卻喜騎馬客人只是順道走著，一路上沒生事故。進得城來，距閻六鏢局門前不遠，那兩個騎客自驅馬走過去了。侯、張、梁三人相視無語，停住鏢車，登門面見閻六。

　　閻六很以江湖義氣為重，一面細問情由，一面代出主見；派幾個鏢客，幫助張彭年，把鏢車送到地頭。然後吩咐門徒道：「孩子們打點打點，我跟你侯、梁二位師叔走一趟。我那兩把斧頭，還有一袋鏢、數十兩散碎銀子，都預備好了。請你七叔來，我交代他幾句話。」說著站起來，黑面長髯，顯得威風凜凜，氣度豪爽。侯、梁看了，暗暗點頭欽佩。

　　少時門簾一掀，進來一個白面大漢，正是閻六的七師弟韓長江。引見已罷，說明事由，韓長江略一尋思，開口攔阻道：「六哥且慢，我等久聞彌勒院九指上人，道法圓通，戒律精嚴，並不是尋常的出家人。如侯兄所說，恐怕內中還有別情，我們要慎重。教小弟看，我們且去登門請見，先看看風聲怎樣？」

　　侯金朋看了韓長江一眼，說道：「七哥你這法子很小心仔細，好是很

好，我只恐時不我待。萬一他們真是妖人，何、馮二位恐落他手，搭救遲了，只怕性命難保。」站起身來，雙手抱拳道：「明著去，只怕他們不認帳，還是暗探的妙，況且救人如救火，實在刻不容緩，務懇兩位仁兄拔刀相助吧！我只請老哥相幫悄往一探，先訪準我們的人是否在廟，再定第二步辦法，不一定見面就要動手。」

閻六回顧韓長江，道：「就是這樣，我們先到謝家莊、彌勒院左近，探看探看。如果查明何、馮真在廟中，也用不著深夜往救，只煩你老弟帶幾個人，前往行香，面見因諦上人，指名要人。如果他是識相的，交出人便罷，否則我不管他會什麼法術，我們只要查獲實據，一徑去到官府裡，告發他妖言惑眾，陷害良民。這樣子做，侯兄你看好不好？」侯金朋大悅拜謝，韓長江只得點頭。

少時，門弟子將閻六的點鋼雙斧、折鐵短刀和一袋鏢、一隻行囊及一應夜行衣物取來。閻六更衣傳命，帶兩個高足，一同改了裝。連侯金朋、梁恩祿和少年壯士田春禾、謝春雨、葉春林，共是八人，分為兩撥，立刻飛奔桃山埠。

韓長江摒擋一切，撥派鏢師，協助張彭年打發鏢車上路。

將鏢局交託了同事，照應鋪面，自己備具香燭供品，套上一輛車、幾匹馬，打算次日起程，赴折柳屯彌勒院。

當夜三更時分，雙斧閻六和鏢頭侯金朋，率一夥青年鏢客，先到桃山埠、棗林坡。大家聚在深林中，商談分撥路線。

閻六的意思，是想教三個少年、兩個弟子，前往謝鄉紳的家中查探動靜；閻六自己，和侯金朋、梁恩祿兩人就前往彌勒院。

侯金朋覺得不妥，要三個鏢客先後同往兩地，他們少年人，只管巡風的事。閻六笑道：「老弟太仔細了，我看我們還是分兩撥，一撥探廟，一

撥探謝宅，這麼麻利些。」

田春禾志在尋親，頗思探廟，就奮然說道：「侯鏢頭，我們弟兄情願探廟。你要是看我們年輕不放心，就請你和梁鏢頭陪著我們。」

諸人又斟酌一回，遂由闓六、梁恩祿，帶三個少年探廟。

侯金朋引闓六兩個弟子，尋探謝鄉紳的家。雖似避重就輕，也只得如此。因為那地方，侯金朋已經探過一次，比較方便。

登時兩撥人施展身法，出林飛馳。轉眼間，侯金朋和闓門兩弟子歐佐、歐佑，趕到謝家莊。先圍著莊院，巡視一轉，登高四面瞭望一番，便和歐氏弟兄，飛身躍上謝宅跨院的高樓。

此時夜闌人靜，但聞秋風落葉，簌簌發聲，村農早眠，多入睡鄉。唯有謝宅是一村豪家，前後院還有數處燈火，半明半暗，在屋內窗前閃透微光。侯、歐三人攏住眼光，先將內外院落的格局，房舍的層次，路線的曲折，一一看明；又四顧各處，均無動靜。三人打一照會，聳身俐落下樓，分兩路撲奔正院，施展穿簷走壁之能，鶴伏蛇行，各處遊走；單尋後窗，探聽屋中人的閒談口風。卻是內宅各室有火光處，大半殘燈昏沉，門掩帳垂，屋中人已睡去，只有女僕坐夜打盹。

輾轉摸索，又到前院，侯、歐三人分途搜探，前院有一處燈光稍明，照透紙窗。歐佐舐窗內窺，果有三個人在屋中賭錢破睡，彷彿是坐更的男僕；床鋪上還有和衣而臥的一個僕人。

歐佐和弟弟歐佑便挨過來，側耳聽了聽；聚賭的三個僕人絮叨的話，不外罵賭具，喝點子。偶爾話引話，扯到別處，也無非罵主人刻薄，罵內宅女僕可惡，大廚房老鄧刁滑，不給弄好菜吃。歐氏兄弟皆是少年，又不同出身綠林道的人；白晝既沒有探道，黅夜突入民宅，不免有點心慌。哥倆個一路亂搜亂撞，東聽聽，西窺窺，眼見前邊只有坐更的僕人玩錢，後

宅只有值夜的庸婦使女打盹。內外靜悄悄，宅主全都入睡，沒人談起捉妖煉魔的話。

二歐心中焦灼，至此頗感無從下手，急尋侯金朋請教。但見侯金朋不慌，胸有成竹，夜闖民宅，如入無人之境。一路探來，忽見一屋燈光正明，他丟下不看，驀地竄上房頭，向四面打一照。跟著忽又飄身落在庭中，端詳各屋門戶，正不知他有何用意，歐佐、歐佑不得主意，方要輕吹口哨，向侯金朋打招呼。不想侯金朋一條線似地越過大廳，撲奔後面去了。良久良久，聲息不聞。

歐氏弟兄惶惑不解，忙也頓足上房，跟了過去。卻見侯金朋在一排排房舍間，跳來窺去，忽覓定一處，施展「珍珠倒捲簾」，往後窗偷窺下去，半晌不動一動。二歐心中忐忑，登時越房脊湊過來。侯金朋一側身，早已順著房頂，一溜滾似的落在平地，二歐急追過去。侯金朋對二人一揮手，做了手勢，遂又翻身躍上另一座房頂，將身緊掛房簷，懸身下窺。那意思是催二歐繞過後窗，從後窗偷聽窺看。

二歐會意，忙忙竄過房脊，四顧無人，投奔窗前，破孔向內張望。原來此處正是謝小姐的閨房。

二歐端詳這座閨房，坐東朝西，正室三幢，左右耳房兩間，前後迴廊出廈，非常款式。正室兩明一暗，明間昏沉沉，沒有點燈，暗間是謝小姐的臥房，此時錦帳低垂，閨門虛掩。

妝臺上一盞銀燈，吐射黃光，裡外寂然，沒有人聲。二歐不知怎麼回事，窺看了一晌，悄無聲息，就轉身要走；忽聽帳內喟然一嘆，嬌怯怯，正是女孩兒口腔。跟著便聽帳內索索作響，好像床中人要穿衣裳。又過了一會兒，明間忽然也微微作響，倏然間通室明亮，自然是有人將燈點著了。隨後木底鞋格登登的響，門簾一挑，從明間走進一個使女模樣的少女，徑到謝小姐臥室床前，手中好像拿著什麼對象，撩起帳子縫兒，送到

錦帳裡面。

　　只聽這使女輕聲說道：「小姐醒了麼？」帳人中似低低說了一句什麼話，那使女答道：「是秋相公教拿來的。您問這時候嗎？子正三刻了。」

　　帳中人又低低說了幾句話，那使女轉身將燈剔亮，走出明間。少時，門簾一挑，進來一個粗眉亮眼、大屁股小腳的女僕，口打呵欠，手裡端著面盆。那使女拿著面巾、脂粉等物，與女僕一齊送上來，擺在臥室內。那使女放下東西，又湊近床前，與那小姐悄悄地說了幾句話，遂順手把錦帳掛起。這帳子一掛，險些沒把個伏簷窺窗的侯金朋和二歐嚇了一大跳。牙床錦帳內，紅綾玉被邊，坐著一個妙齡女子，穿緊身小襖，擁紅綾夾被、身段兒苗條，腰肢兒纖細。不想她扭過臉兒來，向外一看時，兩道秀眉，一點猩唇，卻襯托著比蠟還黃的一張枯臉、一絲血色也沒有，簡直不像活人，似一具錦裝的死屍！

　　侯金朋暗想：這個姑娘好生古怪，如此芳齡，如此眉眼，分明具著美人體態，卻怎的有這一張枯黃的面孔？若說臉帶病容，卻又舉止輕盈，莫非真被妖精給魅壞了？思索著，見那女子舒玉腕，打了一個呵欠，一扭身，將錦被撩開，登了弓鞋，輕輕走下床來。又懶洋洋地走到妝臺前，坐下來，對鏡自照。

　　點點頭，輕嘆一口氣，如風擺弱柳，重站起身來，走到妝臺旁邊。那庸婦說了一句話，一扭屁股出去了，登時聽見明間的地板格顫巍巍響動。侯鏢頭和歐氏兄弟全看呆了。

　　這臥室內，小姐斜坐在凳子上，由使女服侍著洗了手臉、後到妝臺，對鏡整理環鬢。只草草地掠了掠秀髮，便將妝臺上一隻小抽屜拉開，取出一不大的珠紅漆盒兒，上加銅鎖，彷彿很珍重。小姐親自從衣底取出一把小小的鑰匙，一面將盒兒開啟，一面命使女去帳子裡枕頭底下，取出一物。這小姐接物到手，款款踱到盆架那邊。那使女一退身，款噹的一聲，

碰著小凳，小姐焦黃的雙靨一沉，滿面含嗔低低斥責那使女。使女噘著嘴，扶起小凳，將面盆端出去；門扇一動，忽聽潑剌一聲響。小姐眉峰一皺，悄聲兒罵道：「該死的，越不教你響動，打總的向當院裡潑起臉水來了？」

旋見使女兩手平端著熱騰騰的一盆新臉水，從門簾縫鑽進來。小姐很生氣，不覺提高了語調，數說使女道：「你從哪裡打來的臉水？」使女咕噥了一句，小姐唉了一聲，不再言語。

蓮步微挪，便要彎腰洗臉，忽又叫道：「端燈來呀，你還沒有睡醒麼？」使女微笑著將燈端來，雙手高擎，在旁照著，那小姐便借燈光細細洗臉，先蘸溼面巾，次將盆中之物，用二指拈出一些，擱在溼巾上，用力揉敷，然後雙手捧巾蒙面，一來一回的用力擦拭。

侯金朋此時身在後面，看不見正面，隱隱約約，辨認出這小姐必是又用熱水胰皂洗面罷了。二歐正當前窗，看得分明。

那小姐用盆中物蘸抹面巾，將手臉細細擦淨，又換了一盆水，重洗一回，然後一直腰說：「得了。」便站起身來。使女忙將燈重放在妝臺上，小姐款擺柳腰，輕移蓮步，又到妝臺窺鏡，只在這一扭腰轉臉之際，後窗外的侯金朋正看得發煩，待要調歐氏弟兄到別處去，不想小姐整個的臉龐對著後窗一亮，被侯金朋看個正著，不禁愕然一怔。原來小姐那枯黃面孔，經這一度擦洗，忽然改變，變成白素素一張清水臉了；不著脂粉，更顯得皓然如銀月。便是兩彎秀眉，本嫌濃重一點，洗濯過了，也淡淡疏朗，如遠山橫黛，配著盈盈秋水雙瞳，燈影下遠望，活脫是個淡妝素抹的妙齡美女了。

侯金朋猛然大悟：「噢！那張枯黃臉原來是裝點出來的，但是好生一個姑娘，塗黃花臉做什麼？」跟著小姐一轉臉，歐佐那邊也看清了，也詫異起來了。

侯金朋悟出此女必有把戲，說不定也許與馮、何失蹤有關，便耐著性，在後窗下窺看究竟。只見那小姐對著燈光，就鏡子重敷脂粉，塗唇紅，掠綠鬢，渾不似方才那種懶散樣兒。

不一刻，新妝已竣，便去更衣。披鵝黃衫，繫月白裙，打扮出來，越襯得粉靨櫻唇，妖豔光潔，如芙蓉出水，把剛才病態一洗而光。當此之時，那個俗陋庸婦掀簾回到閨房來，面對小姐，似要密告什麼話。只見小姐把頭一低，雙頰含春，輕輕說了幾個字。那庸婦一扭屁股，側臉旁睨，口角上稍露出笑謔的表情，恰好又被侯金朋看見，那庸婦扭扭地撩簾出去了。

侯金朋心中怙惙，暗想這娘們還要做什麼怪，又聽明間嘩啦一陣響，小姐扭頭對門簾一瞥，雙眉登時緊皺。緊跟著屋頂嗖的一聲，一道黑影飛馳過來。侯金朋急急一竄，離開後窗。

展眼一望，卻是歐佐，從前窗越房閃躍過來，手捫著嘴，教侯金朋噤聲。

原來侯金朋扒後窗凝視之際，只有歐佑尚留在窗根下，歐佑漸漸離開原地，要到別處踩探。他走出一圈，繞回來時，見閨房門扇輕開，那個女僕扶牆貼身溜進夾道。歐佐、歐佑相顧不解，忙相伴竄房越脊，在暗中跟綴下去。這時候已到三更，全宅人靜，這女僕閃閃綽綽，躡足輕行，不知她要做什麼。當時揣度這女僕或者偷開後門，哪知不是；這女僕穿過花園，忽折奔後跨院，走進一間漆黑小屋去。半晌重出，從屋中引出一個人影來。

歐氏兄弟慌忙繞奔前方等候，由歐佑守在夾道口房頂上瞭望，由歐佐返回來，向侯金朋打招呼。剎那間，俗陋女僕把這人影領進小姐院內。歐佑急急竄到後窗，告訴侯金朋；歐佑也從屋頂跟了過來。三個鏢客相聚一處，彼此點手會意。

　　侯金朋揣出大概情形，忙伏房脊，定目辨視。只看出那個人影是男子，穿著短衣衫，跟著女僕，欲前不前，欲進不進，好像有點害怕的樣子。女僕低聲對他說了許多話，男子點頭回望，一聲不響，隨在女僕身後，貼牆根，輕輕的走奔閨房。那女僕顛著屁股，走上臺階，蹭到小姐閨房門前，輕輕一推，門扇吱溜的一響，立刻開了一道門縫，從明間內透出燈光來。

　　侯金朋急借燈光，審視這人的形貌。此人中等身材，蜂腰猿背，身披青短衫，頭頂遮青幅，渾身掛著些蛛絲灰塵，不知在哪裡蹭來的。女僕往屋裡一讓，那人舉步時一側臉，燈光對照，顯出面貌來：白面無髭，眉目清秀，年約二十幾歲，可稱得起雋美少年；但是滿面露出惶惑神情。口咬著下唇，做出鎮定的模樣，手中還捏著一物。登上階石，扭頭問那女僕道：「姑娘呢？」

　　女僕對臥房一努嘴，過去輕彈臥房格扇，低聲道：「小姐！來了。」含笑把少年推推扯扯，讓入外間，調轉屁股，將門扇輕輕掩上，加了門閂，隨即讓男子坐下，送上一杯茶，她就抽身退到內間去了。

　　在這一彈指間，這邊侯金朋跟蹤潛上，直趨閨房後面，重到窗根，破窗內窺。登時看見臥室內，那個小姐握著使女的手，斜倚妝臺站著，臉上帶著焦盼畏怯的神色。忽聽外間人到，這小姐神色陡變，滿面紅雲，一隻手舉起來，捫在胸口上。聽外面說道「來了」二字，她低呻一聲，身往繡榻一栽，跟蹌坐下喘息不定，滿面驚慌，半晌，才命使女打簾子，道一聲：「請。」

　　外間那少年精神一提，惶惑忽袪，摘下青幅來，把身上灰塵略拂了拂，一步來到暗間，手扶門框，隔門叫一聲：「姐姐！」使女忙來掀簾，往屋裡請。這男子低頭進來，當屋一站，二目羞明，遲疑良久，又叫了聲：「姐姐！」那小姐含羞低頭，有聲無詞，答應了一聲。少年逡巡迴顧，似

覓坐具。小姐往妝臺畔椅子上指了指，這男子忙欠身坐下，遂將手中物和頭頂青幅，信手放在妝臺上。侯金朋看了，青幅之外，似乎像一隻白綾做的蒙面套兒，上面繡著鬼臉。

第八章　錦衣活屍

第九章　秋燈私會 ————————————

　　男女相會，使女側身退出，將門簾放下，搭扇也倒掛上，站在明間，衝女僕瞥了一眼。女僕本退到內間，此時又溜到外面偷聽；女婢、庸婦相視一笑。庸婦忽然走過去，噗的一口，將外屋燈盞熄滅；一陣腳步聲，兩人進了小姐臥室的對面暗間去了。一明兩暗的閨房，此時只有小姐的閨房點著燈。歐佐、歐佑已從房頂躍下平地，遂也挪到臥室後窗前，要與侯金朋一同窺看。侯金朋做事謹慎，雖知這是平常的富戶，仍不敢大意，向二歐低語，先繞院巡了一周，分出歐佑一個人來，在房上瞭望，然後破窗重窺。

　　只見小姐已不在繡榻坐著了，此時與那少年並肩站在妝臺前，含羞對視，半晌無語。他們忽然一抬頭，四隻眼直注視臥室寢門。小姐哦了一聲，姍姍走過去，將寢門的閂扣上，回頭來向少年恧顏一笑，又望了望前窗後窗。那少年忙把窗幔擋好，兩個相偕來到床頭，並肩相倚坐下來，低著頭喁喁私語，不知說了些什麼。兩人忽然落下淚來；小姐向枕畔一摸，拿出一紙紅籤，兩人共看。旋又取鑰匙，將臥房一隻立櫃的銅鎖打開，從櫃中搬出兩個預先包好的小包袱，由小姐親手捧給少年。少年面含愧色，搖頭不受。小姐忽然粉面含嗔，將柳腰一扭，負氣將包袱丟在一邊，自坐在茶几旁凳兒上，低頭垂淚。

　　少年搔頭立起來，拉著小姐的手，叫了一句：「姐姐，別生氣！」那小姐把手奪出來，挪坐不言。

　　少年連連作揖，賠笑央告道：「好姐姐，我走時，拿著就是了。」說著

搬小凳，緊挨小姐坐下，手拉手低聲說了好些話，小姐與他相視，忽然又破涕失笑了。

那窗外的歐佑本是鐵血男兒，看不慣這男女調情的把戲，不由怒髮上指，哼了一聲。侯金朋連忙阻住。兩人一招手，退下來，竟奔房頂，找到歐佑。歐佑低聲道：「侯鏢頭，怎麼樣？此來一無所得，竟看見這一雙無恥男女。」

侯金朋道：「老弟不要心焦，我看這兩人且說且哭，內中恐怕還有別情，不一定就是姦夫淫女。」

歐佑想了想，對侯金朋道：「剛才那少年就許是白天窩藏在謝宅內的。看那打點包裹的神情，只恐他今日要乘夜溜出來。」

歐佐道：「不管怎樣，這一男一女必是一對情侶，在這裡幽會，私贈財物呢。」

侯金朋點頭道：「我也這樣想。」便囑咐二歐：「現在我去搜宅，你二位要把著這個少年男子。他如果出來，就請二位試著綴下去。綴到僻處，持刀威嚇，逼他吐實，問問他究竟是怎麼一回事；但不可動武，不可誤傷人命。」說時，拿出假面具來，自己戴上，儼然像個活鬼。二歐各用白綾巾一條，挖了三個洞，露出嘴眼，也往臉上一蒙，卻先將一隻小哨子含在口內，三人這才分兩面，重趨謝宅跨院。侯金朋和歐佐是搜內宅的一撥，歐佑一個人是巡外的一撥。

侯金朋和歐佐各處搜巡，找到三間南房，從窗向內一望，屋裡黑洞洞無光。侯金朋窺視良久，打定主意，急抽短刀，向歐佐暗示，煩歐佐在外巡風。自己便用短刀，輕輕啟開一扇窗，聽一聽，停一停，便踉身一跳，直竄入屋內。歐佐正不解侯金朋將要怎麼樣，只得握刀伏窗以待。侯金朋悄然撲入裡間，裡間一床一帳。侯金朋順手只一撩，將帳子掀開；左手捏火摺只一晃，淡淡浮起一道火光。登時窺見屋中只睡著一個人，內外鋪陳

像是帳房，又像是書房。

　　侯金朋旋收火摺，屋中立刻黑暗。口哨一吹，只聽吱的一聲慘叫，床頭睡漢猛然一動。侯金朋又吱的一吹鬍哨，那睡漢一睜眼，面前黑乎乎，耳畔聽見吱吱連叫數聲。床頭睡漢毛骨悚然，扯被將頭一蒙，呻吟了一聲，不敢動彈。侯金朋輕輕過去，啪的劈面打了一掌，把被掀開，溫聲叫道：「起來，我叫你呢！」將火摺一晃，睡漢惺忪兩眼一看，面前黑乎乎站立一物，白慘慘一顆頭，無鬚眉，紅眼鼻，活是一小塊粉牆，上面按著血紅的孔洞，圓睜著大眼珠向自己示威。這睡漢立刻嚇得大叫，身子往床裡一縮。侯金朋探進一步，張兩手拿住睡漢的雙腕和頭顱，膝蓋扣胸，口對西門，低叫道：「噤聲，不要害怕，冤有頭，債有主，我只問你宅上捉妖，捉著怎樣的兩個妖精？是什麼面目？穿戴的什麼？你要實說，就饒你活命！」

　　睡漢戰戰抖抖，一語不發，他被嚇傻了。侯金朋連連催問，這人半晌才說出：「上仙饒命，是和尚乾的，是劉三請的，沒有我的事！」

　　侯金朋啪的又拍一掌，低斥道：「沒問那個，只問你捉住的兩個妖精，穿戴的模樣？怎麼被捉住的？現在何處？治死沒死？」

　　睡漢掙著命，一個字，一個字，驚驚惶惶的說出來。果然二妖精年貌服飾，與馮、何二人相符，已被因諦上人拿到彌勒院處置去了。

　　侯金朋怒聲警告睡漢：「吾神前知五百年，後知五百年。今晚問你，明天不許你轉告別人！」

　　侯金朋說罷，啪的照這人腦袋一掌，睡漢呻吟一聲，登時昏厥過去。侯金朋早飛身躍出窗外，一拉歐佐，同登屋頂，重奔到小姐繡房院內。不想繡房之內，燈明人靜，錦帳低垂，那少年已然不見了。兩人急找巡風的歐佑，歐佑也已出離謝宅。

　　兩人大詫，忙忙向外面搜尋出去。

卻不知歐佑獨自一人，窺伺小姐閨房時，那青衫少年和謝小姐，說了又哭，哭了又說，經過好久，那小姐把兩個包袱都給了少年。兩人綣繾情深，依依難捨，最後只聽外間丫鬟和女僕輕彈閨門，這一男一女方才憬然告別，由女僕陪少年出院，小姐扶著丫鬟在後泣送；直送到庭前，便掩面回房了。由那女僕引領少年繞牆角，轉影壁，悄開角門，四外探望，一步一試，直走出後街。歐佑立刻悄跟到後街。

到了拐角地方，少年止步，東張西望，四顧無人，轉身對女僕悄說了兩句話。女僕這才轉身回宅，關門上閂。那少年站在街隅，遲疑了一會兒，提兩個小包袱，自往村外小路，低頭急走過去。歐佑不肯放鬆，忙暗綴下來。剛追到村口，見少年已轉到樹林，迎面突現一條人影，把少年一拉，二人便急急往小徑走去。

歐佑道：「唔？」雙足一頓，唰的一聲，跳到路角黑暗處，兩隻眼睛直注小路。陡見那青衫少年一邊張皇四顧，一邊和那黑影拚命狂奔，往這邊逃來。那人影張皇回顧，也往這邊跑來。少年只走得幾步，忽從林中嗖嗖又竄出四條黑影，為首一人把手一揚，只聽得一聲慘叫，少年搶行幾步，翻身跌倒在地，看不清是失足，還是受傷。登時見四條黑影如四縷黑煙，直滾過來。那少年剛剛爬起，喊了一聲：「救命！」卻又撲地栽倒。一前一後兩條黑影已先趕到。但見人影一伏身，撲過來，前面那人好像伸臂挾住少年的上身，後面那人便捉住少年的雙足，只一拖，微微聽見少年哼了一聲，便如電光石火般，教四條黑影扣喉擒肢，連那頭一個人影，一同拖入林中去了。

歐佑大驚道：「這是怎回事？這必是賊！」正是初生犢兒不怕虎，歐佑亮兵刃，抖丹田，大聲喝道：「呔，林中人是幹什麼的？深更半夜綁票麼？」

說時遲，動時快，歐佑挺刀上前叱問，那侯金朋、歐佑也已跟蹤趕

到。三個鏢客合在一起，足底用力，登登登，雁行斜列，連撲過去。百忙中侯金朋急問：「那少年呢？」歐佑搖頭道：「教他們給綁去了。」

侯金朋問道：「誰綁去的？」答道：「林中竄出四五個人，許是劫道的賊。」幾人且說且跑，剛剛接近林邊，聽林深處一聲狂笑，有人大喝：「少管閒事，滾回去！」話出口，暗器出手，七八條白線掠空打出來。三鏢客早已提防，不約而同，嗖的閃向左右。緊接著啪啪啪連響，直穿深林，迎面飛來一陣暗器，都落到小路荒草中了。歐佑料是蝗石，不禁大怒，喊一聲，連發雙鏢還擊過去。卻是敵在暗處，己在明處，顯見形勢不利。三鏢客欲觀究竟，當林不退。歐佑且呼喝，且還擊；侯金朋搶先一步、繞林斜退，竟欲和同伴誘敵出林。

忽然林中蝗石停住，任憑三人對林叫罵，裡面靜悄悄，但聞風吹樹葉，沙沙作響，遙處有犬，緊一陣，慢一陣吠叫，潛藏之人似已溜走了。

三鏢客暗打招呼，分抄到林後，前面荒地雜草叢生，高過人頭，黑莽莽難測。那個青衫少年一聲慘叫，被擄失蹤。那發蝗石的幾個人竟不知怎樣脫走了。三鏢客中以歐佑最為氣盛，依侯金朋之意，要奔彌勒院，接應探廟的人去。歐氏弟兄不肯甘休，歐佑尋一棵大樹，爬上去瞭望。遙見東邊，影綽綽似有村落，白茫茫似是一條大道，兩三箭地外，居然還有兩條黑影，昂然站立不動。歐佑跳下樹來，急告侯鏢頭。三個人也不顧荊棘刺身，橫穿荒野，直奔兩黑影撲來。

前面兩條黑影公然相候。直候到鏢客進撲，相距不及一箭地，兩影一分，把手一揚，又是幾塊蝗石連珠般打到。侯、歐三人略閃，提刀直奔。對面人影猛打一聲呼哨，其聲戛長，搤手中兵刃，急架相迎，雙方打在一處。對手兩個人影穿著奇特，渾身黑綠色短裝，各用青綢蒙面，看不出本來面目。一個使雁翎刀，一個使雙鐵鐧，將門戶緊緊封住，一味封架格攔，並不出力拒戰，口對深林連打招呼。

第九章　秋燈私會

第十章　深閨贈金 ————————

　　長勝鏢客侯金朋，率領歐氏弟兄，進探謝家莊，窺見謝小姐和一個青衫少年男子幽會，方才探得謝小姐滿面枯黃，乃是偽裝，被妖魔魅惑的話，也是假的。在鏢客的心裡，總想這謝小姐情性必然淫蕩，所以裝神弄鬼，勾引情人。哪裡知道：她是一個飾貌全節的貞女，這裡面實含血淚！

　　那個少年名叫許雲孫，乃是謝小姐的未婚夫。她的未過門的翁公乃是一位翰林公，和謝家本是通家至好，不幸因為文字獄，受到意外牽連。家遭大禍，勢等滅門。那少年許雲孫是翰林的次子，他的兄長已經遇難，只逃出許雲孫一個人。多承他的恩師胡癉叟先生慨然冒著大罪，將許雲孫藏匿起來，始得脫禍。胡癉叟是個屢試不第的老舉人，受得許翰林的器重，經許翰林的舉薦，出山做了一任知縣，彼此有患難的深交，所以才有此恤孤匿孤的義舉。但只仗癉叟一人，也不成功，這裡還有一個洗了手的俠盜施三保。從前胡癉叟做官時，施三保受過胡癉叟的厚恩。當年施三保做小偷時，不合偷到劣紳之家，被失主啣恨誣告，陷入劫財殺人的重罪。經癉叟審理出真案情，把施三保由死罪改為竊案小偷的輕罪。施三保由此感激。其後洗手，做了癉叟的館童。賊有飛智，施三保又粗通武技，癉叟搭救故人之子（許雲孫）時，施三保忙前奔後，出力不少。

　　過了若干年，案情漸冷，許雲孫藏在恩師家，恍已十八歲了，遂改姓更名，由俠盜施三保做了侍僕，找他岳父謝鄉紳來投親。謝鄉紳是個膽小如鼠的人，恐懼禍及，拒絕敢見。施三保想出法子來，到底謝鄉紳推不開，才和女婿見了面。只想給許雲孫一些錢財，不敢收留人，教他到別處逃性命去吧，這裡可是留不得。雲孫越說小村莊沒有妨礙，謝鄉紳越害怕

推辭。

退婚的話，他倒不便出口，可也露出「避之若浼」的神色來。

話語之間，怨恨親家翁不該這麼不知檢點，以文字賈禍。好像人家自己找死是應該的，連累親戚擔驚受怕，太不對了。「你父親是老書呆子，你們年輕人更是不知輕重！」

許雲孫痛念亡親，本已銜悲，哪肯再聽人家當面斥責了；少年負氣，越聽越不入耳，他就冷笑著，索性講出威嚇岳父的話來。他說：「小婿家破親亡，一貧如洗，多承恩師保全，苟活至今，一死毫不足惜。正如岳父老大人所慮，我也怕形跡不檢，犯了案，累及好人。我知道岳父擁財自娛，身家很重，打起官司來，最易受牽連。但是我並不打算在此久戀。如今人情紙薄，恤孤救孤的義士是沒有了，卻是像家師那樣的人還有。小婿此來，只在求小姐下嫁，只等親迎以後，便隱姓埋名，遠走高飛了。我還是投奔家師去。」話風中帶去：「你如悔婚，我便豁出去，拖人下水。」

翁婿鬧起意見來。謝鄉紳被姑爺頂撞了幾句，深恨少年人膽大狂妄，「一個避禍的年輕人，反倒威嚇我來了！這小渾蛋這樣下去，早晚要出事的！」翁婿不歡而散，謝鄉紳回到內舍，對妻子說了，要想法子把許雲孫驅趕出去。不過他疑慮過多，又不敢下狠手，他也不是窮凶極惡的人，只是懼禍怕連累的心，勝過親情罷了。

可是事情竟弄僵了，鬧出笑話來。謝小姐和許雲孫幼時見過面的，自牽紅線，彼此早結同心，又守著女子三從四德的道理，矢不別嫁，要從一而終。結果，由翁婿的猜嫌，變成父女的失和了。謝小姐看熟了那些舊傳奇小說，把什麼公子落難、小姐贈金的故事，拿來當真事做。外面有義僕俠盜施三保幫忙，內部買通婢媼，裝神弄鬼，和許雲孫幽會，要幫他應試成名。自以為做得嚴密，不意紙團包不住火，到後來，反弄得飛短流長，人家把她看成淫婦了。

侯金朋和二歐偷窺的這一晚上，正是謝小姐約著未婚夫，做末次的幽會，勸他更名進省應試。侯金朋和歐佐、歐佑俱都把謝小姐看錯。這件事本來和鏢客們查詢同伴無關，可是人性好奇，他們竟要根究一下。於是在昏夜荒郊突然遇上了暗算。

　　在鏢客眼中，那個幽會的少年許雲孫，從小姐繡房，提著包走出來，恍然見林邊迎出一個人影，跟著又竄出三四個人影。少年失聲一呼，旋被那多的人影拖入林中。侯金朋和二歐攀樹望見，心中暗笑：「這是偷情的遇上打榪子的路劫了。」為要看看真相，便趕過去。哪知道先迎出的那一條人影，正是此事的主謀人，那個義僕俠盜施三保，後出的結夥人影卻是暗算他的人了。

　　施三保是個小偷，不是江湖大道，花拳繡腿會上一點，他最出色的本領乃是挖牆洞，開箱鎖，然而他為人卻熱心，他裝神弄鬼，把謝宅上下擾得六神不安，自詡妙計奇招。許雲孫赴祕約、入謝宅，施三保便在外面等候。忽然間，他看見謝宅上有人影閃動。忙攏目光注視，料是他的同行梁上君子光顧謝宅來了。初想可笑，轉念一想，陡然害怕，替小主人許雲孫擔起心來。倘若梁上君子不得手，被宅上人發覺，小主人便要連帶倒楣。偷東西的賊跑了，偷情的人或者就許頂了缸，這是一慮；或者賊人是高手，也許梁上君子惡作劇，替本宅捉姦，這又是一慮。他藏在林中，替許雲孫出汗，正要過去保護雲孫，忽見許雲孫出來，方放了寬心。便叫了一聲，忙迎上去，向許雲孫問道：「二少爺，見到謝小姐沒有？沒遇見賊什麼的麼？謝宅可是進去黑道朋友了，我去嚇唬嚇唬他們去！」兩眼盯著前面，正要退去。

　　不防螳螂撲蟬，黃雀在後，在他二人前邊，是三個鏢客，在他二人背後，悄悄的蛇行而進。另來了幾個怪人，這幾個怪人正是彌勒院派出來的大批豪客。

　　這幾位怪客渾身穿黑綠色短衣，持套索、鉤槍、鉤刀，臉蒙青紗，潛身穿林，繞到許雲孫、施三保的背後，猛然撲出來。施三保到底驚覺，忙一轉身，大驚道：「不好！」還想動手，沒有得手兵刃，只一把匕首，便拔匕首刺去。來的人兵刃很怪，突然在面前起了一道白霧。施三保急閃不及，被黑乎乎的東西罩住頭面，同時雙臂如被箍住一般。許雲孫更是很容易的教人擒住。兩人的手臂，立刻被反剪過來。施三保大悔疏忽，腦中登時明白，被人家「套白狼」了。性命不保！

第十一章　鏢客失手 ─────────

怪客手法極快，立刻將許雲孫、施三保手腳捆住，往肋下一挾；另一個人跟隨，如飛的穿林走去。當此時，那邊莊前唰的一聲，二歐和侯金朋，一齊跳落平地，如箭地追來。

怪客們做法極有步驟，擄人者儘管走去，另有兩人橫刃前迎，把一侯、兩歐擋住，口吹鬍哨，通知黨羽。一個掄雁翎刀，一個使雙鐵鐧，拒住林徑，和侯金朋、歐佐、歐佑打起來。侯、歐三人怒目窺看，兩人穿黑綠衣褲，戴有紗面巾，不得窺見盧山真面，三鏢客連聲的喝問：「幹什麼的？」兩怪客默不置答，也不出力打，一味向深林打招呼。這二怪客只是阻擋著三鏢客，不讓他們追入。

侯金朋等不明白他們是怎麼回事，只想這必是「偷情」遇上「路劫」。歐佑喝罵道：「快把萬兒報出來！」侯金朋道：「把人給我交出來！」

怪客仍然不出聲，只是輾轉遊鬥。二十餘回合之後，使雁翎刀的怪客忽然啞著嗓子叫道：「喂，行了吧？」使鐧的賊且鬥且說：「還得拼一會兒！」

於是賊人雙鐧、單刀，改守為攻，又鬥了十餘合。突然那一個賊人將雙鐧一擺，轉身一望，口中又吹起胡哨。那一個使刀的賊便喊一聲：「扯活！」兩賊虛晃一招，喝道：「著！」發出暗器來，趁鏢客一閃，猛然跳出圈外，翻身便走。不奔村落，繞林而逃，奔出一段路，突然分開來，一東一西的跑了。

歐佑大叫：「好賊，弄什麼詭？」鏢客這邊，也急抽成兩路，二歐追那

使刀的，侯金朋追那使鐧的。使鐧賊人飛行術甚高，跑起來疾如箭馳。侯金朋大怒，施展身法，扶刀窮追下去。眨眼間，追出很遠了。這一追，使刀的賊人似乎腳程慢，跑出一二里，二歐眼看追及。

這賊回頭瞥了一眼，奔一道荒崗逃竄，二歐就跟蹤追上荒崗。崗後叢草中，忽暴雷一聲斷喝喊，鑽出來高高矮矮三四條大漢，呼的一聲，各拔兵刃，將兩鏢客前後、左右圍住。那使刀賊人也翻身掄刀，加入戰團，連叫：「哥們，捉活的呀，他們有同夥。」這群夜行怪客一齊攢攻，身手矯捷，殺法迅速，莫說歐佐、歐佑的武功還平常，就是本領再好，也吃了雙拳難敵四手的虧。只幾招，歐佑立被人家打倒，忙大聲喊，催他哥哥快走，回去好勾兵求救。歐佐紅了眼，只是拚命苦戰不退，工夫不大，立刻通身是汗。這夥夜行人喝道：「朋友，不要支持了，想逃出我們手去，可是不行！」

歐佐實在力盡筋疲，又不忍舍弟而逃，看一看侯金朋，不知被使鐧的賊引到哪裡去了。外援既絕，身陷重圍，咬牙怒喝道：「小子們，別費事了，二太爺認栽了！」把兵刃往地上一扔，兩手往後一背，怒著血球似的雙眼，叫道：「太爺渾身上下全是磨刀石，你們隨便招呼，皺一皺眉頭，便不是朋友！」

幾個夜行人把大指一挑道：「這才叫漢子，沒別的，朋友你先委屈一會兒。」掏出繩索來，把二歐手腳全綁上；用手巾把面目矇住，嘴也堵上，身上也被蒙上什麼東西。像粽子似的撂倒，扛起，什麼話也不說，把二歐捉走。

侯金朋不知去向，探廟的人也不知吉凶，二歐身已被擒，尚不知這些人究竟是做什麼的，也不知他們這麼擺布自己，到底何為。歐氏弟兄，被人扛著，兩眼任什麼也看不見，只覺著一路顛頓，敵人默默無言，疾行如飛。約過半個時辰，撲通一聲，二歐腰背頓地，被丟在地上，好像到了地

頭。兩人口鼻悶氣，耳輪中轟轟作響。猛聽得耳畔有人說：「快去開門。」

過了一會兒，才聽見敲門，拔閂，推門、上閂種種聲音。

跟著又被人扛起來，昏昏沉沉走了不多遠，又聽見一人問道：

「幾個？」答道：「只捉住兩個。」

迎頭那人道：「怎麼這時才回來？可是扎手麼？我們的人沒有傷損吧。」

答道：「不扎手，倒也平常，我們的人全平安回來了。這兩個就押上去麼？」迎頭那人道：「不行，頭兒忙著呢，你看天都快亮了，等等再上去吧。」

夜行人說：「那麼就抬到東閣子上，跟那邊抓來的放在一處。」

那人答道：「不，上邊留下話了，要分開押著，到後邊去吧。」

二歐猛覺得身軀又被一擲，一滾一翻，頭巾全下來，呼吸頓暢，腿腳上的繩索也已解開。睜眼看時，黑沉沉，一間小屋，有門無窗，潮氣撲鼻，好像是地窖，自己正置身地上。立刻有兩個幪面的人，拖自己，倒剪二臂，繫在木柱上。二歐不禁喝問道：「你們是幹什麼的，你們無故劫擄行人，你們可是線上的麼？」

幪面人一拍二歐的頭道：「朋友，暫且歇著吧，少打聽，別亂動，少時有人審你，你再說話。到了吃飯的時候，給你送飯，不要害怕。」

歐佐、歐佑將眼一瞪道：「呸，老爺是不怕死的，老爺有命無錢，有刀只管給我一下，要痛快的。你們要施展慢招，零碎毀我，我做鬼也咒你。」

幪面人一笑道：「你當我們是綁票的麼？」

歐氏兄弟冷笑道：「你們不是請財神的，一定是彌勒院線上的，不要裝傻！」

那幪面人的手一動，出聲一哼，仍不答話，轉身出門，扣閂上鎖，飄

然走了。好半晌，不聞一些聲息。

　　二歐定醒了一會兒，凝目細辨周圍，看這小屋不過方丈，高約一丈四五，在屋心放著幾口大皮缸，還有幾具破椅子、舊草薦、空罐子。那邊牆上，還掛著幾隻葫蘆，一把破傘，蛛絲灰塵很多，屋門倒鎖，外面靜悄悄，寂無人聲，卻不時聽見「託託」的聲音，不曉得是什麼東西響。二歐容那幕面人走開，不覺流露出真情來，彼此相顧，十分的憂愁。歐佑更抱怨哥哥歐佐不該戀戰，以致一同被擒，沒法子送信求救了。兩人心想：「此地必是匪窟，或者竟是彌勒院。侯金朋追那使鐧的夜行人，但願他沒有遇險，才好回去報信。還有探廟的梁恩祿和自己師傅閻六，想或不致遇險，如未遇險，不知他們能否根尋到此處，設法搭救自己。」

　　二歐思潮湧起，心頭麻亂，搖頭長嘆一聲，將眼閉上。不曉得過了多少時候，猛聽外面一陣騷亂，人聲雜沓，忽近忽遠，漸又沉寂下去。二鏢客坐困待斃，度日如年，覺得周身疲冷，似已度過一整天的工夫。屋中昏黑如宵夜，又陰霾似雨天，卻不道屋外驕陽高照，剛才晌午。

　　二歐垂頭喪氣，不覺說道：「算我們弟兄倒楣，為了管同行的閒事，送了命，太冤枉了！」

　　二歐忽覺外面有腳步的聲音，漸漸前進，到屋門口停住。

　　二歐相顧示意，覺得來人正在偷窺門隙，向內張望自己，便故意咳了一聲，外面開鎖拔閂，果然門扇一閃，進來三個人。二人提刀，一人攜食盒水瓶，乃是給囚徒送飯來的。二鏢客負氣不食。那個拿刀的笑道：「朋友死還不怕，還怕豆腐鹹茶麼？

　　今天不吃，還有明天，明天不吃，還有後天。來吧，好漢子不要做老麻雀的傻事，生氣不吃，餓死誰心疼？」

　　二鏢客一想，也是，正色問道：「我們要打聽打聽，我們是落在仇人手裡，還是落在道上同源手裡。這頓飯不問明，不能叨擾。」持刀人笑

道：「先吃吧，吃了飯，我們仔仔細細的談。」那提食盒的人便過來，將一卷餅夾著鹹菜，送入二鏢客口中，吃一口餵一口。一張餅下肚，二鏢客搖頭。那人又提過水瓶，口對口讓二歐喝了一氣。

鏢客端詳來人，發話道：「朋友，……」那人撤身搖頭道：

「我們沒有話。」二歐道：「我只問這是什麼所在，我們落在什麼人手裡？教我們死也死得明白。」那人目視同伴笑道：「我們只管餓了餵你餅，渴了灌你水。再見，再見，你要打聽別的話，另外有人告訴你，你不要忙。」三人一笑，關門出去。

歐佑恨恨的罵道：「可惡！捉著我們，瞞著我們，不死不活，什麼意思？他們倒要把你我怎樣呢？」兩人胡思亂想，猜不透人家的用意，更不知自己吉凶禍福。

過了一會兒，門開處又進來兩人，都是不露真面目，披長袍。帶風帽，只留兩眼，靠著鏢客，分左右坐在草薦上，和鏢客攀談起來。開始套問二歐的姓名來路。二鏢客起初抗不置答，後來也想乘機探聽敵人的舉動，和同伴的下落；便互示眼色，和敵人敘談起來。來人問鏢客的姓名，鏢客堅不吐實，怕給他們鏢局子丟臉，信口捏了個假姓名。來人又詰問他二人操業，二歐不肯自承是鏢行中人，捏造身世，只說是過路客人，跟著又反詰來人：「你們黑夜伏林，架綁行人，你們準是線上的朋友吧？」

來人微哂，忽然說：「我們是鄉團。」二歐道：「鄉團還敢私設地牢？」來人又是一笑，既不承認，也不否認，轉過來盤問鏢客，共有幾人，和謝紳士是否認識，有無仇隙。二歐搪塞不答，直費了許多話，雙方全無所得。來人含慍說道：「朋友，我們是公事，你說實話，我們好放你。你可不要自誤，我們當然是鄉團。」

歐氏弟兄冷笑道：「公事怎麼不過堂？我們剛才所說的一切，俱是實言，信不信由你。我們實是過路行人，夜過荒郊，當然要結夥伴帶武器防

身。我們走到林邊，遇見你們倚多欺少，跟我們動手，我們不能等著挨劫，我們當然要抵禦。我們打不過你們，同伴拔刀相助，也是出門人的常事。現在我們不幸被捉，殺剮存留，任聽你們。你們就算是官面，是鄉團，我們也是這幾句話。」

來人又一拍歐佑的肩頭道：「朋友，真人面前休說謊話，過路人可有夜進民宅，在人家房頂亂竄的麼？你們在謝家胡鬧，我們都知道！」

歐佑不語，來人又道：「朋友，你另外那一個夥伴把實話都說了。」二歐不由一驚，卻又淡漠下去，認為來人是使詐語。

那人又道：「你們一共兩撥人，一撥窺探謝家莊，一撥窺探折柳屯，對不對？現在我再問你一句，你可是北路鏢頭胡繼平手下的人麼？」鏢客只搖一搖頭。又問：「再不然，是贛州閻六鏢局的鏢客？」二歐也不答。

來人技窮，負氣開門出去。臨出門，扭頭說道：「別要後悔！」二鏢客哼了一聲，將眼睛合上，聽那人已掩上門出去了。

昏昏暗暗，又挨過好久候，忽然門扇洞開，火光射眼，五個壯漢，蒙面持刀，帶著繩索，冷然直走進來，二鏢客睜目看了一眼，心血立刻沸騰起來，料是生死關頭已到，趕緊強自鎮定下去。

第十二章　囚室奇逢 ————————

五個壯漢挺刀擬項，一語不發，解去木柱上的繩索，把鏢客歐佐、歐佑架起來，仍然倒剪二臂，頭臉拿布蒙上，腳脛拿絆套綳上；七手八腳，抬出黑屋，三走兩繞，到一空廳放下，並撤去面罩、腳索。五個壯漢緊緊押定，把二歐立在廳堂上。

二歐睜目四顧，見廳上迎面放著方桌，桌上只擺著一盞小燈，燈光暈黃，閃爍如豆，照得大廳四壁慘淡不明。桌旁安排著三張大椅子，列坐著三個人，都穿黑袍子，背燈斜坐，面目模糊不辨，只看出一瘦兩胖。

下首坐著一個人，嗓音蒼老，沉著發問道：「你們既到這裡，最好說實話。看你們舉止打扮，很像武林出身，你們可是受官府買囑，前來打探的麼？北路鏢頭胡繼平，可是你們兩人的師傅？你們夜入謝家莊，究竟何干？對我從實說來，我可以打點放你。江湖上的人麼，應該知道面子，問一句，說一句，有一句，算一句，絕不吃虧。」

二鏢客昂然睨視，看這三人舉止沉默，不帶草莽豪氣，竟猜不透這些人的來歷；因此依然設詞支吾，堅不吐實。座上的三個人發問，反覆開導，直盤詰有一頓飯時，二歐咬緊牙，不肯自認身在鏢行，更不說明自己的來意，反而叩問他們是做什麼的，為什麼攔路打劫行人，捉住自己，打算怎樣？

上首坐著的那人是黑面長身大漢，怫然動怒，將手一拍桌子，喝道：「我這是審你，既不實說，拉出去砍了！」左右監押的壯漢登時暴雷一聲喊，動手抓住鏢客的臂膀，要往外拖。

座上第三人又催問一句：「還不說麼？」二鏢客閉目箝舌，一言不發。

座上人喝命行刑，眾壯漢把二鏢客蒙頭捆腿，押解出去。

曲折行走，送到一間黑屋，改用鐵鏈，把二人縛在粗柱上，撤去頭罩腿絆。鏢客知道要行刑，把眼睜開一看，旋又閉上。忽然肩頭上被人猛擊一下，二歐一睜眼，那幾個押解來的壯漢說道：「你們倆倒是硬漢子，可惜沒有眼色，回頭行刑，不要懊悔呀！」二歐道：「任你花言巧語，我們只是一個死！」五個壯漢哈哈一笑，隨即鎖門退出。

此時屋中已無他人，二歐相顧無計，剛要說話。隨聽外面腳步移動，二歐立刻住口。半晌，隨腳步聲由近而遠，似已繼續離開這裡。二歐暫不出聲，先看周圍的情形。凝眸良久，方看清此處是長甬形的窄屋，較舊押之所長著數倍，氣味潮溼，似是地窖。黑影中，屋內只壁上高掛著一盞小油燈，火焰似有如無，淡淡發出一團黃光，屋中空蕩，一無長物。四隅立著大小好幾根木椿，上釘鐵環，長有八尺，分明是專為縛綁人用的。二歐看了，不由聳然。二歐自己便被綁在兩根木柱上，略靠門左。右首木椿上也拴著兩個人，此時正聞聲扭頭，向自己這邊張望。忽然有一個人叫道：「那邊可是歐家哥們麼？」

二歐極目力，歪著頭端詳，黑影中略辨面目，似是鏢客梁恩祿。二歐大驚，忙問：「是梁師傅麼？你怎麼了？我師傅呢？

你們探廟也失腳了？」梁恩祿微喟道：「可不是，你師傅寡不敵眾，已經退下去，我沒見他被擒。有他這一走，或者我們還有救，只是你們哥倆，不是跟著我們侯鏢頭，探謝家莊去的麼？

怎麼也落到廟中了？」

二歐大驚道：「怎麼，這裡就是彌勒院麼？」梁恩祿詫異道：「你們失陷在廟裡，怎麼還不知道？你們到底是在哪裡被捉的？我問你，你們那一路，還有別位被擒沒有？」二歐愧然答道：「大概就屬我們倆不濟，我們是

在謝家莊東面樹林邊上，被七八個大漢包圍失手的。侯鏢頭許是沒事，別的人我們沒看見，恐怕只有我們弟兄倒運，梁師叔你呢？」

梁恩祿嘆道：「我們是誤中圈套，在廟中吃了虧。有一位姓謝的少年，乃是新朋友，也陪著我們失陷了。還有一位姓田的，恐怕也沒有逃出去。我們太對不住人家了！」

這話才出口，在二歐背後，立刻有人搭腔道：「那算什麼，貪上就得算著，是我們願意自告奮勇啊。」二歐忙道：「這是誰？」梁恩祿道：「就是謝朋友。」梁恩祿竟在囚室中，替雙方報了名，又客氣了幾句。然後接著說：「剛才他們單訊了我一次，硬說我是鷹爪孫，要窺探他們。我猜他們必是祕密會幫，不知你們哥倆也教他們審問了麼？」

二歐道：「他們將我兩人擒住以後，就用大塊布蒙頭蓋眼，抬到一間黑屋子裡。我們眼睛耳朵都教狗東西給堵塞上，任什麼也看不出，聽不見。若不是剛聽師叔說話，我們還不知敵人是誰，也不知自己置身何地呢？剛才他們把我們訊了一回，因我們不肯吐實，拉出來說是要行刑，卻把我們又弄到這裡來了。這會子他們又出去了，以後還不知結果怎樣。師叔你看怎樣呢？這裡既然真是彌勒院，這廟中人物到底怎樣個路數？

你可曾窺察出來麼？他們真是賊廟麼？昨晚你老人家和我師傅，搭幫探廟，究竟遇見了什麼？怎樣墜入他們的圈套？可是身入廟內，和他們交上手，勢力不敵麼？我師傅難道真丟開你走了麼！」

四個人滔滔互問，竟沒留神黑屋子那邊兩根大柱後，還另外縛著兩個人。歐佐微微聽見哼聲，猛然憬悟過來，眼望梁恩祿道：「師叔你看那邊，似乎還綁著兩個人，可就是我們要找的馮、何兩位師叔麼？或者是別位遭擒的朋友麼？」歐佑道：

「呀！別是那個青衫少年吧？」

　　梁恩祿道：「哎呀，不是，不是，我們的話說多了。我問問吧。喂！我說這兩位難友，你貴姓大名？因為什麼，被這廟裡的和尚，擅自拘禁在此？有多少日子了？」說著，掙鏈扭頭，眼光一轉，斜注視到柱後。

　　柱後被梆的果然是兩個人，從這邊看，僅見一肘，詰問聲中，聽見動了一下。右首那個人應聲微微一掙，兀自遲疑不語；左首那人往外掙了又掙，露出半個頭來，很吃力的扭頸往這邊看。半晌，低低的哼了一聲，眼掃著梁恩祿，好久，好久，才又哼了一聲，很頹唐的說道：「咳！我麼，……估摸綁在這裡，有兩天三夜了！」跟著鐵環錯響，那人似搖了搖頭。

　　二歐和梁恩祿、謝春雨一齊騷然，這彌勒院竟是這麼厲害，敢搜捕多人，私設地牢麼？因而想到自身的安危，不禁越發憂懼。歐佑和謝春雨忍不住尋看柱後，謝春雨被拴的地方夠不著。二歐的鐵索較為鬆長，被他們掙著身子，極力的伸頭探腦，瞥了一眼，歐佐就發問道：「你們二位到底為什麼事，被拘在這裡呢？跟廟裡有仇麼？」

　　被拴的兩人，左首的那人向右首那人努嘴切齒道：「你們瞧這個萬惡該殺的奴才，我和這個奴才是仇人。你們問我為什麼倒楣被捉麼？我就是受了這小子的害了！」右首那人本來垂頭喪氣，一聲不響，聽見這話，陡然揚起頭來，照左邊那人呸的一聲，啐了一口道：「該死的畜生，我和你死在一塊，我痛快！到陰間一同做鬼，也值得過。你這混帳東西！」這兩個難友反綁在屋隅椿後，竟然你一言，我一語，對罵起來。

　　這時燈昏影暗，屋中人面都辨不清楚。梁恩祿和歐佑、歐佐、謝春雨，越發的覺得詫異。四個人各自努力掙扎，探著身子，竭盡目力，尋視二人；方才由歐佑和梁恩祿隱約看出這兩人的全個身材來；謝春雨到底沒有看著。這兩個人全都身材健實，短打扮，戴包巾，登快靴，好像全是武林中的漢子。左面那個身矮年長，右首那個身長肩闊，年歲稍小些。兩人

互相醜詆毒罵，唾津紛飛，恨不能掙開手腳上的鐵鏈，跳過去咬仇人一口，才覺痛快，倒把擒他囚他的惡僧，丟在懷抱之外，把切身生死，也置之度外，這就怪道了！

　　梁恩祿、謝春雨和二歐，見這兩人暴跳互罵，又納悶，又覺驚奇可笑。事到如今，生死不保，就有何等怨仇，既已落到惡僧掌心，還有什麼心情吵罵？這可是「但有三寸氣，半點不饒人」了，這兩個未免太已傻氣，梁恩祿看他兩人挺著身子，越叫罵越凶，起初還知顧忌，語聲很低，後來竟破口喊嚷起來。梁恩祿禁不住笑道：「兩位難友算了說吧！我們是死在眼前的人了，還有什麼事情，化解不開？我們幾人前生有緣，今日同死，留一分氣，不必亂罵吧。你二位何妨把落難的情形，說給我們聽聽，我們也許五行有救。」

第十二章　囚室奇逢

第十三章　難友互訴 ———————————

　　上次說到，彌勒寺院宣法捉妖，捕捉鏢客，將幾個鏢客關入地牢，地牢中原來還捆綁著兩個人。鏢客不由驚詫，不由動問起來。那兩個被捆的人便爭著自述起來。

　　左面那年長身矮的人氣忿忿說道：「說，我正要說說！男子漢，大丈夫，生有何歡，死有何懼？只是這奴才太狠，太不懂交情。朋友，你幾位給我們評評理。當著朋友面，動刀行凶，硬劫人家師兄的鏢，江湖上有這樣人物麼？這還不算，等到自己被擒，還教朋友受累，一個公道屁不肯放，恨不得把朋友也拖累到裡頭，一塊兒挨刀才趁願，這算人麼？」

　　話猶未了，右首那個身高的，登時惡狠狠的啐了一口，罵道：「你娘個死皮！老子今天拼著和你同死，俺才算不冤！你受我的累！我受你的累！我們拍良心想想，到底誰受誰的累？」

　　左首那人立刻扭脖項，遙對梁恩祿說道：「朋友，你聽他放狐狸屁？不客氣說，我是綠林道，我一點也不含糊。我有一個生死患難的弟兄，喂！我說朋友，我看你們三位也像線上的老合，你可知道『三點會盟』麼？」

　　梁恩祿道：「哦！」心頭一轉，暗道：「且慢，我得留神別漏言！」急忙說道：「啊，我怎麼不懂？我們同行，有一個住閒的朋友，他的本家久在南邊，也吃綠林飯，據說跟三點會盟有過來往。想必這一盟不是在幫裡，就是線上上，我還摸不清，就知他們很興出許多切語。」

　　謝春雨冒冒失失說道：「原來這裡也有三點會呀？」

　　矮漢子兩眼直勾勾注視謝春雨，驟然說：「你倒明白，你也在會麼？」

　　梁恩祿忙咳了一聲，謝春雨忽然也起了戒心，說道：「這裡面可沒有我，我也不在盟，我也不曉得三點會盟是做什麼的。我只閒時，聽他們說過幾句三點會盟的黑話。」

　　矮漢子道：「聽誰說過？」梁恩祿忙搶答道：「無非是江湖上好事之徒說的罷了。你打聽這個做什麼？朋友，你還說你的吧。你那位弟兄究竟與那三點會盟，有什麼相干？這又與你被擒有什麼牽連？」

　　矮漢子道：「唉！我們落在人家手裡，死到臨頭，還顧忌什麼？我那個生死弟兄，實對你說，他就是三點會盟裡一個健將。這話可犯忌呀，好在咱都是道裡人，說出來也不吃緊。他姓楚，叫楚庭堅，排行第七。我們這老七三年前，跟明月字號的夥計，說江南謀劃著要成點事業，不幸謀洩，倉促發難起來，會中首領明月道人在芒碭山被圍。山中弟兄本來相助，臨時受誘倒戈，明月道人竟被他們賣了。我這個弟兄就在山坡火起時，背負著明月道人，逃出重圍，後來就不知下落。有的人說：明月道人失事後，已經被捕，就地正法了。有的人說：

　　明月道人憤極自殺，殞命在江南荒村小廟內。傳說紛歧，不知究竟。」

　　這矮漢接著說：「我這個弟兄本是由江東三點會盟推派去的，專為扶保明月道人。現在他二人一同失蹤，我們又派出老么仇元直，專去搜尋明月道人和楚庭堅的下落。哪知他這尋人的人也一去不歸，到今半年，行蹤不明。聽江湖上傳說，仇元直已遭意外，卻還沒死，只是當時身受重傷，左肢已殘。旋又聽一異說：他也未死，也未受傷，已經尋著活的明月道人，和死的楚庭堅了。現在仇老么和明月道人，一道一俗流落在豫鄂交界，乞食度命。傳說紛紜，未知虛實。我們這一夥生死弟兄總共十四個，仇元直是老兄弟，最精幹不過。我是行二，我們大哥自從老么走後，整日

憂慮，時時落淚。後來聽見這個風聲就派我和老三，分途東行，尋找我們老七、老么。等我到了江南，一路訪問，果然聽人說：『鄂北地方有一跛丐，慣用手掌擊碎石塊，又善投石子打鳥，時常在廟市上賣藝賺錢。』我聽了心中就一動，疑惑是我們苦命的么弟，我連忙撲到那邊去找。不想到了鄂北，再打聽時，據說從前倒有這樣一個丐者，他那條腿已然折斷，傷口未合，流血流膿的。曾在鄂境流連，後來傷口漸癒，隨即不見。我訪不著他的下落，當時無法，只得浩路再訪。」

這矮漢又道：「誰知訪到江西，又得一信，乃是綠林道上的朋友傳過來的。說是贛州地方，前兩月果有這樣一個奇丐，但並不準在一個地方，好像是過路遊食的。我想這奇丐如果是仇元直老弟，他應該投托當地同道，自然會有人僱車送他回來，何必如此自己掙命呢？但又轉想，他是初出師門的少年，或者小心過甚，不懂得江湖結納的勾當，也未可知，我就在贛州附近，盤桓打聽，我們老三也找來了。及至問他，他也說訪得這一帶，有一個擊石彈鳥的遊食跛丐，揣測著必是老么。但我們老三卻又另得一信，說這個跛丐已被官廳鎖拿了。我聽了，焉能不驚？正自沒做理會處。」

說著，扭頭一瞥那身長肩闊的漢子道：「偏偏我該死，遇著這個魔鬼！他和我是同鄉。」

長身漢子唾罵道：「你才是我的魔鬼呢！朋友，你們聽聽，我是保鏢的，我念他是同鄉，他找師弟，又是江湖上的義舉，我便指給他一條明路。我說：仇元直沒有被捕，那是謠言。要找他，我可以領你去，我是知道的。朋友你聽，難道我這不是好意？偏他小子心眼多，不信我的話，好像我騙他似的；打發他們老三，另去官廳，搜尋底案，鬧著什麼殺官劫牢。他自己卻又跟著我一處走。我送鏢已畢，便單身帶著他，繞道尋找那個跛丐，我的確見過跛丐這個人，這個人的確尚在人間，就離現在這個地

方不遠，約有七八十里地，正害著病哩。」

　　長漢又道：「不意我領著這小子，走了兩三天，就在前站、山根底下，忽然來了一撥黑鏢。這小子賊根不改，說是斷了盤川，要打劫人家的鏢。我也說暗中試一試看，這趟鏢來頭古怪，鏢客很年輕，保鏢的趟子手也非常眼生。我躲在一旁，不去管他。哪知他們一交手，竟有一個騎馬的少年鏢客，從後面趕來答話。趕到這少年鏢客一報萬兒，偏偏是我的同門師姪，他叫小陳皓。既是同一宗派，我哪能坐視不管？我只得出頭解勸，喊著：「併肩子，同是道上，同源，動不得手啊！」

　　矮漢子扭頭道：「呸！虧你還解勸哩，我饒住了手，你那師姪反倒暗發一鏢，下毒手算計我。要不然，這夥子凶僧哪會捉得住我？那不是你害的？該死的奴才！」

　　梁恩祿勸道：「不要爭吵了，且聽這位講完了。」

　　長漢子道：「本來我那師姪年紀輕，沒經過大陣仗。不是有這麼句話麼：『初出犢兒不怕虎』，年輕人總自覺了不得。你以為是讓他，他還當你輸了招，露了破綻呢。你看我的面子，就該多多包涵。」衝梁恩祿叫道：「朋友，你猜怎麼樣？他竟跟小孩兒們使絕招。我從林中緊喊緊跑，已經趕不及。可憐二十來歲的孩子，竟被這狠毒小子一刀刺死！料想人家還有父母、嬌妻呢。你道這小子狠不狠、毒不毒？一點不給我留情面，我呢，可就急了。哪知這當兒，走黑鏢的幾個夥計，一見交手，就棄鏢順山坡跑了。這小子趕盡殺絕，他還要追，還要殺人，可就追出差錯來了！」

　　矮漢子忙插言道：「嘖嘖，我追就是要殺人麼？我是叫他們回來，我有我的交代，我有我的辦法。」

　　長漢子道：「你小子不用遮說，你殺了人，有什麼鳥辦法？」對梁恩祿道：「當時我就說：『你小子別跑，我的師姪慘死在你手，就這樣算完了麼？』他小子站住了，我就亮出兵器，先竄過來，驗看死的。一刀洞腹，

腸破血流，是沒救的了。我便說：『殺人的償命，我們拼了吧。』我掄刀一跳，要跟他動手。正在這工夫，忽然山後，轉出一夥子僧人，風馳電掣價趕過來。想必是聽見鏢行夥計喊叫救命，會武的自然要拔刀打抱不平。這夥僧人圍過來，武藝好生了得，他們老遠一望，望見我這師姪橫死在林邊，我和這小子都握著凶器。他這群和尚就不問皂白，喊一聲：『好賊，膽敢在我佛地行凶！』一直衝過來，亂發蝗石、飛箭，連我也打起來。」

那長身大漢接著恨恨道地：「這時候，這小子稍有人心，便該說明真相，替我分辯幾句話，也算江湖上天理良心。哼哼，哪想這畜牲竟一言不發！群僧將我和他一鍋煮，圍攻起來，我連說：『師傅們罷戰，我不是強人。』這些僧人一味蠻鬥，把這小子先擒住了，末後把我也饒在裡頭，這小子到底半句公道話也沒說。朋友咱不是怕死。像這樣賠在裡頭，我堂堂鏢客，竟和他一個毛賊死在一夥，糊里糊塗，還落個賊夥伴的壞名，教我怎不恨煞？這小子簡直是剝皮畜牲，沒有人味！」

矮漢子把眼瞪得圓彪彪的叫道：「你們聽聽，他可說完了！

他小子明著勸架，暗中助他的師姪，故意兒打攪我，咱也不惱，咱很夠交情，立刻住手。誰想他師姪乘我跟他答話，竟施暗算，拿鏢打我的要害，這小子假裝看不見！」

長漢子搶著說道：「我沒喊麼？」矮漢子罵道：「那叫放狗屁！鏢打出來，你才喊？」

那矮漢子似乎怒極，就掙著鐵鏈，對鏢客叫道：「朋友，你們瞧，他師姪那一鏢直穿我的小腿肚，疼得我要命。他若公道，就該兩攔著。誰知道這奴才虛張聲勢，衝我瞎嘮叨，他那師姪可是趕盡殺絕，鏢到刀也到，冷不防差點把我劈了。我已經受了他一鏢，我能不自衛麼？我一股子急勁，閃身推刀，將他師姪刺倒，也不算我虧理吧！他並不想，這件事若不是他拉偏手，我斷不至於負傷；我不負傷，便不會敗中取勝，驟刀殺人。

這是一。我不負傷，便不肯使毒招，自然不會出人命。既沒出人命，那夥和尚也必不致抱打不平，群來圍攻。不圍攻何致他和我雙雙被擒？這是二。再說咱的綽號叫『火燎雞毛』，別看沒有本領，咱的手腳是快的，若不是腳中鏢創，就被圍攻，憑那夥笨和尚，我也不會活現眼，教他們擒住。你們想想，那不是這小子偏向師門，不顧友誼，拉偏手害的我？他還說我帶累他，朋友評評理，這到底是誰連累誰？」

那長漢子依然不服，開口還罵：「我帶你找你盟弟，你倒殺了我的師姪，你還有理？」

兩人一還一句，反覆辯論，各說各的理，喋喋不休。梁恩祿等已然聽明，他們倆本是武林同道，只因中途遇見鏢車，一個要劫奪盤川，一個護師姪攔阻，才弄得兩敗俱傷，被彌勒院眾僧把二人全給捉住。既已問明情由，梁恩祿勸解一回，這兩個漸漸息怒。這二人便換轉話來，動問梁恩祿的姓名、職業，因何也陷在廟中？梁恩祿先問他兩人的姓名。長漢、矮漢俱各說出：長身名叫秦通海，矮漢名叫火燎雞毛譚昭。梁恩祿聽罷，不覺的也把自己的事，從實吐露出來。

第十四章　猿獒爭鬥

那天晚上，梁恩祿引領贛州名鏢師雙斧閆六，和田春禾、謝春雨、葉春林三個少年，馳赴棗林坡。先訪伍姓，次再踩探折柳屯彌勒院，查詢馮、何二人的下落。時過三更，方從伍家出來，一無所得；等到轉赴折柳屯外，已近四更天了。依著雙斧閆六，因天色過晚，打算住手，且候明天。梁恩祿心焦意急，葉、田、謝三少年又年輕氣盛，便說道：「既已來到，姑且先逛廟，認認道路門戶也好。」閆六看看天上殘星，勉強笑道：「也好！」

五人腳下用力，繞出折柳屯，東行數里，便近彌勒院。這彌勒院北靠一帶叢林古墓，南對棗林坡，西對折柳屯；中間隔一條道，東邊一望無垠，良田綠稻，遍是廟產蔥田。這座廟宇好生巍峨，紅磚黃瓦，殿廡層疊，望去不只一百多間。本是元人佞佛，有這等顯宦，捐廉建此功德，規模原很闊大；曾經一度荒蕪，現在才經因諦和尚整頓起來。兩個鏢頭，三個壯士，身臨廟外，借樹隱身，望了一望，都無可疑。便分兩路，繞廟牆巡視一周。山門坐北朝南，石獅旗桿列立兩邊；石階高大，正門角門緊緊掩閉，黯然沒有燈火，隱隱聽見木魚聲音。梁恩祿和贛州鏢頭閆六，分偕葉春林、田春禾、謝春雨三少年，摸到廟西邊，擇一棵古楊樹，爬上去向內窺望。這廟宇計有五層大殿，各正殿偏殿全無燈火，左右禪房多所，有幾處窗透微光。鐘樓不響，佛殿無聲，唯聽見夜風吹打，和路旁的長松古槐，瑟瑟作響。五個人把廟裡形勢探得大概，見東北角廟宇疏落，黑闃僻靜，似較空虛；便溜下樹來，徑奔到東北角。擇屋角掩錯處，由閆六帶田春禾、葉春林；由梁恩祿帶謝春雨，分為兩撥，各占一方，趨至廟牆根。

撮出石子，輕輕向內一丟。

側耳一聽，吧嗒一響，別無動靜。閻六看了看牆頭，高有一丈六七；便掏飛抓，一掣而上。越眾當先，肘跨牆頭，將腳一登，全身已到牆上。又探身向內一瞥，單臂攀垣，隨將右手一揚。牆外梁恩祿四人登時見狀，知道無妨，忙將飛抓一抖，也上了牆頭。五個鏢客分做兩行，前瞻後顧，向內試探，這邊似都無人。便紛紛伏身徐行，沿牆頭南走十數步；閻六、葉、田登上西邊房，梁謝登上東邊房；蛇行鹿伏，往裡邊挪動。

轉瞬間，五個人兩路進探，已深入內廟禪院。便停住不動，再撮石子，輕投問路，院中還是寂無反響。看這廟內，竟沒有巡更守夜之人。五人放了心，越過房脊，縱身跳下。疾走遊廊，捷如飛鳥；登高滾塵，輕如落葉；不一時，連穿數道寺院，兩撥人已進入重地。因見廟宇層層相衛，院落甚多，覺得探查不易；便拋開殿廟，略揣格局，互相呼應著。單找齋堂禪舍。一路尋覓，到一所在，好像職事僧人的齋舍；紙窗西向，微透燈光。閻六向梁恩祿打一手勢，仍請梁、謝二人據高巡風；自率田葉二少年，攀簷下地，輕輕躡足，斜越院庭，往東面湊了過去。梁恩祿暗暗關照謝春雨，握刀託鏢，伏在對面房脊後巡風。

鏢頭閻六插雙斧，提匕首，施展夜行術，引田春禾，葉春林，一步一試，繞奔東禪房後窗。才攀窗一望，這僧舍三間打通，另有兩個暗間。禪房分兩行高設，共有二十四副坐具；只有二十三個和尚閉目打坐，好像已入睡鄉，那首座的座位恰恰空閒著。閻六心想：「這裡探不出什麼來！」轉身向田、葉點手，正要輕輕踱開。田春禾剛剛攀上窗，還想看一看究竟；被葉春林從後扯了一下，正要抽身轉奔別處。閻六已攀後窗，忽一回顧見僧舍燈光頓熄，不覺心驚。急向田、葉示意，躡足退步，藏身到暗處窺聽；忽而隱隱聽見一人咳嗽。三人竦候半晌，再聽不見僧舍動靜；這才從暗隅輕輕出來，輕輕退去。走角門，越過一座大殿，又有一道角門，通到

另一所在。

這所在也似禪室，兩面齋舍間大，燈光正明，照耀滿窗。

梁恩祿等從房頂溜過來，仍然伏脊巡風；閻六等身在平地，蛇行上前，急急的趨簷偷窺。只一望，不由十分詫異。這齋堂上放著大圓桌一張，圍坐著幾個僧人、幾個俗裝大漢。各人面前放著紙條，看情形不像唪經禮佛，直似有所密議，聲音低微，外邊一個字也聽不出。列座諸人，中有一個黑面長身大漢，科頭儒服，氣像威猛；和一個白眉老僧，道貌儼然。這二人好像是主要人物，大家都面對著兩人，目注口動，很敬重的講話。

雙斧閻六側耳良久，斷定此廟殆非佛門善地。忽聞內禪舍淨然響了一聲磬，在座僧俗不覺訝顧；那個白眉老僧輕輕說了句話，堂中僧俗驀然轉臉，齊向窗外望來。雙斧閻六登時愕然，往後退了一步。

正在游移思退，猛聽身後房頂上一聲怪叫，堂上僧俗突然起立，一霎時廟中燈光全滅。閻六大驚，田、葉也不覺張皇。

三人急抽身回顧，見房脊上，梁恩祿握刀巡風、伏身探頭，猛然翻身躍起，向下面擺手。閻六低叫一聲：「有毛病，快走！」

急一指房頭地上，田、葉二少年急向四面看時，有兩條黑影，從南邊小院矮牆上，竄將過來；其疾如箭，一直的奔梁恩祿、謝春雨藏身之處。又有兩條黑影，向梁恩祿退路截來。卻是這大禪堂內中聚議的人，竟一個也沒有出來。

雙斧閻六見黑影撲近，亟思匿跡；那田春禾、葉春林兩個少年竟轉身拔刀，似欲迎敵。閻六暗道不妥，忙低打口哨，催二人速避，自己急急的抽身，竄奔東北原路。田、葉二人也已省悟，忙打舉手回應，一抹身跟蹤過來。三人從平地躍登屋頂，竄房越脊，伏身疾馳，要與梁、謝二人會在一處，一同撤退。在這昏昏夜幕裡，居中大殿後脊，陡聞吱吱的連叫，隨聲湧現出兩條龐大的黑影，白光連閃，似有暗器劈風打出。梁、謝二人

似被暗器夾攻，左右閃躲，有手忙腳亂之勢。到底梁恩祿有經驗，低喝一聲：「快下！」冒險翻身，落在平地上。謝春雨揮刀亂晃，也忙忙的跳下來。

兩撥人眼看湊在一處，不想這一跳，反弄得梁、謝剛剛竄落地上，閻六、田、葉剛剛躍登房上，彼此又隔開了。當此時，後面追來的兩條黑影，前面截堵的兩條黑影，已如飛鷹也似趕撲過來。謝春雨從高處一頭跳下來，剛剛挺身躍起，那後追的黑影為首一個狂叫一聲，明晃晃利刃高舉，一個虎跳，照謝春雨腰肘猛剁過來。謝春雨急頓足側閃，那另一黑影就撲奔梁恩祿；梁恩祿不等敵人逼近。反搶上一步，揮刀急刺。敵刃剛到，叮噹一聲，刃鋒相對後火星亂迸；黑影閃一閃，仍撲過來。梁恩祿覺出敵人力大，正要用刀斜擊；忽聽撲登一聲，謝春雨突然跌倒。梁恩祿大驚，急急將右手一揚，一縷白光射去；雙足一頓，掄刀拋敵，忙來搶救同伴。那謝春雨不知怎的，會猝然跌倒；兩手據地，正要竄起來；可是追來的黑影已然挺刀下刺。梁恩祿失聲一呼道：「啊！」忙把手一揚，但見謝春雨一滾，又一登，嗖的一聲，卷地竄出一丈開外。那當前的黑影忽一側身，收腳不住，一頭衝過去，拋刀跌倒，背上中了梁恩祿一鏢。

謝春雨回頭掄刀，照那跌到的人影，惡狠狠一下。但那後追的另一黑影已到，將利刃貼地一挑；謝春雨急待收刀，竟來不及，又是噹的一聲；手中兵刃險被磕飛。廟中人的刀法竟這麼快，手勁竟這麼強。梁恩祿覺出不利，招呼謝春雨急退，喊聲：「風緊，扯活！」眼望牆角，方要奪路。猛聽隔院發出一種枯澀的唆喚，立刻犬吠聲大作；同時從別院奔出數人，將梁恩祿、謝春雨圍住在核心。那前邊堵截來路的兩條黑影也把雙斧閻六和田春禾、葉春林擋住。廟裡人竟將五鏢客分截在兩處，團團圍攻，情勢漸緊。

那一邊雙斧閻六不是泛泛的武功，提匕首，扣鋼鏢，護著田、葉二少年，忽高忽下，當先奪路。滿盼著梁、謝二人能夠跟上來，五人協力，可

出虎口。哪知廟中人真不好惹，五鏢客進探容易，退出卻難；一聲磬響，彌勒院張開了網羅。那抄截出路的人影，把兵刃一晃；閻六貼身猛攻，把匕首一遞。敵刃一掃，錚的一聲，虎口震開；閻六的匕首脫手而出，像箭似的激出兩三丈高。雙斧閻六毫不驚慌，兵刃雖失，抖手一鏢；敵影便往左一竄，竄出一丈以外。閻六就勢拔出雙斧，握在掌心，立刻托地往右一竄，也竄出一丈以外。這便隔開兩丈多遠了。閻六蜻蜓三點水，提斧連竄，上了牆頭。誰知一回頭，那田、葉二少年被另外的敵影截住，未得跟出來。

田春禾、葉春林拚命掄動掌中刀劍，搏敵搶路。那敵影十分滑脫，左遮右攔，擋住了去路，絲毫不放鬆。閻六大忿，轉身忙來接應。猛聽東南隅鐘樓上「噹噹」敲動，一連數下；倏時間，全廟各處燈火齊明，許多僧俗亮出兵刃，分數路，穿前殿後殿，搜尋過來。閻六情知要壞事，暗道：「這可怎麼好？

這得趕快！」揮動雙斧，跳下來一陣亂劈；趁廟眾還未曾抄聚過來，要把田、葉二人先救出廟外。同時他還想深進一步，搶救那失陷在核心的梁恩祿、謝春雨。但已時不可待！

鐘聲噹噹，敲打轉急；驀然間，從東角門透出一片猙猙吠聲；有兩條巨大的黑影，督促著一群龐大的猛獒，竄前撲後的奔出來。獒眼如燈，爪牙似鋸，一露頭，便把閻六、田春禾、葉春林圍上。那巨大的黑影也俯腰上前，揮刃索鬥，口中發出怪叫。閻六一看大駭，急招呼田、葉二人，趕快上房。那群猛犬圍著房頂狂叫，那對巨影竟也跟蹤撲上房來。

百忙中，閻六等急凝神偷看這一對巨影，黑懍懍，毛森森，身材高大，腰背佝僂，面目怪怪，鼻掀齒露，巨眼炯炯，鼻息咻咻，不像生人，直似惡鬼。把田春禾、葉春林嚇得驚怖失措，初疑巨影是幕面偽裝，哪知此物真形便是如此凶殘。

閻六久闖江湖，猛然驚悟；久聞南方有一怪俠，外號鎮山王羅欣，手下豢養著靈猿神獒，凶猛無匹，莫非這東西就是他手下會國術的猩猩？倘真是的，絕不可與敵。心中涉想，雙斧封閉門戶，向敵喝問；這黑物果然不答，一味進撲。閻六急忙張斧虛攔，不跟他硬碰。這黑物各提厚背短刀，扭動起來，上下劈風，勢不可擋，但只一件，這東西似乎知進不知退，知攻不知守；並是你不跑，他不追；硬是馴獸，不是怪物。閻六深知此物力大無窮，久戰必致互傷，未免不值；急喚田、葉二少年，登房逃跑，自己挺身當敵，照黑物發出兩個飛蝗石子。

這兩個黑物同捱了一下，倏然轉身，向閻六這邊一望，登時吼叫起來。閻六且戰且走，忽往旁一退，黑物立刻追來。閻六稍一招架，賣個破綻，轉身就跑；直跑到房簷邊，腳登屋瓦，搖搖欲墜。黑物果然大喜，雙雙照閻六一人猛撲。閻六驟然一側身，振吭暴喊如雷，順手一斧削去。兩個黑物急避不及，你碰我擠，失腳登空，撲登一聲大響，摔下去一個，直摔得吱吱怪叫。

雙斧閻六趁空斷後，招呼田、葉二少年登房疾走。平地上群犬亂竄，三個鏢客直走到屋頂盡頭處，欲下無法；閻六忙收雙斧，取出鏢槍，大喊一聲，對禪院群狗擲去「噹啷！」一連三鏢，只聽「嗷！」的一聲叫，一獒中傷，群犬嗚嗚的亂叫，向落地的鏢槍撲咬過去。閻六急說：「快下！」又復兩鏢，先打落地的黑物，次打登房的黑物。地上的黑物摔了一滾，早已爬起來；鏢鋒已到，佝僂著腰，掄刀一格，噹的一響，鏢槍餘勢未衰，擦肩而過。黑物驚吼，提刀閃眼，尋找投鏢的來路。那房上的黑物伸巨爪，來抓田、葉二少年。葉春林最機警，趁勢抓出幾個蝗石，滿天星亂投出去；向田春禾打一招呼，隨托地一跳，下了地，上了短牆，一溜煙竄出廟外。閻六大叫：「快快！」抹頭當先，忽房上，忽地上，搶奔西北角。葉春林居然脫出廟牆以外，田春禾一步落後，才竄房下地，撲到西北，便被敵

截住。閻六恨一聲，復又掄斧還殺。

　　廟中早有人登高瞭望；鐘樓窗兩面洞開，挑出一盞紅紙燈籠，一盞綠紙燈籠。鏢客奔西北，紅燈直指西北；鏢客折向東面，紅燈直指正東。各齋堂禪居的僧家，扎綁停當，約有二十餘人，已持兵仗，隨鐘聲燈影，兩路分抄，截住了梁恩祿、謝春雨；又分人來堵閻六和田春禾。閻、田二人被堵在西北角，梁、謝二人被圍在三層殿四層殿的當央空庭中。僧俗混戰，忽聽一僧叫道：「首領出來了！」燈光火把一閃，那白眉老僧和黑面長身大漢，領僧俗數人，登上一座月臺，指點觀戰；但只望了望，旋又下去，竟不肯出戰拿人。另有一個怪僧，提僧袍，握鋼鞭，跨上東面房；望見閻六、田春禾飛奔西北，再越過跨院，便要逃出；這僧立即望天大叫數聲，群獒一窩蜂跑過來。

　　怪僧連連用手指點，隨一翻身，繞道竄房，往西北搜去。

　　群獒眼望著僧人，在地面且嗅且跑，尋路跟隨過來。忽然，那兩隻黑猩猩又湊到一處，緊緊追趕西北方逃人；路熟腿快，竟越過來，阻住前路。閻六咬牙翻身、改往東北角衝出；田春禾緊隨在後。群狗趕到，不敢直走平地；兩人伏著腰、登簷走壁，一路飛奔，折到東北面一個所在。院牆已盡，廈簷不連，當中露出昏黑開敞的一塊空院；非跳下去，通過空院，走一段平地，不能逃出外面。閻六急急回頭，向田春禾一點手，直循房脊，往斜刺裡閃去。剛竄過兩排房，隨見兩僧一俗，藏在房下牆隅；一見閻六同聲大叫：「在這裡呢！」抖手一暗器，閻六急閃。「吧吧吧吧！」一連四下，閻六都已躲過；不暇還招，扯一扯田春禾，急急竄逃過去。尋一屋角，簷牙交錯，四顧暗處，似無伏兵；忙跳下牆，抹後牆根，認定東北，往前再闖。

　　閻、田一前一後，抄轉小院，才探足邁進、猛聽嘻嘻一陣狂笑，那唆狗的僧人當庭而立。群獒嗚嗚的叫著，繞院亂竄，不曉得他們怎麼先繞到

這裡。閻六略一遲疑，後面黑猩猩已在房上尋叫，張牙舞爪，似發狂怒。那僧人提鞭一揮，群獒唿嚕嚕的撲咬過來。閻六一看，又落到前後夾攻之勢，料非闖陣不可。好在群獒不能跳牆，猩猩只知直取，閻六便咬牙握斧，向田春禾低叫一聲，如一陣旋風，往斜刺裡砍殺過去；斧光撩亂，猛如巨雷。竟憑這一股勇氣，衝過小院，一頓足，攀上短牆。田春禾緊跟在後，頓足加肘，也往短牆上一竄。不防院後牆外，忽閃出一僧，手挺白蠟竿子，喝聲：「下去！」只一擰，又一拍，對著閻六，竿如輪轉，倏掃過來。雙斧閻六武功了得，急打千斤墜，縮蜷身手，從竿下翻出短牆外；一道狂煙，連閃連竄，奪路越過大牆，奔出廟外。

那廟中人收招翻身，將白蠟竿一抖，又奔田春禾。田春禾急避，不防遲了一步。小院短牆裡邊，兩隻龐大的猛獒剛剛趲撲過來，當牆一竄，前爪搭著田春禾下半身，張嘴便咬。田春禾急攀牆縮腿，往後一蹬，那狗溜下來；第二條狗早又撲到，扶牆人立，雙爪一搭，抓著田春禾的左腿；田春禾肘跨牆頭，竟翻不過去，忙就勢抬腿猛踢，剛把第二隻狗踢開，頭一隻狗也人立起來抓來。牆外持竿人趁勢舉竿連搠；田春禾招架不迭，頭面肩臂捱了兩下。牆外人大怒，收竿掄圓，喝一聲：

「打！」這一下較足了勁，劈風發響；田春禾擋不住，往下一鬆手，急挺膝蓋較勁，翻落牆根。兩隻狗略一閃挪，嗚的一叫，重撲上前。田春禾早就地一滾，挺刀站起來，照兩狗猛砍。但群獒已陸續尋蹤趕到，猙猙聲眾，前撲後竄，亂衝亂咬。田春禾一退兩退，退到牆角；掄刀亂掃，護住身軀。

牆外持竿僧見逃人被擊墜地，忙將白蠟竿一點，飛身站在牆頭；從高向下，劈、碰、點、打，舞動長竿，不住手的俯攻。田春禾身落絕地，危險異常。

第十五章　渠魁勸降 ——————

　　這次探廟，只逃出雙斧閻六一人。田春禾被圍在彌勒院東北角；梁恩祿、謝春雨被困在廟內腹心之地，在三層殿、四層殿當中空庭內。田春禾被一隻白蠟竿、數只獵狗，上下圍攻，負隅而鬥，本已不支。那唆獒的僧人又騎牆望見，急大叫一聲，手捏嘴唇，發出怪嘯聲；其聲哀屬，恍如猿啼。兩隻巨大的猩猩從房上傴僂而至，聞嘯回頭；僧人比手畫腳，對田春禾指點叫嘯不已。兩隻猩猩瞪目一瞥，忽然露齒發威，發出低低的猙聲。雙爪一探，從房脊上直竄下來；只一撲，早到田春禾的跟前。田春禾慌忙退開，掄刀拒戰。兩隻猩猩張牙舞爪，夾在猛犬隊裡，狠鬥田春禾。

　　田春禾越發危急，百忙中，偷眼一望牆頭，那耍蠟竿的大漢已經登高阻住長牆。田春禾待要斜趨下地，奪門而走，這兩隻猩猩和七八隻猛狗，又滿院亂撲，竟離不開牆角。田春禾只剩拚命了，將刀掄圓，橫突直前，一路刀光砍去。忽然，一隻狗竟人立而起，搶奔腰肋。田春禾側身急閃，嗤的一刀，將惡狗刺倒在一邊；這狗慘號數聲，鮮血四濺。驚動群獒，登時怪叫亂竄。那一對黑猩猩聞見血腥氣，也忽然獸性發作，丟下田春禾，亂逐群獒。頭一隻猩猩俯身下去，抓住那隻裂腹而死的狗，嗅了嗅，便爪撕口吮，喝起那死狗的血來。後一隻猩猩，稍稍落後，便上來奪取。兩隻巨猿爭食，將死狗劈裂兩半。群獒越發狂吠，猩猩不住怒吼。田春禾目睹慘屬之狀，當不得渾身毛戴，趁此機會，忙竄出圈外，覓路急逃。耍蠟竿的大漢，急急橫竿攔住。

　　那唆獒僧人見狀大忿，努嘴連喚，群狗重又合圍上來。那黑猩猩抬抬頭，只顧吞狗血，嚼骨撕肉，不肯挺身再戰。僧人大怒，信手揮鋼鞭，趕

101

過去驅嚇指使。黑猩猩一抖毛，猘猘露齒，竟要咬人。原來這野獸只怕皮鞭，不怕鋼鞭。僧人忙奔回房，將皮鞭取出；啪的一甩，鞭梢震地，兩隻猩猩登時嚇得棄狗站起來。僧人右手揮皮鞭，左手一指田春禾，發出唆使聲來。田春禾且戰且走，已挨近牆邊。兩隻猩猩望望田春禾，又望死狗；樣子有點戀戀不捨，只想吃狗，不願拿人。怪僧人一個箭步竄過去，把死狗扯腿丟擲牆外；然後掄皮鞭，連抽連叫。兩猩猩這才一個張空爪，一個提單刀，跑過來追戰田春禾。

田春禾已搪開白蠟竿子，躍上東面牆頭；打算跳下去，逃出廟外。不想才一登高，隔院早有數人，手持激筒，伏在牆根等候，田春禾才說聲不好，那數人把激筒集中一打，陡有數股白霧噴射出來。田春禾往旁竄閃，鼻觀早聞得一股辛辣之氣，嗆人慾嗆；登時眼花耳鳴，渾身酥軟，撲冬地摔下來，被廟中人活擒住。

那一邊，梁恩祿、謝春雨兩個人，也不是一碰就倒的漢子。從後面且戰且走，被兩條黑人影前遮後繞裹住，不得脫出。好容易奮力奪路，衝過一道角門，前面有一道長牆擋住，梁恩祿低喝道：「上！」謝春雨滿頭是汗，雙足一頓，應聲躍上牆頭；忽哎呀一聲，順牆頭栽過那邊去了。梁恩祿大吃一驚，急忙奔救，也要冒險登牆；那條黑人影恰已綴到，一聲不響，掄刀便剁。梁恩祿急忙招架，力戰不得脫身。竟這麼糊里糊塗，聽著謝春雨被擒，連怎麼失腳都不曉得。兩條黑人影刀法迅速，且鬥且喚援兵；梁恩祿不敢戀戰，急思逃路。趁敵人未集，賈勇一衝，殺開一條路，狂奔過去，後面猛犬吠聲已起。

梁恩祿心知惡狗難以力敵，還是登高逃走為妙；遂不走平地，往斜刺裡一竄，衝開一道角門，專奔黑影狂逃下去。

忽然迎面嗖的一聲，發來一支暗器；緊跟著人聲驟起，燈火候明。梁恩祿知道從這裡逃不出去，忙又另覓出路。旁有一道長牆，牆內昏暗無

聲，梁恩祿頓足躍上去。不意登牆只一望，這裡更不好。這隔牆院內，短裝的僧人已經雲集；四面八方，屋頂牆頭，門口院角，凡是房壁連線處，平地出入口都有廟中人，上上下下，三三兩兩，把守住了。在極東，距離自己這邊，約有百十步，還有一夥人，持兵刃，於寺鐘喤喤聲裡，跳下竄上，好似正圍捉自己的同伴。梁恩祿眼光一繞，四面情形瞭然，不禁涼了半截；他自己早被包圍，萬難逃脫了。

在鄰院內殿柱後還站著兩人，牆南伏著兩人，東面月亮門又伏著一人。僧俗皆有，個個手握兵刃，躍躍欲動；只等自己跳下來，便動手兜擒。梁恩祿既望見他們，同時他們也早已望見梁恩祿。他們這些短裝僧俗，立刻互相照會，一齊動手；霎時間暗器先發，兵刃後到，分三路堵截過來。單留一面空路，似守著「圍城必缺」之戒，故意教人闖，梁恩祿也只得揮刀下闖，闖出一段路，退到南面一空院內。那使喚猿猱的異僧，尚未露面；那兩條黑人影卻死釘著梁恩祿，一步不放鬆。其餘人眾已從房頂牆頭，跟蹤躍追上來，登時又將梁恩祿圍在垓心，禪杖、短棍、刀、槍齊上，密如麻林。梁恩祿閃、轉、騰、挪，情知不了，狂打亂竄，仍然死拼。不一刻，聽一人嚷道：

「天不早了，弟兄們拿鏢鏢他！」一人接聲道：「你們留神，老師傅有話，務必捉活的。」當下戰場略一鬆動，有三四個人退出來，躍登高處，掏鏢的掏鏢，扣箭的扣箭，要照不致命處，打傷梁鏢師。

鏢師梁恩祿強打精神，左閃右竄，提防遠近的襲擊。忽一陣猙猙之聲，那怪僧人又已率猩猩、猛犬尋來。梁恩祿長嘆一聲道：「完了！」

正當危急之機，迫於睫前的時候，忽又聽人層後面。一個高大嗓音喊道：「怎麼樣了？老師傅陪著主領出來了。」眾人接聲道：「只剩下一個。」

人群又微微一閃動，從前邊殿後，轉出來兩個短衣僧人。

手提著紙燈，當前開路；後面一個白眉老僧，空著手、只拿一柄蠅拂

子，緩緩踱來。在他身旁，還有一個黑面長身大漢，身著短裝，腰佩長劍，緩步走來，後隨七個壯士。一齊登上殿階，借燈影指指點點，看了一回，講了幾句話。

此時梁恩祿正在拚命，只瞥見人來，沒有聽出話聲。那白眉老僧忽向黑面大漢，側身舉手。黑面大漢點點頭，即下階大聲傳令。眾人一迭聲傳喚，各處燈火都集聚過來。那個異僧率領黑猩猩和眾獒首先撤退出圍，把住院門、角門、殿門。其餘託鏢扣箭的僧俗人等，也陸續跳下牆，往後撤退，卻仍圍住梁恩祿，餘眾也如潮水般散開，讓出一條道。單留那兩條黑人影，握刀邀住梁恩祿，以防他竄遠。

黑面大漢傳令已罷，吩咐眾人，挑燈前行，下了臺階，來到鬥場，就燈火把梁恩祿細看。且看且皺眉，問道：「你是哪裡來的？半夜探廟，有什麼用意？」

梁恩祿苦戰力竭，汗下如雨，趁敵人驟退，略緩一口氣，張眼急望。黑面大漢遙當面前，相隔四五丈；長眉老僧稍稍在後。這黑面大漢正當壯年，長身巨顧，劍眉黑面，雙眼顧盼如星，肩闊胸挺，不怒而威，流露出頤指氣使的神色。又望長眉老僧，皓眉長目，氣度穆然，卻在沉穆中微挾傲冷。看這些僧俗，對黑面大漢，全都趨承唯謹，料想此人，必非尋常。或者是他們的貴客，否則，就是頭兒。那長眉老僧一定是此廟住持，可是他站得稍遠。燈光中，梁恩祿只一瞥看明，佯作不支，向黑面大漢好答道：「你問我麼？朋友？我絕不是綠林，也不是官面，我是……」趁眾不防，潛存拚命心，他猝然一竄，唰的一刀砍下。僧俗大噪奔赴，黑面大漢軒眉一笑，往後一退身，唰的一聲，伸手拔劍。梁恩祿早被身旁二敵影，展刀截住。

二敵影又與梁恩祿打起來，黑面大漢一提手中劍，似欲上前搏戰，忽然長眉老僧叫道：「主領，且慢！」把黃僧袍一提，將蠅拂一甩，從殿階上

凌空一聳，身如飛絮一般飄起，三墊步，落在梁恩祿面前，相隔三兩丈，用蠅拂一揮，兩條黑人影往後一退；白眉老僧一笑上前，道：「喂！拚死爭鋒固是英雄，知敵識勢也是好漢。我勸你就此住手，不必苦鬥了吧！」言罷，兩眼一張，炯炯如閃電。

梁恩祿握刀回看，周圍刀矛如林，弓矢皆張，群獒尚在人背後亂竄。他長嘆一聲，頓足道：「我就認輸受縛！」拋刀在地，將雙手倒背過去，口中呼呼的氣喘不止。老僧微笑點頭，將蠅拂又一擺，三五個短衣僧俗上前，將梁恩祿扣腕拿下。

白眉老僧便問：「那一個哩？」一個壯士回答道：「一個年輕人跑出去，又給截回來了。只有一個使雙斧的奪路跑了。我們十數人在那邊東北角，眼看將他堵住；不防他折回來，從東面繞道闖出去，身法非常的快。我們已經派八個人跟下去了；並且我們外面還有埋伏，也許把他邀得回來。」

老僧唔了一聲，似含不悅，密囑了幾句，命將鏢客梁恩祿、少年壯士謝春雨、葉春林，以及逃出廟外又被截回來的田春禾，通通分押在祕隧地室。

這一場戰，當真只逃出雙斧閻六。探莊的也只有總鏢頭侯金朋未遭暗算；歐氏弟兄歐佐與歐佑也這樣失陷，被囚在廟中了，其時天已黎明。

長眉老僧邀著黑面大漢，回轉祕室，低聲計議。他們說：北方的確派人祕訪來了，而且迭接祕報，這些人是裝鏢客，裝遊學的拳師，他們不能不小心，不能不警戒。

第十五章　渠魁勸降

第十六章　與黨誘供 ————————————

梁恩祿被蒙頭塞耳，推到一間小屋內，撤去蒙面巾，繫在屋內；過來三個人，先給他水喝，容他歇過來，就反覆盤詰他的姓名、來歷、同伴是誰、因何探廟。更一再的問他的籍貫：

「你是北方人，到南方做什麼？」梁恩祿咬定牙關，抗不回答。

廟中人又將少年壯士謝春雨押來對供，他依然不肯吐實。而且吐實也很難，說是保鏢，說是訪友，廟中人全不相信；一定追問他，還有別的陰謀沒有。梁鏢師勃然發怒，越發不答了。

廟中人互相低議，又將梁恩祿單獨押在白眉老僧、黑面大漢的面前，換了面孔，好言盤詰。先誘說江湖上一番勾當，次套問他何時南來，用心何在。一連兩次，梁恩祿只承認自己不是綠林道，探廟是為訪友；並捏了個假名告訴他們。無論如何，誓不肯承認自己是鷹爪，本來他就不是鷹爪。黑面大漢見套問不出，搖搖頭道：「朋友，你不可自誤，你說了實話，我們倒有一番安排。你總這樣掩飾，我們也沒法子了，只好對不住你們！」說時聲色一厲道：「我們要滅口！」

梁恩祿搖頭道：「我講的本是實話，你們不信，我也不能捏造。」

黑面長身大漢和白眉老僧，又祕商一陣。因梁鏢師說話是北方口音，所以全疑他必是官府的爪牙。再三盤訊，不得底細；白眉老僧眉峰一皺，面露詭祕之容，含嗔說道：「押下去，等到十五夜間，挖心上祭用吧。」

過來一夥人，把梁恩祿蒙面縛臂，押到別一個所在。梁恩祿低頭等死，誰知撤去面幕一看，自己被捆在一間地窖黑屋中；歐氏弟兄和謝春雨

都先後押來，各繫在一根巨樁上。廟中人隨即送飯，鎖門而去。梁恩祿和少年鏢客二歐、一謝在兩處遭擒，不期在此相遇；彼此交談起來，均猜不透廟中人是何路數。忽然聽見暗隅發出響動，方知窖中還有兩個難友。梁恩祿立刻收住話頭，動問兩個難友緣何被囚？誰想兩個難友一開口，便互相抱怨，對罵不休。兩個人爭搶著將自己的身世，全盤對梁恩祿說出。這一個自稱是綠林豪客，尋找盟弟；那一個自稱是押鏢歸來的鏢師。綜合兩人所說的話，是這鏢師引領豪客尋找盟弟，中途貪財劫鏢，偏遇著鏢師的師姪。雙方動手失著，師姪打傷豪客，豪客刺死師姪；以致雙方誤會，翻臉相拚，偏又趕上廟中僧人路見不平，將兩人一同當賊擒住。鏢客便抱怨受了豪客的詿誤，豪客便埋怨鏢客不該拉偏手。兩人越說越忿，竟忘了身陷虎口，命在旦夕，惡狠狠的對罵起來。

梁恩祿初向二難友通話時，尚存戒心；及至聽罷，覺得二人所說頗近情理。又見兩人口音相同，正與兩人本是同鄉的話相合；因對二人深信不疑，順口動問二人的姓名。二人起初遲疑不說，經再三的詢問，那豪客才說，自己綽號火燎雞毛，姓譚名昭。那鏢客自稱名叫秦通海，一向保南路鏢。秦、譚二人說完己事，就打聽梁恩祿等：因何也落在廟裡，這廟到底是作什麼的？

梁恩祿不覺吐露真情，先通姓名，次說也在鏢局做事，和總鏢頭侯金朋，同伴四人押鏢北上，半途打店，遇上賊人。因追賊失迷了馮天來、何光裕兩個同伴。經赴贛州邀助，押鏢先發，自己和總鏢頭侯金朋，邀得同業好友，在此祕尋失蹤的同伴。事先探出這彌勒院行蹤詭異，似是綠林人物寄跡於此。不幸探廟察情，被圍失陷。把經過情形略說了一遍。

秦、譚兩個難友且聽且問，好像忘了身陷囚籠，竟指東說西，暢談起江湖上的結納，會幫中的祕密，末後又講到三點會盟。那自稱火燎雞毛譚昭的，公然自承與這祕密會幫深有淵源；並且提出許多熟人，引了許多隱

語。那自稱為鏢客秦通海的，也跟著幫說三點會盟的人物；並且說這彌勒院的方丈和門下弟子，也許是風塵中的人物，或者比少林寺還屬害，只可惜事先沒有聽人講究。帶口便問梁恩祿：「可知廟中虛實麼？方丈是誰？僧眾多少？」

梁恩祿等原本不知，方來窺探，自然不能強不知以為知。

歐佐、歐佑弟兄說話也留分寸，多問少答，想從秦、譚二人口中，問出廟僧的來歷。那少年謝春雨，就忍不住痛罵凶僧，必是作奸犯科的祕密盜幫，這廟必是他們的祕窟。不然的話，好僧人就算會武，焉敢擒拿過客？跟著把自己的姓名也說出來，把自己的師承也告訴了難友。說自己名謝春雨，師父葉金洪，自己並非鏢客的同夥；和梁鏢師乃是同行住店，邂逅相逢，鬧賊時拔刀相助，此刻仍幫著尋人罷了。誰知也陷在廟裡，做夢也沒想到。他又說：「是奉師傅之命，和大師兄葉春林，幫著二師兄田春禾，千里尋父來的。」

兩個難友聽了，忙問：「這田春禾是什麼人物？他的父親叫什麼名字？」謝春雨道：「田師兄的父親名叫田兆豐，字伯年。」

二難友又問：「田伯年是做什麼的？怎麼失蹤的？」

謝春雨因話觸時忌，疑畏不說，只說是田伯年昔日宦遊，在南方一去不返，十數年斷絕家書；所以田春禾藝成出師，立即邀伴尋父。——這話分明有語病，如是尋常的斷絕消息，何必搭伴尋找？謝春雨究竟年輕，只顧亂說，已經掩飾不住了。

並且，凡人在患難中，最易親近，最易見交情。性命垂危，也必忘了顧忌。囚舍中這幾人，不但謝春雨自訴來歷；就連梁恩祿和二歐，也被這兩個難友因話引話，不覺剖心吐實，各訴出處，透出許多不該說的話來。兩個難友又說：自己外面有人，但能緩死一二日，或者有救。

謝春雨不覺也脫口說道：「人家侯金朋和雙斧閻六，兩位總鏢頭武功精強，全都殺出重圍，不久必然勾兵援救我們來。」

梁恩祿再想攔他，業已無及了。他們這些難友都猜彌勒院必非善地；群僧架猿唆獒，裝神弄鬼，也必非高僧。

經過半夜的工夫，黑屋中的六個囚徒，由梁恩祿起，歐佐、歐佑、謝春雨，和二難友譚昭、秦通海，都將實話互訴一陣。……忽聽門扇嘩啦一響，梁恩祿和三個少年都不由一震；掙著鐵鏈，一齊扭頭，往門口那邊張望。只見門扇透破一洞，洞閃火星，跟著門扇一推。噌的一聲響，似鐵鎖被利刃削落。

在這一剎那間，囚屋中四個鏢客、兩個難友，精神上俱各聳動。

梁恩祿久涉江湖，料定這番舉動，必不是廟中人，必然是救星；只不曉得來人是救自己，還是救那兩個難友來的。便急急張大眼睛注視，低呼同伴，暫勿出聲；又眼光一轉，急急的再一看那兩個難友。那兩個難友神情陡變，張口凝眸，看看門，又看梁恩祿等，顯露出乎意外的驚異模樣。

秦、譚二難友身軀是拴在木樁上的，此時卻將倒剪的二臂連連扭動。再看門口，門扇輕輕推開，又忽的一合，忽的一開；未見人影，先見明晃晃刀光一閃，刀光後面是一條黑人影。謝春雨哼了一聲，二歐也延頸瞪目盯著。但是，這人影並不一直的進探囚舍；火摺一閃，微露半面，在門扇外低低呼道：「喂，梁二哥，是你麼？」

鏢客梁恩祿、歐氏弟兄，和仗義相訪的少年壯丁謝春雨，聞呼歡然大喜，齊叫：「是閻六爺麼？」「是師傅麼？」「是侯鏢頭麼？」「是救我們來的麼？」

門扇外不見答聲，屋內猛聽見咦一聲。那個同舍被囚、自稱為火燎雞毛譚昭的難友，一見鎖落門開，猛將身軀一掙，倒剪的兩手，突然脫落樁

環鐵索。那攔腰絡腳的長繩，已如蛇蛻皮一般，很不費力的退落在地上。手腳既活脫，又一扭身，也不知從何處，抽出一把短刀來。

二歐、一謝全神都注意門口援兵，只有梁恩祿還能側目旁睨，一見情形，不禁大駭。忙努力也一掙，只是不行，繩緊得很，絲毫也掙不動。萬分緊急中，二歐、一謝注目門前，聽察動靜。外面忽然啪的一聲，似暗器擊中板牆。旋聽外面遠處高處，有人斷喝道：「有賊！快快，進塔院去了，快拿！」

語聲未住，囚舍門扇全開，一條黑影闖進。二歐、一謝大喜，慌忙自報其名。偶一回顧，不防那同囚的難友火燎雞毛譚昭自己掙脫椿繩後，不但不圖逃命，不救難友，反一聲不響，橫刀當門把闖來的援兵阻住，冷然斥喊道：「呔，往哪裡闖？」

來人被擋住，叮噹的響了一陣，就在這一剎那，梁恩祿也失聲喊道：「呀，小心！」

這真是萬想不到的怪事，難友竟阻鬥援兵！二歐、一謝到此才知上當，也不禁失聲一呼。

再看另一個「難友」，那個自稱為鏢客秦通海的傢伙，不知怎麼一來，也早在黑影裡，悄沒聲的掙脫繩鏈，貼木椿拔出一把短刀。又一跳，撲到牆隅，信手一掀，燈光大亮。牆角早有一桌，桌上一燈，燈上有一黑罩；把黑罩掀起，全舍頗明。

又一聲長笑，跳回來，橫到梁恩祿四人前面，持刀監視，以防掙脫，兼阻外救。—— 這兩個難友，原來不是難友，原來竟是廟中人的黨羽，受命偽裝被困，前來臥底誘供！二歐、一謝上當了，梁恩祿也上當了；惱得他怪吼，拚命一掙，鐵鏈嘩啦啦的亂響。

外邊黑影剛衝進門內，假難友譚昭狂笑揮刀，唰的砍去。

　　歐氏弟兄急看來援的黑影，背插雙斧，手提短刀，身法迅疾無匹，分明是師傅雙斧閻六閻總鏢頭。二歐忙叫：「師傅，我們在這裡呢！」

　　那兩個難友一前一後，攔住了閻六。閻六揮斧猛攻。梁恩祿伸著脖頭，怒罵受騙。謝春雨還存著萬一之想，也許這難友認錯了敵友，一迭聲叫道：「喂喂，兩位難友，這是我們的朋友，救我們來的！」

　　兩難友並不聽，只嘻嘻冷笑，揮刃擋門，想把閻六逼退，謝春雨至此全悟，竟中了敵人「番虎伏窩」之計，悔不該臨難剖心，盡吐實情，把別人的事亂說，心中惱懊忿恨異常。無如身手全縛，乾著急，掙扎不動。

　　梁、謝、二歐只能倒掉雙臂，引頸暫作柱上觀。再看雙斧閻六，竟撲進門來；斧光連閃，與火燎雞毛譚昭對刃苦戰，把譚昭砍得直往後退。這時候，總鏢頭侯金朋也已來到，和廟中人打得正猛烈。

第十七章　夜襲無功 ───────

　　鏢客梁恩祿、謝春雨和歐氏弟兄，在彌勒院地窟中，受了同囚難友譚昭、秦通海的誆騙。他們同被縛在地室木樁上，生死呼吸，同是落難人；不覺話引話，互述遭際，痛罵寺僧；哪知這兩個假難友實是寺中人，寺中方丈支使出兩人來改裝誘供。

　　等他們各說了實話，鏢客這邊救星忽至。雙斧閻六竟與侯金朋，兩位名鏢頭挺身救友，潛入廟內；一路搜尋，已到囚室門口。到這時，木樁上被縛的兩個假難友，突然露出真面目。

　　纏的鐵鏈巨繩一抖而落，一個抽刀擋門，一個人呼有奸細。梁恩祿和謝、歐等恍然大悟，深悔失言，業已無及。縛身的繩鏈十分堅牢，抖不開，掙不斷。眼看著假難友火燎雞毛譚昭，與雙斧閻六阻門大鬥起來。

　　幾個被擒的鏢客又急又恨，只能切齒恨罵，延頸觀望。外面人聲雜沓，動靜很大，又似援兵續至，又似敵人奔集。閻六與敵鬥了數合，不能奪門入救。梁恩祿失聲嘆恨，已知出囚無望，忙叫道：「六哥看明白些，不要戀戰呀！」

　　雙斧閻六也覺出風聲不利，揮斧猛一衝，抽身外竄，往斜刺裡退下去。容敵人一追，猛又撲上來，扼住囚室，眼神照顧內外，同時澀聲叫道：「梁二哥，怎麼樣，好出來麼？」

　　話未畢，那自稱為火燎雞毛譚昭的，早緊跟上前，唰的又一刀砍來。閻六揮斧急架，且戰且叫：「梁二哥，梁二哥，自己掙扎得動麼？小歐，你們哥倆怎麼樣？」

梁恩祿縛在椿繩上，一籌莫展，對門毅然叫道：「六哥快走，不要管我們了，事不成了，我們侯鏢頭來了沒有？」

閻六答道：「來了，忙著別的呢。你努力試試看！」

梁恩祿果將兩臂攢力，試著斷鏈掙繩；鐵鏈才掙得嘩啦一響。

那個自稱鏢客秦通海的哈哈一笑，接聲說道：「朋友少費力氣吧，現放著大活人保著諸位，怎麼會讓你們掙斷繩子走呢？你再動，對不住，我就是一刀。」唰的竄過來，挺刀逼住梁恩祿，眼睛望著少年鏢客二歐、一謝道：「小朋友，你們也別動了。動不成，先吃一刀，豈不是不夠本？」

二歐弟兄怒焰沖天，深恨受給，挺身大叫：「師傅快走，不要兩耽誤了。我們身上是鐵鏈，掙不開。這屋裡有廟中兩個走狗，明陪綁，暗作奸細哩。」扭頭來，一張嘴，惡狠狠一口唾沫，照秦通海臉上吐去，大罵道：「禿奴才的奴才，你冤苦了我們了。你爽爽快快給老子一刀！」

秦通海側臉抹一抹唾沫，道：「你不要忙，挨刀很現成。」

順手揮刀背，對二歐輕輕一撩道：「反正你走也走不了，活也活不成，你們的實話都裝在我們肚裡了。你不打自招，誰教你渾蛋來！你們一定也是三點會盟，咱把你拿到官府，報功領賞。你放心，我們絕不殺你，殺你的自然有人。」說著一拍肚皮，大笑道：「爺們使的這招，就叫誘供！難為你四位高賢，還是鏢局大行家，簡直是兩對渾蛋！」哈哈哈哈笑個不住，把二歐、梁、謝氣得發昏。

此時窗外刀劍之聲，愈戰愈烈，雙斧閻六運一雙鷹嘴斧，狠鬥火燎雞毛譚昭。火燎雞毛竟非敵手，堪堪支持不住。忽然東邊房頂上，竄過來三四個人，為首一人疾如風馳電掣，正是長勝鏢店總鏢頭侯金朋。他且戰且走，飛奔來問道：「怎麼樣？六哥，得手了沒有？」

閻六一看，忙道：「還沒有呢。」

侯金朋叫道：「廟中人全驚了。」

閻六急急的催問梁恩祿、謝春雨和二歐：「到底掙得出來不？」

梁恩祿不住聲的道：「閻六哥，別顧慮我們了，還不快走？」

登時院中一陣大亂，廟中人已陸續奔過來，亂喊：「捉住他！捉住他！」

閻六情知大事不妥，徒勞無功，他厲聲叫：「梁二哥，謝朋友保重，小歐放心，我們在外面不會閒著。喂，賊禿們，我們回頭見，老爺去了！」就在夜影喧聲中，他一溜煙殺向廟外。

廟中人急起兜追。在前面發出一陣狺狺的犬吠聲，那異僧又領著猩猩和群獒，在廟內出現；人手指點，獸鼻連嗅，從隔院一路搜尋過來。閻六腳程很快，趁這夾當，早翻過一道長牆，鼓勇犯險，在院中一打盤旋，口中連吹鬍哨。那長勝鏢店的總鏢頭侯金朋奮身苦戰，攔住幾個人，急急正從對面殺到這裡，兩個人登時會在一處。

侯金朋因自己是事主，念好友為他失陷，未肯退出，尚想與「妖僧」一拼，雙斧閻六忙道：「侯仁兄，不可慪氣！」既知敵人太硬，深入重地，本為救人；救人未成，形跡已露。人單勢孤，本不該濡戀，急應速退，以待再舉。侯金朋也不是不知，只是情理上，總不肯甩手一走。被閻六強催再三：「你若不走，我也不能走！一塊落網，斷了救援；不但自誤，還誤了朋友。」

侯金朋無奈，大聲和梁恩祿遞了幾句話，這才與閻六協力衝到廟東北角，翻牆而出，快如閃電。兩鏢頭腳力快，寺中人追不及，雙雙擇路，闖入密林中。將掛在樹枝上的小包袱摘下，抖出一、兩件衣服，往枝葉扶疏的地方一掛，竟自悄悄抽身，躲開追兵。

兩人展開夜行術，且奔且議進止；找到一家住宅，在一人家房頂上一

躺，略略歇息一回。仰望天空，時正三更將半，回望彌勒院和東北叢林，黑乎乎一片，微聞人聲，時見浮光。兩位鏢頭默無一言，只取水瓶痛飲一頓。然後探房脊，隱身形，向四面偷看。片刻間，果有數條黑影，從彌勒院竄出來，漫散開追捕逃人。月光下瞥見兩條人影，斜奔折柳營而來。

閻六握著侯金朋的手，遙指人影，冷笑一聲。侯金朋微喟搖頭，對閻六深致歉意。閻六低聲道：「事情趕上了，我們協力應付，我們韓師弟就來。」兩人忙將身躺倒，就在人家房上，打了一盹；歇到四更，天漸破曉。

侯、閻二人聽雀聲亂噪，立即揉眼坐起。俯望宅中，還沒有人開門出來；外邊卻有兩個村農，沿街躑躅。侯金朋、閻六忙換上長衫，將夜行衣靠和兵刃，一併包起來，藏在僻處。一溜下地，直奔後門，公然拔拴開門，一步一步踱出宅外。路上人只疑是宅中起早出門的人，再想不到是梁上君子一流。侯、閻二人緩緩走進屯中鬧市密集處，飯鋪還未開門，投店似嫌過早；聽那澡堂一片叮叮噹噹打「點」聲，侯金朋對閻六說：「我們進去洗澡吧。」

兩人在澡堂泡了兩個時辰，一面低聲商計，直到傍午，方才出來。尋到一家飯館，隨便叫菜叫飯。飯罷，打聽店房。據堂倌說，此地只有兩座店，一是雞毛小店，一是騾馬行附開的安寓客棧，代存客貨。侯、閻二人隨後閒閒的重打聽彌勒院在地方上的聲氣。這彌勒院方丈因諦上人，竟是氣派很大，結交官府，聯繫士紳，人人都誇他是年高有道的高僧。

侯、閻二人聽了，搖了搖頭；情知這彌勒院妖言惑眾，邀結人心，在地方上叫得很響，竟是不能輕惹。兩人出離飯鋪，繞著道，走向騾馬行附設的店房。到店一打聽，那閻門弟子第七人、第九人，已然由贛州動身，來到此間，恰也住在這個店內。雙方相會，才知他們隨著七師叔韓長江，今天剛到。閻六道：「你七師叔呢？」

兩弟子先向侯鏢頭施禮，招呼了一聲，轉身面對師傅閻六道：「七師

叔一到這裡，就帶著香供，偕同幾位師哥，往彌勒院去了。」九弟子反問閻六道：「那位梁鏢頭和兩位歐師哥，怎麼不見？」

閻六搖頭道：「他們幾位不幸得很，都陷在籠兒裡了。這點子根兒很硬，你師叔既已前去，還不知成敗吉凶如何呢。」

侯金朋道：「二位老弟還不曉得這彌勒院的方丈，很不好對付哩，他既不是佛門正經僧人，也不是綠林道中人。他們的聲勢浩大，行止詭異，官紳都有聯繫，我們沒有尋見何、馮二人，反倒多饒上四個了。」

兩個弟子一聽大驚，忙問：「侯鏢頭，師傅，我們怎麼辦呢？」另外一個鏢行夥計道：「他們私捉鏢客，索性到官衙控告他們去。」

閻六搖手道：「那如何使得？我們持刀夜入寺觀，還許被他們反噬一口呢。況且我們又沒抓著他們的把柄。」侯金朋道：

「他們這樣膽大妄為，真個遞呈控告，還怕他們殺人滅口呢？」

閻六對二弟子道：「你們先別亂問，等我們歇一歇，想一想。」說罷，二人躺在床上，閉目歇息。

約過了兩個時辰，兩人精神恢復。閻六坐起來，和侯金朋斟酌辦法。對兩弟子發命道：「老九，你們早吃完飯了吧？你可去到彌勒院方圓左右探看，千萬小心，莫露出形跡來。第一，要檢視寺僧的形色動靜。第二，要檢視俗人進廟出廟的，都是些什麼人物。第三，看有沒有進廟燒香的仕女。第四，不管有沒有燒香的，你可以在寺院附近處，候到日落時分。倘你師叔一行屆時還不出來，你要立刻斟酌情形；能進廟一探的話，你可以假託香客，進去探看一下。但千萬不可帶兵刃暗器，只空身前往，更不可亂打聽什麼！只用眼神看，不可多問話。不管看出什麼，看不出什麼，立刻回來，給我報信，我這裡靜等你的回報。」

閻六囑罷九弟子，又對七弟子道：「老七，你的腳程很好，我這就寫

幾封信，你再找你二師伯、四師伯，和同門諸友，細述詳情，向他們討主意，打聽彌勒院僧眾的來歷，並務必邀他們作速前來。」吩咐已罷，嘆道：「這必須按江湖道對付，不能經官告狀。我說對不對，侯仁兄？」

侯金朋皺眉道：「我也這麼想，這太給閻六哥添煩了。」

兩人吃完了幾杯茶，遂將前兩夜探廟的情形，細細的告訴門徒和助手。他們都覺此事蹊蹺，前途棘手。七弟子、九弟子立刻裝束出發，閻六自在店中思索候信，侯金朋另盤算侯金朋的辦法。

第十八章　窺寺見逐 ——————————

　　七弟子北上邀援送信，不是一兩天可以回來的。九弟子銜命白日探廟，卻占了本地人、南方口音的便宜；幾乎陷入虎口，居然被他滑脫出來。閻、侯在店中等候他，直到定更以後，慌慌張張地跑回來，道：「師傅，好險！弟子奉命到彌勒院，先在外面探看。進香還願的，扶乩問病的，由晌午到酉牌，陸續不斷。廟僧一出一入，人也很多，並不見可疑的形跡。弟子候至日落，不見師叔、師哥們出來。弟子便買一些香燭，進廟燒香問課。和職事僧閒談幾句，我說要到各處瞻禮佛像，遊觀殿塔。他們很容易的答應了我，由僧人陪伴，到處遊看；弟子共逛了五層殿。有兩個所在，弟子一看，認出一所禪舍，似有地窖、暗隧的裝置；另一處又似有夾壁複室。弟子不合在那裡流連稍久，那引路僧人在旁惹動猜疑，把弟子監視起來。弟子已經察覺，心中盤算，不好驟然告退；便故意蹓躂著，往前面繞。那僧人與另一僧人遞眼色，隨即發話，邀弟子到左邊跨院，去看佛骨和彌勒銅像、觀音玉像。弟子不敢稍動聲色，聽他這樣說，做出高興的樣子，踴躍著要去看。」

　　侯、閻注意的聽，九弟子忙忙地喝了一杯茶，接著說：

　　「剛轉過兩層殿，到一角門，迎面忽撲來一個大漢子，和弟子擦肩一碰；力大非常，那意思分明是較量我，並且他實是廟中人，卻假裝冒失鬼進香客，故意碰我一下。弟子心生一計，故意放鬆了臂力，被他一碰，仰面跌出三、四步，把一隻胳臂也故意貼地搶破，爬起來喊罵。那僧人和大漢以目示意，一個勸架，一個道歉。弟子藉此呻吟發怒，說是不看佛骨、銅像了。

119

　　那僧人又勸弟子到僧房歇歇，他說有刀創藥，要給我敷上。弟子明知急於抽身，空惹監防，立刻答應道：『那極好了。』一步一哼跟了去。到那僧房中，弟子將外面長袍脫去，裡衣也解開。這多虧了師傅的話，身上沒帶半件兵刃，也沒有一點江湖衣裝。那僧人表面給我上藥，實是不動聲色，把我渾身檢查了一遍。弟子呢，裝作平常百姓；他假裝按撫，暗叩我的穴道脈絡。我心中雖是捏著一把汗，卻把身子豁出去，一點也不敢封閉躲閃；該痛時我便叫，該癢時我便笑。被他試驗了一個夠，當時在服裝和身段上，居然將他矇混過去。可是他們到底仍不放鬆我，一個和尚擺布我，另一個和尚忽出忽進，不知要把我怎麼樣。那個和尚就虛情假意，勸我多歇一會兒。說是：『上了藥，先別出去；等把藥力行一行，再走就好得多了。』他拿我當外行，我就裝傻子。耗了片刻，聽見窗外有行人蹀來躞往，弟子便乘機捂著肚皮，說：『哪裡有茅房，我要方便方便。』那僧人滿面春風的說：『此時最好不要見風，我給施主拿便桶去。』那僧出去了。」

　　侯金朋皺眉道：「這太可惡了，可是你乘此機會，脫身了麼？」

　　九弟子道：「你老聽啊。這僧人一走，屋中還剩一個僧人作陪，聽外面腳步已經入院，弟子只得冒險了。我立刻哎呀一聲道：『不成，肚子痛，我得趕快出去大便。』不容僧人攔阻，我便捧著肚子，一溜煙跑出去。真是恰有天幸，這時外面忽然進來一夥人，是七八個進廟隨喜的紳士，還帶著女眷。那監視我的僧人急急追出來，惡狠狠要把我抓回去。無奈劈頭遇見隨喜的善紳，當著許多人，他可就不好用強來扣留我了。我搶出院來，緊緊跟在這夥善男信女後面，我想藉此牽制，似可從容出廟。不意廟中人手腕狠辣，突然從別院跑來四個俗裝大漢，手拿鐵尺鎖鏈，大叫：『好賊，藏在這裡哪！』他們假裝官人，要當賊拿我。為首一人並且警告進香的人：『我們是辦案的，閒人閃開。』弟子一見事態決裂危急，也就不用再裝

傻了，我將他們的黑幕，吆喊了幾句，抹頭便跑。幸虧廟中人見弟子單身入廟，又值那時天色未黑，所以防備得不嚴，當場只有四個假裝的官人追逐。我便奮力躍出東牆，一路捨命逃出。不知什麼緣故，追到深林以後，那四人竟折回去，不再追趕。弟子這才一直奔回店來。」

九弟子說罷，呼呼喘氣，又把左腕舉起來，閻六一看，果然搶破一大塊皮。九弟子又道：「我空冒這一場險，師叔、師哥的面，到底也未看見。」

閻六聽罷默然。侯金朋暗想：「他們在光天化日之下，公然私捕香客。韓長江一行，至今不回，怕也被他們扣下了吧！」

沉吟良久，再想不出一個計較；只有靜候閻六所邀的援手到來，再議了。

當下忙給九弟子治傷。又候了一會兒，還不見韓長江回轉。九弟子問：「師傅，我們今晚還出去麼？」

閻六搖頭不答。這時天色已黑，侯、閻等剛要熄燈養神，忽聽外面有腳步聲。少時來了一個店夥，近前敲門；身後隨著兩個官面打扮的人，說是查店的。侯金朋一翻身坐起來，心說：「這裡不過是小村鎮，怎會有官人查店？」與閻六爺一齊下地，開門讓進來。這查店的拿著簿冊，將侯、閻二人上眼下眼的看，看罷詳細盤詰來路；問了好久，才和店夥出去了。

侯、閻把人送走，面面相覷，暗暗納悶。兩人重複躺下，翻來覆去，很覺情況不妙。打算今晚捱到三更，還得冒險探廟，查查韓長江的下落。閉目假寐，到二更向盡，猛聽後窗有一種異樣的聲音，閻六急急躍起來，舐後窗往外窺看。恍惚見一條黑影，在平地一閃，越過了牆頭。此時屋外月光正明，顯得屋裡漆黑。閻六又復躺下，侯金朋忍不住竄下平地，急急捱到前窗，再扶窗向外偷看。隱隱見對面牆角，蹲伏著一個人，匿身暗影中，似持著一把刀。這人影好像正往這邊注視，身子一動也不動。侯金朋

結計著探廟查店的事，見狀大驚，一擺奔回床前，先摸著兵刃，又向閻六打一手勢。閻六立刻結束，抄起兵刃，次將九弟子推醒，悄悄告訴他：「外面有人窺伺。」九弟子急奔到窗前偷瞧，牆影遮蔽，全都看不清這人的面目。侯金朋正持刀藏在門後，閻六便也到前窗一看，暗囑九弟子在此釘住了；自己悄悄離開，重溜回後窗，驗看窗縫窗紙。後窗紙縫並未破襲，窗紙也只有他自己弄破的一個月牙洞。後窗外牆根下寂無人跡，別無可疑。暗暗知會九弟子，把侯金朋替換過來；遂即輕輕弄開後窗，與侯金朋先後竄出視窗，躍出牆外。

　　牆外是一家醬房的後院，擺著許多醬缸，左近並沒有一人。閻六溜上自己住的房頂，侯金朋跟蹤繼上。兩人平臥在房脊上，藏好身形，探頭展目，先往四外一尋，四外無人。又探身往店內院一看，牆根那人影還在蹲伏未動。兩人又退轉身來，往東北面凝視。約看了一杯茶時，忽然遙見折柳營外，由彌勒院前，深林之後，奔出數條黑影，如箭馳一般，投向這邊來。看看將近鎮口，忽從橫處閃出三兩黑影；黑影與黑影一對，立刻止步。在月影下，漫散開來，好像交了手，又像交了談。只見橫截的黑影唰的退回去，那飛奔的數行黑影，卻又拔步前行，轉瞬奔入鎮內。人影漸清，約莫六七個人，約莫穿得是短衣。看那走法，非常輕快，斷非村農，必然是夜行人物。

　　況且此時已到三更，村中人早已睡熟了。

　　侯、閻二人心中怗愯，兩眼極力盯著看；見這六七人貼牆飛走，三轉兩繞，隱在街垣鬧市之後，看不見了。推測路線，正是往這邊來的。侯金朋道：「不好。」閻六也道：「不對！」急急溜下房脊，招呼九弟子；不想九弟子已從店房躍出後窗，驚驚慌慌，來找閻六。

第十九章　出囚歸店

　　雙斧閻六與侯金朋，率鏢客及群弟子，潛聚在店中，正要重往探廟，卻已被對手尋蹤過來窺伺。店內店外，均有人影。

　　侯金朋站在鄰房上，閻六溜下平地，正要過去檢視，忽見店房留守的九弟子，從後窗跳出，找師傅來。閻六大驚，慌忙湊近詢問。九弟子道：「師傅，剛才西牆頭，又跳進來一個人，找到那伏在牆根的人面前，兩人唧唧咕咕，說了幾句話，向我們這間店房張望一回，兩人齊翻牆出去了。正不知是何緣故，弟子也不敢追。」

　　閻六不待聽罷，把九弟子一領，附耳悄聲道：「恐怕廟中人要進店掩擊我們。剛才我和侯鏢頭望見六七個人，已順大道，往這邊奔來。」

　　九弟子驚道：「他們可是要來行刺？」閻六道：「這也難保。」侯金朋道：「反正是要算計我們來的。」

　　九弟子道：「我們怎麼樣？」侯、閻二鏢頭道：「我們先避一避，來。」口說躲避，心中沒安好主意。兩人離開窗根，領九弟子，越牆跳到醫房後院；在隔角尋著一隻空缸，教他蹲在缸後。侯、閻二人飛身越牆，從後窗竄入店房，急急忙忙將銀錢、要件、兵刃、拿起幾樣，捆做一包，又撲到房門，加上門鎖。然後兩人右持兵刃，左提包裹，竄出後窗，將窗扇輕輕合上，抹去塵印。嗖的一聲，越過後牆，來到鄰院醫房。閻六和侯金朋把包裹擲給九弟子，兩人插斧收刀，按一按囊中暗器，也藏在一邊，將耳朵貼牆，細聽內外的動靜。

　　雲影掩映，店內倒沒見動靜，屯外人影已疾如箭馳，飛奔過來。侯、

閻二人忙又躍上房頂，凝目遠望。秋夜三更，月色淒清，那六七個人施展夜行術，穿林越徑，將近屯前；忽然從高崗叢莽裡，鑽出兩個人，持刀攔截。六人中前行的五個唰的散開，將兵刃抽出來。後面那人急忙喊了一聲，隱約似通暗號。兩方面的人立刻住手，湊到一處，遙對屯前指指點點，聽不清說的什麼話。六個人中，前行的那五人復又拔步前行，末後那一人帶領攔路的兩人，折返原路而去。

五個人越走越近，已迫屯口，侯金朋、雙斧閻六再也忍不住，都探出頭來，眼神跟定五人。

這五個人進入屯中，略形跼躇。忽然前行的那人說道：

「走！」一齊拔步，連轉幾條街巷，已到店門口。一人說道：「我們越牆而過麼？」前行那人急說：「使不得，我們還是叩門。」

五個人退到暗影中，都披上長袍，藏起刀劍，為首的那人上前拍門。啪啪的只敲了三四下，店院中藏伏的人影回頭一看，突然站起來，一聳身跳上牆頭，翻出院外。侯、閻二人一眼望見，抖手發出一暗器，相隔已遠，沒有打著。急急的分出一個人，由雙斧閻六下房急趕，侯金朋仍留在房上，注視店院。

那叩門的五個人拍叫良久，驚動櫃房夥友，披衣起來，當門盤問，挑起燈籠，取來鑰匙，嘩啦一聲，將門拉開。五個人闖進店院，由店夥挑燈引路，直奔東院。為首的那人道：「有什麼人來找沒有？」店夥打著哈欠應道：「晌午時候，有位姓閻的客人來找。」

為首那人道：「哦，姓閻的來找，還有別人麼？」說著不等回話，早撲到東院上房，用手推門，門已倒鎖。店夥代為叩門道：「達官爺爺醒醒，客人回來了。」

裡面只是不應，五個人相顧道：「唔？」為首的那人道：

「拿燈照照吧！」便撕破窗紙，往屋裡窺看。裡面黑洞洞，床頭有被高蒙，似有一個睡漢。五個人一齊大叫，床頭人並不起來。

為首那人道：「只剩下一個人了麼？這必然有蹊蹺，待我破門。」店夥忙上前攔阻道：「這可使不得，黑更半夜，再叫叫吧。」

店夥高聲大叫，驚動不少客人，有的就隔窗動問；店主也出來了，可是上房睡漢仍不起來。為首那人大為疑怒，喝叫店夥：「休得亂喊，我看屋中人必然不在！」將門一托，托到一邊，五個人齊撲進去，探手一摸，床頭軟軟的，又一掀，被底枕上放著一卷被褥，原來不是人。為首的那人怒沖沖說道：「果然不出我所料！」

同伴忙索火點燈，滿屋搜看，忽望見後窗，奔過去端燈細照。當下，連店主、店夥，都在院中屋中，出來進去，亂作一團，齊說：「奇怪，人上哪去了呢？」

侯金朋在隔院，已溜下房來，隔牆側耳傾聽，心中也很納悶。這進店的五個人，分明從彌勒院奔來，可是看舉動，很像自己人，但是自己又認不出是誰來。這也許是閆六邀來的人。

閆六已追下敵人去了。侯金朋為慎重計，忙將九弟子招撥出來，低聲告訴他道：「店中我們住的屋子進去人了。老弟，你試聽一聽，是不是你師傅邀來的人，我怎麼聽不出來呢？」

九弟子道：「我來聽聽。」走近鄰牆根，凝神細聽；無奈當中隔著房，只隱隱約約聽見店院有人吵，辨口音是一字也辨不出來。

兩人隔牆根，正要攀垣偷窺；忽聽南面牆頭上，唰的一聲。侯金朋急急的一閃身，對著南牆，低聲拍掌道：「喂，來的是六爺麼？」

一言未了，早有一支袖箭射來。侯金朋急忙躲開，不禁大怒；一探手，也把暗器掏出來。九弟子急忙喊道：「來的可是五師兄麼？」

來人道：「九弟麼？」飄身下來，竟真是自己人，侯金朋居然猜著了，可是差點捱上一箭。

侯金朋心中仍很詫異，湊近來，低聲問道：「這位是五少鏢頭麼？喂，剛才有五個人進店，是你們麼？」閻門五弟子答道：「不錯，是我們和韓師叔。侯鏢頭，我們師傅呢？」

侯金朋道：「閻六爺剛才追下一個敵人去了，韓七爺來到了麼？剛才我明明看見五個人，從彌勒院出來，還同著一個伴，半道上還碰見兩個人，莫非就是你們爺五個麼？到底是怎麼一回事呢？你們是從彌勒院出來的麼？」

五弟子支吾不答道：「這個，回頭等我師傅來了，我們再說，這裡頭很有細情。」

侯金朋越發惶惑，想了想道：「你們韓師叔不是打算明著登門，去見彌勒院的因諦方丈麼？見過了沒有？」

五弟子道：「這裡不是說話的地方，你老要問，索性進店來吧，由我們韓師叔告訴你。」

侯金朋料知事有蹊蹺，復又問道：「店裡都有誰？」

閻門五弟子道：「是韓師叔和歐氏弟兄，還有我們四師哥。」

侯金朋又是一驚，那二歐是在謝莊失陷的，現在他們弟兄倒全出來了，不用說，韓長江已與彌勒院講好情面；同時遭擒的還有梁恩祿、謝春雨、葉春林，怎的沒有一同出來？還有田春禾，當夜雖見他逃出廟外，卻始終沒有尋著下落；本料他在廟中遇伏被擒，現在既未同出，那麼，他又往哪裡去了呢？還有最早失蹤的何光裕、馮天來二人，也不知是否陷在廟內。侯金朋十分納悶，欲知究竟。

五弟子反而催道：「侯鏢頭不用思索了，這裡一言難盡，很有曲折，

我們回店細談吧。」

侯金朋道：「那麼你二位先回去，我還得等一等你師傅呢。

剛才他追趕一個人影，猜想必又是廟中人派來窺店的。我們必得找找令師，別受了人家的伏兵包圍。」

五弟子道：「那不相干，我們和彌勒院的人已經講和了。」

說話時，在牆頭人影一冒，又現出兩人。侯金朋正要叱問，來人已先出了聲；正是雙斧閻六和韓長江弟兄二人。閻六追逐人影，已經回來了，向侯金朋點手，低聲叫道：「侯大哥，你過來。」

侯金朋懷著萬分猜疑，登上南牆，和閻、韓二人會在一處，還想跳牆進店。閻六一指前街道：「這麼走吧，店門開了。」

幾個人先縱身跳到後街，繞過來，進了店門，推門進房，歐佐、歐佑，和閻門四弟子，都在屋內，二歐的臉色異常難看。

侯金朋先向二歐道驚：「你們二位多受險了，怎麼出來的呢？見到我們梁恩祿梁鏢頭沒有？還有馮、何二位，還有田、葉、謝三位少年朋友，都哪裡去了，遇見他們沒有？」二歐脫口答道：「他們全在廟裡呢。」

侯金朋道：「唔，全在彌勒院裡麼？怎麼不一同放出來？」

雙斧閻六也是滿腹猜疑，著急要問。

韓長江忙攔阻道：「這真是一言難盡，他們幾位不久也會出來的。簡單一句話吧，這彌勒院實在是善地，那老方丈因諦上人本是好人。」說時臉上神色顯得古怪，跟著又說：「梁鏢頭大概明天準可以出來。馮、何二位說是現在有病，得在廟裡多調養幾天。至於田春禾、葉春林、謝春雨三位少年，侯鏢頭你大概不曉得，人家和這廟裡的方丈，原來很有私交，現在還留在廟裡敘舊呢。人家是自己人！」

侯金朋一聽這話，如墮五裡霧中。雙斧閻六也嘖嘖稱異道：「這這這

是怎麼個交情呢？到底是怎麼一回事呢？」

　　韓長江向窗外瞥了一眼，面現怒容，低聲說道：「時候不早了，須防隔垣有耳。侯鏢頭、閻六哥，你過來，聽我仔仔細細告訴你們二位。」

第二十章　進廟中毒 —————————

那天韓長江由贛州趕到折柳屯，落店以後，立派各弟子，分頭尋找閻六、侯金朋，只是不見，心中便覺蹺蹊。忙備香燭，自領兩個機警的少年鏢客，四弟子和五弟子，決定赴彌勒院一探。時當白晝，料到無妨，便披上長袍，假扮香客，急急出店，慢慢踱到廟前。潛留四弟子在外巡候，自同五弟子，走入廟內隨喜，信步到各殿遊覽，眼底暗暗窺察。偶遇一僧，便順口打聽方丈。恰有知客僧，受長老密囑，也正防察形跡可疑的人；一見韓長江身材雄偉，來意突兀，便湊上前搭話。韓長江素來能言善辯，與知客僧指東道西，立談好久；知客僧遂邀韓長江入後層禪房飲茶。韓長江更不推辭，笑說：「我們正渴哩。」

進入禪房，落座獻茶，韓長江察言觀色，和知客僧委婉閒談。從出家說到法術，從法術說到武技，又從練武說到保鏢，漸漸說到訪友尋人，便將眉頭一皺，拱手道：「實不相瞞，在下久仰貴寺方丈佛法精嚴，最善扶乩，決疑難，辨吉凶，極有靈驗。在下此來，倒不盡為進香，我目下還有一件為難的事。

有個好友忽然失蹤，要求老方丈大發慈悲，代為占算占算，指示一條明路。」說著堅請知客僧領他去見方丈。

知客道：「哦，施主是特為問卜尋人來的？」反覆問了一遍，便請稍候道：「這時方丈正在誦經，待我去給施主問問去。

他老人家倒是有求必應，來者不拒，不過須看有沒有工夫。」

說罷，親自出去，約過了兩杯茶時，含笑歸來，向韓長江打一問訊

道：「請到乩房。」

　　韓長江和五弟子跟隨知客，曲折走進兩層院落，到一處跨院禪堂，上懸「明心精舍」匾額。知客僧推門讓到裡面，只見舍中明窗淨几，陳設清簡，佛龕前擺著經卷、沙盤和長明燈，焚著一爐古香。東邊禪床上，端坐著一個老僧，閉目禪定，悄然無聲，有兩個小彌沙侍立兩旁。知客僧稟道：「老師傅，這位就是韓施主，來請乩決疑的。」回頭對韓長江說：「這就是敝寺方丈。」

　　韓長江上前施禮，老方丈微微開眼道：「檀越請坐！檀越不在鏢局貴幹，遠來荒莊野寺，意欲何求？」這口氣有點未卜先知似的。

　　韓長江微微一驚，含笑拱手道：「久仰上人道行清高，戒律精嚴，善於扶乩決疑，弟子現為訪友不遇，進退兩難，特來叩請大發慈悲，指點迷津。」

　　韓長江說罷落座，細細打量方丈：年約六旬，白眉銀髯，兩眼開合有神，穿一件土布僧袍，手捻數珠，禪床掛一把劍，壁上掛著一支塗漆鑲鐵禪杖，一隻紅而亮的月牙葫蘆，倒有二尺多大。

　　方丈笑道：「檀越，既要問卜決疑，請先寧神起敬，把疑難情由從頭細說，我好拜表通誠。」說著立起身來，腰直身高，比韓長江還高過半頭，手腳靈活，渾似少年。

　　韓長江暗暗點頭，心中盤算，應當怎樣措辭，才好揭穿假面，率陳本意。腹中打稿，先笑了一笑，對佛龕施禮，說道：「神明在上，信士韓長江，向在贛州開設鏢局為業，安分經商，不敢為非作歹，只因最近攬得一票鏢，由幾位同事押護，行至桃山埠謝莊附近，不幸客店鬧賊，姓何的、姓馮的兩位同事護鏢追賊，當夜一去無蹤。訪聞二人似乎落在此地。被什麼能人當做妖賊捉住。敝行最重義氣，理應尋救，托出許多同行朋友四下查詢。不想又有幾位同行，沒有找著人，反而先後失蹤了。我們揣情度

理，料想附近必有武林能手、江湖異人，把他們羈留下了。我這幾位同行都是夜行打扮，又在黑夜尋人；也許被高門會武的士紳，或當地捕巡練勇們瞥見，誤認為宵小，把他們押扣起來，也是情理可有的事。因此我們公議之後，打算後天一面報官備案，一面再行踩探。」

說著側目偷看方丈，方丈因諦上人閉目合掌靜聽，不置一詞，好像不理會韓長江話裡的機鋒。

韓長江突然提高嗓音道：「老方丈明鑑，我們吃鏢行這碗飯，少半靠武技，多半靠人緣，最要緊的是各地面都有結納。

江湖道固要開誠交結，官府一面更要廣通聲氣。便是各處紳豪，風塵好漢，我們都有熟人。這次幾個同行同事忽然失蹤，我們很覺奇怪。緣因我們盡力打聽，在這方圓百里以內，官私兩面，都說這幾天委實沒有遇上這樣幾個人，並且力稱，也沒有聽見誰家捉住夜行人物。可見這幾位必然不是誤陷到官人手內、也不是被困在盜幫之中。就是附近的紳宅鄉團，我們也逐一探問了，也還是沒有下落。活活幾個人，竟這麼無影無蹤的便沒有了，這豈不是太奇怪？」頓一頓又道：「這幾天簡直把謝家莊、折柳屯這幾個地方踏遍，居然也教我們摸著一點蹤跡了。有人告訴說……」

韓長江把話嚥住，抬起頭來，看那因諦方丈，還是神色坦然，不露形跡。韓長江心中怙懼，忙又接道：「有人告訴我說，荒村野寺最出能人，往往隱藏著風塵奇士。也許我們幾位同事誤走到哪廟裡，被人邀住較量武藝。再不然，就是無心誤撞，冒犯了江湖規戒，窺見別人的機密，教人家扣留住了。只是我們雖得到一些消息，一時還打聽不確，不好冒昧設法。昨天我們有兩位同業，要到縣裡報案，請派捕快協訪。我卻想這幾位若非身遭不測，不久必能尋著下落。倘真被人殺害滅口，人命關天，倒非經官不可了；此刻生死不明，總以慎重為妙。我這次到貴寺，請見老方丈，一來是祈求乩仙，斷斷他數人的吉凶下落；二來還要在方丈面前，掃聽附近

寺觀僧道，可有我輩技擊名家，和隱名異人沒有。倘若敝同行他們真被江湖同道羈留下了，依我愚見，不論僧俗，總是登門求告，講私情了結為是。這樣兩下裡都容易收場。真個要驚動官府，倒好像不重江湖義氣了，也叫同道人恥笑。就算他們一時無心，撞破別人機密；我管保他們出來之後，絕不胡言亂道；就叫他們發誓緘口也行。老方丈，這就是我的下情。老方丈道術高深，必能明辨禍福，你看我這打算，總不錯吧？現時我們的下處，便有官府的捕快，時來刺探，我們現還在極力隱瞞著。但是這事很緊，日久就怕瞞不住；一經官府，更難收場了。老方丈就請你費神，看在佛祖面上，代為排難決疑吧。」

韓長江這一席話明說暗諷，分明是拿報官請捕快的話頭，來擠兌廟中人，好借臺階把人交出。哪知因諦方丈靜聽至終，一點不動聲色，淡淡的說道：「哦，原來如此。檀越的來意，是在問卜尋人？」

這時候天已過午，知客僧已經辭出，精舍外接連有香客隨喜。廟主因諦方丈和小沙彌，一共師徒三人；對坐的是香客韓長江和五弟子，是師徒二人。老方丈手扶沙盤，整理一會兒，便回顧韓長江道：「檀越，貧僧靜修在此，久已不聞世事；承問附近僧俗有無會武的人，貧僧一無所知，恕難奉答。不過，難得施主遠來就教，待我請乩看看。」緩緩的和韓長江問答了幾句話，指著五弟子道：「這可是令高足麼？」

韓長江道：「是的，是我帶他們幾人擔當一路採訪。」

老方丈便請五弟子上前，立在香案旁，代為擊磬。又順口說道：「哦，原來如此。檀越，請你焚香。」

老方丈將蠅拂一指，兩個小沙彌過來幫忙。這一個雙手扶著沙盤，那一個捻著一股香，把供桌上的長明燈點著了，遞給韓長江。韓長江雙手舉香，深深一拜，插在爐中。小沙彌便催五弟子敲磬三聲，方丈道：「檀越，還須請你叩首。」

韓長江只得跪倒，磕了幾個頭。磕罷站起，閃在一旁，看那老方丈，口中不住誦念，且念且到佛前叩拜。拜誦已畢，手握硃筆，在一張黃表紙上，畫了一道符籙。韓長江心上糊里糊塗，不知老僧搗什麼鬼。跟著見他擎起黃表，在香火上焚化了，命沙彌扶起乩筆，回頭說道：「施主，你問的是同伴失蹤的去向麼？」

韓長江道：「啊！正是。」少時，見乩筆飛舞，在沙上唰唰的畫出許多筆畫。長江偷偷一瞥，恍如龍蛇，一字也不認得，正要動問，聽那老方丈口中不住的念念有詞，越念聲音越高，卻不是咒，竟念得是數目：「七十八，七十九，八十，八十一……」

韓長江不覺愕然，忽仰面一嗅，陡聞異香撲鼻，登時聳然道：「唔？」身軀一歪，急又一挺，踉蹌退向几旁，手扶椅背，頓覺神智迷惘。那五弟子持磬槌，屹立在香爐旁，也「咦」的一聲，身形忽晃。

韓長江猛然憬悟，手按椅背，急抬腿，唰的拔出一把明晃晃的匕首。舌綻驚雷，大喝道：「好賊僧！」手招五弟子道：「快走！」

那邊因諦方丈將沙盤一推，一個箭步躍上禪床。就在這一剎那，那兩個小沙彌緊立在香案旁，哎喲一聲，翻身跌倒在地。那五弟子搖搖欲倒，往前一邁步，咕咚，栽倒。韓長江大嚷，回手過去攙扶，老方丈探手摘下禪床壁上懸掛的塗漆鐵禪杖，嗖地一跳，落在禪堂門口，一聲不語，把出路堵住。

韓長江扯起五弟子，忙挺身喝道：「快快，往外跑！」當先奪路，挺匕首照方丈就扎，不料時已過遲了，腦中作惡，頓覺屋頂如車輪般亂轉，四壁搖擺，平地波動，耳畔轟轟作響，眼冒金星。五弟子爬起又坐倒，道：「師叔，快走，我不行了！」臉搶地躺下了。

韓長江驚怒異常，把匕首照方丈亂刺。老方丈大笑，揮動禪杖一格，匕首騰地飛起。韓長江雙腿一軟，伸掌抵地，卻一順手，又拔起右腿上那

把匕首，咬牙切齒，騰身復起。人雖昏憒，武功精強；志在偕亡，下手毒辣。韓長江的武技，名震江南，實比師兄雙斧閻六還英勇。饒這樣搖搖欲倒，竟挺利刃，猛搠方丈；唰的一下，直取要害。老方丈把他看低，想他受了悶香，只用禪杖一揮便倒。哪知他猛虎拚命，直撲到懷中。老方丈禪杖施展不開，急抽身後退，刀尖竟將僧衣劃破。匕首跟手又進迫。老方丈橫禪杖一格，未肯下毒手，往旁急閃，突從復室奔出一個蒙面長身大漢，掄劍橫截住鏢客。

鏢客韓長江中毒愈深，愈發不濟，腳輕頭重，如墜雲霧中，兩眼已看不見門口，敵來不及知，刀到不能躲。方丈忙阻道：「手下留情！」

劍勢業已收不住，韓長江登時負傷，血濺不知疼，但覺心血沸騰，尚欲強支，把身軀竭力一轉，竟力不從心，撲通栽倒在地，耳畔鳴雷，眼冒金花，隱隱聽見喝道：「不要傷他！」一陣天旋地轉，人事不省了，匕首也丟在地上。

第二十一章　悶香一縷 ———————

　　韓長江和五弟子竟遭彌勒院的暗算。那蒙面的長身大漢回手插劍，摘去面幕，尚欲俯觀鏢客，湊過來說道：「這漢子身手倒很硬，老師傅沒教他傷著麼？」這人面目一露，正是那個黑面大漢摩雲手。

　　因諦上人搖頭一笑，催那黑面大漢道：「主領，快請出去，這屋裡待不得！」

　　說時，黑面大漢仰面一嗅道：「呀，原來有悶香！」急急戴上面幕，退身出去，到禪舍板壁一幅古畫前，手摸一個銅紐一按，畫卷門露，一閃身不見了。

　　方丈因諦上人這才來到韓長江跟前，低頭一看，微微笑道：「朋友，你很有兩手啊！」但這時韓長江已任什麼也聽不見了。

　　因諦上人急急搶到供桌旁，將香爐中燒到一半的香，一把拔下來，倒插在爐灰內，弄滅了它。回手把門窗開啟，放入清風；縱步竄到院中，深深吸氣，又翻身進來，把韓長江和五弟子，逐個仔細驗看了，先給韓長江紮住傷口，次取出兩條繩，把兩人全給捆牢。走到兩個小沙彌身旁，推轉身子，教他臉朝上，隨取來一杯茶，先將一種白色藥球，塞在兩個沙彌的鼻孔，再含一口冷茶，劈面噴去。

　　連噴數次，兩個小沙彌伸腿舒腕，都爬起來，身體亂晃，揉著眼說：「怎的了，師傅？」方丈搖頭道：「你們不要問，快去到前面歇歇去吧。」兩個小和尚晃徘徊悠，互相攙扶著往外走。

　　因諦方丈踱到禪床後，在牆角上，摸著一個銅紐，用手一轉，微微作

響，過了一會兒，門外走進四個僧人，內中一人便是知客僧。一見地上的兩個鏢客，忙問道：「這兩人竟敢胡鬧麼？方丈傳我們，可是處置這兩個人麼？」

方丈點頭道：「這兩個人教我沒辦法，只得扣下了再說。

縣裡去的人回來沒有？」

知客僧道：「回來了。已經在主領面前稟報過了。」說時伸出三指道：「據說這幾天，沒有黑道案件，也沒有鏢行報劫。」

方丈道：「哦，他們原來真沒有報案！可是，現在這事情越鬧越岔，我們必須想法，把誤會消釋過去，我只怕枝節橫生，不很容易了。」知客僧默然。

另外一僧道：「外面還有一個巡風的鏢行呢。」

方丈道：「多大年歲？」知客道：「二十幾歲，是年輕壯士，像個鏢局徒弟。」

方丈皺眉道：「一不做，二不休，索性也把他誘進來。」四僧齊應了一聲，立刻分出兩人，撲奔前面。那韓長江攜帶的閻門四弟子，果然不大工夫，也被廟中人誆進來。

知客僧還同方丈祕議。方丈滿面不樂，沉吟道：「這一回我們真是誤打誤撞。起初只疑他們是北來的鷹爪，窺探我們來的，哪知竟全不是。擒虎容易放虎難，這只看譚昭的誘供計策是否生效罷了。」知客道：「我想總可以。」

方丈嘆道：「萬一解釋不開，結成怨恨，我真不知怎麼善後了，但是我們絕不能為他們遷場！到那時說不起，不能善罷，只可惡來！」說時面籠殺氣，搖頭不住嘆息。

知客僧深知方丈為難，回答道：「是的，我們不能因小失大，若真揭

不過去，只可那樣辦，把幾個人消滅了！」說時一看佛像，微微皺眉。方丈一指韓長江等道：「先把他搭下去，給他治傷，再試著勸誘勸誘看。先聽聽他們是怎麼個意見，我們隨後再想妥處的辦法。」廟中人既不想殺人滅口，又想保守機密，寺中人全感棘手了。

當下，二僧領命，先叫進三個人來，把屋門關上。方丈從禪床下來，撤去坐氈，摸索著一個銅紐，只一按，格登一聲，拉出閘來。將閘一拖，那禪床便悠悠的懸起來，下面幾根鐵柱直長上來；禪床又一側，吱吱的響了一陣，豎到牆根，下面露出一個地穴。一個僧人點著燈，兩個僧人搭著一個鏢客，把韓長江和五弟子都用布兜，抬進地穴。

地穴裡面很寬展，約如五間房大，有兩間屋高，內設四股隧道，分通到四個地方。五個僧人由挑燈的引路，一直踐階而下，深入地室。腳踏實地之後，把地室一道走鈴扯了一下，禪房上面登時聽見。因諦方丈這才把銅紐又一按，禪床歸還原地。知客僧幫著老方丈，把薰香收拾好，把鐵禪杖掛好。俟屋裡香氣散盡，順手閉了門窗，開了屋門，另點上一爐檀香。然後，老方丈從鼻孔中取出兩粒白色藥丸，知客僧在禪床上重鋪了坐具，請因諦上人坐上禪床，重新閉目打坐。知客僧這才跟蹤繞地下室。下面幾個人在地下室迤邐走了數丈的道地，直通到另一處齋堂，屋心地板下面。知客僧提燈迎上來，在前面照著；尋著一個機關，用手撫弄一下，上面齋堂暗間，隱隱有銅磬噹噹敲了幾聲。

齋堂暗間禪榻上，正坐著兩個僧人，聞聲慌忙跳下來，先掩著門擋扇；也在牆角摸著一個銅紐，照樣一扳，道地中的銅鈴應手發出微響。知客僧聽鈴既響，對同伴道：「上面預備好了。」趕緊在下面扳閘，機關立動，上面禪床豎起，下面隧門敞開。五個僧人抬著兩個俘虜，一齊走上齋堂。把韓長江和五弟子分別安放在兩個地方。不多一時，在外面被誘遭擒的四弟子，也被押進屋來，和五弟子囚在一個地方。僧人們此出彼進，自

有許多安排。三個鏢客卻是一個清醒，兩個昏迷，分放在兩間禪舍，三個禪榻上。韓長江一個人獨監在一舍，寺中人預備向他訊供。

韓長江本是老江湖，絕不會不懂薰香。只是青天白日，驟出不意。他自己又暗有防備，口鼻中含著解藥，獻茶時，細辨茶水的色香味，沒有一點疑竇，就是這樣，他也沒有喝。等到拜佛問卜時，他凝神注視老方丈和二沙彌的舉動，分明看出點的那股線香毫無可疑，並且燃用薰香，用主必先用解藥；他眼睜睜看著方丈和小沙彌的手都沒捂口鼻。哪知他竟上了當，老方丈連兩個小沙彌也給薰過去了。老方丈鼻孔中的藥丸，乃是早放進去的。那整股線香雖無可疑，殊不知因諦方丈在整股香中，暗插了三根薰香。等到燒那黃表，黃表中也有蒙藥，燒著了全沒有什麼異味。等到覺出異味，人已受毒很深。

韓長江被搭到齋堂，心裡半明半暗，渾身無力，跟著漸漸失去知覺。也不知過了多大時候，忽覺孤身遊行荒郊，四面陰霾，突然天降大雨，澆得他倒抽一口涼氣。滿心要跑，只跑不動。急得他哼了一聲，隨努力一掙扎，竟睜開了眼，用手一摸，滿臉滴水。把眼上水揉擦乾了，勉強重睜開眼一看，自己正躺著床上，迎面地上站著一個人，正持碗含水噴自己。韓長江恍然大悟，把眼又閉上了，身上說不出的疲軟；心上明知中計，陷在廟內，臂上傷處，已被敷藥包好，毫不覺疼了。試抬了抬手腳，全沒加縛。其實抬他時，曾經上綁，現在又全解開了。一個和尚在他耳邊誘話，他閉目閉口不答。

又過了一會兒，耳邊忽聽叫道：「韓師傅，韓七哥。」韓長江聽得耳熟，不覺應道：「哦，你是哪位？」一翻身坐了起來，這才看清，此刻身旁坐著一個俗人和一個和尚。

這個和尚不足異，可怪的是這個有頭髮的俗人，不是別個，竟是失陷在廟裡的梁恩祿鏢師。

第二十二章　美酒三杯 ————————

韓長江大為驚詫，掙扎著還要站起來。梁恩祿叩肩把他按下，道：「七哥先緩醒緩醒，你躺著說話吧！」

韓長江閉眼道：「梁大哥，你從哪裡來？我們現在哪裡？」

看到對面滿面笑容的和尚，心中犯惡，低聲對梁恩祿說：「這裡到底是什麼地方？這位是誰？可是邀來的朋友麼？」

梁恩祿含糊道：「這個，這倒不是的，可也算是朋友。」

韓長江定睛細看周圍的陳設，心中納悶道：「哦？」急抬頭看窗，外面天光已透夜色。

韓長江道：「梁大哥，我們現在還是在彌勒院吧？」

梁恩祿道：「這裡是彌勒院的東禪舍。」

韓長江恍然大悟，現在完全明白了。起初還道是逃出虎口，原來正在虎口之中；目視梁恩祿，手拍禪床道：「我們全栽了，這哪裡是禪舍，分明是囚牢！我明白了，梁大哥許是遇見熟人了吧？這一位一定是彌勒院的和尚，也就是囚牢的牢頭吧？」梁恩祿剛要發話，韓長江回想前情，不禁動怒；自己半生英名，竟遭暗算，被人用薰香擒住。一陣難堪，脫口詰問道：「梁大哥定跟廟裡和尚套上交情了！這位師傅，我問問你，你是出家人，我們上廟來行香問卜，怎麼青天白日，使用綠林薰香，這可是出家人的本色麼？人家女眷們前來隨喜，你們一定也這麼辦麼？」說著便要跳起來。那和尚橫身把門一擋，韓長江冷笑變色。

梁恩祿連忙勸住，對那和尚一努嘴；和尚搖搖頭，賠笑走了出去，把

門掩上。韓長江冷笑道：「關上門，怕我跑了麼？我哪能跑呢？」

梁恩祿道：「七哥不要誤會，這廟裡和尚原來也是我們武林朋友，七哥猜的不錯，起初彼此誤動猜疑，末後細談起來，才知是一家人。」

韓長江道：「既然是合字，好了，我們現在告辭吧。我們帶來的那幾個小孩子呢？請你告訴他們，我們師徒這就告辭，我們六師兄還盼望我們哩。」

梁恩祿忙道：「七哥，且請歇歇。這裡的方丈也自覺冒犯了七哥，他還要親見七哥，當面賠罪哩。」

韓長江道：「什麼賠罪，不讓我走罷了。」

梁恩祿道：「倒不是那回事，這裡面曲折很多。等我細告訴你，你就不怪罪他們了。」說到這裡，低聲道：「這裡的因諦方丈，並不是庸俗和尚，只曉得念經混飯的。倒是他也很懂得一些法術，但是，他乃是挾這些法術，濟世救人的，無非神道設教罷了。」

韓長江道：「他為什麼要拿我們鏢客？」

梁恩祿道：「他們手下人看錯人了，把我們當做北方來的鷹爪，故此才下毒手。但等到一問明白，彼此全是武林一脈，和六扇門毫不相干，他就一味賠情，把我們放了。」

韓長江道：「那麼歐氏弟兄呢？可否引來見我？」梁恩祿道：「這個，回頭就教他們來。」

韓長江想了一想，心上還是不悅，又問道：「就算他們起初看錯了人，為什麼我來了，也把我收拾一下呢？」

梁恩祿道：「這個……因為那時候，他和我還沒有把話說明呢。」說著笑道：「我明白了，七哥你知道你被燻過去，有多久工夫麼？」韓長江道：「大約兩三個時辰。」

梁恩祿道：「你在廟裡，已經一天半了。」

梁恩祿又解釋了許多話，其實都是因諦方丈預先編排好的，其中半真半假。韓長江聽了，搖搖頭道：「如此說來，這廟中全是行俠仗義的好人了。」

梁恩祿道：「是的，他們確是假神道設教，仗義救世的好人。」

韓長江道：「好人，怎麼他們鬼鬼祟祟，竟怕人窺探？他們骨子裡到底藏著什麼把戲？」

梁恩祿不能切答，韓長江更含不悅。

最後，韓長江仰面想了想道：「梁大哥，索性請你給我引見這位江湖俠僧吧。」

梁恩祿答應了，告辭出去。

韓長江坐在屋中等候，撫視傷痕，心中思索，總覺梁恩祿語有枝節，情有隱諱。直過了兩個時辰，不見梁恩祿回來，把個韓長江急得抓耳撓腮，如檻中虎一般，忍不住站起身來，往屋外探頭。早有兩個僧人上前，用好話相攔，說道：「梁施主少時就來，你老請坐！」

韓長江見他們潛加監視，心中愈加蘊怒。兩個僧人很客氣，但是問他什麼，總不肯回答。

又耗過一刻，梁恩祿忽與知客僧一齊進來，還同著四弟子、五弟子，及先時被擒的歐氏弟兄歐佐、歐佑。二歐面目憔悴，略帶囚相。韓長江正要詰問二歐，梁恩祿和知客僧已然說道：「韓七爺，這裡的老方丈已在後面禪堂，設宴相待了，他很覺對不起，這是專誠擺酒，當筵賠罪。」

韓長江佯笑道：「唔？何必這樣多禮？只放我們走，就很感激了。」

梁恩祿道：「七哥，你千萬別這麼說，你回頭問問二位歐老弟。」說時面向二歐，二歐如蒙在鼓裡，應聲說道：「七師叔，我們弄擰了，這裡方

丈實在很夠外場。」

韓長江道：「哦，是的麼？怎麼很夠外場呢？」

知客僧賠笑插言道：「韓鏢頭，現在宴早擺齊，靜候你老入座。我們老方丈還要當面跟你老賠禮，表表下情呢，你就請吧。」催得很緊，不暇細問，韓長江只得率四個師姪，一同出來。知客僧在前引路，梁恩祿在旁相陪。

到一齋堂，果然酒已擺好，竟是很豐盛的葷席，一共三桌。韓長江道：「方丈呢？」梁恩祿道：「老方丈茹素，我們先吃吧。」知客僧道：「家師這就來。」

正說處，聽窗外道：「韓鏢頭請到了麼？」同時走進來一僧二俗，共三個人。在左一個正是那長眉皓首老僧，因諦方丈；在右一個赤紅臉中年男子，說是本地團練；居中一個俗家，是個黑面長身大漢，長眉入鬢，目如朗星，年富力強，長衫佩劍，氣度威猛而嚴肅。這人正是摩雲手，三點會盟的首領，此時以本廟護法施主自居，陪同方丈因諦，來見贛州名鏢頭韓長江。

第二十三章　宴前比技 ─────────

長眉老僧一見面，向韓長江手打問訊，俯身行禮，十分虔敬，滿臉帶出歉容。那黑面大漢也高高拱手道：「韓鏢頭，我們久仰威名，今日幸會！只是，這太對不住韓鏢頭了。我們因諦方丈錯疑刺客，冒犯臺駕，他心上非常的懊悔。」

紅臉男子也賠笑作揖道：「韓鏢頭，我們兩個是陪著老方丈，在你面前認罪道歉來的。我們因諦方丈不是尋常僧人，也是武林名手。他曾因國術上，跟人結仇，隨後看破紅塵，削髮皈佛。他的仇家仍不斷來找尋，他不能不防備；為了這個緣故，一時不湊巧，冒犯了梁鏢頭諸位和足下。可是我們武林中人，不打不成相識，現在已承梁鏢頭諸位寬恕了，韓鏢頭也總得賞臉，把這事容讓過去。」說罷哈哈大笑，就引杯斟酒，放在韓長江面前。

那黑面長身大漢就接聲道：「老師傅，來吧。如今話已講明，彼此氣味相同，都是同道，我們就來一個杯酒言歡，即席解紛吧！」

因諦方丈應聲閃過來，重新賠禮，梁恩祿在旁再三圓說。

韓長江橫眼把三人一看，微笑道：「老方丈太客氣了！老方丈年高德劭，又是出家人，我一個俗人，怎敢當這大禮？剛才梁鏢頭已經說過了，彼此既在江湖，區區一刀，哪有揭不過去的梁子；何必勞動二位，倒小題大做了。」說罷縱聲大笑。

勉強敷衍了一陣，主客歸座，勸酒進食。韓長江繞著彎子，盤問他們何故拿人，仗恃著什麼？老方丈慨嘆一聲，說起一樁武林鬥爭的故事，兩

個陪客也幫著說；因諦上人實是武林能手，並不會邪法。不過當年曾與一個北方豪客，比武結隙，誤傷仇人一臂。仇人啣恨，用陰謀將因諦上人的妻、子殺害；彼此輾轉尋仇，冤冤相報，卒招到傾家滅門的大禍。老方丈把仇人尋著殺死，遂看破紅塵，削髮受戒，遁入空門；自誓從此解怨釋嫌，不再報復了。但仇人尚有一弟一子，結念父兄深仇，仍不斷找尋。因諦上人皈依佛門，已立殺戒，迫不得已，由北方逃到南方，欲以逃遁之法，埋名避仇。無奈仇人跟蹤不捨，一再追尋；近聞仇人結合北方綠林，前來大舉尋仇，老方丈為此極力斂跡，潛存戒心。饒這樣，近年來尚被他破獲兩起刺客，全是北方綠林。他把仇家遣來的刺客捉住之後，並不加害，無非告誡一番，隨後釋放，自己再搬一個地方躲避。他遁居折柳屯彌勒院已經數年，安然無事，自己也就安土重遷，不想移易他處了。偏偏在這時，又發現可疑情況，偏又有北方鏢客路過，偏偏也來探廟，這才引得他動疑，弄出這場誤會來。

　　這一番話不算盡真，也不盡假；只是韓長江聽著，總不深信。梁恩祿在旁幫話，又處處偏向方丈，韓長江越增不快。方丈正用蔬食在下座奉陪；經眾人相勸，韓長江連進數杯酒，把方丈看了一眼，心頭一動一動的，只覺憋氣。他在鏢行素負盛名，一旦敗於悶香，實不服氣。又想乍受薰香，拔刀拚命，老方丈被自己逼得倒退，在屋中他就不該運用禪杖。眾人話裡話外把因諦上人誇成了不得的人物；若叫自己看，只恐他虛有其表，國術未必高，法術未必精，只是騙人愚眾的伎倆許會不少。心中犯想，不覺又把因諦上人瞥了一眼，暗說：「且試試他，到底是會邪法，還是會國術？」斟滿一杯酒道：「老方丈，待我來借花獻佛，還敬你一杯。」

　　舉座的人一齊眼盯著韓長江，梁恩祿已猜透用意，忙道：「七哥，快不要客氣！」急看方丈。

　　方丈微微一笑，緩緩站起來道：「不敢當，怎麼禮從外來？」雙手接

杯，一飲而盡，只這一舉動，頓時亮出雙肋。

　　韓長江往前一湊，道：「方丈再滿一杯！我有一事不明，你是使什麼法術，把我迷倒的？」做出敬酒的姿式，猛伸二指，照因諦上人左肋點去。

　　因諦上人不理會，反把左肘一抬。韓長江二指點下去，如觸枯柴。這一手擱在常人身上，必致失聲；哪知因諦上人暗將衷氣一壓，輕輕把胳臂夾住，笑道：「居士不要胳支人啊。」

　　韓長江急忙抽手，頓覺手被鐵鉗夾住一般；暗中一較勁，竟抽不出來。

　　梁恩祿和黑面大漢摩雲手慌忙站起來，勸道：「這是怎的，請坐下吃酒，快不要這樣。」

　　因諦上人乾笑道：「韓居士大概想要考較我……」

　　一言未了，韓長江如箭在弦上，不得不發，倏地飛起一掌，照方丈肩井劈去。「嘭」的一聲，如打在氣囊上，右手已趁勢奪出。因諦上人失聲叫道：「嚇，老衲無能，韓居士何必作弄我？」

　　韓長江看看右手，已經發紅，右半身發麻，不覺心頭火起，戟指微笑道：「老和尚，你不用做作！我韓某武功縱不如人，可是教我栽在薰香上，心實不甘。我一定要請教請教你的真的！」順手急拔手叉子，腿上匕首早已不見。恚極忘患，大吼一聲：「好麼！」一挫身，「力劈華山」，單掌劈面打去。因諦上人慌忙側身躲過。韓長江猛如怒獅，復又前衝，口中說請教，神情已勃然激動。

　　因諦上人也臉色一變，身子像輕絮飛塵，竄到齋堂空處，口中連喊：「韓居士惱了，諸位勸勸！」

　　這一舉猝出意外，眾多失色。黑面大漢和梁恩祿一齊上前相勸。自門四弟子見師叔宴前變臉，也不知所措，也只連聲勸止。

　　韓長江抓不著方丈，眼中冒火，猛然縱聲大笑道：「我一定要請教請教！諸位別見笑，我要看看老方丈的功夫，到底昨天怎麼捉的我。」

　　韓長江傲氣沖騰，有點按捺不住了。那紅臉男子橫身一擋，竟被韓長江振臂一揮，踉蹌欲倒，黑面大漢急伸手扶住。

　　眾人七手八腳，攔勸韓長江。因諦方丈退居一邊，恍似置身局外。韓長江臂力特強，伏身一揮，乘隙撲進。

　　黑面大漢勃然動怒道：「這是怎麼講，酒宴前動手，太不給面子了！」

　　梁恩祿忍受不住，見二歐和四弟子、五弟子也躍躍欲動，要與寺僧群毆，他就把手一背道：「呔，老方丈，請你們還把我拿下吧！我誰也勸不住，我誰也不能幫！」

　　方丈手打問訊道：「梁居士別介意，這是韓居士一時動火，你還是勸勸他吧，就是一定叫老衲獻醜，也須改日再會，總不能在桌面上交手啊！」向僧俗施一眼色，禁止動武，讓出空地來，自己對韓長江行禮道：「韓居士，這是賠罪宴，我萬萬不能動手！」

　　韓長江道：「不用說了！諸位請恕我無禮，我韓某是求教的心盛，吃酒的心薄。已經這樣了，我也不怕諸位見笑，老方丈不要客氣，你就從實指教吧！」

　　韓長江向前一湊，兩人遇在一處。韓長江泰山壓頂，揮拳打來。因諦上人無可奈何一彎腰，用後背迎住；「蓬」的一聲，打個正著。韓長江愕然失色，因諦上人竟有這麼好的氣功。韓長江疾如狂颸，連攻數招。因諦方丈只捱打，不還招，忽然說：「居士手下太不留情！」口中念念有詞，又似誦咒。

　　韓長江不得下臺，咬牙挫齒，猛攻上來；可是心中潛萌悔意，自己太魯莽了。

韓長江和雙斧閻六本是少林派教外雙雄，久已馳名江湖，技擊極精。今與因諦上人鬥起來，因諦上人身披著肥大僧袍，腳下厚底僧鞋，好像小驢轉磨一般，來回亂躲。韓長江兩手箕張，一上一下，再想打人，竟打不著了。然而仍窮追不捨，趕盡殺絕。因諦上人被逼，連連竄越，疊逢險招。黑面大漢大怒，袖手而觀，不再相勸，卻對著從者暗打招呼，密傳下號令。

宴前這一僧一俗，輾轉撲鬥，一個追擊，一個躲閃，小小齋堂，韓長江那麼快的身手，不用說捉人，就連肥大的僧袍也捉不著，心中恚忿交迸。因諦上人且抵禦且道：「韓居士，請停一停，請消消氣吧！」

韓長江道：「總得請你指教！」欲罷不能，連展絕招；忽一拳打去，因諦急閃，被韓長江變招一捋，捉住一隻袖子。趁勢一帶，因諦跟蹌栽過來。

長江大喜，兩膀用力一捉，喝道：「去！」只一拋，把因諦拋在空中。因諦上人袍袖一拂，拂著韓長江臉，蹭著他的肩，猛聽嗤拉一聲，響如裂帛，因諦上人一件僧袍劈為兩半。因諦本人如孤鶴掠空，從韓長江肩上，經眾人頭頂，飛越過去，輕飄飄一落，退避到一隅，喘息不休道：「不行了，老了！」只剩下一身短衣服，坐在西壁椅子上；那件長僧袍碎裂在屋心。韓長江愕然大驚，眾人譁然大讚。

韓長江還想追過去，但覺右肩痠麻，無形中已經暗受一擊了。梁恩祿和黑面大漢雙雙過來，長揖相勸：「本為觀技，何必認真？」歐佐、歐佑也低聲相勸：「僧袍已碎，藉此收蓬，最好不過！師叔不要忘了，現時我們還在虎口中。」而且他們兩人相鬥，寺僧全都旁觀不動，這就很留情面。

韓長江垂頭喪氣，強作笑容；自己想找場，反而又栽了跟頭。右臂一陣陣痠痛，實在也不能再打了，向眾人拱手道歉，又找補了一句道：「老方丈名不虛傳！」就此掃興作罷，因諦上人仍然很客氣的賠話。

第二十三章　宴前比技

第二十四章　幕後眞情 ————

韓長江勉強終席，即欲告退。梁恩祿和寺中人再三款留，直到夜半，方得帶著四弟子、五弟子和歐氏弟兄出廟回店。至於先前失蹤的鏢客馮天來的下落，韓長江也曾一再堅詢，力求同歸。梁恩祿和因諦方丈都說：馮天來與何光裕均患重病，此刻不在廟中；容過幾天由梁恩祿相伴同歸就是了。廟中人這樣說，梁恩祿也這麼幫腔，韓長江哼了一聲，暫不再問；轉過來，又邀梁恩祿同道回店。

梁恩祿竟打倒退，說：「七哥先請，我明天準回去，就請你費心，給我們總鏢頭侯爺帶句話去，教他放心，我在這裡平安無事。」說時面現忸怩，倒成了廟中一黨，又像受了廟中人的挾制，處處都幫著廟中人說話。

韓長江更加不快，自己本是受他們邀請，幫他們忙來的，現在倒成了外人。韓長江心中冷笑，也不說破，只道：「好吧，既然如此，我們先走一步了。」隨與闔門四個弟子先辭離廟，當夜徑赴折柳屯店房。廟僧仍遣人伴行，韓長江只好由他。

已入店房，見了侯金朋，侯金朋向他細問被拘詳情，和廟中真相。韓長江含嗔抱愧，無顏吐實，只草草說了幾句：「侯鏢頭請放心吧，梁師傅遇見熟人了，一切都揭過去了。」直到沒人時，方才祕密的告訴了師兄雙斧閻六。

雙斧閻六也很疑怪，道：「廟中人到底是怎麼回事呢？就算有仇人，也不能隨便擒拿過客呀。」

韓長江道：「咳，我們先不用管廟中人怎麼樣，只說這位梁鏢師吧，

他也跟廟中人一鼻孔出氣，鬼鬼祟祟的，不拿我們當朋友，一句真話也不說。」

歐氏弟兄道：「梁鏢師的神氣實在怪，起初跟我們一樣，不住口的大罵。後來廟中人單把他調開了，也不知怎麼一來，口氣忽然改變。」

韓長江道：「這毫無可疑，他一定受了彌勒院的蠱惑了。

我們本不願多管閒事，師兄看在同行義氣上，不忍袖手；現在人家把我們當成了外人，我們栽得真不值。依我看，師兄應該向侯金朋好好交涉一下，把我們馮天來師傅要出來，留下這個碴，以後再講別的。」

韓長江既這樣悻悻遷怒，雙斧閻六當然也不悅。侯金朋見閻氏弟兄這樣，心中十分不安。但既猜不透詳情，只得含混說道：「我們梁師傅素來光明磊落，不會弄詭，這裡面恐怕必有別情。也許他當著廟中人，說話不方便。這麼辦，我這就去找他。」

但到次日，未容去找，梁恩祿鏢師便即悄悄回來了，只他一個人。何光裕、馮天來二鏢客、田春禾、葉春林、謝春雨三少年，仍然未歸。侯金朋很著急的盤問梁鏢師，梁鏢師遲疑不言，終將侯鏢頭調到一邊，方才從頭到尾，揭破了真情。

這彌勒院確有難言之隱。他們實是當時的祕密會幫「三點會幫」的江南西路祕窟。

三點會盟是黃葉山人創辦的，擁戴著一個黑面少年壯士，稱為「盟主」，又稱為「主領」。這盟主就是摩雲手朱璜，假名叫做王光照的。黃葉山人就稱為「謀主」，和摩雲手朱璜，實是這祕密會幫的兩大支柱。

黃葉山人並非自幼出家的道士，實是晚明一位知府。兵燹後，流落江湖，想出神道設教的計策。在西南草野間，暗有鼓動。那摩雲手朱璜，又是出身貴冑，自幼好馳馬擊劍，交結江湖人物。等到鼎革之後，他就亡命

東南島嶼之間，由他的業師左右輔翼他，嘯聚了不少奇材異能之士。旋被黃葉山人聽見，由幾個俠客居間，把他們兩撥的人聯合起來，稱血會盟，重推盟主。又不久，才把因諦上人也招致過來，由他們三個人為主腦，三點會盟的名稱從此定規下了，聲勢也擴大起來了。

這彌勒院的方丈因諦上人，左手缺一小指，外號叫做「九指山僧」。他的出身，也不是尋常僧人，舊在蘭陵，為簪纓世族，年輕時頗負時名，材兼文武，實是晚明一位闊公子。梁恩祿對韓長江述說因諦上人的底細，並不全假。他當年確曾與鄰村土豪，因故結怨，全家被屠，他才一怒復仇，勾結江湖上亡命之徒，一再找那土豪修怨。那土豪已經率部納降，做了淮海主帥；因他姓王，性又嗜殺，一時有閻王之號。這閻王被九指山僧陰謀數年，最後猝出不意，與群盜一窩蜂合手，把閻王的頭割去。一時驚動朝野，有司嚴加緝拿，把他逼得走投無路，逃藏無方，他遂忿欲自戕，又被一個女俠客把他救了，更遇上一個機會，終使他看破紅塵，削髮出家。

這時候，摩雲手朱璜和黃葉山人，兩幫會合，在海濱一度失事，先後遁往西南。經數年營謀，又嘯聚了不少人。忽從江湖人物口中，得知九指山僧的為人，又聽他身雖皈佛，仍在精研武技，欲有所用。黃葉山人即商承摩雲手，備下厚聘，遣能言之士，請九指山僧糾同俠盜一窩蜂群雄，加盟入幫，並推他為江南西路的領袖。他應徵之後，遂假彌勒院，為藏身聚眾之所。

他們「三點會盟」經多年布置，散在各地的黨羽漸多。他們組織機密，創出許多隱語，立出許多幫規。他們曉得欲圖大舉，先要蓄力，籌兵籌餉，他們就假神道設教，勸人加盟。入盟的念佛造福，在會的患難相扶；以此迎合人心，密糾大眾。幫友既多，再從中精選人物，設機煽動，告知陰謀，再勸他由初盟加入正盟，以此他們獲得不少死黨。他們籌餉的

方法更為詭妙，變出來的花樣極多：有的經商牟利，有的賣卜賣藥，更有的做騙子、做劫盜，有的開賭局、開黑店，想盡主意弄錢。

他們的盟主摩雲手朱璜，本潛伏在雲貴，一向不出頭。近來風聞燕都有奪嫡爭位之變，三點會盟認為有機可乘，他這才親自出馬，北上觀變。偏巧他剛到折柳屯，正傳銅符竹箭，召聚皖桂湘鄂各地盟幫，赴贛祕議；同時接到祕報，南方大吏正在查拿會幫，好像已經窺破他們的陰謀；跟著又得續報，本盟支幫業有兩處敗落。他們聽此噩耗，不由驚疑；偏巧這時鏢客們宿店鬧賊，前來窺探他們的廟，這廟正是他們的祕窟，摩雲手剛剛下榻在內。他們防患未然，便把鏢客拿下了。但經設計誘供，方知全不相干。一著看錯，橫生出不少枝節。

他們無意中，審出田春禾三個少年千里尋親的身世來，田春禾之父田伯年正是他們的盟友，現在湖南伏魔寺。

他們為了籌餉，曾算計謝莊的鄉紳，無意中探知謝小姐和她的未婚夫許雲孫，乃是一對難夫難婦，值得憐惜的。那個施三保，也是一個人物，或可收為一臂。

這兩樁事辦得不錯，但還有別的兩樁事全都辦糟。其一，他們降壇捉妖，本為愚民籌餉，當時把馮天來、何光裕二鏢客拿下，下手太狠，負傷太重了；現在急施救治，一時尚難保好。其二，他們把三點會盟的內幕，不憚告訴了梁恩祿，偏偏沒有實告韓長江。他們訪聞韓長江和雙斧閻六，與北庭有關，心存顧慮，未肯開誠，因此大招韓長江不悅。而且因為這情形，使得鏢頭侯金朋、梁恩祿，也和閻六、韓長江鬧出意見來。既已枝節橫生，終於種下惡果。三點會盟的主腦人物是摩雲手朱璜，是黃葉山人，是九指山僧因諦上人。這三人身世都不平凡，都有一樁驚心動魄的經歷。現在，先由九指山僧因諦上人述起，且回溯三十餘年前。

第二十五章　蘭陵好客 —————————

　　晚明末起，國事日非，邊關告警，地方各種武裝勢力遍生，已成土崩魚爛之勢。有一些傷心人，便佯狂縱灑，以聲色自娛；又有一些有心人，無力迴天，權思獨善，便團練鄉兵，守望相助，保全故園。蘭陵公子盧鴻飛便是這樣的一個傷心有志的人物。

　　盧公子係出名門，家財豪富；天生神力，少喜談兵；工詩能飲，慷慨任俠，並且少年風流，最好尋花問柳，恣情遊樂，傾財結客，交遊遍於南北。在他家裡，也是門庭如市，車水馬龍。

　　到他二十二歲時，忽有一個門客，假冒他的名字，做出非理之事；被他查出來，立即善言遣退。跟著他又破財受累，因家奴毆傷人命，自己打起詿誤官司。傷財惹氣，不一而足。盧公子勃然動怒，又慚又愧，把這些門客、豪奴，一總遣散出去。自此閉門謝客，折節讀書。

　　不數年，又有父執汲引，盧公子便做了京官。但其時閹寺擅權，大煽威福，清流挫辱，暮氣日深。做官的未免趨於奔競巧滑，以勤職為迂闊，以直諫為朋爭。盧鴻飛是有血性的少年，看不慣顢頇懈怠的風氣，因此頗與同官齟齬，不久被排，失職還鄉。

　　盧鴻飛經此一跌，又見朝局大壞，不覺狂佯故態復萌，在故鄉又縱情遊樂起來；詩酒棋枰，狗馬聲色，鬧了一個全。不過結交雖廣，選友必端，已較從前卓有識鑑了；座上客大半都是有氣節的人物，這時他已經二十六歲。

　　有一天，盧鴻飛正在酒樓，宴請一位新從蘇州北來的浙右金石家謝青

谷；另有一位圍棋名家、一位秀才、一位詩人，和盧府一位門客作陪。座共六人，召妓侑酒，酒酣耳熱，不由得狂歌高吟，旁若無人。等到酒闌，盧公子不吝纏頭之費，一擲百金。

這工夫，酒樓一隅，坐著一個黃衫少年，把盞獨酌，旁邊侍立一個小童兒，彷彷意態閒雅，迴非俗物；並且雙眼開合，灼灼似有威稜，眉峰微鎖，面容略含沉鬱之色，不時冷眼偷窺鴻飛，口角邊微露鄙夷之態。妓女正在彈唱，座客縱飲甚歡，鴻飛飲著酒，卻不知怎的，總覺這少年有些古怪，忍不住看他數眼，那少年也回看鴻飛數眼。四目相對，鴻飛隔座舉杯，笑讓道：「老兄，何不過來同飲？」

黃衫少年微微一動，也舉杯道：「請！不要客氣，彼此兩便吧。」又道：「足下可是北間大吉巷盧鴻飛盧公子麼？」說時，少年站起來了。

隔座問答，這侑酒的四個美貌妓女，都停了歌喉檀板，回眸注視黃衫少年。盧公子扶著桌子，站起來道：「足下怎會知道賤名？」

少年笑道：「蘭陵盧公子豪情俠氣，名震中原，誰不曉得？

這幾位想是令友麼？」

盧公子略為點頭，徑問少年道：「足下貴姓？可是從南邊來，要進京的麼？」

鴻飛已聽出少年是江南口音。此時的文人遊士，多自南而北，不是晉京赴試，便是入都謀官，再不然便是挾一技之長，懷賣賦之心，要爭名利於市朝。即如今座上的高客，這位謝青谷謝山人，便是金石名手，又喜鑑別古物，刻出一部印譜，拿著南中士大夫的許多薦札，由打蘇州北上，一路打秋風，繞路來到蘭陵，向盧公子投刺，敬獻名章兩方，必求一見，正也抱著獻芹之心。

盧公子當下覺得黃衫少年客很眼生，以為他是個遊士，這卻料錯了。

黃衫少年微微一笑，舉手道：「不才乃是個不第秀才，在京經商，路過貴地，乃是回籍完婚；不是自南往北，倒是自北迴南的。」他一指酒杯道：「請歸座吧！盧公子徵歌選色，清興不淺；不才偶以過客，幸得竊聽餘音，略窺豪情，真是意外之緣。今朝有酒今朝醉，還請與令友共享吧。」他自己先坐下了，依然引杯獨酌，始終沒吐姓名，眼光移到酒樓窗外去了。

盧公子自從還鄉，南北遊士過客，紆道登門投謁的很多，滿疑少年也是一個，哪知不然。詩人汪龍叟低聲說道：「鴻飛社長兄，請坐下吧，這是不相干的人。」秀才馬彥春道：「剛才燕柔姑娘的酬簡，字正腔圓，可傲鞠部。來來，你再理前腔，錦春姑娘給他拍板，我來弄笛。」把笛討過，又吹彈歌唱起來。

一席音樽，纏頭不贅。不一時宴罷，轎子已到酒樓門前，主客紛紛下樓。盧鴻飛好像深被這黃衫少年的長眉瘦頰、英氣愁容所動，臨行時不覺又看了少年一眼，彼此相視，少年微笑。盧公子不覺拱手道：「再見！」少年也起身還了一揖。盧公子悄命家僕，把少年的酒飯費，寫在自己帳上，然後登轎回宅。與這幾位賓客，流連通夕，品茗論交；快談風月，兼及時聞，當不得扼腕一嘆。等到次日，便把酒樓的一遇忘懷了。

但臨到酒樓後的第四天，盧公子宅內，忽然失盜。只丟失了白銀五百兩、黃金六錠，別的珍玩古器、值錢難得之物，分毫不短，可以說，失落的全是現金。藏錢之處本在內宅，但是門戶、箱籠，一無破壞，連鎖簧都完好如故。不知賊人怎麼看準了箱中有錢，又不知怎麼把箱子弄開了，把金銀偷走了，又好好地用原鎖給鎖上。

察覺失盜的，還是盧公子自己。頭一天夜裡，宿在內書房；在臥榻枕畔，照例放著幾冊書，原是盧公子臨睡時，用來催眠的。竟在那捲「稽古錄」冊頁中，發見一紙紅籤，上面寫著一些話：

　　風塵浪跡，久慕平原，酒樓一晤，益佩豪情。東山絲竹之娛，固是雅人深致；而菙苻遍野，肉臭朱門，恐非君子所堪獨樂。或者傷心人別懷抱歟？進不得獻可替否，猶思退護鄉幫；信陵君自有排遣之法，安用醇酒婦女為？人謂安石，能與人共樂，當能與人分憂，願持此義，為公子進一解。頃以急需，暫假千金，他日有緣，還圖好會。

　　宴前酒客黃衫人白。

　　清晨時候，公子起床，侍女進來收拾臥榻，偶一拿書，便把這紅籤抖落在地上。侍女急忙下床拾取，盧公子正在洗臉，回眸看見，便問道：「這是誰拿上來的請帖，怎麼又一聲不言語，夾在書本裡了？上次穆定庵娶兒婦，就險些誤了日期。」

　　話沒說完，籤已呈上來，盧公子拭手一看，吃了一驚，慌忙進內宅查詢。此時夫人李氏才起來梳頭，也嚇了一跳。夫妻倆連忙逐室驗看，翻箱倒櫃，搜了好半天，方才查確被盜之物，想起來未免後怕。忙持紅籤，踱到前邊，祕密地告訴了親信門客；都料到此舉必是飛賊所為。籤上雖然自承是那黃衫少年，究竟是真是假，猶費猜量。但想到那黃衫少年雙眸炯炯，英氣逼人，恐怕什九是個獨行盜俠；或者他初懷好意而來，臨財忽起盜心，也許難免。門客們低聲議論，有的就動勸東翁，不可不根究一下，有的又說聲張不得；言外都怕有後患，一偷難保不來再偷，不過藏金之處甚祕，賊人伎倆縱高，何能探囊取物，一索即得？恐怕他有底吧？用了薰香吧？

　　盧公子聽了，皺眉一笑。一個近視眼門客仔細驗看紅籤筆跡，好久才抬頭說道：「文字清通，筆勢秀挺不俗，措辭尤妙。

　　看他饒偷公子，還勸公子一套話，勸的話又雋而不腐，正針對時勢；此賊學識兼優，必是個奇人，趣人。唯有公子，才能遇到這種奇人奇事。將來佳話流傳，又與梁上君子不同了。」

另一中年客笑道：「過去有主角勸梁上君子，這卻是梁上君子勸主角，傳出去真是佳話！」

一個短髯西席忙做懍然之色道：「這可宣傳不得！府上一失千金，聲氣太大。」

近視眼門客道：「劫物責善，從古未聞，此賊的舉動誠然是惡作劇，但話外餘音，到真是看得起公子。只是籤末兩句：

『他日有緣，還圖好會』，不曉得含著什麼意思。難道他暗中偷取，再明著送還麼？」一客躍然道：「這話可是有的！」

七言八語，終沒有論出所以然來。盧公子自己也覺得此賊又有趣，又可慮。似這等來去自如，取攜任意，自己這區區財產，豈不是保不住了？而且家中鬧飛賊，絕非佳事，這真不能隨便傳說出去，也不能報官緝拿，更不能擱置不究。沉思良久，苦無妥策，終於勉強想了一法，自己親筆作了一首詩，題為「千金贈予黃衫客」，先表明自己心跡，次說「謹遵明教」，末謂「願與豪俠訂交」。把這首詩寫出十數份，遣人分貼在通街，算是一個答覆。

不意到了次日，這些招貼全被人揭去，半張都沒有剩。盧鴻飛公子謝絕賓客，自在家中督僕戒備，聽候黃衫豪客的答覆，提防他的再來，接連數日，家裡一點風吹草動也沒有，竟似這麼擱下去了。賊暗己明，防不勝防，盧公子認為此事未了，心頭耿耿，好像繫著一個結。總盼望夜深人靜，有個人影，飛簷走壁，驀地在本宅房頂出現。哪怕捉不住他，鬥不過他，但能倚仗人多，把賊驚走，方算了結一樁心事。如今竟這麼沒頭沒尾，悄無反響，未免教人永遠懸慮。

盧公子發狠，又打主意。自恃年輕，兩臂孔武有力，平素又好騎射，便想從此發奮，學習技擊。有錢好辦事，立出重金，禮聘著名拳師黃金雄到舍；一來護院，二來教拳。盧公子於是天天在家，由黃金雄教自己打

拳、打鏢和飛簷走壁的技能；又挑了幾個少壯奴僕，陪著主子練。公子脾性，乍學很勤，但日久漸厭，舞槍弄棒，過了半年，黃衫少年一去無蹤，盧公子便不好生學了。拳師照樣聘用著，已變成護院的教師；有時公子出去遊獵，黃金雄也陪著出去玩。

盧公子是多才多藝的人。他的騎射很精，性好田獵。一年冬天，盧公子率領一夥奴客，跨馬持弓，駕鷹唆狗，出去一百多裡打獵。已出蘭陵地界，縱馬田野，踏近一座荒山，把狐兔山雞足足打了一車。只可惜沒有獵著猛獸，深入山坎，遍搜林谷，僅僅獲到一隻雌狼，兩隻獾狗罷了。原聽人說，山中出現土豹，他才不遠百里，攜眾大舉而來，哪知撲了空。

盧公子又橫搜出數十里。北風振振，草木蕭蕭，群行荒野間，極目四望，罕見人影，只有敗葉隨殘雪，乘風起舞，伴著俐落的馬蹄聲，倍覺天空地曠。縱馬尋獵，轉眼天黑；公子不嫌瀆尊，引奴客到野店投宿。飽餐獵肉，暢飲熱酒，講起逐走射飛的話，人人興致淋漓。飲罷歇宿，臥看冷月照窗，閒聽野外狐兔悲鳴，公子不由慨然，陡生悲壯之感。

到次晨離店登程，繞道往回走。亂踏著荒原古道，天寒地凍，人蹤越稀。行近午時，前途有一道荒崗，障住土路，崗上有座破廟。打獵人眾正要繞蹍土崗，忽見一道煙塵，從廟前奔去，順崗坡馳過來。

盧鴻飛公子望見大詫，忙和拳師、門客策馬奔上土崗檢視。原來是一匹帶鞍的黑馬，從廟內斷韁逃竄出來。僕從急忙上前，把馬截住。盧鴻飛看這黑馬，頗形神駿；看這廟孤立荒郊，紅牆已經半坍。料想廟外有馬，廟內或者有騎馬的人。一時好奇，便和拳師黃金雄，提鞭帶劍，撲進廟內。

廟門半開，廟內闃然，一無僧侶，神廚頹朽，神像早壞，野草生徑，殿廟窗格東倒西歪。二人提劍撥草，直尋到後層殿階，陡見一個三十多歲的男子，斜倒在階石上，身上漬著許多血跡。兩人吃了一驚，急近前端

詳，這人身旁丟著一條青銅鐧，右手緊緊握著一個小紙包，一帖硃色膏藥。在他背後左肩胛上面，衣破血汙，有著很深重的一塊創傷，仍在涔涔的冒紫血。一隻帶血的短箭，已抽出來，丟在身邊。那人伏在石階上，一動不動，不知是已經死了，還是昏厥過去。

盧鴻飛驚問拳師黃金雄：「這個人是怎的？莫非死了麼？」

他猜想這人必是獨行遇盜，再不然，就是狹路逢仇，中箭逃命，奔到這裡，支持不住了。

拳師黃金雄道：「我看這人沒死，必定是中了毒。」

第二十五章　蘭陵好客

第二十六章 　陌路救傷 ─────

　　兩個人走過去，俯身一看，要試他的口鼻呼吸，果然這人並沒有絕氣。盧公子兩人的話聲足音一響，這人已然微微一動，把眼強睜開，又閉上了，嘴唇也顫顫的一動。恰巧二人身邊帶著酒瓶水囊，把這人扶起，灌救了一口酒。這壯士面色漸紅，居然緩轉過來，點了點頭，說出有聲無力的話，似乎是道謝。但一鬆手時，還是坐不住，搖搖欲倒。此時奴從已然尋來，盧公子便命一僕，把這壯士扶住，想問他話，黃金雄拾起那支短箭，驗視一過道：「果然是中毒。」這是一支浸了毒的藥箭。那麼，這人倒斃於此的緣故，不問可知了。

　　盧公子道：「你這人怎麼落到這樣？可是遇上仇人了麼？」

　　那人搖頭不能答，伸著哆囉哆嗦的手，指指紙包膏藥。鴻飛方才明白，這人必是逃出寇仇之手，奔到廟內，想自己敷藥治傷，卻因箭射後背，自己搆不著，才痛死過去了。盧公子慌忙問明治法，命僕從用小刀把壯士的衣服割開，找著傷口；拭血滌毒，先敷藥粉，後貼膏藥。受傷壯士呻吟道：「還得捆上點。」黃金雄親自動手，替他解開腰帶，撕塊單衫，把傷口綁繫牢固。

　　盧鴻飛看這壯士的精神，慢慢地恢復過來，這才詰問他的姓名、來歷，因何在這無人的地方，受此重傷。壯士只是說：

　　「以保鏢為生，為仇家所害，中了毒箭，掙命逃到這裡。」問他在哪裡受的傷？他只拿手指了指西南。再問姓名，這壯士好像支持不住了，只哼哼的說道：「姓孫，叫六……六六。」

　　盧鴻飛還想細問，這人閉目不能言語；半晌，又強自掙扎著說：「我看臺駕也是風塵豪俠，若肯相救，後必重報；倘若怕人命連累，請把我送到店房，也就感恩不盡了。」說罷雙眼一睜一閉，又不住呻吟起來。

　　盧公子更不多問，叫從人摘下一扇廟門來，把這負傷壯士孫六，搭到附近市鎮。打算找一小店，先把他安置下。誰知店主人一聽說是病人，又是外來孤行客，並沒有親近人跟隨，怕死在他的店裡，弄髒了他的店，還得跟著打人命官司，竟再三推辭，不肯收留，僕從還在解說，不想已被孫六聽見了，氣得臉上條變，坐了起來，旋又一倒，閉過氣去，半晌方醒過來。

　　盧鴻飛連忙勸道：「不要緊，店家不收，還有我呢。」對僕人說：「把病人抬到我們家吧。」當下暫借店房換藥進食，趁天色尚早，一徑抬著受傷壯士回家。

　　回到盧府，已是掌燈的時候了。負傷壯士一路顛頓，昏昏沉沉，把他搭在床上，忽然雙目一睜，矍然說道：「這是哪裡？」

　　盧鴻飛道：「就是舍下。」

　　壯士又把兩眼一合，呻吟不語了。當時盧公子也未介意，只命僕從把孫六安置在外書房，撥人服侍，延醫治療。

　　病人忙道：「不用延醫，我那馬鞍行囊中，盡有療傷的妙藥；只煩做些鯽魚湯，提毒發汗，就很好了。」又道：「我那條銅鐧，還有那匹烏騅馬，是匹良駒，煩主人費心，叫貴價把他弄來。」

　　盧公子道：「客人放心，你的東西都給你帶來了，馬已經送到馬棚，好生餵養著哩。你只安心養傷吧。想吃什麼，想用什麼只管說話。」孫六躺在病榻上，點頭道謝。

　　這陌路中傷的行客，自此在盧府療傷養病。初遇救時，性命垂危，曾

經作冷作燒，昏迷數次。到底由盧公子延來醫生，妥予療治，又撥小僮服侍。轉眼二十幾天，險期方過，創口漸合，人已能掙扎著起床。

盧鴻飛公子起初只是好奇恤難，陌路矜情；後來又跟店家慪一口氣，才把一個三不知的病漢抬到自己家裡，也無非把此人當做風塵中遇賊遭難的過客罷了。依他天性高亢，並沒有把此人看成朋友。既已撥僮僕照護，他自己不過偶然想起來，才過去看看；或者慰問幾句：「好些了吧，想吃什麼？」隨便搭訕幾句話，並沒有當做了不起的大事。倒是那位拳師黃金雄，久歷江湖，眼光犀利，背地對盧公子說：「此人兵器不俗，來歷不明，如今江湖上什麼樣人都有，東翁身分很重，似乎不必把他引進府上。」

盧鴻飛笑道：「不相干，就算他是個綠林漢子，料想當地官人也未必敢尋我來。」

黃金雄道：「那倒是的，不過這人是否值得親近，東翁要揣摹揣摹。還有他受傷的緣由，他始終沒有明白講出來。你問他是遇盜麼，他點點頭；再問他是遇仇人，他又點點頭。我看這人神情詭祕，恐怕不是好相識，東翁既然收留他，索性好好優禮他；第一言談上不要帶出得色來，還有府上的奴僕們，東翁也要好好囑咐他們一番，對這病客，不要怠慢了。」

盧公子含笑點頭道：「這話很對，做人情就該做到底，小弟一定遵照黃師傅的話辦。至於陌路救人，本出於一時的意氣，小弟雖然淺薄，不敢賣恩示惠。」說著笑了。又道：「回頭我就誡飭僕役，叫他們耐心服侍病人，不許擺出豪奴的架子來。」

談了一會兒，盧公子站起來，便邀黃金雄一同出去遊獵。

因新有一個朋友，新贈給一隻馴鷹，他要出去試試。這些日子常去郊外縱馬盤遊，到天晚方歸。有時偶遇風雪，鴻飛他便在自家後園暖閣上設宴。

　　絃歌歡飲，狂態依然。等到夜闌人靜，忽然傷心時事，便振吭長吟，或拔寶劍亂舞。黃金雄引杯看著，只笑居停主人書生呆相罷了。

　　這天清早，盧鴻飛遊興又發，邀伴束裝，要聯轡郊遊。那外書房的小僮上前稟報：「前邊那位養傷的客人，這兩天很見好，想出去遛遛。教小的跟上邊回，要找主人借幾兩銀子。」

　　黃金雄微微一笑道：「哦，要借錢？」

　　鴻飛公子道：「他好俐落了麼？」

　　小僮道：「據小的看，他早好了，就是口饞。」

　　鴻飛想了想吩咐帳房，給孫六爺支幾兩銀子。小僮問支多少？鴻飛道：「就支給他二十兩吧。」

　　小僮又道：「孫六爺還請主人談談。」

　　鴻飛此時已更衣待發，順口道：「你告訴他，我現時正忙，改日再談。你問問他，二十兩銀子夠用不？不夠儘管說話。你要說客氣點，聽見了麼？」說著，與幾個獵友遊侶，連同拳師黃金雄，率奴僕等，一行十餘人，架鷹牽狗，攜帶酒果，一齊上馬出門了。

　　剛剛走出七、八里地，忽聽側面一帶疏林之後，鑾鈴亂響，蹄聲「得得」，突似一股黑煙從林後竄出，隨著捲起的狂塵，往斜刺裡奔去，盧鴻飛勒馬回看，正是一騎士戴著大帽，披長袍，驅烏騅馬，攬轡揚鞭，疾走如風，眨眼間折奔正南去了。匆遽間，只看見背影，未辨面貌，拳師黃金雄愕然道：「這不是那孫六麼？」

　　盧鴻飛道：「好像是他。」問從人時，也說很像。

　　拳師黃金雄心中一動，便要回去看看，究竟此人走了沒有，又要追上去瞧瞧，到底是他不是？

　　鴻飛大笑道：「我知老兄又動疑了。就算是他，人家傷癒出門走動走

動，也是有的。走吧，還是打我們的獵去吧。」

黃金雄搖頭道：「馬走很疾，不似閒遊，我只怕出錯，恐怕他趁你離家，不辭而別了。」

鴻飛道：「不辭而別，又有什麼錯呢？光天化日，他又與我們無怨無仇，反正他不會遺禍於我的。此時正當雪後，禽鳥都出來打食，走吧，我們打幾隻肥兔下酒，好好樂一樂。」不等黃武師答話，把馬鞭一揮，豁喇喇直跑出去，獵伴緊緊相隨，不一時，已離家四五十里了。上次東狩，此次是往北。

奔到北山根下，面前展開一帶平原，樹木掩映，野草亂生，正好是個獵場。眾人縱馬張弓，恣意遊獵。內有熟練的獵師，自去搜尋狐兔的窟穴。盧公子親自把那新得的獵鷹，放在天空，試一試攫拿之能，每見狐兔，便突然猛搏，果然很好。

盧鴻飛大為歡欣，擁狐裘，帶貂帽，未必志在得獸，無非是飽食尋樂。可是此行居然不虛，又獵得不少野味。到午飯時，覓一野剎，鋪陳酒餚，各各飽餐。乘興接續遊獵，一連兩天，沒有回家，盧鴻飛逸興勃勃，樂而忘返，還想再往遠處行圍。

黃金雄再也忍不住了，力勸大眾回家看看：「東翁如未盡興，我們明天再來，還不行麼？」便將獵品獵具收拾了，從附近村民，僱了擔夫挑了獵物，一齊轉道回程。

打獵所經之路，本非陽關大路，逐走射飛，迤邐而行，此時已在蘭陵東北。盧公子取路還家，仍不免隨地盤桓。走了一程，天色已晚，月光上浮。眾遊伴有的疲勞了，想趕快投店；有的迎合著主人的遊興，還打算乘月色，策馬郊行；反正來時兩天，歸時三天也不夠。

拳師黃金雄仍只慫恿快往回走，盧公子點點頭轉問僕從：「近處哪裡有店？」

僕從答道：「西邊十幾里處，許有鎮甸。」這又是繞遠了。

西南有座小村，路不繞遠，不過路程稍長，還得走出二十多裡，才能到達。眾人道：「我們到荒村尋宿吧。」

群乘月色，揚鞭續進。走從荒郊林路邊，三分鐘熱風過去，猛聽迎面林影後，約在一二里以內，浮起一片喊聲，乍起乍沉。大眾詫然，一齊駐馬傾聽；相隔稍遠，辨不清楚方向。大家不約而同，各凝神注目，試著往前尋看。叢林黑影正擋視線，看不見一點動靜，而且林中也沒有半點星火。大家都以為喊聲奇怪，前途恐怕出了攔路賊。盧公子自持人多勢眾，一共十七個人，人人攜帶獵具兵刃，便招呼一聲，大家分散開，拍馬上前，搜探究竟。

往前尋出數箭地，驟聞草間嗖嗖一聲，一枝響箭，劈面射來；一個獵師險被射落馬下。十七個人駭然大怒，失聲呼喝道：「不好，這裡真有歹人。」各將刀矛亮出來，就要往前衝。

武師黃金雄急急攔住，連呼：「公子，公子！不要冒險，我們要先看看是怎麼一回事。黑影中不能辨物，究竟是否強賊，究竟埋伏著多少人，這必須持重，不可魯莽。」

十七個人由黃金雄指揮，悄悄繞林斜走，視察四面。黃金雄手持短矛，和兩個壯僕，當先轉過林邊。只見岔道上，土崗斜橫，黑影憧憧，似有兩夥人正在械鬥。那邊一群人約有四五十個，正占上風；這邊一群只有二三十人，顯見不敵。人多的糾眾進攻，欲奪土崗；人少的據住林崗，用矢石拒敵，且戰且退，雙方打得很猛，但似有所顧忌，全不敢聲喊，只默默的攻守迎拒。人多的勢強，轉瞬間，已有衝鋒之兵，搶上土崗了。

盧鴻飛一行從歧路上撞過來，借物蔽行，伸頭探腦，欲窺真相；無如人可銜枚，蹄聲難掩，械鬥的人本有瞭敵之兵，登時被他們發現。他們竟把這獵隊錯認做敵手的伏兵。這二三十人一見不好，有人喊叫一聲，不遑

苦鬥，竟往斜刺裡，逃竄下去。那邊四十餘眾吹著哨子，一抹地追殺過來；忽瞥見獵隊一步一探，悄悄迎來，也驟吃一驚，忙止步遠遠傳呼，警告同伴。

獵隊見蹤跡已露，一擁上前，正要喝問，那械鬥衝鋒的追兵，追到林邊，猛然勒馬不前攏目光端詳一下，初疑是敵，旋覺不似，忽然回馬大叫道：「不好，打岔的來了！」跟著又上來一人，望了望，也叫道：「頭兒留神，鷹爪又來了！」

後面的人眾登時騷動，悠然的一散一聚，竟鼓譟一陣，失業入林，似欲退逃。有一人馳馬搶到林邊，揮刃喝道：「什麼人，快給我退回去！」不等回答，把弓箭如雨點一般射來。那舉動似要拒捕，又似乎欲退先攻，要抽空一跑。

武師黃金雄到底是行家，臨變饒有急智，忙把短矛一舉，大呼：「住手，住手！我們是過路人，對面不要放箭，你們是幹什麼的？快說實話，你們為什麼攔路放箭，不教人走？」

連叫數遍，對面這四五十人，竟緊緊扼住這一帶密林路口，叢林中東一支，西一下，放冷箭，拋石子。直等到獵隊退馬不前，齊聲吆喝；對面始有一人，將鐵笛連吹數下，登時蝗石箭雨停攻。月影裡，有一人似是領袖，策馬當林，厲聲喝道：「這條道是太爺包下的，不許閒人亂闖。你問怎的？識相的，趁早給我回去。」

黃金雄道：「朋友，你不要逞蠻，我看你們不像剪徑賊。我們跟你不相干，彼此都是江湖上的朋友。相好的，我們必得借道過去。」

那人怒吼道：「少說閒話吧，老實告訴你，太爺是和人在這裡算帳。我們好容易狹路相逢，才把債戶堵上，教你們憑空攪了。我不管你們是什麼來路，官面也罷，助拳也罷，你打擾我，就不行。兩個字，趁早給我回去，別誤了太爺的大事！」

　　公子盧鴻飛、武師黃金雄，並馬一聽，好蠻的傢伙，到底是幹什麼呢？盧鴻飛提劍，黃金雄橫矛，兩人都用兵器護住上半身，前進數步，要辨辨面目，問問原委：「你們可是打群架，尋仇械鬥的麼？」

　　不料路旁亂草中，有一個械鬥負傷的人，同夥敗逃，單單落下他一人，身受重傷，明知難活，手頭還有三支弩箭，冷不防被他扳機放來。盧、黃二人側身勒馬，只顧對面，雖提防暗算，未曾十分留神背後，背後已有獵伴保衛著。哪知側面忽出冷箭，聽咯噔一聲，黃金雄猛喊了一聲：「呀，留神！」急閃不迭，盧公子坐馬負傷，那馬驚跳起來，竟狂奔向前面林口去了。獵伴一齊失驚，對面敵人也猛吃一驚。

第二十七章　誤踏禍機 ————————

當此時，盧鴻飛公子叫道：「不好。」要想勒韁，竟來不及，急急地俯腰低頭，把身子貼在鞍上。對面群徒只道是來人闖路，鐵笛子急吹，登時投石飛箭，照來騎猛打。武師黃金雄驟逢意外，心頭大駭，情知要壞事，急掄刀矛打馬，奮不顧身，上前馳救。敵人那邊果然圍攻盧公子，盧公子揮劍相應。

黃金雄大罵：「好賊，怎麼暗箭傷人？」說話時，盧公子早中了一石子，竟然負痛陷陣，探劍亂掃猛衝。這一行獵伴，見主人陷敵，喊一聲，一齊跟蹤往上搶。敵人那邊喧成一片，罵不絕聲，聚攏起來圍攻獵騎。

雙方都不知隙，由於一箭，都恨對方豪橫。獵伴十七人，多半會兩手，情急拚命、越崗進撲，一霎時刀矛亂舞。雙方竟因誤會，激成混戰。武師黃金雄護主猛搏，連傷數敵。這林中械鬥之眾，猝被獵伴跨騎硬闖，抵面肉搏，所有矢石遠攻之器，已不能施展。鐵笛子連吹，械鬥為首的人惱怒已極，騎一匹紅馬，領十餘人，半騎半步，忽地退下去，繞從側面掩來，先把獵伴的退路剪斷。他惱恨這無故打擾的人，更是怒罵不休，猛鬥不甘示弱。

盧鴻飛公子首被敵人包圍，一口長劍，到底敵不住人家三四支長槍。武師黃金雄躍馬奔來相助；械鬥領袖喝罵邀戰，不令黃金雄上前。

忽然敵人那邊，有人藏在樹後，抬手比比劃劃，欲放不放，似有暗器待發。黃金雄從月影中一眼瞥見，看出隱有暗器，心說糟糕，急急左手用力，把馬一勒，右手矛突然斜刺。

那放暗器的人早將袖箭打出來，月光下，疾似流星射到。黃金雄用矛一掃，上護頭面，噹的一聲，把袖箭打飛。可是第二支，第三支袖箭眨眼又到。黃金雄一扭身，急再帶馬，人躲過了，馬竟做了擋箭牌，馬頭馬頸斜中了兩下。這馬慘叫一聲，驀地往旁邊一栽。就在這馬將倒未倒之際，械鬥首領挺大砍刀，斜切藕式，照黃金雄肩頭砍下。黃金雄甩蹬一跳，躲避大砍刀；順手一矛，還照放箭人猛扎，如電光石火般，敵人的刀驟落馬背上，咔嚓一聲血濺，撲登一響，一匹良駒倒地打滾了；放箭的人也被短矛刺傷，退逃到林中。

那械鬥首領是個赤面大漢，身高力猛，一刀取勝，急趁勢抽刀橫掃。武師黃金雄一個虎跳，早已離鞍落地，順手把鞍上的腰刀拔在手中，雙腳剛剛一點，驟聞金刀劈風之聲，往旁一跳，忙騰空又一竄，單腕用力；來而不往，非禮也！照赤面大漢的坐馬，挺矛就刺。赤面大漢怪叫如雷，展開大砍刀，往下三路一掃。黃金雄急收短矛，赤面大漢急轉刀鋒。叮噹一響，火星亂迸，矛桿刀鋒相碰。黃金雄吃了一驚，往旁急退，驗看手中短矛，幸是通體鐵桿，已被砍削了一個缺口。黃金雄一咬牙，又撲上去，矛交左手，刀歸右掌，甩掉刀鞘，竄前竄後，和赤面大漢往來死戰。為的是牽住勁敵，好救盧鴻飛。黃金雄且戰且向盧公子喊叫，催他拍馬掄劍，奪路速走。敵眾我寡，來路不明，這絕不可戀戰。

但是盧公子學拳未精，天生膂力尚強，馬上功夫也很不劣，居然運用一口長劍，與三個敵人相打；雖感壓迫，尚未失手。馬鞍邊，本來順著一支鉤鐮槍，百忙中抬腿摘下來；一手掄槍，一手揮劍，很勇敢和敵人搏鬥。他並沒想，這打的太無謂了。敵人究竟是盜幫，是寇仇，還是械鬥的鄉村豪族；他一點也猜不透，倒拿性命替那敗走之眾抵擋追兵。

那些獵伴，所有膽豪的門客，力壯的忠僕，和悍猛的獵師，都紛紛上來，或騎或步，幫盧公子索鬥。內有一個獵師，名魏鼎臣，左手提虎叉，

右手掄獵刀，撲到盧公子背後，大叫：「賊子休得張狂！」唰的又一叉，照一個騎兵的敵人又去，敵人回刀一架，這獵師忽一矮身，鋼叉照馬肚戳來。騎馬人慌忙招架未免吃力著慌。這時獵師大為得意，獵刀下掃，又照馬腿砍來。馬戰竟不如步戰靈便，一連數叉把個騎馬的人叉了下來。獵師魏鼎臣高興大笑，招呼同伴，跟著他學。

立刻有一個獵師，挺虎叉，溜到械鬥首領赤面大漢的背後，唰的一叉。赤面大漢正鬥黃金雄，聽叉環嘩啷一響，霍地一挫身，急急將大砍刀往後一拋。當的一震，把虎叉格開；扭頭一瞥，刀鋒一送，獵師往後閃過。武師黃金雄趁空搶上前，俯腰猛進，左手矛一晃，右手照馬腿一刀。赤面大漢慌忙彎腰，推刀迎住。黃金雄不砍人，專砍馬，一連氣七、八刀。赤面大漢俯身護馬，十分吃力，要下馬步戰，步下功夫又不好，不覺勃然動怒，驟將馬一帶，跳出圈外，大砍刀高舉連晃，喝道：「弟兄們，灑星子！」失口叫出江湖黑話來。

獵伴人少，械鬥的人本已四面合圍，把獵隊十七人阻林圈住。大漢一出令，黨徒應聲一散一聚，七八枝箭又射出來。但已留出空隙，群敵撤圍往後一退，獵伴登時鬆動。

武師黃金雄登時看出破綻；一個箭步，竄到盧鴻飛身畔，急叫道：「公子小心箭，我們快闖！」盧公子也識出利害，未肯先走，拍馬呼眾，一齊穿林奪路。

眾獵伴忙往一處聚，敵人的箭立刻跟蹤往一處攢射。但敵人的箭所剩無多，只有蝗石，也不能把對手打倒；叢林大木又處處可以障身避箭，獵伴同聲呼道：「快闖呀！」

盧鴻飛、黃金雄，一騎一步，搶先奪路，衝開矢口，尋奔林口。林中敵人有幾個箭手，慌忙攔路開弓搭箭。盧鴻飛公子軒眉長笑，狠狠打馬，跨下馬三分鐘熱風似的衝上去。餘騎跟蹤而上，來勢凶猛，攔路的箭手抵

不住鐵蹄踐躪，個個倒退；箭不及上，忙將弓梢亂打。馬驟勢疾，遠器不能近攻，箭手全被沖散，林中閃出道來。盧鴻飛、黃金雄、獵師魏鼎臣，趁勢趕殺，後邊獵伴一個個緊隨上來。箭手們離近的就棄弓抽刀，慌忙拒戰，隔遠就覓樹障身，引弓還想再射。偏偏此走彼追，敵己雙方又已錯落相雜，月色雖明，貿然放箭，怕誤傷自家。

　　獵隊眼看奪路成功，將出林外。械鬥首領怒吼如雷，揮眾急擊。只覺得部下呼應不靈，怎麼以多拒寡，還讓他們逃出？

　　竟忘了他的部下先經械鬥，久戰力乏；人家獵隊仍是突圍求生，奪路急走。

　　械鬥群徒就在林內外，竄聚二十餘人，把奪路十幾個獵伴一再邀住，迤邐纏鬥。武師黃金雄與公子盧鴻飛，就在林中路口，雙戰那械鬥首領，一面邀同獵伴，拍馬驅逐林中敵方的埋伏。那械鬥首領揮動大砍刀，當路猛鬥；人高馬大，力猛刀沉，把盧、黃二人一時牽掣住，不能闖過林徑。那埋伏在林內的械鬥徒眾，還有二十來人，個個背插鉤刀，手握弓箭、石子、鏢槍、由一個紫面大漢率領著趕到，抽空兒潛放冷箭，要暗算獵眾。他們認定盧公子等是對方邀來助戰的，殊不知械鬥對方早已遁入黑影。他們就挑出燈火，對這一群獵人，惡狠狠的要下毒手。

　　但是，此際雙方混戰之局已成，敵己相對，如走馬燈一般，輾轉攻守，倏進倏退，遊走不定。而且他們利箭已經無多，黑影中，又恐誤傷自己人。紫面大漢姓牛，乃是械鬥的副首領；見敵已兩面穿花也似的層層夾鬥，不敢開弓亂射，便想變計，撲出來助戰。紫面大漢先登高瞭望，看出自己這邊人多勢眾了；雖然人人戰乏，形勢仍占著上風，此次與仇家邀戰，本出急襲，乘人不備；若歷時過久，尚恐敵人增援重來。這副手立刻調動餘眾，抽刀出戰，只留下六個人，漫散開，隱藏在草間樹上，注目觀戰；以防敵援掩至，兼備官人來剿。他自己將兵刀一舉，從林徑半腰闖出

來，大呼進搏，把獵伴截在兩處。

　　那盧鴻飛公子為穿林奪路，苦戰械鬥首領。一霎時，械鬥的副首領率隊馳到，武師黃金雄急轉身阻住。月影下，盧鴻飛細辨敵人面目，那械鬥首領身形魁梧，方臉短鬚，鼻高眼圓，眸子深陷，閃閃發光，可說是十分凶相；年約四十歲，穿短甲，騎紅馬，手中大砍刀，招數靈活，耍起來如一條怪蟒。盧鴻飛卻是勇力有餘，武功不熟，起初還不顯，廝拼稍久，破綻迭出，被敵人這口刀逼得亂轉。雖有獵師健僕奔來相幫；但敵方人數更多，獵師才到，眾敵跟蹤追來，還須轉身拒敵，不能協助盧公子。盧公子仍憑己力，苦鬥勁敵；百忙中，喝問敵人姓名。這械鬥首領怒叫道：「太爺閻王爺，要你的狗命！」盧公子只道是敵人的氣話，那敵人果然姓王，活閻王正是他的外號。他的那個副手恰巧姓牛，名牛壽朋，人們就管他叫做牛首阿旁。

　　林間交戰十數合，猛聽活閻王大吼一聲，大砍刀橫劈過去。刀風一掠而過，盧公子獵帽竟被削落，頭髮披散，險遭梟首，大吃一驚，帶馬急闖。閻王軒眉大笑，振吭高叫：「哪裡跑？」催馬挺刀追上。

　　這邊，武師黃金雄在步下，揮刀對戰，早劈殺兩個暴民，奪取一把鉤槍。忽見宅主失利，急托地一竄，橫刀掄槍，攔住閻王。副首領牛頭忙奔黃金雄，獵師魏鼎臣忙擺虎叉，拚命攔住牛頭。黃金雄趁此機會，跳到閻王馬前，揮刀挺槍，下擊馬腿，閻王橫刀一擋，一步一馬，兩刀一槍，此來彼往，大鬥十合，不分勝負。黃金雄連作數次突擊，均被閻王的大砍刀搪開，知遇勁敵，暗呼：「風緊！」催盧公子奪路速逃。

　　盧公子義不獨卻，拍馬往外一竄，喘過一口氣；忙挺長槍猛衝。早有騎馬的兩個暴徒斜抄過來，阻住盧公子的去路，六七個步下的也援步飛竄，從背後急追，人未到，鏢槍蝗石先劈面打出。盧鴻飛掄槍，格打出去，驅馬回頭再鬥。林邊火光閃爍，俱是敵人的伏兵；獵伴逃到哪裡，火

光照到哪裡。盧公子凝神一看，獵伴連自己十七人，已被這械鬥暴徒砍倒兩三個，活捉四個。餘眾心怯，拍馬狂呼，無心戀戰，奪路亂逃。械鬥群徒因自己人也有傷亡，不肯放鬆；七八匹馬豁喇喇趕過去，圈回來，又把去路剪斷。

當此時，雙方勝負已見，盧鴻飛公子眼看殺出林徑，又被逼回。獵師魏鼎臣等已經負傷尚在掙命。門客、健僕個個被暴徒迫逐，殺得七零八落，散做數堆。只剩下武師黃金雄口角噴沫，尚與閻王對刀拚死，但進路出路，全叫暴徒遠遠圈住。所有獵伴均陷重圍，鬥場立見鬆動。閻王大叫部下，將遠攻之器重行拿出，鏢槍、蝗石，只向武師黃金雄打來。

武師黃金雄確是武林老手，但防遠鬥近，雙拳不敵眾手，未免應付不暇。閻王的砍刀又很勇猛，自己的兵刃不敢和他的硬碰，因此越加吃虧。黃金雄奮力招架，急急偷空閃眼四望，四周情形險惡已極，再不見機，便要全數覆沒。黃金雄騰身躍起來，照活閻王胯下的馬頭，破死力的砍下去。閻王勒馬側閃，揮砍刀往外一掃。黃金雄不等還招，抽身而退，一抹地突出敵人背後，掏出暗器，且呼且打，奪路急奔。

黃金雄且鬥且叫，招呼盧鴻飛，休得戀戰，快快突圍歸家，復仇救人，總得先留一口活氣在；若一味拚死，彼此有害。這話，盧鴻飛不是不明白，不過他總覺得拋眾先逃，心下不忍。當不得黃金雄厲聲連喊，盧公子實覺不支；雖當寒天曠野，已經渾身欲汗；這才喊一聲，突騎再闖。與黃金雄一馬一步，一槍一刀，穿林奪路，掩護著八、九個獵伴，拚命衝出去。其餘獵伴有的竟被隔斷，有的往來路掙命逃回去。

械鬥首領活閻王策馬大叫：「往前抄，不要放走了他！」與副首領揮刀牽掣住盧、黃二人；手下暴徒豁地分為兩翼，包抄過去；挑燈持刃，緊緊纏鬥，節節掩擊。一霎時，眾獵人且戰且走，散做數股，各不能相顧。盧鴻飛這一撥，已迤邐衝出半里地，暴徒也就跟蹤追出半里地。離開穿林小

徑，又趕至一道斜坡前。武師黃金雄怒極，轉身叫道：「喂，朋友，你們已經占了上風，何苦這麼窮追？誰跟誰也沒有殺父的冤仇，奪妻的恥恨，何必趕盡殺絕？」

活閻王怒吼道：「小子們，這話算你說對！我懷恨仇人，前後四年，好容易冤家路窄，把他們堵在這裡。講好了一刀一槍，憑本事，賭性命決鬥；眼看我們勝了，無端被你們攪了局。叫你們躲開別管，你們偏來橫插一槓子，誤了我們的大事，小子，太爺就都殺了你們，還不嫌解恨，你還說爺們趕盡殺絕？看傢伙吧！」叫罷，拍馬進撲，那口大砍刀嗖嗖的劈來。

武師黃金雄一聽大怒，提刀叫道：「好漢子，留下姓名來，敢容我們定期再會麼？」活閻王大笑，用刀尖一指道：「閻王注定三更死，誰敢留你到五更？你想知道我的底細麼？告訴你，太爺就叫閻王爺。」

盧、黃聽了，只疑他是誇口，哪知是實話。當下黃金雄情知停戰無望，盧鴻飛暗悔出遊找禍，兩人各整兵刃，轉身斷後，催餘眾速逃。這群暴徒一部分騎著馬的，跟著首領，豁喇喇放馬跑上來，又將獵眾困在土坡前。活閻王指揮馬上黨羽，有圍攻，有攔劫；步行暴徒便分散開，搜捉潰逃各處的獵人。

獵眾仍是伺隙且戰且走，往前衝殺，前面又有人攔住。盧鴻飛驀地奔到前方開路，黃金雄在後阻敵。會武功的兩個獵師分幫著盧、黃，但獵眾人數分散，勢愈不支，所有獵具，獵品，早都拋棄不顧了。幸而獵人騎的是盧公子廄內的良駒，跑得很快，暴徒的牲口卻劣，仗這一點，得以拚命潰圍，搶上土坡。土坡正面，是平陽大道，容易跑，不容易躲藏；側面坡東，斷崖起伏，月影下，見有濃影正當前路，似是林村。若得搶先奔過去，便好隱身禦敵。獵師魏鼎臣首先叫了一聲，拍馬撲過去，餘眾也跟蹤越坡，趨奔坡濃影。

　　活閻王躡敵應戰，居然很在行；搶上土坡，只一望前途，便知獵眾必然躲避正面大道，落荒趨奔黑影。立即催馬當先，帶部下黨羽，分兩翼往東趕去。此奔彼逐，又追出一段路，獵眾恃有良駒，心想一入林村濃影，便可把敵人落後，遂努力加鞭，順坡下馳。不意面前斷崖阻路，高低不平；正在摸黑擇路，突聞天空颼颼一聲，一枝響箭冒高射出來。月影下，同時望見迎面煙塵大起，蹄聲俐落奔騰，驟如暴雨。眾獵伴又不覺大驚，倉皇回顧道：「完了！這裡過不去，前面又有敵人了！」

　　正是後有追兵，前有伏敵；斷崖亂草，崎嶇山路。盧鴻飛倉促無策，急領眾人，棄馬提刃，爬上斷崖。武師黃金雄也喘呼呼跑上來，正要撥草擇徑，潛蹤遁走，忽又聽嗖嗖兩聲響，一枝火箭，一枝響箭，連續破空射出來。盧鴻飛初疑響箭是從東面黑影中發出的；這時凝眸注視，方才窺明，這火箭響箭，與剛才那一枝響箭來路不同。這兩枝竟是由斷崖叢草亂崗上，冒高射出來的，又好像這兩箭正是回答剛才那一箭的。斷崖之上，分明有埋伏。

　　盧鴻飛等大恐，掙命狂奔，反倒跑到敵人圈內！嘆一聲：「不好，倒楣！」正要卒眾退回。驀聽斷崖樹梢上，一個濁重的聲音叫道：「來人不要驚慌，快快躲進來吧。」一言甫罷，後面窮追的暴徒，已然漫散搜尋過來，登時發現獵眾所棄的良馬，投荒亂竄，急忙派人圈住。然後舉目四望，搜尋騎馬之人，窺察來箭之處。但四面渺無人影，只有斷崖亂草擺在旁邊；活閻王立刻越眾臨崖，翻身下馬，俯身挑燈，照看草間人跡，復又翹首望了望遠處，等候手下黨羽到齊，便喝命分兵四路，一齊搶崖。因逃人奔至此處，忽然不見；四野空曠，無處藏身，料定他們必在崖上。眾暴徒紛紛搬鞍下馬，各提兵刃，剛要往崖上竄，突然間，從崖上又射出一枝響箭和四五枝弩箭，一下子把暴徒射傷兩三個。

第二十八章　毒牋肉質

　　活閻王愕然後退，明知獵眾矢盡弓拋，這時怎麼會發出箭來。而且還有火箭、響箭，莫非他們在此處設有埋伏不成？勢機緊急，不容細忖，正要吩咐拚命攻崖；登時聽喊聲大起，那遠處濃影中，竟擁出一隊人馬。為首的已有兩個騎客，隨著箭聲火光，如狂風一般，撲向斷崖而來。為首偏左一個騎客，十分英勇，舞動一桿槍，遠遠高叫道：「對面可是王五爺？還認得我石建侯麼？」偏右那一騎客，不是別人，正是閻王的死對頭陶永春。剛才械鬥落敗逃走，不用說，此刻是勾出援兵，重來尋殺了。

　　來騎一報名，閻王只聽這語音，便自一震，這偏左一騎，正是一個勁敵，出乎意外的到場助拳來了。他慌忙倒退，飛身上馬，領黨羽唰的退出半箭地以外，先閃開了頭上的斷崖，又率眾往荒原空曠處移動。相度地形，退出兩三箭地，火速地擇定退可守、進可攻的陣地；把手下黨羽已趕到的三十餘人，挑燈為號，聚在一處，排成雁字「人」形陣，等待敵至，立即交手。然後自己拍馬掄刀，在前壓陣。他那副首領霎時趕到，拍馬朝前一望，連忙挺身退到陣後，代替活閻王指揮同黨，整兵備敵；仍派兩個壯漢，趁來敵尚未迫近，火速飛馬回去勾兵。

　　剛才圍敵，乃是驟出不意；現在仇人既邀能手，二番尋毆，必然預有布置，未可輕敵；自己這邊須要堂皇對戰，慎重應付。

　　轉眼間，來騎齊東大俠石建侯，由械鬥的事主陶永春引導，率領五十多個壯士，從東村濃影中馳出，火光一明，亮出隊伍，六成騎馬，四成步行，刀矛如林、弓矢足備，用長槍挑出二十多盞氣死風燈，似一條火龍

般，搶奔荒原。相隔十數丈，一聲銅笛，馬步齊住，仇敵兩方抵面，各列陣式。活閻王的人已排成「人」字形，石建侯、陶永春這邊，立即排成半圓形。石建侯一馬當先，搶到垓心。火光照耀下，只見他手提尖槍，腰懸利劍，氣度昂然。一手攬彎而笑，說道：「王五哥請了，我們又有一年多沒見。你上次的傷，想必痊癒了吧？」

首領活閻王氣得雙眸灼灼，一咬牙，也把馬一拍，湊上前去。牛首阿旁壓陣在後，活閻王橫刀在馬鞍上，雙手一舉道：

「哦，是石二哥，石二哥久違了，不知寅夜來此，有何貴幹？」

這騎士黃面金髮，圓眼粗眉，上唇無鬚，頷下有一絡羊髯，威風凜凜，十分怪相，年紀約四十一二歲，乃是齊東大俠。他仗著本身的本領和廣闊的交遊，江湖揚名，威震一方；馬上善使六合大槍，步下善使青萍劍；和活閻王王錦城，各據一地，外面對閻王表示客氣，暗中實瞧不起，厭惡閻王的土豪劣跡，當時微微一笑，道：「王五爺，我無事不敢橫插一腿，我這來是給你們二位了事來的。」回頭擺手道：「陶三弟過來。」

騎隊中，突然走出一馬。馬上英雄手抱雙刀，年約三十七八歲，生得長臉直鼻，眉清目秀，唇上微有鬍鬚；穿一身藍，滿頭大汗。這個名叫陶永春，剛才與活閻王王錦城，狹路相逢，械鬥不敵，賴獵伴攔入，才得脫身求救。石建侯手指陶永春，面向活閻王道：「剛才陶三弟敗到我那裡了，言說他與王五爺倉促械鬥，人少不敵，他的姪兒被老兄倚眾擒住。小弟想冤家宜解不宜結，得饒人處且饒人，彼此都是鄉鄰，同是武林一脈，所爭又只在一口閒氣上，並非不共戴天之仇。現在陶三弟已經認輸，我打算替他向老兄討個情分。請看薄面，把那孩子放回，兩家從此各罷干戈，陶三弟日後必有人心。就是小弟，知情感情，也不能平白那個，日久天長，我也要有一番補報。王五爺，你看好麼？」

閻王一聽，怒從心起，道：「石二哥，你說的話太好了！可是有一樣，

石二哥既然出頭了事，一碗水該往平處端。你可知道俺的徒弟是怎麼死的。他家中上有老母，下有弱妻，年輕輕的叫陶爺的人給砍死了，莫不成就算白死？」又一指自己的臉道：「二哥，你再請看，我這眼下一道傷，調治了一個多月，才得平復；到底破了五官，落了殘疾。人都有一張面皮，人都爭一口氣。想我王老五，含恨忍恥四年多，今天好容易才得與陶家叔姪相會，彼此公公道道，一刀一槍，有來有去；攔著你老兄，難道你憑朋友幾句場面話，就得罷休不成麼？依我看……」

石建侯登時把臉一沉，厲聲道：「不罷休，想怎樣？依著你看，就把姓石的噎回去，是不是？」

活閻王不覺低頭，接不下話去；半晌抬頭，張了張嘴，忽一切齒道：「老哥，你既然出場，我無論抱著多大冤屈，似乎總得給你閃過一面才好。我的徒弟死了，怨他命短。石二哥，你也總得讓我過得去。現在長話短說，我們該怎麼辦？」

石建侯道：「怎麼辦，你說吧。」

閻王又發狠道：「我們這麼辦，你老哥既已到場，請閃在一邊，給我們做個見證。我也不倚眾為能，陶永春手裡也有刀，來來來，咱二人就當著石二哥，來個單打獨鬥，你姓陶的果然勝得我這口砍刀，我就把你姪兒放回；並且我還要從此埋頭洗手，不在齊東混了。若是你姓陶的不勝，石二哥，你做個保證，以下的事就可由我了。這不是我不懂交情，無奈這裡頭不止是爭一口氣，還欠著一條人命哩！」言罷，向石建侯施禮道：「石二哥，這樣辦，公公道道，人情面子，兩全其美；可是我姓王的未免太栽跟頭了。俺那徒弟挨砍時，就沒有誰出面替我講情，可惜了一條小命，硬叫陶爺給毀害了。」遂將手中大砍刀一擺，面色一整；手指陶永春，大聲叫道：「姓陶的，我的話跟石二爺說開了，你也有耳朵，你別不哼氣呀。你難道就憑人家局外人，給你仗腰子，討人情，自己一點也不爭氣麼？」

陶永春勃然大怒，傲然冷笑道：「單打獨鬥，我正求之不得。石二哥，請你費心做證。」拍馬揮刃，就要上前。活閻王把大砍刀一舉，立刻放馬。

那石建侯一張黃臉，倏地泛起紅雲，舌縫春雷，猛喝一聲：「且慢！」催馬抬槍，橫擋在垓心，高呼道：「陶三弟退後！

王五爺，你要識趣！我既然到場，你總得叫我下臺。我再說一句，你看我薄面，把他姪兒先放回。我叫他撒紅柬，遍請山東武林同道，當眾設宴，給你賠禮圓場。你要不賞面，王五爺，我姓石的在齊東，也還有點微名，我給人出頭了事，也有多次，從來沒叫人硬駁過。這一來，你來看……」一指到場的五十餘人，道：「你是叫我姓石的當著這些朋友，活活折在你手裡，你簡直的叫我回不去了，你可明白！」

石建侯橫槍當前，躍躍欲動，分明要強來出頭，把事情攬在自己身上。活閻王王錦城素知石建侯不好惹，看了看四面，人家帶來的人又很多，不由低頭沉吟。

陣上同黨嘩噪道：「五爺，休要聽他一派胡言！您的徒弟廢了命，我們好朋友，好弟兄，又傷了好些個，如今百年不遇，抓住了把鼻，焉能隨便再鬆手，放虎歸山？」

一個尖嗓子的人更對石建侯大嚷道：「石朋友，你給我們兩家了事，我們很承情，無奈不是這麼了法。姓陶的姪兒，我們把他捉住，本要零碎給他罪受，末後再賞他一刀。現在衝著你的面子，我們絕不給他苦吃，也不能放了他。我們只拿他當個活押當，你請放心，我們絕不傷他半根毫毛。」

石建侯大怒道：「咦，你們這些東西，給臉不要臉，大概你們也不認得我姓石的厲害，你們哪個不服氣，來來來，我們較量較量！」

雙方喧鬧，陣角騷動，登時要交手。忽聽閻王這邊，陣後豁喇喇一馬越眾過來，乃是活閻王王錦城手下的副首領牛首阿旁牛壽明，外號叫做牛頭大王的。他左手攬馬韁，右手提大斧，領部下兩個壯士，押著一個俘虜，如飛趕到。他在陣後，已聽明來人不是泛泛之輩，乃是齊東大俠石建侯，受對頭陶永春邀請，前來幫場。正是來者不善，善者不來；石建侯外號石敢當，威鎮山東，最難惹不過。牛壽朋聽見他們大動唇舌，爭論著釋放械鬥被擒的陶永春的姪兒。這陶永春的姪兒，年輕有力，也是勁敵，如今好容易捉著，這麼一個活肉質。現在有心不放，石敢當必然翻腔；若真當時放了，未免跟頭栽得厲害，也失了尋仇的好把柄。這牛頭大王詭計多端，立刻在陣後悄悄布置安排。傳令手下人，把林中樹幹上捆著的陶永春的姪兒，解下繩縛，暗施手法，重縛在馬上，驅到陣前。

　　牛頭大王拍馬上前叫道：「喂，朋友，你們是來給我們了事的麼？我們先謝謝你這番盛情。你們不是替陶永春要人麼？

　　不錯，我們的確捉住一個活當頭，按理不能輕放。朋友，我們就衝著你的面子了。來吧，還你的人。」立命二壯士，把馬韁一鬆，掄馬鞭一打，這馬馱著人，向陣前竄過來。

　　活閻王不悅，才要發話：「怎麼不商量，硬給做主縱敵放仇？」剛喝了一聲：「嘿……」牛壽明背身擺手叫道：「石二爺，原人交還，我們後會有期，別的話以後再談。」

　　石建侯勒韁橫馬，看一看馬上馱來的人，已由陶永春等蜂擁迎住，遂向牛壽朋舉手叫道：「朋友你貴姓？既承義釋，足見交情，我先謝謝你們二位！喂，陶三弟，你快認認人，仔細看一看。」

　　牛頭大王牛壽朋立刻喝令收隊，催著活閻王，領眾往後撤退；打馬如飛，退向林徑。

　　一行大眾剛剛退到林口，這邊陶永春突然發狂似的暴吼道：「好惡賊，

你下這種毒手！我跟你們拼了！」別的打手也一齊高叫：「石二爺，別放走他！」

石建侯剛剛折馬往前，送了幾步，交代了幾句場面話；眼望著活閻王，舉手作別。忽聞背後發喊，急回頭一看，只見陶永春手抱姪兒，撲地坐倒，又托地跳起來。旁邊數人舉燈籠照看，撫視這被釋的俘虜，喧成一片。

石建侯登時有些瞧科，厲聲叫道：「王老五別走！陶三弟怎的了？」忙轉身驗看。

原來陶永春把姪兒攙下馬來，借燈火急忙驗視周身，遍體並無傷痕，只右肩胛略受浮傷，但是面色慘淡。陶永春忙問姪兒，失手遇擒的情形，可曾受了傷？受了凌辱？他姪兒起初一字一頓，也還說出幾句話，好像沒受重傷，只叫敵人刺了一下，神色難看，好像是被擄含愧。陶永春剛剛放了心。忽見他姪兒打冷戰，渾身肌肉顫抖，兩眼上插，搖搖欲倒。陶永春急忙扶住他再問他怎的了，竟閉目不答，身子往下直溜，跟著噓喘起來，陶永春慌忙抱住他，坐在地上。這少年人越喘越不像，面呈死色，人已昏惘。手下人提燈照看，亂糟糟喊叫：

「不好，不好！姪少爺的情形可不對！」連聲對耳呼喚，傷者眼不能睜，口不能答，全身隨人手俯仰。事出倉促，地在荒郊，既無救藥，眼看著舌縮氣微，越變越快越壞。

陶永春淚下如雨，怒氣沖天。陡然把垂斃的姪兒放下，提刀瞪眼，奔來大叫：「石二哥，我們中了賊子們的奸計了！」

石建侯只一看，又奔來一撲，怪叫一聲，飛身上馬，提槍豁喇喇急趕下去。這邊，陶永春徒手奔出數步，抽身急回；又伸手抿一抿姪兒的口鼻，提燈照一照姪兒的面色，連連跺腳，命人把屍體揹回去。自己慌忙抄兵刃上馬，狠打一鞭，從後趕來。部下壯士緊緊跟隨，一同追逐那施暗

算、毒殺俘虜的仇人。

當這時，牛頭大王牛壽明，弄這一招辣手，急急地催手下眾人，火速奔入林徑。活閻王追問他，是何緣故？他只催快走：「走遲了，怕仇人追上來。」

活閻王著急道：「你到底弄什麼把戲了？你說出來，我也好應付。」

牛壽朋這才勒韁說出實話：「我給小子種上毒了，回去準死無疑。少時教他們發覺了，必要追來，我們還是趕緊走，在前途下埋伏。」一面說，回頭望了望，見自己的人都已退到林中，忙下令兩旁埋伏；又加命一人飛馬奔回去，火速調人增援。

他這裡加緊預備，卻不道七步斷魂針藥力發作太速，還未容他布置停當，那邊陶永春的姪兒已然毒發身死，眼開腰挺了。仇人大隊猛撲過來，惡聲痛罵，勢欲拚命。牛壽朋悔之不迭，閻王也抱怨說：「老弟，你這一招弄巧成拙，大錯特錯了！」

但事已至此，只好迎敵。閻王把大砍刀揮動，調轉馬頭，拒林而守，齊東大俠石建侯、陶永春，一個痛恨受愚，一個痛悼亡姪，一前一後，捨死忘生，追到林邊，大叫：「王老五，牛老八，一對施暗算、沒信義的奴才，快滾出來見我！」

牛壽朋不答，潛命放暗器。手下黨羽，只投出十數個飛蝗石子，石建侯一馬當先，金槍捲舞，如巨蛇吐信，來搶林口。

陶永春雙眸圓睜，凶若煞神，惡狠狠硬撲過來尋仇。械鬥群徒攻戰已久，餘箭剩石無多，被石建侯、陶永春，單槍雙刀，橫砍直挑，把人衝得四散，林徑要口眼看突入。

閻王一見仇人來勢甚猛，忙拍馬殺出來，閻王掄刀抵住石建侯，牛頭大王掄斧抵住陶永春，陶永春邀來的眾好漢如一窩蜂從兩邊掩上來，與閻王手下群徒，就在林邊大戰起來。

第二十九章　械鬥結怨 ————————

　　活閻王一黨久鬥力疲，漸漸不支。石建侯舞動長槍，忽刺忽挑，招數既熟，臂力又猛；閻王王錦城本非對手，越戰越往後退。陶永春雖也力盡，此番重來，乃是拚命，牛壽朋也抵拒絕住了。雙方部下的黨羽也強弱不同，石建侯率來的這一幫都是精悍的武林壯士。閻王的黨羽疲卒心怯，漸漸守不住林口；又強支數合，王錦城汗如雨下，兩眼發慌。石建侯唰的左手一槍，鎮住敵人的砍刀，右手抽劍往橫處探身一刺，又倏然一刺。閻王驟然閃身，險些墜馬，把砍刀一提，往外一蕩，慌忙喊一聲：「風緊！」拖刀勒韁，打馬便走。牛頭大王牛壽朋急將長柄鷹嘴斧，格開陶永春的刀，率領群徒，也一溜煙撤退下來，暗自懊悔失策。閻王心中更是難受，加鞭急走。石建侯不捨，馬上加鞭，突林追入。林徑夾雜，閻王將燈籠火把一齊拋滅，據暗敵明，且抵拒，且敗走。石建侯、陶永春這邊雖有燈火，也只得熄滅，免被敵人乘明襲擊。雙方就在林中，摸著黑打起來。

　　如此，閻王這邊強力抗敵盡難，乘暗敗退卻易；一行人方自大喜，正要鑽林。不料突然間，從林徑斜道小徑，飛衝出二十多個敵人，恰恰把閻王的逃路堵住，這一夥正是盧鴻飛和武師獵伴等人；還有兩個大漢，便是藏在荒巖枯樹上，放響箭的那撥探子。

　　陶永春當頭次械鬥敗退時，便沿道放下幾個伏路壯士；自己忽然奔退，邀出石建侯，集眾重來尋仇奪姪。剛才響箭連發，便是陶永春先遣的衝鋒，與伏探遇上了；藉此發箭，通報敵情。那盧鴻飛一群獵伴，無心路遇，被閻王遷怒追殺，又遠遠看見陶永春迎頭攻來，誤認是閻王一黨，

覺得後有追兵，前阻強敵，無路可投，這才往斜刺裡敗走，棄馬當攀崖而逃。

這一來，恰與陶永春的伏路壯士相遇。伏路壯士早已窺見盧公子與閻王苦鬥，便跳下樹來，說明緣由。盧鴻飛、黃金雄始知械鬥原委。

原來這陶永春家道小康，祖傳精擅長拳，在家中一面務農，一面設場子授徒。因有太平村鉅富張某，誤聽陰陽先生的謊言，為保新墳風水，在本村蓋了一座廟，遙對著鄰村孟辛莊；又將兩村交界的一道土崗，擅自挑斷。孟辛莊居民以為張財主倚財欺人，破了本村的風水。偏巧在挑崗建廟之後，孟辛莊連有兩家失火；他們也受了陰陽先生的濫言，託人要求張財主，拆廟築崗。結果，雙方弄僵，激起械鬥，孟辛莊這邊慘敗。陶永春的至戚把兩個兒子全送命在械鬥上了，這便是陶永春的兩個內弟。孟辛莊的首戶李敦老便慫恿陶永春的嶽翁，堅求陶永春出來助拳，便由首戶許下重聘，要他兼給自家護宅，並充本村鄉團武教練。陶永春情不可卻，便答應了，幫忙修崗，於是雙方械鬥重起。太平村的鉅富早已聞信，趕緊用重金禮聘，把個閻王王錦城和牛壽朋邀來。兩人與陶永春角鬥數次，閻王手下幾個徒弟失手殞命。活閻王一怒改裝，夜入孟辛莊，到首戶家行刺、放火，他的大弟子跟隨前往。誰知陶永春防備甚嚴，閻王的大徒弟臉上捱了一刀，當場被擒，送入官府，辦了個強盜罪名，眼看著首級不保。牛壽朋多方設計，才把大弟子的罪名減輕，至今還在牢中。卻是行賄贖罪，必須傾囊，張財主到這時後悔起來，倒怪閻王無能，雖然到底拿出錢來，可是頗有難色。王、牛二人為此一怒脫離張宅，勾結綠林，要自行報仇，百般的計算陶永春。不久，終用反間計，把陶永春的東家李敦老弄得動疑，便辭了陶永春，另延武師護宅，把本村鄉團武教練的事情也給辭了。陶永春並不介意，仍回自家，務農教徒。

這活閻王仍不甘心，自料武藝不如，又訪師學藝，數年後回來，與牛

壽朋定計報仇。適值陶永春新喪愛子，精神頹喪，閻王王錦城派人假裝吊紙，投下封信，邀他「以武會友」。陶永春只得答應下，與他定期決鬥。不想竟上了一個大當，單人鬥技之後，活閻王又夜襲群毆，這就是今天的事了。陶永春無可奈何，就在荒郊野外，與敵一拼。寡不敵眾，弄得大敗；門徒受傷，姪兒遭擒。等到陶永春把患難至友齊東大俠石建侯邀來，那牛壽朋明著講和暗下毒手，害了人家的姪兒，從此兩下裡結仇更深。

那盧鴻飛公子，偶因遊獵，陌路相逢，無意中竟碰上這場是非，卻也落得本身受傷，又害了好幾位獵伴，終於也跟閻王結下深仇。

當下盧鴻飛問明原委，因自己這次無端傷了好些人，心中很是氣憤，便與武師黃金雄等商量，既然閻王的對頭來到，便要率餘眾，下場助拳，拿住這個活閻王，送官治罪，一來洩忿，二來懲惡。即請這伏路壯士（也是陶永春的門徒）當先引路，從後岸溜下來，大寬轉，繞到林邊，銜枚撥草，火速地抄截閻王黨羽的退路。

那伏路壯士喜出望外，這真是很好的一支夾擊之兵從天而降，立刻歡躍帶路，本著熟悉的路徑，從半腰一抄；潛藏樹後，一聲不響。直等到活閻王和牛頭大王害人扯謊，飛奔入林，石建侯、陶永春等在後面拍馬急追，這伏路壯士才暗暗招呼盧公子跟黃武師道：「是時候了！前面跑的是仇人，後面追的是家師。」

盧公子這才對黃金雄道：「我們上吧，除暴就是安良！」坐馬已失，急從步下，穿林當道，觀得牛頭、閻王眼看奔至，暴喊一聲，迎面剪住。那伏路二壯士引吭高呼，催他師父陶永春快快夾攻。

閻王弄得馬噴沫，人流汗，一馬當先，好容易闖入林內，劈頭被暗器打得倒退。後面敵人也霎時追到，閻王與同伴在林中亂轉，人馬擁塞，互相踐踏，登時把林路堵住了。閻王急得大吼，盧鴻飛已換刀上前索戰，黃金雄暗令緩上，以免窮寇拚命。

　　活閻王王錦城被困在垓心，左衝右突，不能逃走，和盧鴻飛剛才被困一樣，果然要上前拚命。後面牛頭大王領敗眾蜂擁而至，立刻互相傳呼，合兵一處；急急將驚竄之眾指揮好了，馬在前，步在後，閻王大叫：「老牛快來，殺了這夥東西好走！」牛壽朋忙揮斧過來，兩個人的眼都急紅了，刀斧齊上，照盧鴻飛攻來。

　　盧鴻飛在步下橫刀招架，閻王把腰一俯，把馬一磕，手中刀倏地照下劈去。盧鴻飛急舉刀一搪，卻不甚得力，只聽噹的一聲，刀口對刀口，迸出火花；左手刀竟被閻王這一刀幾乎砍得鬆了把。閻王大喜，把馬一磕，砍刀又起。不防武師黃金雄猛喊一聲，刀光一閃，從左邊砍過來。閻王急急扭身一架，牛壽朋已然搶一步，把黃金雄截住。盧鴻飛潛取暗器，將右手一揚，閻王哎呀一聲。雙方相離太近，急躲不及，這一支袖箭直奔咽喉；閻王一歪身，箭中肩頭。閻王忍痛拔箭，把砍刀惡狠狠照盧鴻飛劈去。一連七、八刀，銳不可當。盧鴻飛抵敵不住。閻王乘這夾空，急調刀打馬，直衝過去，如狂風一般，奪路逃走。

　　閻王的黨羽也如飛逃去，黃金雄喝道：「哪裡走！」抖手一暗器，把末後一人應聲打落馬下。黃金雄立刻奪得這一匹馬，飛身上去，隨後急追。

　　牛壽朋忙招呼同伴快走。自己策馬一竄，照黃金雄背後，呼的一斧砍去。武師黃金雄聞金刀劈風之聲，忙回馬招架，盧鴻飛也趕來策應，牛壽朋卻將韁繩一轉，拍馬斜竄出去，武師黃金雄回刀攔阻。牛壽朋把手一揚，厲聲道：「著！看鏢！」

　　武師黃金雄和盧公子，齊往旁退閃。一條黑影掠空墜地，乃是牛壽朋的短兵刃。藉此一阻，牛壽朋慌忙打馬飛奔，追上閻王，遠遠的敗走了。只剩下手下的黨羽，前阻伏兵，後有追騎，如沒頭蒼蠅一般亂竄。步下的人鑽林逃竄了，馬上的人見首領已逃，也都個個棄馬投戈，鑽入林叢黑影中。

陶永春和石建侯突林追到，閻王等已逃得沒影。陶永春記恨殺姪之仇，切齒窮追。與石建侯登高一望，見曙色將透，前有濃影。追上去一看，只剩空騎，仇人棄馬而遁，業已無蹤。

　　只好重返林徑，在林內外細細的搜了一回，從中救出幾個獵伴，都是剛才被擒，牛壽朋把他們繃在樹上的。遍尋戰場、把仇人的遺屍，掘了個大坑，埋了。受傷的就活捉了去，仍備將來換俘。自己這邊傷亡的人，都一一昇救，往回運走，又將獵伴所棄的馬尋著了。一切收拾完畢，陶永春、石建侯都過來，向盧鴻飛、黃金雄一夥獵伴，長揖深謝，殷殷動問姓名。把獵眾強邀至陶家，療傷款宴，各陳械鬥原委，當下定交告別。陶永春、石建侯搜尋仇蹤，殺姪之恨誓死必報。

　　盧鴻飛回家之後，懊悔異常。這一回遊獵，猝遇人家械鬥，自己以一個局外人，竟有好幾個獵伴受傷，還死了一個健僕，一個獵師。療傷葬死，恤贈亡人的家族，很花了不少錢，費了不少事；卻交了石、陶兩個朋友，結下了牛、王兩個仇人。盧公子的妻子謝氏娘子，乘間委婉的勸他一回：「不要多招賓客了吧！」盧公子也自後悔，便閉門謝客，暫時不再遠出，閒時只在家中看看書，與武師黃金雄練練拳。

　　至於在外書房養傷的那個壯士孫六，經問館童，果然就在盧鴻飛出門野遊的那一天，也自騎馬出去了，因此武師黃金雄心中越發犯疑。

　　但到次日晚上，孫六便已回來。候到盧鴻飛一行回轉，孫六便煩館僮，進內宅回話，說自己傷勢已好，要見公子當面叩謝，拜別還鄉。盧鴻飛聽了，也沒介意。心中正在煩惱，只吩咐帳房，給孫客人支三十兩銀子做路費。

　　直過了兩天，孫六又催請一遍，盧公子才抽空到書房，和孫六敘談。孫六長揖拜謝，自說：「在下猝遇寇仇，身負重傷，幸承公子援手，才免一死。現在箭創早已痊癒了，打算即日還鄉。因感救命大德，必須當面叩

謝，所以請公子出來一見；路費我這裡倒有。」那三十兩銀子，堅辭不受。

盧公子拱手道：「這是小事，不足掛齒！緩人所急時有，盧某還不是那見危袖手的人。孫兄打算這就回家麼？」孫六道：

「是的。」

公子道：「哪天動身？」孫六道：「見過公子，明天就走。」

公子道：「貴鄉在哪裡？」孫六一指正南說：「離這裡不遠。」竟沒說出地名。

盧公子忽然想起黃金雄諄諄告誡的話，乘機略加盤詢道：

「孫兄一向貴幹？聽你口音，頗像江浙人，貴鄉在哪一府？你遇上的歹人，究竟是強盜，還是仇家呢？」

孫六好像漫不經心似的，隨問順口隨答道：「在下本是鏢行，傷我的是劫道的強人，也算是仇家；鏢客與賊本來勢不併立。」這末句話就不大靠得住。

盧公子道：「孫兄原來是鏢客，刀鏢在身、御暴客、護行旅，久羨久羨！但是，孫兄府上究竟屬哪一省？大名是那兩個字？」

孫六道：「我麼，原籍江蘇，就在鄰省。排行在六，草野無名，他們都管我叫做銀鏢孫六。在下是粗人，操業又俗，不過是給富商大賈做個護行看家的犬馬罷了。」說罷大笑，又道：

「公子是個商人，在下雖在鄰省，也久慕盛名的。人人都誇蘭陵盧公子是我們大明朝的孟嘗君。」

盧公子臉上一紅道：「謬讚，謬讚了！孫兄談吐風雅，我看你文武全才，絕不是尋常的鏢師。」

孫六笑道：「不是尋常鏢師，是遇賊便跑，一箭幾乎送命的無能鏢客。若不是公子冒著人命牽連，陌路施救，我區區蟻命，還不斷送在荒村破廟

裡麼？」

　　兩人由此又談到江湖生涯上。這孫六聞博廣見，吐屬灑脫，無怪黃金雄疑他不是泛泛之輩。盧公子覺得他實不帶一些鏢客俗氣，因此兩人倒很談了一陣，盧公子說起江湖仇殺的事來，要藉此探孫六的口氣；話裡引話，不知不覺，講到自己此番遊獵，誤遇械鬥的話來。夜月林邊，忽聞響箭，把自己一行，攪在械鬥場中，三出兩入的打了一陣。

　　孫六聽罷忙問械鬥的兩邊是誰；盧公子不待細問，便說這一邊是陶永春、石建侯；那一邊是什麼牛頭、閻王。自己一行獵伴，和牛頭、閻王交起手來，雙方都有人受傷；如此這般，當閒話說了一遍。

　　孫六道：「哦！」臉上帶出愕然之色，跟著說：「原來是他倆！公子大概不曉得，這牛首阿旁牛壽朋和活閻王王錦城，都不是什麼安分人物；據說招娼窩賭，坐地分贓，和綠林很有來往的。」

　　公子道：「那個石建侯也這麼說過，勸我留神他。」

　　孫六道：「到底公子和他怎麼誤鬥起來的？」

　　盧公子又把助鬥的詳情說出，連牛頭大王下毒手，殺俘虜的話也說了。現在陶永春和石建侯決意大舉報仇，還要找尋閻王和牛頭的巢穴。」

　　孫六很留心地聽，聽完又很仔細的問。把一切經過問明，正色對盧鴻飛說道：「公子可留意，這閻王和牛頭不是好惹的東西。在下久涉江湖，頗知道他們兩人的鬼蜮行藏，總而言之，他們這種人並不是什麼好人，一向是睚眦必報，恩怨分明的。依我看，還請府上多多留神。」

　　盧鴻飛道：「當真這樣的麼？」因想起黃金雄也這樣說，王錦城乃是土豪，兩邊械鬥最恨的是旁人出頭打岔。現在閻王無端吃了大虧，恐怕不能甘休。

　　跟著孫六又說起江湖上仇殺的事件，買凶栽贓殺家滅門，什麼歹毒做

法都有；動不動索及數千百人，官府也沒法子嚴究，只能敷衍了結，這等事不能不加提防。

盧公子聽著津津有味，仍只當做奇聞軼事聽，並未認真設想。此時雖當明末，流寇縱橫，可是王綱未墜，齊魯地面尚屬安靜。盧公子心想：「閻王就是土豪，還敢造反不成？」

談了一陣，盧公子重問孫六，明天何時動身？預備設宴相送。孫六低頭沉吟道：「在下原定明早上道，現在覺得傷口發癢，恐怕是前天騎了一趟馬，又累著了。打算再多騷擾兩天，不知行不行？」

盧鴻飛笑道：「這有什麼不行？我看孫兄氣概桓桓，精神內斂，必然深精內家武技。等著得閒，我和我們黃武師，還想跟你考究考究呢。」孫六隻微微含笑，敬謝不敏。

從這天起，盧公子仍然忙著撫傷喪死的事，把孫六的話，早忘在腦後，甚至也沒對黃金雄說起。孫六竟留戀不走，一晃過去十來天。

哪料想到第十一天頭上，鼓打三更後，盧府忽然有警。鴻飛夫妻已經歸寢，盧宅內外都已熄燈，只有護院武師黃金雄，還倚刀假寢。他對這陌路客人孫六，心中總未釋然；曾背著主角，私到外書房，拿話試探人家；被孫六瞪著詫異的眼，反唇相稽。兩人話頂話，鬧得針鋒相對，幾乎吵起來。多虧館僮從旁代說：「這是我們宅裡的武教師黃師傅。」孫六方才轉嗔為喜，改容敷衍了一回。黃金雄冷笑著出來，替主人暗加戒備。

他斷定這孫六來歷不明，心懷叵測。盧公子坐擁鉅產，素有富名；黃金雄是有名聲的武師，既在盧宅假館，萬一出了竊案，他實引以為恥。況且盧宅以前又被飛賊借過千金，黃金雄多加小心，也是很自然的事。卻不料提防孫六，孫六尚無異動；那活閻王王錦城真個的唧唧唆人，前來探路了。

閻王王錦城本不是安分的人，與陶永春一場械鬥，在陶永春覺得慘敗求援，姪兒殞命，實負著深仇大恥，切齒必報。在閻王那邊，橫逢獵伴，大敗而逃，另外也吃了大虧。他的內弟在穿林奪路時，忽逢暗箭貫耳，被人負救後，拔箭立斃。盧公子這邊自然不曉得，陶永春那邊也是不曉得，閻王一黨卻已痛恨到極處。陶永春邀人踏訪仇蹤，要搜尋閻王的下落，閻王其實沒走，潛率同黨，伏住近處，連夜潛派能手，反來刺探陶永春的動靜和盧鴻飛的來頭。只幾天，已訪明盧公子乃是蘭陵大富之家，正可以打搶行刺，一來得財、二來報仇。於是閻王的死黨夜眼胡林、歪毛祁二，悄悄的襲入盧宅來了。

第二十九章　械鬥結怨

第三十章　行刺遭擒 ————————

　　此時夜暗星黑，微風瑟瑟，盧宅前後院門扉闔全掩。忽從西邊鄰院房頂，露出半個人頭，往下窺視。身穿黑色夜行衣，背插短刀，腿繃匕首，正是夜眼胡林。他悄悄地爬牆登房，蹭到高處，張目裡外一望。見盧宅正院漆黑，窗板已上，前院只三間東房有一間隔紙窗透出燈亮；東齋和西園寂然無聲，闇然無光，更房不知在何處，也不知是有是無。胡林相了相，就輕輕鼓掌，向北面招手。北面罩房後，應聲又閃出一個人影來，穿夜行衣，背單刀，插匕首，與胡林一樣的結束，隻身量稍矮，此人便是歪毛祁二。

　　兩人把身一長，挪步凝眸，各處窺探一回，把全院形勢認清，進退之路勘定。祁二隨手揭起一片瓦，試丟在院隅。啪嗒一聲，屋瓦摔碎了，兩人急縮身傾聽了聽，並無別的反應。兩人放心露頭，掩在房脊後，鶴行鹿伏，從高處湊到一起。指指點點，耳語片刻，履著屋瓦牆磚，分兩面先繞奔前院，要先檢視這間東屋有燈亮處的虛實。

　　胡林和祁二慢慢往前移動。足登軟底鞋，殘瓦無聲；掩身黑影內，外形不露，慢慢地，輕輕地蹭過來，將要到了，稍稍一頓，探身出來，閃眼再看；便要招呼著，分一個人下來，破窗窺燈。忽然那盞燈滅了！兩人慌忙停身縮頭，半晌無聲；歪毛祁二便要溜下去一看，胡林連連搖手，暗示著：「來！」另從身上取出一小石子，嗖地輕投下去，落地吧嗒！屋中悄然依舊沉寂，外面也無異響。

　　過了一會兒，胡林伸手作勢；歪毛祁二點頭會意，把袖箭上好，刀也

備在掌中，伏身房脊後，提神代夥伴巡風。夜眼胡林便將背後刀抽出來，身形一縮，剛要溜下房頂，往平地跳落，忽聽祁二嘶地叫了一聲，連連對他擺手。胡林退還原地，四面張望，原來東屋那盞燈已滅又亮了。

　　胡、祁二人相顧愕然，按情形，此時應該持重罷手，並且閻王、牛頭派他二人來，純為勘道，把盧宅全院房舍的形勢勘明，便可回去交差。這兩人在盧宅盤桓了半個更次，探道摸底十分清楚了，誰想他們忽然貪功，心想：「這不過只一盞燈罷了。」全宅空虛，久探無人發覺，如入無人之境，歪毛祁二道：「喂，我們順手把姓盧的首級捎回去，不就完了麼？」

　　草莽人物膽氣粗豪，四隻眼望著這一盞燈，搔首尋思。自覺虛勞此行，心實不甘，到底要找個小下場才罷。便嗖的一聲，夜眼胡林先竄下來。輕身提氣，躥地無聲，捱到外院東房後面不遠，重躍上牆。越脊登房，到得屋頂，蛇行至前，用倒捲簾式，掛身往下窺窗。躲開前庭，不履平地，這便是多加小心。頭上腳下，足鉤房簷，手攀窗格，破窗紙往裡一張，不料這一窺，倍覺詫然。這三間屋一明兩暗，只左首暗間桌上點著燈，燈旁並無人坐，對面橫陳一榻，床帳高懸，床頭也無人臥。屋內空空，有燈光無人影，正不知何故。

　　胡林心想不安，他們定有防備。剛要抽身，耳畔忽聞撲登一聲，急翻身上房，張皇尋看。恍惚看見歪毛祁二仰面拉叉，摔在當院。胡林忙打了一聲呼哨，祁二掙扎起來，也口打呼哨，一擰身，似要上房。不知怎的，祁二又咕咚的栽倒。連滾帶爬，直奔短牆。胡林大驚，忙轉身旁竄，欲探究竟。突見跨院一條黑影，如箭奔出，大喝：「有賊！」說著把一件銅器拋在石階上，噹啷一聲，這人立時一竄，趕上來，照祁二唰的一刀，口中連喊：「快來人，有賊了。」

　　這個人正是武師黃金雄。祁二顧不得竄牆逃走，急忙轉身招架，口中連吹鬍哨，低呼：「風緊！」胡林忙探囊取鏢，託在掌心，比了比，剛一揚

腕，鏢還未出手，驀地聽見側面房頂，唰的一聲，一縷寒光撲來。胡林急閃，臂上早著了一下，其痛徹骨，卻不知何人發的。急順來路尋去，就在西邊房上，祁二剛才巡風藏身之處，又冒出一條人影。

胡林大怒，不但不走，唰的一鏢打去。只見那人影一晃，倏有黑乎乎的一物，直奔自己面門打來。胡林一伏身，竄開數步，腳剛站穩，耳畔聽唰的一聲，暗器又來，連珠彈似的一連四下，其疾如電。胡林左閃右躲，肩膀上又著了一下，彷彿是鐵彈子、飛蝗石一類。再看西房上的人影，已然伏下去不見了。盧宅上下，已聞盜警，嚇得壯夫、更夫、門丁，拿了花槍木棒，提著燈籠，站到院中亂喊，盧鴻飛公子已經驚醒，披衣急出，喝令拿了箭來。祁二已逃上鄰房，揭瓦片往下亂打。胡林連連吹哨，催祁二快快過來，一同逃走。揭房上瓦，往下急打，不叫盧宅護院上房。轉瞬間，很傷幾個僕役，嚇得這些家人亂跑亂叫。盧鴻飛不會上房，黃金雄不敢上房，怕中了敵人調虎離山計。盧公子恨眾僕亂竄，忿欲上前；黃金雄忙喚住盧公子，催他速回上房護宅。這一來，倒放鬆了刺客。

祁二已逃上房，大叫：「姓盧的，老爺們走了，改日取你的首級！」

一言甫了，高處忽聽有人狂笑道：「毛賊休要張狂，你們一個也走不了，公子不要慌，這來的就只兩個賊。」

眾人急抬頭看，只見賊已然湊到一處，覓路欲出，突從房上閃出一條人影，如一隻飛鳥，登房越脊，截住了二賊逃路。

胡林、祁二方要往跨院跳，一見迎頭來了宅中人，齊將手一揚，發出暗器。那人影略略一閃，仍撲上來。兩賊撥轉頭，要往旁處退。那人影在後急追，且追且呼：「盧公子快回內宅，黃師傅快上這邊堵截。」

盧公子大聲叫道：「朋友，你是哪位？可是孫兄麼？」

那人道：「是熟人。」掠空飛竄，如鶻逐雀，一步也不放鬆，追趕過去。

二賊橫逃，眼看奪路逃走。黃金雄急持刀上房，迎頭阻攔，二賊突然又改奔前路。護院人放了一排箭，沒有擋住；二賊騰身飛躍，雙雙翻牆逃走。眾人大喊，那人影喝一聲：「哪裡走？」一飄身，也翻牆追出去了。

盧公子道：「剛才這人可是姓孫的客人麼？」黃金雄道：「自然是他。」

盧公子道：「想不到今天又鬧賊，想不到孫君幫忙拿賊。一共就只兩個賊麼？」便要吩咐人，開門追蹤，黃金雄忙道：「公子別叫他們追，也許不只兩個，快往院裡搜搜看。」

黃金雄仍然有戒心，即囑僕人，把宅中燈籠全數點著，與盧公子到內宅各處加意檢視。折到前院外書房，果然外書房孫六宿處，雙扉虛掩，孤燈熒熒，床帳空懸，臥客已渺。盧公子重回內宅，安慰妻室；然後出來，與黃金雄猜論賊人的來歷，並揣測孫六的為人。黃金雄勸盧公子，對孫六仍要多加小心，不要因他追賊，便失了戒心。盧公子只含笑點頭。

約過一頓飯的工夫，大門外有人砸門。門丁都不敢擅開，進來稟告公子。武師黃金雄站起來道：「我去。」挑燈提刀，領眾人繞從馬號開門，轉到正門一看，果然是孫六回來了，當門而站，左肋夾著一個人，已放在石階上，正是歪毛祁二被捆得粽子似的。

盧公子也隨後出來，抱拳謝道：「孫兄，就是這一個賊麼？我真得謝謝你。」

孫六道：「還有一個賊，被我打了一鏢，現時捆在路旁樹上呢？誰費心把他扛來？」護院的人忙去了五個人，找到路邊，把那個夜眼胡林解下樹來，殺豬似的扛回盧宅。

盧公子道：「這兩個東西又是飛賊麼？」

黃金雄笑道：「未必是賊人吧？」

孫六看了黃金雄一眼，哈哈一笑道：「也許是仇人。」

當下，押定二賊，一齊走進外客廳，明燈高懸，內外通明。盧公子讓孫六和黃金雄坐下，親自審問二賊：「你叫什麼名字？可是閻王的同黨麼？你們的夥伴共有幾人？為什麼找尋我來？」

胡林、祁二兩個賊被壯僕押著，毫無懼色，瞪著眼，只是惡狠狠端詳孫六和盧鴻飛公子。任憑盧公子喝問良久，二賊抗不置答，一味謾罵：「老子的來意，就是想到你家找點油水，老子一時不小心，被你們拿住了，沒什麼說頭，只求一死。你問我們的夥伴麼，不多，只有幾千，明天晚上準來。小子你提防著吧，反正叫你們舒服不了。」

盧公子很生氣，喝道：「我好好問你們，你竟敢穢言亂語！」喝令僕人，拿皮鞭來。

武師黃金雄忙攔阻道：「公子不必這樣，等明天把他們送官好了，犯不上跟混人致氣。朋友，這裡的宅主好生問問你們，為的是可憐你們，要把你們放了，你倒罵起人來，你們不光棍了。」

孫六也悄悄對盧鴻飛說：「先把他們押下去，有話回頭說。」

盧公子依言，命那幾個壯漢，把二賊推到下房，撥人看守。孫六這才對盧公子、黃金雄說道：「公子，你是當地的紳士，身家很重，不值跟他們結怨。他們這些人明是土豪，實在就是強盜，逼急了，他們什麼把戲都會使的。」

盧鴻飛道：「但是這王錦城竟遣刺客來算計我，我不把他們送官，難道就這麼容容易易釋放了不成？那豈不是縱虎歸山，反貼後患，弄不好反疑心我怕他哩。」

武師黃金雄道：「送官不妥，放是不該輕放的。我想我們該想個善遣之法，依孫兄之見，該怎麼辦呢？」

孫六欠身道：「這件事情交給我吧。對付他們，威逼和善遣，雙方都

照顧到，總以給他們稍留江湖上的體面為要。能把怨仇化解開，豈不是更好？」

黃金雄道：「那極好了，只怕不易。」

孫六道：「那麼⋯⋯」

盧公子忙道：「且請孫兄試一試。」

孫六看了黃金雄一眼，遂退下來。自己回到外書房，掩上房門，拿過筆墨來，寫了短短的一張字束，嚴密封固，揣在自己懷內。轉身來到拘押二賊之處，屏人說了許多話，親替胡林、祁二鬆了綁，把兵刃交還二人；候到黎明，悄開旁門，把二人送出盧府，把那封寫好的信交給了二人。胡林、祁二沒可奈何，只得含愧拿了那封信，垂頭喪氣，趁天色微明走了。

那活閻王王錦城、牛頭大王牛壽朋，潛藏在祕密巢穴，天天盼望消息。直過四天，才見胡林、祁二回來。聽二人一報，才知兩個人行藏已露，行刺遭擒。活閻王不覺大怒，把胡林、祁二狠狠抱怨一頓：「只教你們哥倆前去刺探，誰教你們動手行刺來。這教人一捉一放，太丟臉了。」

牛壽朋道：「而且也顯得打草驚蛇。」

胡林沮喪不語，祁二忙說：「師父在上，我敢起誓，別看他們刑嚇軟誘，我們倆任什麼也沒說。」

牛壽朋道：「何用你說，人家還猜不出麼？」

活閻王的本意，是一面遣人刺探陶永春、石建侯，一面遣人刺探盧鴻飛；可是報仇的著重處，還是陶、石二人。要等自己把傷養好，便孤注一擲，大撒綠林箭，勾結大盜，大舉復仇。他已不惜投身盜幫，以湔深恨。陶、石兩人勢大技強，又是死對頭，閻王派往刺探的乃是同黨勁手，此刻已經訪實回轉。偏偏盧宅打探的胡林、祁二兩人把事弄壞，不但塌臺，甚至洩底了。閻王和牛頭拍案頓足的叫罵，把一腔怨恨都傾注在盧鴻飛身上了。

鬧了一陣，胡林方才將孫六那封信拿出來，說是盧宅朋友寫的。活閻王氣忿忿拆開一看，失聲發恨道：「怎麼姓盧的還有這種朋友，這不是橫江一窩蜂麼？」

原來在這封信上，孫六把他的真姓名、真身分，揭示出來，信上的話無非是排難解紛，勸雙方釋嫌歸好。後邊卻有「僕與居停主人乃患難至交，不容坐視」的話，含意似乎有些力量。但是惹人注目的還是署名，信末落款寫的是：「一窩靈蜂孫六符」。靈蜂孫六這個人本身武藝倒也不甚超群，但是「橫江一窩蜂」乃是江湖上有名的祕密會幫，在江南江北，潛伏爪牙很多，聲勢很大，閻王和牛頭久有耳聞的。他們猜想這盧鴻飛本是蘭陵大姓，代出簪纓，怎麼會跟「一窩蜂」祕有聯繫？或者姓盧的得罪了自己，一定覺得兆頭不好，才邀請孫六橫來出頭，也未可知。

活閻王王錦城默想移刻，與牛壽朋商應付辦法，又把胡林盤問了好半晌。結果商定，是暫時罷手，後會有期。反正孫六不會久在盧家作客的，遲早必有一走，等他走後，再設法算計盧府。遂把邀來的人暫且謝遣，仍祕令手下親信黨羽，隨時在盧府左右窺伺，賄買盧家家丁，刺探宅內的動靜。並且散布謠言，離間孫六，說他是江南大盜。只可惜這番苦心並無大用，盧公子並不聽奴僕的話，奴僕也不敢私議主人的朋友。

那邊孫六卻心知此事不能算了結，早替盧公子出了主意。

經多方勸說，半月以後，盧宅全眷移居縣城，不再卜居鄉間了。鴻飛深感孫六護宅之德，孫六深感鴻飛救傷之恩，兩人由此訂了口盟，成為至交，孫六留在盧宅不走，竟多耽擱了兩個多月。日子已久，交情既深，盧公子漸漸曉得孫六的真姓名，漸漸地知道了孫六的真身世。

他的真名字叫做孫繼武，六符是他的號。當年曾被盜案攀誣，一怒戕官越獄，竟當真做了江淮一帶的水寇，不久嘯聚了一百四五十人。橫江一窩蜂首領是金蜂李，遠慕孫六的威名，派人邀他入夥。孫六謝絕不去，存

著寧為雞頭，不為牛後的心。哪知金蜂李正要開通江淮一路，堅欲借重孫六已成勢力。

這日金蜂李居然親自出馬，親來勸駕。會見之下，金蜂李語言昂藏，胸有大志，孫六一見心折，甘為輔佐，兩幫終於並成一幫。

一窩蜂做的事，介在盜與俠之間，人數越聚越夥，勢力越鋪張越大。鄰近的盜幫、會幫，有不受他們籠絡的，便實行火並，或者訂期決鬥。為了爭碼頭，很和江南草野豪傑衝突過；因此結聚的同黨，固然日漸增多，可是暗結下的仇家也很不少。孫六防人暗算，他自己的家小潛藏在僻鄉，每隔一年半載，便回鄉探看親眷，悄送養廉。不幸他這一次，匹馬獨出，孤行落單，猝然遇上了仇家，受了人家的暗算；以至於奪路苦鬥，後背中了毒箭。自己掄銅鞭，打死了一個仇人，策馬狂逃出險；箭鏃深入肉裡，毒力發作，雖然倒拔出來，卻是自己沒等敷上藥，就痛昏過去，倒在荒郊破廟中。幸蒙盧鴻飛公子陌路相救，才免橫屍野外。因此以德報德，替盧公子嚇住活閻王，兩人終於訂交。

那武師黃金雄事後對盧公子講：「我說怎樣？這位孫爺果然是草莽人物，我沒有猜錯。」

盧公子笑道：「黃師傅的眼力很靠得住的，不過我沒有受他的累，反倒獲益不小，這又是意想不到的事了。我盧某一介文人，居然結識了這樣一個風塵俠士，也算是生平快事，足以自豪。但不知上次盜借千金的那個黃衫少年，究竟是什麼樣的人物。」

盧公子有一次順便向孫六說了，問他可曉得江湖上有這人物沒有？

孫六低頭想了一會兒，又把黃衫少年的年貌口音細問一遍，抬頭對盧公子說：「一時還猜測不出來，但是此人既然插刀寄柬，留下筆跡，這便是很好的一條線索。我想我們總可以輾轉託人，把他根究出來。公子有閒時，請把他那束帖尋出來給我。就是丟的那一千兩銀子，公子給我半年

限，或者不難設法追它回來。」

盧公子笑道：「那很不必。我只是偶爾想到，要打聽打聽這黃衫少年的來歷罷了。事早過去，無須重究。這個人舉動很風雅，我還想和他結識結識哩。不過我不希望他再來偷我，就是偷，少偷還可，一千兩似乎太多。」

孫六呵呵的笑起來了，說道：「足見雅量，公子真不愧是當代的平原君，一個梁上君子，也勞垂愛麼？」

孫六勸盧公子移眷城居之後，時常獨自出門，不告而行，似有所為。盧公子有時見他回來，有時就問：「孫兄哪裡去了？」

孫六信口答道：「活動活動腿腳罷了。」

武師黃金雄已看透孫六的來頭，對公子說：「這孫爺既是在幫的人物，自然潛勢很大，爪牙必多。會幫朋友和我們拳師不同，有許多事不願告訴人的。按現在來說，公子跟他已經算是朋友了，究竟還是跟他小心客氣一些好。他的形跡我們不知道，他不說，公子無須打聽。敬而遠之，最妥當。」末後又加上一句道：「還是讓他早早離開的好，公子只可虛留一留，用不著叫他御仇備盜。」

盧公子微笑道：「黃師傅說的是，他不久就要走了，就留他，他也不會久住的。」

盧公子此時對待孫六，儼然脫略形跡，以心腹至交相看了。黃金雄始終不以為然，近見孫六行止飄忽，正不曉得他搗鼓什麼事情。而且箭傷久痊，在盧府流連不去，也著實奇怪。

在盧公子心裡，總覺黃武師疑所不當疑，未免小心過甚。說句不好聽的話，黃武師也許潛存猜妒哩。殊不知孫六傷痊不走，來去飄忽，並非他自己存什麼隱謀，實在是替居停主人盧鴻飛防患未然，連日正在囑託同

幫，刺探仇家。

一晃過了些天，孫六把一切安排停當，便告辭要走。盧公子要盛設酒宴，招朋歡餞。孫六堅辭推謝，末後只在書房備個小酌，暢敘了一日。到臨行頭一晚上，盧公子厚贈行儀、新衣服、銀兩，應有盡有。

孫六隻收下銀錢，餘物一概不要。他握手諄囑盧公子，小心戒備仇家，「如今朝政紊亂，宦官擅權，流寇日熾，公子總以少交遊，斂形跡為要。」又道：「來日如有什麼為難的事，須要朋友幫忙的時候，務必賜給我一個信，我必定星夜趕來，與公子分憂。就是我趕不來，近處我還有幾個幫友。」把一個祕密通訊地方，給盧公子留下，又寫了幾個人姓名，又從懷裡取出一個小小錦囊，遞給盧公子道：「這裡面是小弟的信物。將來公子要找我的幫友，可持此物為憑。」盧公子看他說得鄭重，接過來便要拆看。

孫六忙道：「公子，你只交給嫂夫人收藏好便了，現在無須乎拆看。」

說罷，轉向黃金雄握手敘別，道：「黃師傅，小弟這就走了，盧公子乃是本地紳士，身家很重，我孫六不過是個江湖俗物，承居停主人這樣看重，塵海茫茫，知心有幾？我孫六至死也不能忘記今日。現在我就要離開，我還是放心不下。黃師傅，我要同你說幾句私話。」遂屏人祕語多時，然後告別，上馬而去。

盧公子送客歸來，就問黃金雄：「剛才孫君對你講什麼了？」黃金雄笑道：「他還是不放心那閻王王錦城、牛壽朋兩人，好像他深知閻王一夥的詭謀祕跡似的。他說：現在流寇橫行，天下騷亂，最不能得罪人的，公子既然跟他們結怨，須時時小心，隨時察訪他們的動靜。孫君還說，過些日子，要來看望公子。」

盧公子聽了，自此深居簡出，多僱護院壯士，處處多加謹慎。

第三十一章　攻城殲仇 —————

　　一晃數年，幸無事故。謠傳閻王餘黨已入匪幫，竄往江北，竟未再來此間生事。但此時朝局日非，邊疆警報吃緊，流寇的氣焰忽然大漲，各地土匪也蠢蠢欲動。盧鴻飛公子關懷桑梓，有心團練鄉兵，保衛閭裡。蘭陵縣令原是個幹吏，見鄰封告緊，立刻召集邑紳、徵調壯丁，就勢推舉盧公子為團練之長。又過了些日子，噩耗傳來，思宗殉國，李闖進據北京，又被清兵趕跑；登時影響到各縣地方的治安，山左江北全都騷然。潰兵和遊勇、土匪勾結，到處攻城焚掠。又逢荒年，饑民也乘機鼓譟，蘭陵彈丸小城，弄得一日數驚。

　　盧公子到這時奮發為雄，和縣令同心一意，守城御暴，接連有大股的土匪越境攻城，全都守住了。又有一股土匪侵入南莊，橫肆擄掠，把鄉團採辦的五十匹官馬搶去。盧公子勃然發怒，稟明縣令，督隊往剿。一場血戰，賴鄉民暗報匪情，夜襲收功，居然截斬賊兵十餘名，生擒賊頭目一名，把賊人的輜重，和搶來的婦女財帛，打落許多。那五十匹戰馬，也都奪回來了。餘賊潰逃。大獲全勝而歸，蘭陵鄉團威名大震，縣令盛設慶功酒宴，厚賞鄉兵，又把戰功申報大府請獎，仍條陳安民備盜的長策，懇請上峰，酌發兵器，准將鄉兵名額酌增，並請頒給火炮兩尊，以捍巨盜。

　　捷報才發出去，潰敗的匪隊突然又勾來另一股流寇。這一夥流寇人數很多，不下兩三千人，竟把全城四面包圍起來，晝夜攻擊，一連二三十天，到底沒有把城攻落。可是久圍不解，盧公子和縣令晝夜輪流督兵乘城堅守，身不解甲，目不交睫，漸漸覺得支持不住。城中又鬧起瘟疫，猜想糧秣，也恐難持久，手下鄉兵又忽有不穩的風說。縣令聞報大驚，急與盧

公子祕議，急忙犒師陳辭，安撫兵心，痛述破城之害。又繕寫告急文書，派人越城潛出，向大府求調援兵；一面加強督巡之兵，嚴防逃亡。

經此一來，兵變的謠言鎮下去了。可是越城求救的密使剛出城，卻被賊兵發覺。賊人把密使擒住，把密書搜出，經訊問之後，把密使捆到城邊，拷打著，叫他同縣中人威嚇勸降，限三天開城歸順，如若不然，攻破之後，男女少壯一律屠殺，把城中人嚇得不得了。

盧公子忙從城堞探身，取弓拈箭，照那勸降人，猝發一箭，登時倒地，不再出聲了。又順手一箭，把旁邊的賊兵，也射殺一個。賊兵大嘩，又聚眾搶攻起來。西北城角較不堅固，城兵就墊土塞壕，認準這個地方，死攻不休。又揚言大砲即日調到，屆時發炮攻城；每逢夜暗星黑，賊兵就架雲梯，硬來搶城。

城中人心又漸漸驚亂，縣令和公子商計，預備整兵夜襲，求一勝仗，好固住軍心民心。選勇士三百人，由武師黃金雄率領一百五十人，到夜間四更以後，突然縋城殺出去。另由盧公子親率一百五十人，開城門殺出去。拚命一衝，把賊營衝動，直敗出十五六里。

但賊人也很有布置，前隊既破，後隊不救，悄悄的引兵，反繞道來到城下，要斷城卒的退路。城上由縣令巡守，急忙鳴鑼收兵。黃金雄與盧鴻飛立即合兵在一處，知道敵眾我寡，不敢戀戰貪功，一聞金聲，倏地把兵收回來。賊人恰恰從斜刺裡衝到，盧、黃二人且戰且走，退過護城河，賊人鼓譟的，還想緊追；護城河邊早有埋伏，唰的一排箭，把賊人射退。盧、黃二人率領己兵，緩緩退入城內。查點傷亡，這一場劫營夜襲，蹈破賊營兩座，殺傷賊兵一百數十人，自己這邊，才陣亡七個人，傷了二十餘人，又是一場大捷。

但是登城一望，賊兵依然不退，而且賊兵越來越多；也不知是一股全來了，還是又加入別股土匪。縣兵這邊卻是殺一陣，便傷些兵，有減無

添；全城壯士越徵集，越見減少了。兵數和糧數成了一樣的情形；若被圍過久，不但糧斷，還愁兵盡矢絕。城中居民或者不能詳知這些情形，當事人盧公子和縣令卻深知中情，心中說不出暗暗惶急。於是他們重做打算，還是得求外援，給大府去的告急文書，初報二報，在城初被圍時，早已發出，至今救兵一個不到，三報告急的驛卒，又被賊人拿住，如今還得再發四報。

同時又想到向鄰封借兵之舉。縣令對盧公子說：「近處有劉參將一支兵，馬游擊一支兵，可以請調。但聞馬游擊兵強將悍，驍勇健鬥，無如紀律不好。劉參將的兵人數較多，駐地稍遠，無奈士氣稍差。這沒有旁的辦法，只可仍募死士，越圍分往求援。

武師黃金雄奮然而起，自行選拔了幾個人，帶好乞救文書，乘夜縋城出去。半途上遇見賊營的伏路兵，被黃金雄射死幾個，奪路逃出，回顧同伴，已折了兩個，本打算闖出重圍，立刻分三路求援，現在只可並為一路先到馬游擊防營，遞文請兵；後到劉參將處，最後才遣一個同伴，向大府投文求救。

黃金雄面見劉參將和馬游擊，兵荒馬亂之際，武官手握兵權，氣焰很高，全不把這小縣分的團練看在眼內。黃金雄怒極，初見馬游擊，便險些鬧起來。

次到劉參將營門，投文之後，欲求稟見，候了兩天，竟未見到主將。幸而蘭陵縣令是員幹吏，早想到這一節，給黃金雄私備下賄賂，拿來買囑營門把總；又候過三四天，才得轉見。

這時大府已接告急前報，恰好也發下羽檄，調請劉參將，撥兵馳救。劉參將以防地吃緊為辭，只派了一員守備，帶二百名兵，開到蘭陵縣境，便疑畏不肯前進。由守備就地拘調民壯，徵發糧秣，小雞豬肉，修葺營房，一面發細作，刺探賊情。黃金雄面見守備，催問進攻日期，預備自己

回城稟報，好裡應外合，夾擊圍攻的賊兵。這守備搖頭說：「敵情還未探明，焉能冒險輕進，致陷辱師之罪？」

兩日後探兵回轉，盛說賊勢浩大，數逾兩千，嚇得守備斂兵守險，越發不敢追擊。一面逐日勤發探報，一面發稟續請增兵。惱得黃金雄再三說：「賊人也是烏合之眾，確數只有一千多人，又是分四面圍城，整日向四鄉打槍。我們只攻他一面；一面敗潰，餘賊自然逃散了，現在城中糧米還能敷衍，鮮菜柴禾漸告缺乏，只求守備老爺擇一路進攻，解開圍城一角，使小販可以輸貨入城，城中民心就可大定了。」

守備勃然變色道：「這是軍機，你是什麼人？敢信口胡出主見！」

黃金雄忍住怒氣道：「既然守備老爺小心持重，現在城中望救情急，請賞給一角迴文，我先爬城進去，也可以稍安人情。」

守備霽顏道：「這倒可以。你不必著急，到了進攻的時機，我自然進攻的。」一面繕好公文，交給黃金雄。

黃金雄到了夜間，潛蹤獨進。幸虧敵人的探子已知救兵開到，早將圍城之兵撤剩兩面，厚集兵力，提防夾擊。黃金雄乘這機會，繞了半邊城，竟得捱到北面城壕，發出火亮和城上邏卒通了暗號，繫下繩筐，把黃金雄接引上去。盧鴻飛公子恰在東城頭上，得信馳來。乍聞救兵已到，方開顏一笑，轉聽按兵邊境，不肯進攻，登時頓足失望，與黃金雄候到天明，齊見縣令。

縣令大驚大怒，忙將援兵太少，重圍不解的話，繕成公文，打算趁圍城半解，連夜再派驛捽髮遞出去，籲請大府嚴催防兵，速發大隊，前來馳援，文中把劉參將和他部下觀望的情形，全說出來；又說城中被困日久，誠恐不支。不意這公文剛剛繕就，賊兵突然又把城包圍起來。縣令無奈，重煩黃金雄親往一行。大府處有縣令的同寅至好，另備私函，重託他從中幫忙。黃金雄這才又縋城出去，再次求救，哪知時機上已不能待了。

黃金雄走後不幾天，在一日夜間，天昏黑暗之際，城外喊聲大震，火光起伏。縣令和盧公子一齊登城，督兵把守，西南角殺聲不絕。突見一條火龍似的燈光，乍高乍低，衝近城邊。

　　縣令喊令放箭，灰瓶石子、滾木蝗石，一齊往下打去。火光驟減，人聲大喧，忽聞得城下連喊道：「快開門，救兵來了。」同時守南門的關卒，也聽見外面叫城的聲音。城卒把喧聲止住，大聲盤詰，城外答道：「確是援兵到了，是馬游擊部下。」

　　久圍之後，群卒歡然，這時守東門的也聽見叫城的聲音。

　　這一邊，縣令和盧公子伏城頭，也定睛細看。黑影裡，瞥見城下列著一隊兵，打著官銜燈，雖看不清燈上的字，卻已望見燈光交照下，有一武官模樣的人，騎著馬在隊後壓陣。隊前有七八個騎馬的戰士。仰面對城，大聲報名，也說是馬游擊的部下，夜襲賊營，攻圍得勝，叫城上作速開門。

　　盧公子和縣令因事先未接到諜報，一時疑畏，未敢開城，命部下向城邊大聲盤詰。城邊來兵答得十分當符。說是已將賊兵圍陣，衝開一角，望城內作速開門，遲恐賊兵勾援掩至。

　　縣令聽了，對盧公子說：「夜色甚深，辨認不清，我們應該持重。」

　　盧公子也說：「就是援兵真到，也是明天開城的好。」遂大聲向城外答話：「既然是將軍帶兵親到，暫請在城外委屈一夜，明早容我們稟報縣太爺，開門親自接迎。」

　　城外的人大怒，叫罵道：「老爺們勞師動眾，遠來救應你們，你們膽敢不開城麼？快把你們縣官叫來，由我們馬將軍親自問他。」又叫道：「你們還不快開，你們看，賊兵又要殺來了。我們進去，也好替你們守城禦敵。」

　　果然背後黑影中，遙聞喊殺之聲，似乎越逼越近。城上的人盼救情急，都恨不得開城把援兵引入。忙亂中，南門東門的守卒，也派人奔上城來，說：「外面叩城緊急，請示縣令和都團練，是否立即開城，外面的救兵可是急了。」

　　各方面催促，縣令心慌，眼望盧公子道：「怎麼樣，城門開得麼？」

　　盧公子道：「開不得。」又道：「我們可以派隊出去，城門要防備賊人乘機夜襲。」

　　縣令尋思一回，遂吩咐從人，轉向城下，高聲說道：「我們老爺請馬將軍對面答話。」

　　黑影中，那個督隊官拍馬近前，厲聲斥道：「你們縣官在城上麼？怎的這麼無禮！我是王守備，打先鋒的。我們馬將軍就在後面，正在追殺賊人哩，派我來叫城，好裡外合兵，夾擊賊人。你們總這麼捱磨，誤了軍機，該當何罪？」

　　縣令在城上偷眼下望，又和盧鴻飛商量，要暫時先繎人下去。盧鴻飛打定主意，要挨一刻，是一刻，好歹捱到天亮，便可免除意外之變。哪想到他們城頭上，還在支吾對付；那守東門關廂的縣尉，不知怎的，竟把城門開了，外面叩城的人一闖而入，把住出入口，舉刀先將縣尉殺了，把守城卒一個不留，全都殺死。

　　同時外面黑影中，呼哨連響，各處叩城的人暗傳呼，說是：「東門已經砸開了。」一齊奔東門馳去。這邊那個王守備也不再跟縣令對答，忽一彎腰，摘弓搭箭，照城上射來。縣令和盧鴻飛正扶城堆下望，箭破空射到，幸未被射中。盧公子立刻驚覺，連叫道：「不好，下面不是救兵，是賊人詐城！」登時城頭大亂，把灰瓶石子一切遠攻之器，盡力往下打去。那個王守備早長笑一聲，大罵一通，撥轉馬頭，搶奔東門去了。

縣令和盧鴻飛大駭道：「果然是賊人詐城，幸虧沒有上當！」哪知他們沒有上當，東門可是上當不小。縣令吩咐手下人，快快傳諭四門，謹守城門鑰匙，勿得擅開。但已經遲了一步，賊兵如潮湧，如蜂集，從東門，一直殺進甕城。卻不先攻縣衙，也不搶攻城上；只把住了城門，將城外群賊一一接引，擁進城中，為首賊人立刻分兵兩隊，把官兵搜殺起來。

城下嘩成一片、哭號震地。縣令登時面目改色道：「下面怎麼樣了！」盧鴻飛道：「不好！」急忙持刀帶人，要下城檢視。

忽奔來兩個親信鄉兵大叫道：「不好了，城陷了！」

遙望城內東面，火把如赤龍，刀矛如林，往這邊衝來，盧鴻飛忙問：「可是東門失守？」

已無人答應。城上守兵登時大亂，打頭碰臉，不知往哪裡逃好。

縣令長嘆道：「大事去矣！」急奪從人的刀，往項下一勒，被從人破死命奪下，把縣令背起來，順磴道奔下去。但是，賊兵正在搶攻磴道，四五個從人保著縣令，又往回跑。

盧鴻飛情知無救，雙手抖起來，急切齒頓足，把心一橫，插刀取弓，喝令身旁鄉兵，出力死戰，先把城牆磴道柵門嚴關加鎖，大聲向眾人道：「賊兵已經殺入，你們逃學生無路，還不跟我來拚命？殺一個，掙得一個！」

但是這督戰之聲，竟已無效。賊人順著磴道，自下往上，亂放利箭。盧公子尚在支持，這身邊十幾個鄉兵，見縣役背負縣官，重逃上城頭，他們也跟著亂擠，往城上逃來。盧公子連發數箭，射倒二賊；轉眼一看，自己身畔沒有人了，便要抽刀自盡。

忽聽黑影中，有人叫道：「盧團練，還不快保著太爺，退守縣衙？全城沒有都失守！」

盧鴻飛聽了，也不知是誰吆喝，慌忙中，不遑思忖，立刻退回來，尋找縣令。

城道上原有馬匹，盧公子扯斷韁繩，飛身上馬，順城道往北奔去。只奔出十數丈，便遇見七八個鄉兵，也正搭伴往北逃跑。盧鴻飛急問他們，可看見太爺，鄉兵答道：「沒看見，盧團練，我們往哪裡退呀？就這麼爬下城逃走吧！」

盧公子望了望城下，想想家中人，不由掉淚；也顧不上說話，急策馬往前尋，催鄉兵隨他走。走出不遠，居然尋著縣令，被從人背負，到此已然力盡。從人把他放下來，要攙著他走。縣令不肯，對從人說：「縣城失守，我是地方官，我怎能棄城逃走？失城是死罪。你是我的世僕，你趕快把我殺了，你自己逃活命去吧！你不要管我！」

主僕正在爭執，盧公子奔來聽見，急忙下馬，匆遽說道：「父臺，暫且不必殉職。我聽說全城未盡失守，我們趕緊下城，督兵巷戰，也許救得回來。」

縣令哭道：「那談何容易？」

盧公子道：「試一試看。」把自己的馬讓出來，強扶縣令騎上，又命鄉兵，招呼餘眾，一齊往城北撤退。

城北果然賊兵還未殺到，可是守城門的兵全潰散了，只有城上的鄉兵，因無路可逃，全都跟著逃來。查點人數，只剩二十幾名，其餘不知溜到哪裡去了。

縣令仰天嘆道：「微臣今天只有殉城了！」仍要索刀自殺。

盧公子叫道：「父臺何必徒死，我們莫如還保縣衙，收集殘兵，和賊人死拼一下。」

縣令點頭，遂率領這二十多人，悄走小巷，往縣衙後門撲去。哪知才

走出不遠，突遇搜伏攻衙的賊兵，從黑影中衝上來，鄉兵失城，心氣早餒；剛才在城頭，欲逃無路，故未離隊。現在已到平地，前鋒尚在應戰，前隊登時投戈四散潰逃。只剩下幾個親信壯士，尚在擁著盧鴻飛，負隅巷戰。

縣令見機甚快，知無可為，忙搶了一把短刀，狠狠在項上一勒，立刻血溢撲地。一個僕從驚號了一聲，伏身扯救。盧鴻飛連殺數敵，血汗交下。賊人呼噪，越聚越多，把盧鴻飛等，逼得且戰且退。盧鴻飛只想拚命，倒忘了自裁。忽聞縣令自殺，恍然大悟，閃目四望，也想橫劍自盡，又覺不甘心。略一游移，突然飛來一枝流矢，恰中左臂。賊人一擁而至，竟被生擒。部下壯士死走逃亡，登時俱盡。

蘭陵縣竟這樣全城失陷了。賊人領袖搜敵已罷，立刻占據了縣衙。吩咐手下群賊，率眼目底線，連夜綁架邑紳，苦刑毆打，刮取財物；一面布告安民，自稱是替天行道，殺富濟貧。

但其部下散賊卻不受約束，就在城中，肆行焚掠起來，洗劫三天，到第四天，城中忽然起了火，全城男女良民死了不少，少婦少女更多遭汙辱。劉參將、馬游擊的救兵，到底也沒有開來。

這為首的賊人，名叫蔡瘋子，是個慣匪，要嘗嘗官府升堂問案的滋味。入城的次日，便命部下獻俘訊供，還要搜拿前時抵拒的官紳。在官衙大堂設了三張公案，三個賊首高坐上面。

於是盧鴻飛公子被押解上來；那自殺的縣令，當時竟自戕未死，此刻奄奄一息，也被先一步押解上來。為首的賊人拍案喝問：「貪官無道，你竟敢抵禦義兵數月之久，你知道該當何罪麼？」

縣令此時只有一口餘息，那裡說得出話來。賊人愈怒，喝令行刑。縣令突然瞋目罵道：「害民賊，你們本是一群流寇。」

喉音嘶啞，怒氣上沖，突從口中溢位許多血，雙眸上插，登時死了。

那賊首瘋子很覺掃興，便命拉下去，梟首示眾。把縣令的家眷也都押來處斬；但是縣令只有一妻一子，其妻已於城破投井殉節，其子乘亂失蹤，搜尋不得，被一名義僕救走了。

那賊首覆命從賊：「把那個團鄉和那些標兵鄉兵，都給我押上來。」

從賊嘩諾，各隊把各隊的俘虜獻上來；竟有二百四十多人，縣役也有，營卒也有，鄉兵也有，還有好些壯年商民、當鋪財東、秀才文童，也都被群賊認為敵兵，一齊綁上來。

賊首按名審訊，提聲說：「協從不問，只誅首犯。」大抵有錢的罪大，窮人罪小，把縣衙板子夾棍都羅列在堂上，把掌刑的縣役也拘了來，叫他一照往常行事。

問了一個，又復一個，答對得投心思，立刻說：「交保釋放。」不對心思，便「立斃杖下。」再不然，「推出去正法。」忽問到一個人，賊首中的一人縱聲狂笑道：「姓盧的，我也有遇著你的日子，哈哈！」

盧鴻飛自從被擒，便箝口不語；此時被訊，禁不得抬頭往堂上一望，哦！那個高坐堂皇的三個賊首，正中正座上的賊首，虯髯黃面，並不認識。在左首坐著的，原來正是活閻王王錦城。

第三十二章　越獄救友

盧鴻飛和活閻王相鬥，本在黑夜，又隔數年，其實他已不認得了。但是一答話，立刻憶起前情。想不到數年不聞聲息，這活閻王公然流為盜賊，勾結大小股匪，攻城肆掠，做了蔡瘋子的助手。王錦城費了很大心機，才把蔡瘋子說動，調動群賊，前來攻城，他的私心，就為復仇。

當下，仇人見面，王錦城非常高興；盧鴻飛竟十分倔強，大罵不休。王錦城忙同蔡瘋子低聲說：「這個人就是蘭陵縣的都團練，從前和小弟有著深仇，不知大帥可否賞臉，把他賜給小弟？」

蔡瘋子問了半天案，早已膩煩，就站起來道：「這也是叛逆，押下去，隨你處置吧！」

活閻王王錦城大喜稱謝，蔡瘋子隨即吩咐退堂。

王錦城命手下人，把盧鴻飛的全家綁來。當著盧鴻飛的面，將他的妻、子，一個個斬首。盧鴻飛面色鐵青，大罵道：「降奴叛賊，怎不來殺我？」

閻王笑道：「你想死個痛快麼？」他的意思還不想把盧鴻飛立即處死，想用刻毒的刑具，慢慢的把仇人治殺。

忽然從賊首那邊傳過令來，據探報馬游擊的兵正大批徵調車輛馬匹糧秣，恐怕是受了大府的檄調，要來奪救蘭陵。蔡瘋子請王錦城即刻到縣衙，共議戰守。王錦城聽了，就命部下，把盧鴻飛送到縣獄，監押起來。縣獄中的罪人已空，被賊人全放出來，收為部下，卻將城中原有的兵役鄉兵，都一個個釘鐐下獄。

　　賊人在城中胡作非為，滿街上打頭碰臉，全是賊兵。所有的商舖民宅，起初嚇的關門閉戶，不敢出來。轉眼間，賊首發出布告，限令「城中商民人等一切安緒，照常生理，勿得疑畏，致幹末便。」凡是關門的，全被賊人開啟，街市商店也被迫開張。一連七八日，到真個成了「夜不閉戶」的景象。只是賊兵三五成群，隨便往人家鑽，見了財物，隨便就拿。城中男婦只這幾天，竟陸續死了數百，有的被殺，有的是自盡。全城鼎沸，法紀蕩然，群賊歡鬧，也忘了戒備。就在這騷亂期間，忽傳清兵南下，闖王遁往西北；跟著又聽濟坦失守，屬縣多降。緊跟著又傳說闖王已死於鄉民之手，餘眾潰散。可是南部遺臣，又已擁戴新君。中原逐鹿，龍蛇競起。正當非常之時，蔡瘋子急召集同黨王錦城之流，協定今後的歸趨。

　　在縣衙大堂，設座十餘位，大小賊將俱都列坐，蔡瘋子本是川陝人，現在中原，知入客地；對闖王李自成、牛金星，仍誓忠誠，要帶隊回陝。至不濟，從此取消王號，仍歸山林，作他的強盜去。這是他的打算。那活閻王王錦城卻另有深心，暗想做土匪不足以成大事。當下他不敢說出別的，議罷各歸本隊，就祕密和牛壽朋商議。兩個人直議了一通夜；到次日密遣親信，改裝潛行，私往濟坦去了。這濟坦恰在清兵之手。又十數日後，忽據牒報，那個劉參將、馬游擊，已經合兵，殺到蘭陵。可是馬探又據道路傳言，劉參將、馬游擊此次前來收復蘭陵，已不是遵奉明朝大府的羽檄，乃是受著清兵大將的嚴令。說是劉、馬二將也已降清，清兵王將就叫他攻蘭陵，以為矢忠之券。劉、馬二將眼下就要殺到了，這一回恐怕要真殺真砍，與從前的玩寇瀆功，大不相同了。

　　那蔡瘋子議定奔逃，至今尚在戀戀未行，一者道路梗阻，二者貪著此地的女子玉帛，妄想全運走。連日徵調車輛，尚未足數，以此猶豫不決。而且部下賊將也議論紛紛，舉棋不定。

就在這時候，忽又傳來警報，劉參將、馬游擊兵行神速，已殺入縣界，屯兵西北境了。

　　蔡瘋子不大駭而大笑，對部下說道：「這馬矮子倒聽說能打仗，那劉黑子只知剋扣兵餉，他居然也敢來生事麼？」對部將說：「你們誰去擋他一陣，把他倆趕走了就完了，不必窮追，我們還是辦正事要緊。」又轉問部下督辦營務的從賊道：「你們徵調的車馬怎樣了？真個的偌大蘭陵縣，連一千百二輛大車都湊不足麼？我如今決定初八日拔隊，可是劉黑子、馬矮子既來搗蛋，我們只好先打退他，隨後再開拔，省得他們在半路上滋事。」

　　說完，又扭頭來，衝著在座賊將道：「你們誰去見頭陣？」

　　一群賊尚未接令，活閻王王錦城首先站起來道：「錦城不才，願領本隊人馬，前往迎戰。不過劉、馬二將雖不足畏，他二人帶來的兵卻不少，據報足夠四、五千人。錦城部下不過一千幾百人，恐怕眾寡不敵，請大帥再撥一兩千人助戰才好。」

　　蔡瘋子大笑，說道：「去年我帶著五百人，把官兵三千人打得望影而逃。王先鋒既有一千多人，還怕他們不成？」殊不知王錦城真正的部下，連四百人還不夠，現在名額上固有一千二百，其中有二成是收編的散匪潰卒，其餘多是脅從的良民了。蔡瘋子卻也曉得，遂想了想，要調別隊助戰。

　　王錦城忙道：「稟大帥，若是大帥肯把親兵撥給錦城五百名，這五百名足抵兩千，錦城管保馬到成功。不出三日，準將劉、馬二將的首級，獻於轅門。」又湊前一步，低聲說道：「若是大帥調別隊助戰，那就至少也得兩千人。」

　　蔡瘋子哈哈大笑，環顧部下，十分自得，拍著膝蓋道：「我的親兵，你們人人都想算著。」

群賊嘩讚道：「本來大帥的親兵乃是家鄉子弟兵，打起仗來，人自為戰，有進無退，勇敢無比。」

蔡瘋子伸出三隻手指頭道：「我只能借給你三百人，多了不成；我還要留下幾百人，在我身邊護衛哩。」

原來蔡瘋子自川陝轉戰，帶有一千多名精兵，全是多年積賊，梟勇凶殘，十分可得。等到蔡瘋子做了賊隊的一方大帥，功高位尊，漸貪酒色；他的這一千名精兵也就拔為親兵。也跟著領袖，把地位提高，縱掠恣淫，早把當年銳氣消磨漸盡。又加時有死亡，隨滅隨補；這一千名精兵，內中自川陝的積匪也不過還剩五六百名。王錦城一陣高拍，竟誆來了三百名，非為助戰，另有深心。

次日閻王督隊前往，只不見他的謀士牛壽朋。那蔡瘋子已遣部將迎敵官軍，仍在忙著徵調車輛，預備回陝。這一來，反弄得軍心惶惑。又隔了幾天，忽聞捷報，閻王王錦城竟將劉、馬二將打敗，逐出城郊六十里。蔡瘋子大悅，開宴慶功，又不想回陝，要割據齊魯自立了。不想就在慶功宴後的當夜四更，南門突有兵賊叫城。說是送第二次捷報，王將軍已將劉參將生擒了，現在特派副將，連夜來獻俘。

城賊大喜，下望城壕，寥寥二三十人，果有囚車一輛。經守城頭目訊問口令暗號，城外答對得一一相符，竟也模模糊糊的開城了。城門一開，城外的兵突然抽刀，把守城賊亂砍。黑影中一聲炮響，突從兩邊殺出大隊人馬。一擁進城，數逾兩千，如電光石火般，攻破城關，立刻飛襲縣衙。蔡瘋子劇賊出身，本無韜略，警備不嚴，在後衙正與擄來的美婦共眠，當下詐城的外兵一湧殺入，蔡瘋子方才驚起，赤身提劍，喝問何事？外兵驟攻，亂刀蝟集，把蔡瘋子的首級砍下。這襲城之兵，竟是賊人的內叛。王錦城陰蓄異謀，和降清的劉、馬聯了手，這彈丸的蘭陵，竟以詐計而得，復以詐計而失。

王錦城把劉參將、馬游擊的兵全數引入，搜殺賊兵，大掠數日，跟著又是一番出榜安民，不過出榜的卻是清將的銜名了。兩番大劫，生民塗炭，自不必說。鬧過數日，劉、馬二將奉檄回防，清多爾袞仍命王錦城暫留縣城，辦理善後，並將旗營勁卒留下一小隊，作為駐防兵，歸王調遣。這蘭陵全城只有活閻王唯我獨尊了。等到安撫略定，方想起仇人來，要用酷刑收拾盡性，再腰斬了，以解積恨。誰知他打算得過於酷毒，結果大出意外。等到派人到監提囚，那盧鴻飛公子已然越獄逃走了。兵荒馬亂，搜查不得；活閻王大怒，把看守人砍了，立即下令嚴緝逸犯！

那盧鴻飛公子目睹愛妻、嬌兒被寇仇殺害，急痛椎心，暴恨切齒，人已經氣得半死了。昏昏沉沉，被縛在囚舍，自知已無生望，但求速死；不但絕食，連勺水也不放口。監獄有十幾個賊兵持械守監；到活閻王倒戈叛變，勾引外兵入城時，賊兵有的就登城逃散。閻王雖已選拔部卒，代守監牢，他們也都乘變發財去了。到第二天夜間，盧鴻飛矢志絕食自盡，偏偏急切餓不死。忽然，翻獄牆進來了幾個夜行人，用薰香，將獄囚獄卒全數燻倒。一個幕面的人把盧鴻飛揹出去，放在一家曠宅平房頂上，噴水施救，把盧公子救活。

盧鴻飛定醒良久，只覺周身痛楚，回想前情，恍如噩夢。

看對面坐著的人，正是那個孫六，別來數載，音容如舊，只是境遇易地而處了。從前盧公子曾救孫六，現在孫六還救盧公子；只是盧公子已弄得傾家滅門了。不由灰心氣索，撫膺長痛，孫六連忙阻攔，手指房下，低告道：「我們還沒出虎口哩！」

這地方還在蘭陵城內，不過地方較為隱蔽罷了；有古槐高植，掩蔽住房頂，盧鴻飛勉吞悲聲，搖著頭稱謝。看對面之人，還有一個少年，坐在孫六旁邊，青衣短裝，眉目端秀，身形瘦小，穿著一雙大靴，看來好像女子改扮。旁邊亂放著儒衫、女衣、小包、短劍、水壺、乾糧，還有被褥，

為越獄用的。盧鴻飛就坐在被上，張眼四顧，喟嘆一聲，拭淚問道：「孫兄，是你救了我，你們來了幾位？這位恩公貴姓？」孫六道：「我們來了四個人，公子多受苦了。這一位不是恩公，是位英雄。」那少年叱道：「多嘴！盧公子已然甦醒，用不著你給引見了，還不辦正事去？」孫六諾諾，忙笑著開啟包袱，取出一套青衣服，是一套異樣的軍服，盧鴻飛還沒見過，指問道：「這是什麼？」盧公子還以為此城仍陷在土匪手內，哪知旬日之間，旗幟三易了，這套衣服便是滿族旗營的軍裝。

　　孫六改裝旗營兵，悄悄溜下房頂。臨行堅囑盧鴻飛，儘管躺下，千萬別動；將水壺、乾糧取過，勸他隨便飲用。囑罷走了，這裡只剩盧公子和那改裝的女子。男女之別，自昔很嚴，盧公子侷促不寧起來；又加渾身痠痛，強忍呻吟，感傷身世，淚落潸然。那女子一聲不響，也不勸解，只抱膝一坐，瞑目靜息。好半晌，盧鴻飛仰望天空，從心坎深處發出悲嘆道：「天道無親，國破家亡，孫兄縱然救了我這一殼殘軀，無如我生趣都盡，不能苟活了。」

　　那女子把眼睜開，向盧公子臉上一望，盧公子俺面低頭，胸坎不住起伏；想見他悼妻痛子，萬刀刺心。旁邊原放著一把劍，已經取在手內，還未出鞘。那女子忽然發出銀鈴般的聲音道：「公子，你沒有活趣了，誠然誠然。但是，你不想貪生，你還不想報仇麼？」將那劍一把搶過來，壓在自己身下。

　　盧鴻飛忽然抬起頭來，雙眸灼灼如火，如夢初覺。是的，如今雖只剩了孑然一身，但還有三寸氣在，在這世上，就不該教仇人也活著。

　　這女子一句話，給盧鴻飛增加了一些火力。但在現時，仍沒有逃出仇人手心，可怎麼出城呢？女子又安慰他道：「你不用管，你現在只好好歇著。患難之中，無須拘束，你就躺倒吧。把精力養足，不出明天，我們保管護送你出城。」

盧公子仍不肯睡倒，對這女子潛起了欽異之心，因又敬問姓名。

那女子笑道：「我沒有名。」

盧鴻飛道：「施者固然不望報，受者總該明白。」

女子道：「告訴你也無妨，只怕你瞧不起我。」

公子道：「那怎能夠，你是我的恩人。」

女子道：「你原是世代簪纓，蘭陵紳士；我們乃是一夥子賊，我們的夥伴孫六恐怕總沒有對你實說吧。」

盧公子道：「什麼？這個……」

女子笑道：「怎麼樣，孫六就曉得你是紳士，做官為宦的人，最講究尊卑貴賤，所以他瞞著你。你要知道在你面前的是個女賊，你一定嫌辱沒身分了；何況……」

盧公子忸怩起來。的確，他不脫紳士派頭，素日以好客著稱，對草野異人，心雖傾慕，對優娼匪類，究竟卑不齒數。那女子說到「何況」二字看出盧公子臉上變色，就不再說了。

盧公子忙掩飾道：「恩人太小看盧某了，我還不是那以門第自高的人，況且今日何日？『同是天涯淪落人，相逢何必曾相識！』當初我和孫兄結識，就沒有存著階級之見的。」

女子嗤道：「可是，你們做紳士的總覺得自己太邱道廣，下交屠狗，多少含著謙以為傲的意思吧。」

公子道：「不不！」

女子道：「怎麼會不？即如你剛才念道的『同是天涯淪落人！』這句話豈不是把我們走江湖的人看為下流，已經很覺紆尊了？」說著，撲哧一笑道：「算了吧，你趁早歇歇，今明晚上，我們還得預備奔波逃亡哩，躺下，躺下！」

女子竟過來要按盧公子臥倒，盧公子連忙倒身睡在被上。

心覺這改裝的女子言語犀利，又尖酸，又痛快，比起孫六，另具風格。而且行止毫不拘謹，吐屬又很風雅；還懂得白香山的詩詞，不但是奇女子，更是一個奇人了。遂又坐起來道：「恩人口快心直，自是巾幗豪傑；若不嫌盧某是俗物，可否把真姓名見示？盧某倘得脫險，也當畢生頂禮。」

女子笑道：「你還是要問我的名兒。告訴你，也沒相干，他們都管我叫青蜂女俠，你可曉得橫江一窩蜂麼？我們的頭兒，叫金蜂李，你的朋友孫六，他就叫靈蜂孫。我們這一窩蜂全都是賊，沒有半個好人；我不信孫六在事先一點也沒有對你透露麼？」

其實孫六當年曾經隱約暗示過，盧公子漫不措意罷了。孫六還給他留下一隻銅箭、兩個人名，囑他遇險需援時，可持銅箭為憑，就近向那兩人送信。並曾屏人密語，把話告訴黃金雄。事隔數年，盧、黃二人都把孫六忘下了。黃金雄單身求援，一去未歸；盧公子身遭大難，孫六從別處聞耗，特邀同黨，趕來急難。

當下，耗到次日夜間，靈蜂孫六才偕兩個同伴，悄攀曠宅後牆，登上屋頂。與盧公子、青蜂見面。孫六拿出兩套旗營軍服；這是孫六費了半夜精神，才從清兵身上，盜剝到手的。先把兩個同伴引見了，跟著問盧公子，此時精神體力如何？若可支持，即時就走；若不能奔波十里，就展到明晚。盧鴻飛苦戰被困，絕食悼亡，出死入生，實在支持不住，孫六皺眉道：

「那麼，索性明晚走吧！」

青蜂女俠道：「六兒，你要小心了！還是早出虎口為妙。」

盧鴻飛崛然坐起道：「走吧，我還可以走得動。」

孫六仍在遲疑，青蜂女俠道：「你無非怕盧公子路上支持不住，但是這很不要緊。我們不會揹他走麼？我告訴你們，從這裡縱城出去，只要盧公子能對付幾里地，我們可以落荒南下。」把逃亡的路線，仔細說了，何處可停，何人可投；雖當兵荒馬亂，只躲著行軍戰地，沿路倒可免去關津盤查，很可以冒險一試了。現在潛藏在人家屋頂，下面街道每聞兵隊過往，挨門挨戶又不斷有散兵闖入求財；一旦破露被人瞥見了，豈非徒勞？

　　這樣商定了，孫六把盧鴻飛扶起，忙將軍服給他穿上；青蜂女俠也忙更衣。計共四蜂一鴻，全都改好裝衣悄悄溜下屋頂，走出巷外。照預擬路線，裝做私自離營出來打搶的散兵，持兵械，提小包，奔往大街，折向城邊。那小包全是越城之具，卻當作打劫來的贓物，乘人不見，五個人縋城逃去。

　　青蜂女俠和夥伴，先展「壁虎遊牆功」，翻上城牆，拋下粗繩來，靈蜂孫六在下面持刀幫護。沒有繩筐，把那棉被做了兜包，繫在繩套上面，繩這頭拴在城堆一棵小樹上，以免失手。盧鴻飛在繩兜中坐好了，手挽住巨繩。上面青蜂女俠和同伴用盡氣力，低喝一聲：「拔！」把人往上慢慢提引。三把五把，平安扒到城牆邊頭；青蜂女俠累得滿頭大汗。把盧鴻飛拉到城上邊來，然後孫六也跟蹤爬上城。仍由孫六先一步背朝裡，面向外，攀磚縫下城。青蜂女俠與兩個夥伴，將盧公子重往下繫。轉眼間，繩兜及地，孫六把盧鴻飛扶住。

　　上面低聲呼道：「等一等，青蜂沒勁下城了，也要坐繩兜。」孫六低應了一聲，持刀旁候；繩套重扯上去，不一刻，青蜂女俠悠悠墜下來。繩兜及地，一躍而起，不由失笑道：「盧公子，這繩套兜得難受，有點害怕吧？倒不如爬下來呢。」上面兩個，並肩下城，腳登磚稜，手叩磚縫，轉瞬先後及地。四蜂一鴻五上五下，並沒被人發覺，孫六長吁一口氣道：「走！」四蜂一鴻一溜煙逃向郊野去了。

第三十二章　越狱救友

第三十三章　炊煙引敵 ——————

　　青蜂女俠、靈蜂孫六，偕帶兩個夥伴，把盧鴻飛公子，救出了虎口，越城而過，縋繩下地，四蜂一鴻禁不住長吁一口氣；那些越城之具全丟在城根，依著夥伴，便要棄置不顧。青蜂女俠和靈蜂孫六忙用刀把繩索等物砍碎，投入井中，被褥、衣物丟在人家房頂；對盧公子說：「也教他們測不透我們怎麼越獄越城走的，藏起來實有阻誤追兵的用處。」

　　孫六扶著盧鴻飛，專找僻徑小路，乘夜急走，一口氣向南，只奔出二十多裡地，盧鴻飛便寸步難移了。

　　這時候旗兵已經南下，魯南淮北地方混亂異常，勝朝的散卒、北兵的遊騎，說不定在什麼時候，從什麼地方出現，各處寇盜乘機竊發，人民死的死，逃的逃，沿路已是十室九空。

　　盧鴻飛慘遭滅門之禍，身幸走出，人已半死；幸有群蜂替換著扶架他，他雙腳已經起泡，血水流離了，強支著又走出十數里。昏夜走急路，忽地一絆，他倒地不能起來。孫六忙拖起他來，急尋人家救治，教鴻飛躺在人家房裡面歇息，留青蜂女俠伺候，孫六率領兩個夥伴，出去覓食探道。

　　這時天色已經漸明，靈蜂孫六踏過鄰村，只尋得一頭失母垂斃的小牛，米卻一點沒有，將牛殺死，弄回村來，看盧公子時，垂頭而臥，面無人色，渾身似冷得打戰；忙向青蜂女俠：「他怎麼了？」

　　青蜂答道：「你來了正好，你快勸勸你這朋友吧。他嫌自己跑不動，又想自殺，剛才說自己留在這裡，教我們不用管他了。」孫六道：「這是什

麼話，走不動，不是腿腳有傷麼！」

孫六原帶有調治刑傷的藥，只是倉促未及使用。這時忙尋來井水，先把定痛藥，給盧公子灌下去；又調藥粉，給他敷在腳上。

半晌，盧公子甦醒過來，只覺肢體痛不可忍，生平並未嘗過此苦；面向孫六，灰心喪氣說道：「孫兄，諸君，我看我到此，已算倖免了，我已逃出仇人之手，再不教仇人趁願；只此諸君相救之恩已經很大。縱諸位不嫌累贅，我卻是國破家滅，舉目無親，再往前逃，也很覺無味。孫兄，你們還是隨我去吧。」

靈蜂孫六意很不悅，想不到紈褲子弟如此脆弱，因道：「公子，你太不英雄氣了，我們千辛萬苦，捨死忘生，不是把你從獄中搬到外面來尋死，就算完事。我們是救人要救到底為止；喂，打起精神來，男兒漢就死，也要死個值得，端不可學那負屈受害的女人。」

青蜂道：「女人怎麼了，我們女人活得更有勁，我看盧公子不是想尋死，是心疼他的太太、少爺。可是的，太太死了，你不會再娶；兒子死了，你得報仇啊。」

盧公子仍嫌自己身不能動，又覺前途無望；俯仰嘆恨，噓唏淚下道：「但是，我只剩下一條孤影了，我投向哪裡去？」

孫六道：「公子，我們既然搭救你，早把你的去處預備好了。你聽我的勸，好好養息著；老實說，你跟著我走就完了，我保管給你找個藏身之處，再設法給你報仇。你若自殺，你的仇人倒放心趁願了，你試想想，這工夫活閻王王錦城忽然發現你已逃走，一定大吃一驚；他從此必定提心吊膽，提防你報復，你衝著他，你也該活著啊！」

孫六還在絮絮勸說，青蜂女俠看了看盧公子的神色，低聲道：「教他歇歇吧，我瞧他是少爺脾氣，受不了苦，回頭緩過來，有了精神，一想起

滅家之仇，就許活得更帶勁了。」說著笑了。

孫六便與兩個夥伴，忙著剝小牛做飯；把屋中的木器、門外的竹籬，劈做柴燒，無物可食，只有牛肉，把那小牛切做大塊，放在鍋裡一煮；牛肉無鹽，真難下嚥。盧公子就在平時，也一口吃不下去，況且今日盛火上浮，又怕發物，簡直一口嚥不下去。青蜂女俠等候肉熟，盛上一碗，笑勸道：「這不比平常時候，你總該將就吃些，好恢復氣力，我們再往前奔哪。」

盧公子強吃一口，搖頭道：「不行，太膩，我喝一口熱水吧。」

孫六咳了一聲道：「公子生平哪受過這個，索性在這裡多歇一夜，我再出去尋食。」遂與青蜂女俠和幾個夥伴，手抓牛肉，大吃了一頓。青蜂笑道：「沒有鹽，真不好吃。」

孫六對同伴道：「我們走。」三個人抹抹嘴，結伴又找尋去了。青蜂女俠陪著盧鴻飛，有一搭、沒一搭勸解，替他盤算亡命之策和報仇之法，說道：「我們孫六哥都有好打算，你放心吧。」

直隔過三個時辰，孫六等三人方才回來，居然採來許多生果鮮蔬，和些陳米，最難得的是找到一包鹽。

青蜂大悅，躬親執炊，把米飯做熟，蔬菜也做好。盧鴻飛勉強吃了一些米飯，只覺心中作燒，把鮮果生菜吃了不少。且天已不能前進，就在空舍胡亂住下；盧公子夜間大冷大熱，囈語間作，雙顴都燒紅了。孫六心中為難，囑青蜂好生守護。到次晨，孫六仍與兩個同伴出去探路，並尋找代步。

他們在這荒村空舍，逗留了兩夜，盧鴻飛的病方才緩轉過來。他們每日兩餐，頗費經營，每日只舉一次火；就這一次火，那一縷炊煙飄揚晴空，遠遠望見，竟勾來五騎遊兵。

這五個騎卒本奉將令，南下謀探軍情，巡察道路。他們一離軍門，頓萌私意，一面探路，一面還要打遊食，掠財物，尋找花姑娘；在沿路村莊亂竄起來，各提兵刃，滿處搜尋。大隊在後，居民多逃，他們也不怕遇伏。一路上只偶然看見劫餘難民，墟裡無煙，五個遊騎連打食都沒了法，正在飢渴讒罵；忽見這地方遠遠浮起一道炊煙，乃是青蜂女俠久候孫六未歸，自己做起飯來。

五個遊騎望見人煙，各各大喜，互相顧盼道：「這村裡一定有人。」把刀抽出來，弓箭也裝好，策馬前行，一步一探，奔荒村尋來。

當此之時，靈蜂孫六和兩個夥伴，一早出去，仍未回歸，空舍中只剩下青蜂女俠和一個病倒的人。青蜂在灶上添柴；盧鴻飛在草榻上病減成睡，不時仍發呻吟。忽一陣犯風，青蜂迷了眼，忙躲開灶膛，取手巾試眼。

風過處，驟然聽見蹄聲利亂，心中微微一動，還道是孫六尋好代步，開門向外一探頭，眼見那五個騎卒撲向門前，雙方抵面，青蜂斂跡不及。為首騎士大叫道：「好運道，這裡有花姑娘。」放心大膽，拍馬過來。

青蜂女俠還在詫異道：「他們怎麼尋來的呢？」急抽身回來，信手閂門，撲到屋內。

盧公子迷迷糊糊，雙眸微睜；青蜂把他雙肩一拍，急口低叫道：「公子，公子，不好，有人尋來了，五個騎馬的兵。」

盧鴻飛瞿然坐起，忙問道：「是追我的麼？」

青蜂女俠道：「這可難說，看打扮很像，快快，你起來，下地藏起來。」可是遍尋屋內，四壁懸罄，哪有藏匿之處，就是院中也沒隱僻地方。

青蜂女俠秀眉一皺，把一口劍塞在盧鴻飛手內，道：「你先藏在門後，聽動靜，我去答對，若看著不好，把他誘進來，教你砍，你就砍，我們兩

個人毀他五個。」口中這樣說，心上著急；五個遊騎兵好辦，只怕後有大隊。暗暗發恨道：「孫六這傢伙三個人全走了，還不回來，只剩我一個人，逃又逃不得，鬥又鬥不得。」

她想著急急抄兵刃，撲到院中，街門已經蓬蓬的大砸起來，是北兵口音在外大叫：「快開門！」

青蜂甚急，盧鴻飛更急，驚出一身冷汗來，竟忘了病痛，一躍下地，舉劍掩在門後。

青蜂女俠在院中一旋，忽然得計，任街門砸得山響，默不置答，目光一轉，急抽身回屋，把暗器裝好，三支袖箭、六支甩手箭，足可對付這五個遊騎。

聽門外大罵起來，蹄聲腳步聲響成一片，女俠就飛身一躍，上了廂房，往外面一瞥，五個騎士似已將鄰舍草草搜過，此刻全都下馬，擁在門前，為首一個與一個伴挺腰刀，分兩旁砸門踢門；其餘三人，一個裝弓箭，對著門比劃，兩個一蹲一站，要踏房攀牆，往裡面窺看虛實。

青蜂一咬牙，就要對準登垣的人發放冷箭，旋又遲疑，那廂房距大門太遠，怕一下子射不死，殺不盡，逃走了一個，便是麻煩。就這一躊躇，攀牆的人望見她了，叫道：「喂，房頂上有個小娘們，快下來，給老爺開門……呀，她手裡拿著刀哩。」

那持弓的人往後一退，也望見了，喝道：「快下來！」颼的虛射出一箭；同時，嘩啦一聲大響，騎士把門板踢碎，三個騎士闖進來了。

青蜂女俠縮身閃箭，把兵刃往背後一藏，不由慌張起來。

她應該把五個騎士全誘入院內，再堵門動手就好了；她已經沉不住氣，踴身往房下一跳。為首騎士就喊：「嚇，這小娘們不怕摔死。哎呀，不好！」

青蜂女俠腳才及地，手腕一抬，嗤地射出一支袖箭，直對騎士咽喉。為首騎士貪色涎臉，猝不及防；急忙一側臉，大喊一聲，跌倒在地，肩頭中了一袖箭。

其餘二個騎士譁然大吼，女俠又颼地兩箭，分射二騎士的要害；騎士已有了防備，全都閃開。那個持弓的旗卒也急急引滿，倏照女俠還射過來；女俠的甩手箭，也同時發出；雙箭齊到，霍地各旁一跳。女俠躲開，騎士也躲開了。

一個騎士揮刀上前，一個騎士退後數步，把弓箭重複引滿，一個遠攻，一個近取。女俠不容騎士開弓，往前一撲，丟下持刀之敵，刀奔持弓的敵人砍來；相迫已迫，刀鋒直取脖項。那騎士來不及放箭，忙用弓背一架，刮地一聲響，弓折弦斷。青蜂女俠又復一刀搠來，騎士急退，棄弓抽刀。

青蜂女俠迅如狂颷，一連數刀；騎士手忙腳亂，空有腰刀，拔不出來。幸而同伴從後掩到，大罵：「好娘們！」趕一步，把腰刀照女俠削去，女俠還刀招架。那個騎士才得逃開，棄弓拔出刀來，可是手臂上已經鮮血淋漓，已被女俠削了一刀，急忙回頭大呼道：「你們快進來，這裡有土匪，女匪，女匪！」

那兩個攀牆的騎士已經望見了，撲登，先跳進一個，那一個繞道從街門進來。女俠大怒，展開迅疾的手法，嗤地一刀，連肩帶臂，把一個騎士砍倒，一隻左臂骨骼已斷，臥在血漬中，不能動轉。那為首騎士卻已竄起來，拔去肩頭的袖箭，掄起手中鞭，猛撲過來，力大招熟，居然是個硬手；大罵著，與同伴把女俠圍住。可是別的騎士全是有力氣、無技巧的北兵，眨眼間，被女俠又砍傷一個。五個騎士只剩三個沒傷了。

為首騎士奮身過來迎敵，向同伴大呼：「你們快放箭，拿箭射倒這個小娘們，好個臭娘們，你是幹什麼的，膽敢拒斷大軍！」把鞭舞得呼呼風

聲，竄前跳後，銳不可當。

那其餘騎士，兩個未傷，一個有傷不重；立刻退出兩個，從馬上摘弓，要攢射女俠；兩個掄刀鞭攻擊，兩個趁隙放箭。

仍把女俠包圍，女俠個矮身輕，和這四個大漢一比，恍如四隻肥狗撲小雞，只在垓心亂轉。

盧鴻飛在屋中，左手扶門，右手持劍，凝眸偷看，止不住吁吁氣喘，心跳不住，兩腿直髮軟，眼見青蜂女俠勢迫危急，可是自己負傷未癒，不能出救，頗覺難堪。閃目一尋，靈蜂孫六留下的小包，丟在榻邊，忙挨過去搜檢；果然中有一把甩手箭，忙抓了數枝，重溜到堂屋，藏在門邊往外窺看。

青蜂女俠以一口刀，力戰四騎士，並不覺得怎樣危殆，不過敵人忽然分開，兩個圍攻，兩個奔出去取箭，這可是太覺吃虧，急得她大喊道：「夥伴快出來，你們全出來，把這幾個韃子全宰了。」她是使詐話，要誆敵人分神四顧，她好使暗算。

但是，屋中的盧鴻飛聽不下去了，認為再難坐視，大吼一聲，往門外一跳，幾乎跌倒；忙挺身站牢，退倚門框，把甩手箭照騎士連打出去數枝。

騎士驚顧，不知屋中埋伏著多少人，急往圈外一散。把頭回顧，看見屋中，只出來一個面黃氣喘的男子，穿一身旗營軍服，還疑是同伴哩；忙叫道：「喂，你是……」鴻飛的箭已經發出手，直奔騎士，騎士急閃，弄得錯愕不解。青蜂女俠趁勢一刀，把騎士刺中咽喉，又倒了一個。

奔出門外的二騎士，早取弓開箭，攢射女俠。兩張弓放出三支箭，女俠嬌叱一聲，猛如雌虎追撲過去，手疾刀快；騎士力不能敵，箭又不能發，只拿弓且招架，且倒退。女俠縱步急追，二騎士逃出街門，就趕緊追

出街門外。

忽聽背後驚喊，那個為首騎士撲奔盧鴻飛，盧鴻飛抵擋不住，竟退回屋門內；騎士也追到屋門邊。女俠大驚，抽身還救，把囊中箭，唰的甩打兩枝。為首騎士迫近屋門，不敢貿然追入，恐遭暗算，一猶豫，甩手箭打到身後，急翻身揮刀，把一枝挑飛出兩三丈了；那一枝貼耳門過去，射中窗扇。騎士嚇了一跳，張眼四顧；青蜂女俠已揮刀撲過來。

五個騎士倒了兩個，跑了兩個，只剩為首一人，為首騎士不驚而怒，大罵道：「你們滾哪裡去了。」

一個女人、一個黃病鬼，倒砍倒他們兩個人，他心中不服氣，欲走不甘，欲鬥又怕吃虧，正在持刀徬徨，青蜂女俠罵道：「不知死活的東西，我看你不跑，你還想湊伴？」奮勇擋住街門，一縷刀光，照這殘留的騎士砍來。

這騎士眼光一掃血泊中的同伴，方知一個創深已死，一個口氣未絕，尚在地上輾轉呻吟。更一瞟女俠，這兩天暫停荒村，忘了戴帽穿靴，頭露綠鬢盤雲，腳見弓彎月樣，偽裝半呈，別具媚態。這騎士不禁狂醉，恨不得活擒住她；自恃武功高妙，出力猛搏，分明欺負女子。忘了身在險地，也不知村中還有埋伏沒有，口吐猥語，手中鞭專打女俠的兵刃，要把敵刀磕飛，量一女子，還不是為所欲為。他這樣打法，自然見慢。

青蜂女俠卻是狠極，刀刀直攻要害，一對一，打過十幾個照面，騎士漸覺此女不大好鬥，還是回去勾兵為妙，且打身子且往門邊轉。

青蜂女俠起初志在殲敵，心存忽視，被這為首騎士苦苦纏戰了十幾合，料那逃走的一個敵人必奔回求救，她就陡生疑慮，振吭又喊道：「夥伴，快出來，就剩一個了，幫我一把啊！」

盧鴻飛在屋中應了一聲。騎士忙偏臉一瞥屋門，女俠急將甩手箭打出去，騎士頓足一跳，女俠順手又發一箭。騎士大吼，奮力揚鞭，硬衝著女

俠撲來，眼看撞個滿懷。女俠披刀斜阻，竟沒阻住，倒被一路鞭風衝得倒退。

騎士軒眉大喜，道：「小娘們，你還想攔我？」喊時，女俠往旁一跳，早又一領刀，咬牙切齒，二次衝上來，街門依然阻住。盧鴻飛喘過氣來，驚急拚命，也持劍二番出頭。女俠叫道：「別過來，拿箭攢他！」

公子依言側身，掩劍揚矢，氣虛手顫，雖不能取準，但連發用手箭，頗足以擾敵助友。騎士大恚，顧前還得顧後。見女俠橫刀當門，他便一翻身，怪吼掄鞭，唰的跳過來，照盧鴻飛猛打。盧鴻飛急斜劍招架；騎士拿鞭一轉，揚鞭又下，叮噹一聲響；盧鴻飛連忙閃身。手中劍突被磕飛，往旁一退步，腿一軟，撲地跪倒，單手據地。騎士大喜，這也可給夥伴報報仇，追過去，第三鞭狠狠拍下去。

盧鴻飛突出死力，往外猛拔，箭似的竄出一丈多，驚出一身冷汗，騎士三分鐘熱風又趕打一鞭。突然，哎呀一聲怪號，青蜂女俠一支箭，一口刀，合身齊掩上來，騎士貪敵負傷，背插一矢，跟蹌栽過去，頭臉朝地，「咕咚！」摔在盧鴻飛的身旁；鋼鞭也脫手擲出來。

盧鴻飛吃了一驚，百忙中一回頭，忙滾身過去搶鞭，騎士也一滾竄起，探身搶鞭。兩人同時竄起，同時撲去，猛撞在一處。騎士急一側肩，一橫肘，力強者不吃虧，盧鴻飛被他仰面撞翻，摔出多遠。騎士也一個跟蹌，就勢彎腰探爪，急急的俯拾墜鞭。

這只在一眨眼之間，青蜂女俠突一個箭步，也趕了過來，卻不肯彎腰，陡飛起一腿，當地一下，踩子腳橫踹金梁，騎士哼噔一聲，鞭已到手，腳已及背；頹然如倒半堵牆，人又被踹倒在地，嘴啃土，鼻臉出血。他就地一滾；女俠秀眉一舒，雙眸一瞪，手中刀倏往下扎，「嗤」地一下；把最後這一個敵人釘在地上，全刃深入，透背穿胸，為首騎士登時殞命。

第三十三章　炊煙引敵

第三十四章　海濱訪蝶 ────────

　　女俠抽刀驗敵，搖了搖頭道：「好險！」且不顧盧公子，拭刀喘息，拄刀不動。

　　盧鴻飛仰跌在地，掙命爬起來，又頹然坐倒；大敵已除，一手據地，一手捫後腦前胸，喘做一團。目睹這驚心駭目的血鬥，猶覺一陣陣發暈，三屍橫地，血滿半庭，眼望女俠，不勝慚服，半晌道：「小姐，你又救我一回，那兩個東西呢？」

　　女俠微睨他一眼，搖頭道：「全跑了，我這陣也酥了。」猛又一皺眉道：「咳，不行！」一提神，忙抄刀奔出去，門外五匹馬，繫在小樹上；如今果還有三匹，忙扯韁解下一匹，跨上去。

　　盧鴻飛踉蹌追出道：「小姐，上哪裡去？」

　　女俠暗笑，這個尋死的人還是怕自己丟下他，回顧道：「我只到村口望望，公子，你若掙扎得動，快把這兩匹馬牽到院裡去。」不等回話，放馬繞奔到村邊，據鞍踏鐙，縱目遠望。那兩個騎士，那兩匹馬早跑得沒影了，只遠遠望見大道北盡頭處，泛起滾滾黃塵，隨風斜捲，灰黃色猶濃。不用說，那二騎士策馬狂逃，已奔向北邊去了；西北正是他們的來路。

　　女俠有心要追，相距已遠。院內橫陳三死屍，餘留一病漢，偏偏靈蜂孫六三人全沒回來。女俠擺布不開，沉吟片時，見盧鴻飛尤在那裡倚門而望，心中暗笑；把馬韁一勒，往回走來，下了馬，對盧公子道：「你難道怕我走了麼，這兩匹馬，你怎麼不牽回院裡去。」

　　盧鴻飛面微發紅道：「小姐也不會走的，這馬，我這就牽，我是發愁

這三具屍，還有一個帶活氣的，怎麼安置他們？我想孫兄正為沒有代步，才出去尋找。現在承小姐一番苦鬥，力誅三敵，我們得了三匹代步，太好了。只可惜逃走了兩匹，若不然，我們五個人，恰好整夠。」

青蜂女俠笑了起來，道：「公子的心路也很夠快的，我一乍見這五個北兵，我就心上一喜，暗說，他們給我們送馬來了。哪知我一個人，單掌遮不過天來，生生教他們逃走了兩匹。兩匹馬還是小事，我只擔心逃回去的那兩個活人啊。看他們的來勢，分明是北兵的偵騎，偵騎一出，後面必有大隊；我們真得趕緊走，教他們追來，可是麻煩，我們人單勢孤啊！」

盧鴻飛道：「我也是為這個發愁，得到三匹代步，固然可喜，放走兩個敵人，未免可憂。」往四面一看道：「孫兄還不見回來，我們仍不能就走，這個地方實在不能久留了。」

女俠道：「你別管他，我先問問你，此刻要走，你走得動麼，……不，不，你此刻能騎馬走麼？」

盧鴻飛道：「這個，騎馬總比步行夜奔好些，我想我可以騎馬上路的。」說時自顧腿腳。

青蜂女俠道：「你真會騎馬呀？」盧公子強笑道：「小姐總以為我是闊公子，連馬也不會騎，你要知道我和孫兄結識，就是騎馬遊獵，才遇合著的。」青蜂一笑道：「我糊塗了。」

兩人上前，解開馬韁，把三匹馬都牽入院內。驗看三具屍體，死的都拖到空舍，用草蓋藏起來，那口有活氣的，也拖入空房；女俠蹴他一腳道：「別裝死，滾起來！」

這負傷的騎士面現怖色，低聲央告道：「饒命。」

女俠道：「我們本不想殺你，我們還要問問你哩。」青蜂女俠把應問的話，一一問出來，首先問他們五騎奉命何往，再問他們的大隊在何處，欲

攻何邑，從何處來，共多少人，主將是誰？

　　這騎士求活情切，一一實供，說完，仍求饒命，女俠許以不死，他又哀求把他立刻放了，女俠笑道：「我倒想放你，你自己能爬，你就爬回去吧，你的馬可對不住，我們要藉著騎騎，你不要太聰明了，你要教我放虎歸山。」格格的笑了起來。

　　這個騎士滿臉失望，又轉而央告盧公子，給他一口水喝。

　　盧公子負恨本深，目睹不忍，嘆了一口氣，道：「你我本是仇敵，是你們害得我這樣，我本不該救你，我也不能做主，不是我擒的你，小姐，怎麼樣，給他水喝麼？」

　　女俠道：「一個傷兵罷了，殺降戮傷，也是戰士所忌，給他一口水，又算什麼，我可不耐煩，還有事哩。公子你若掙扎得來，你就給他點水，別教他活受罪，你再仔細問問他，還有你的仇人，你也跟他打聽打聽，看他曉得不，我還得做飯去哩。」出了空舍，又到灶下去了。但是灶火已滅，鍋飯半生，氣得青蜂女俠嚷罵起來，一勁的說：「餓了，餓了，教混帳東西攪了。」

　　盧鴻飛就取了一瓢水，給傷卒喝，果然向他打聽活閻王王錦城的動靜，誰知這傷卒乃是別一路的旗營，連降將王錦城的名字都沒聽說；但也沒白問，已知北兵大隊現在八十里外，即日南下，分兵三路，要攻奪某邑某城；又問明沿路各縣，何地已經失守，何地已經投降，既知如此，繼續南奔，便可擇路而行，知所趨避了。見傷兵創口不時溢血，面目失色，舌僵氣弱，怕他要死，他又苦求，遂取刀創藥，給這傷兵敷藥裹傷。

　　傷兵感激哭道：「我的命怕到底活不成了，你們一走，我動彈不了，早晚也是餓死、渴死。」盧鴻飛聽不下去，竟把這傷兵扶上草薦，並說道：「你先將養著，那位小姐既許你不死，我們臨走，自然想法子……」說到這裡，他也不曉得想什麼法子了。

　　過了一會兒，靈蜂孫六和兩個夥伴回來叫門，兩手空空，仍無所得。青蜂女俠一見面就嚷道：「你們早不回來，你看，把事情耽誤了，若不然，五匹馬全捉住，一人一匹正好。」孫六道：「什麼馬！」青蜂很得意的說：「剛才來了五個騎馬的，教我砍倒了三個，走了兩個。」把剛才之事，一一告訴孫六。

　　孫六乍驚還喜，道：「有三匹不就很好了，馬在哪裡？」他們三人出去這一整天，沿路上也總碰見遊騎散勇，所以僱不著牲口，今既有送上門的三匹馬，便可連夜逃亡了。但既然逃走二騎，必然勾了兵來。孫六道：「我們快吃飯，趕快離開這裡吧。」一齊動手，把飯做熟。

　　吃完飯，先問盧鴻飛：「此時怎樣了，騎著馬上路、可以支持了吧？」青蜂女俠道：「行，剛才他還幫著打哩。」盧鴻飛一陣著急，把精神振起來，此時又覺得發軟了。

　　孫六掐指猜想逃騎往來之路，道：「他們大隊距這裡八十里，來回一百六十里，此時起初更，我們還可以有一百六十里地的工夫歇息。公子，你快躺下歇歇罷，這一百六十里，怎麼快煞，他們也得在三更以後，才能追來。」女俠道：「況且他們也不會立刻拔隊就來，我看就到明天晌午，他們也未必趕到；我們天亮走，也可以的。」孫六道：「還是小心點好。」催盧鴻飛躺倒，快睡一覺。盧鴻飛哪裡睡得著，說道：「若不然，我們先走吧，還是先挪開這裡，穩當些。」孫六道：「也好。」

　　大家趕緊收拾，這時空舍中那個傷兵，忽發出呻吟聲來，孫六道：「哦，還有他。」命夥伴挑燈，走進空舍，湊到傷兵面前問話。那傷兵哀聲求救。孫六道：「我先打發你回去吧。」猛然一拔刀，疾如電掣，當心一刺，傷兵連哼都沒哼，立斃刀下。靈蜂孫六軒眉道：「除了一個禍害，反正他也活不成，倒免得他活受罪。」青蜂女俠搖頭道：「你太狠了！」孫六道：「不得不然。」忙著把三具死屍都埋了，說是不要遺禍給屋主，收拾完

畢，說道：「我們上馬吧，還是早走一步好。」

四蜂一鴻跨著三匹馬，乘夜逃走，人多馬少，孫六和兩個夥伴，倒替著步行執韁，落荒奔出數十里。天色漸明，仍投僻徑荒村稍歇，遣夥伴往前探道。探出不多遠，迎頭遇見大群逃難的男婦；哄傳北兵不知何處攻到淮北，正和降將攻略淮北一帶的城邑，並四出抓夫、抓船，似欲渡淮海南攻。江北的守土文武已經據水守禦。南下的水路已阻，只能往西橫逃，或者輾轉北上；難民一味亂竄，殊不知淮北更亂。靈蜂孫六聽了這情形，雙目微皺，本意要引盧鴻飛公子，南奔銅山，面見一窩蜂的領袖金蜂李，如今過不去了，這只能西奔河南，或者東投海州。盧鴻飛道：「遍地烽煙，何處可避，紅花埠有我的一家至戚，不知繞得過去不？」那兩個夥伴道：「風聞魯南正在打仗，海州也失守了。」

孫六搖頭道：「那恐怕是謠傳，北兵是從旱路過來的，他們分兩路南下，一撲淮海，剪蘇杭；一撲鄭洛，抄江寧。海州不是要地，他們至多是一略而過。我說公子，我們不如逃奔海濱，暫避一時吧。」又低頭細想了一遍，竟不南奔，折向海東逃去，一路上繞道斜行，晝伏夜竄；幸而又覓得兩匹代步，是兩頭健騾，五人立即加鞭急驅。

這一夜，投到一處漁莊，靈蜂孫六上前叩門。他那兩個夥伴問道：「這是生人，是熟人？」孫六道：「熟人。」青蜂女俠卻已想起來了，這地方也是靈蜂孫六門下的一個同黨，問孫六道：「這別是張蝶兒的丈人家吧。」孫六道：「正是，若投生人，過路可以了，絕不能久住。」敲了半晌，柴扉門內木底響，出來一個少婦，很惶惑的隔著柵門盤問，是誰叫門，五匹牲口的蹄聲，已經驚動了夜月漁村。

青蜂女俠忙把手中燈籠高高一舉，照著孫六的臉，孫六取出一支銅桿袖箭，衝門隙一晃道：「大嫂，我們尋一點蜜！」少婦仍不肯開門，隔著門柵覷了又覷，抽身回去。過了一會兒，重走出一個大漢，赤足掩襟，左臂

胳著木板布套，拖著鞋，一晃一晃出來；燈影裡，見這大漢紅眼黑臉，青
須磔，模樣粗醜，當門說道：「你們是找張蝶嗎，他不在家。」靈蜂孫六忙
道：「這位大哥快開門吧，我是靈蜂孫六。」忙把銅袖箭從門縫遞過去。大
漢看了又看，這才開門，將五個客人、五匹牲口，全引入院內，立刻由那
少婦上閂加鎖。

　　這是漁村的一家小戶，只有六間草舍，那大漢是張蝶兒的妻兄，名叫
朱全印；少婦正是張蝶新娶的媳婦，小名朱三秀。

　　他們朱氏兄妹在海邊，說是打魚為活，和一窩蜂隔著行，也不認識孫
六，但是，這兄妹二人曾聽張蝶說過，他和孫六的淵源。偏偏張蝶不在這
裡，這兄妹忙把客人齊讓到上房，叩姓名、問來意、烹菜、做飯，孫六
道：「大嫂，你先不要忙。」一指盧公子，面對朱全印道：「朱大哥，這是
我們的一位朋友，他現在有病，你費心，先給安排一個歇息的地方。」

　　朱三秀忙進內間，點燈掃榻，把一個年輕姑娘叫出來，讓盧鴻飛到內
間躺下，盧鴻飛委頓不堪，只得倚枕半臥，略為歇息，打量這三間草舍，
四壁空空，似無隔宿之糧，牆上張著魚糊，柱上掛著刀叉，似魚家又似獵
戶，顯見是貧家。可是朱三秀和那年輕姑娘，都打扮的花枝招展，衣履富
麗，艷抹濃妝，就是屋中陳設簡陋，但內間的茵褥臥具竟很講究，與外舍
不稱，看著很有些扎眼。朱全印兄妹談吐之間，餘帶著豪氣，這個年輕姑
娘竟默坐屋隅，一句話也不說，兩隻大眼不住打量來客。據朱三秀說，這
姑娘是她的小姑子，是張蝶的族妹，聽稱呼叫做五姑，草舍中就只他們兩
女一男。烹好了茶，先給盧鴻飛斟上一杯，那朱三秀就叫著五姑，一同燒
火做飯。青蜂女俠不做客，趕過去幫忙，朱全印給四蜂逐個獻茶，陪著
說話。

　　此時夜色昏暗，海風怒吼；正值中原鼎沸，兵匪橫行，居民奔亡流
離。獨這濱海之區，反顯得安謐，除了夜風陣陣，外面不聞人話，不聞更

鑼，連犬吠聲也罕聽見，倒覺曠寂得怕人。朱全印把盧鴻飛看了幾眼，面向群蜂問道：「諸位當這兵荒馬亂的時候，搭伴夜行，來到我們這僻角落，莫非又要邀張蝶兒，出去作什麼生意麼？」又一指外間的板床道：「六爺要是累，你也躺躺歇歇，你別道外，我們張蝶兄弟常念叨你的。」

遂又笑道，「頭十幾天，他和劉溜蛋合夥做了一水買賣，也是他們貪心過重，險些惹出麻煩來，現在他們很飽了，都忙著藏贓埋蹤，一時全不敢出頭了。聽說失主根子很硬，不肯甘休，這幾天外面風聲很緊，盤查的嚴，我有好幾天沒進城了。我只怕他們食嗓小，餂餂大，嚥著容易，還得吐出來，臨了落個白忙。」

朱三秀和五姑正在做飯，聽三秀輕笑道：「你聽，五姑她又是這一套！二哥慣說洩氣話，也不知哪碼對哪碼？」那五姑就很冷澀的答聲道：「外頭風聲緊，準是為這個麼？現在是什麼時候，小小賊情盜案，還當從前哪，沒人問了。這些天查的嚴，是查北兵，不是為線上的事。這些六扇門個個魂不附體，說不定哪天棄城一走，作不起刺來了！」

朱全印把眼一瞪，臉衝外說道：「你們姑嫂盡念喜歌吧，你說不礙事，怎麼蝶兄弟，和五姑爺兩天沒回家，你就一個勁催我去看看，不是不要緊麼？」朱三秀道：「二哥又揭根子，回頭五姑又急了。五姑，你給他兩句！當著生客，你看他信口亂道！」五姑冷笑道：「你們親手足，我是幹什麼的呀？」青蜂女俠聽著笑起來了。

靈蜂孫六和他的兩個夥伴都隨便聽著，不做理會。盧鴻飛卻留了神，知道自己被一窩蜂引到海濱盜窟了，一聲不哼，側耳聽著。

孫六便問：「蝶兄弟到底又做什麼生意了，他現在哪裡？」

朱全印笑道：「他們劫了一隻海船，鬧的風聲太大了，他們都藏起來了。現在忙著銷贓掩跡。」

孫六道：「現事可是真的，若有好油水，儘管拾落著，六扇門顧不得這些事了，我們此刻正有一點事，才老遠的投奔他來，朱二哥，你能費心把他找出來麼？」朱全印濃眉一舒，滿臉笑容道：「六爺若是有買賣的話，你老儘管對我說，他吃飽了，不想動彈。我這些日子，可是熬渴的夠受，很想找點油水吃吃哩！」

五姑和朱三秀同聲嗤笑：「外面風聲可緊哪。」朱全印大笑道：「六爺你聽，我們姑娘給我端回來了。女心外向，我說是不是。別看五姑娘這工夫幫著她哥嫂，轉天一出閣，你又該向著五姑爺了。得了吧，二位姑奶奶，我只是這麼說，我天膽也不敢搶我們蝶兄弟的買賣呀。六爺，你說吧，找他什麼事，要吃緊呢，現在我就找去，若是不忙，我們就明天找他。他現在落腳地點，離這裡有八十多裡地哩，我現在又受著傷，有點懶得動。」

靈蜂孫六道：「不忙，不忙！」想了想道：「不知蝶兄弟現在什麼地方，請你把詳細地名告訴我，莫如我騎著馬找他去，倒也省事。」朱全印微一皺眉道：「我陪你去吧。」向外一探頭，吸了一口冷氣道：「外面漆黑，真夠走的。」青蜂女俠聽出朱全印仍有難意，便說：「六兄，你忙什麼，吃完飯，什麼時候了，莫如明早去吧。」

那個五姑娘忽然說：「你這位大姐，若不然，明早我同著你去，我可得藉著你們的馬。」又笑了一聲道：「你們誰要指使得動朱二哥，可是神人了，別說他現在有傷，就沒有傷，喝上兩杯酒，連天塌了，他也不管。」朱全印哈哈大笑道：「五姑娘把我看透了，你瞧，明早我一準去。」五姑道：「還是明早啊，今天不成吧。」都笑起來了。

朱全印轉向孫六道：「六爺找他找的這麼急，就是為我們這位朋友？」說著，往內間盧公子那邊一指道：「我們這一位遭了一點事，身上有點傷，又害起病來，一時沒有棲身之處；打算找蝶兄弟，給安排一個養傷的地方，不過地方得嚴密一些。」

朱全印往內間瞥了一眼道：「就是這個事呀，幹什麼非他不可。」孫六微嘆道：「我們這位朋友是世家出身，又有仇人，這得找一個嚴密地方，並且還得有人服侍才好。」朱全印道：

「你這位朋友打算住多少天？」孫六略加盤算道：「恐怕得兩個月，我們還有些別的事，暫把敝友安排好了，我們還得走；兩個月後，我再來接他。」朱全印站起來湊到孫六身邊，一指盧鴻飛道：「不就是這一位麼，我瞧他不像我們這裡人，我起初還當是六爺請來的財神哩，他是個做什麼的？」

孫六不再隱瞞，如實說了，朱全印兄妹和那個五姑全都聽明，便道：「這太沒什麼了，原來是盧公子，我們久仰蘭陵公子的大名，這倒失敬了，盧公子如果不嫌惡，住在我們這裡就行。」孫六道：「那一來，可給賢姑嫂添了不少麻煩。」朱三秀笑道：「嚇，你看你老說的話，一個受傷的病人罷了，我會伺候。」說時，把飯也做好了，擺在外面，孫六請盧公子出來用飯。

盧鴻飛本不覺餓，打算和居停主人談談，勉強起來入座，朱家兄妹把一鴻四蜂讓到上首，教朱全印陪著喝酒、這姑嫂二人隨便坐在飯桌旁，搭訕著談話，不時打量盧鴻飛，盧鴻飛年逾三旬，出於膏粱之家，不帶風塵之色，雖在難中，乍看面白無鬚，似是二十四五少年，兩個女人看著盧公子食不下嚥的樣子，同時致歉道：「海邊的地方，沒有可吃的，我們都不會做，公子多少吃點。」盧公子謝道：「我是有病，不能多吃。」朱三秀道：「這裡有粥，我給你熱點。」五姑道：「我來吧。」奔到外間去了。姑嫂二人都很敞亮，把才見面時的矜持都沒有了，青蜂女俠和靈蜂孫六都很飢餓，把這肥魚大肉，飽餐一頓，酒也喝了不少，且吃且談，毫不做客。那朱全印更引杯不止，喝得大醉。飯罷收拾杯盤，又給四蜂預備宿處，朱全印和三蜂同睡長榻，盧公子獨據內舍，青蜂和姑嫂二人到廂房去睡，盧鴻飛輾轉半夜，方才成寢。

第三十四章　海濱訪蝶

第三十五章　陌路留情 ————————

　　次早，朱全印要找尋張蝶，但又說吃了飯再去，耗到晌午，他們還沒去。張蝶忽從別人口中得了信，聽說他家夜間來了五匹馬，不知幹什麼的，他就吃了一驚，急急趕回，和靈蜂孫六見了面，才知是故人到了，主客俱各歡然。

　　孫六忙引盧公子看這張蝶，竟是個漂亮少年，長眉白面，真不愧名叫張蝶。趕著孫六慨陳來意，求張蝶幫忙，張蝶一口答應。

　　又問張蝶，到底此間穩當不，若有風險，請只管明說。把盧公子的身分，和自己的交情都告訴張蝶。張蝶道：「六爺只管放心，這裡安靜極了，六扇門準不會找上門來。」

　　孫六道：「可是你們亂打食，不會引來剿捕你們的官軍麼？」

　　張蝶搖搖頭道：「我們不能不加小心，其實官軍只一動，沒等他出城，我們這裡就得到信了，」說時又笑道：「想是六爺聽說我得了大油水，躲出去了，覺著我們這裡不穩當。六爺要知道，躲總得躲，我們還有好些夥伴哩，凡事小心沒錯。」

　　說時又跟青蜂女俠寒暄，稱她為九姑。

　　靈蜂孫六就和同伴商量，青蜂道：「不礙事，這裡很可以住，盧公子也得需人服侍，若投不帶家眷的同黨，公子更不方便了。」

　　靈蜂孫六默想了一回，又問了問盧公子，然後對張蝶夫妻和朱全印等說道：「蝶兄弟，這位盧公子乃是我孫六的救命恩人，患難兄弟，我把他救出來，原打算渡淮往南，我給他預備好了避難地方了。無如臨時遇阻，

前有大兵，不能偷渡，只可往斜刺裡逃，逃到蝶兄弟這裡來了，我現在把公子交給你，兩個月後，我再來接他，你至少得替我保護他六十天，六十天內萬一出錯，就算你對不起我了。」

張蝶還未回答，那朱三秀他的妻早撇嘴一笑，把五姑一拉道：「六爺怎麼這樣蠍蠍螫螫的，您別問他。」一指自己的鼻頭道：「我可是個不中用的女人，您把您這位朋友交給我們姑嫂就結了。您單衝著我，六十天後，我把您的朋友好好奉還，養得舒舒泰泰的。」回頭向盧公子道：「公子，我們可是粗人，你別見笑，這裡粗茶淡飯將就著吃，不過有一樣，可是的，六爺，您說令友有病，到底什麼病，我們這裡沒有好大夫，可怎麼好呢？」

孫六連聲道謝道：「極好了，我謝謝蝶嫂子，敝友倒沒有別的病，只是憂勞過度，身上有刑傷，沒有緩過來。你只每日飲食上，多多留意，在下就感激不盡了。」

朱三秀和張五姑一齊答道：「六爺，你放心吧，這不過是養傷，不是治病，我們只要好好照護著，不就行了嗎？」孫六道：「正是。」

青蜂女俠含笑道：「蝶嫂子原來是個敞亮人，乍見面，我看你像小膽似的，原來你倒很有決斷。」

朱三秀面皮一紅，客氣答道：「我是粗人，不會說話。」

那盧公子在旁聽著，卻也十分含愧，自己一個男子，被女人照護，未免太那個了。忙向孫六道：「六兄，你不必惦記我，我只是一時沒有緩過來，過幾天就好了，你有公幹，只管去辦，我在這裡很好。」

當下主客商定，留盧公子寄居兩個月，靈蜂孫六、青蜂女俠千託萬囑，又給盧公子放下銀兩，留下地名，諄諄叮囑保重，方才和兩個夥伴匆匆走了。

盧鴻飛自此見故在張蝶家，避難養病，他本是縉紳之家，現在受這兩個草莽女子服侍，男居停主人張蝶、朱全印又不常在家，他心上說不出來的感覺不便。過了幾天，他體力稍微緩過來，可以出門遛遛了，可是本為避禍隱居，他的氣度又與漁村粗漢顯然不同，人又眼生，一出門便有人看他，湊近和他說話，打聽他。他時生戒心，只可困在屋裡不出門，精神上十分苦惱，不但彆扭，又覺活著無趣。幸而張蝶不時回家，給盧公子帶些珍餌，有工夫就陪他閒談。朱三秀和張五姑為人敞亮，起初還有點拘束，只三五天過去，便一點也不把盧鴻飛當客了，盧鴻飛至此稍安，也漸漸地過慣這鄉村苦生活了。

　　靈蜂孫六邀定兩個月，必來接他、並要助他報仇，還要設法送他南渡投效，卻轉眼過了兩個多月，孫六一去渺無音耗。

　　問朱全印、張蝶，也全說不上來。盧公子寄居苦悶，為了報仇，恨不得飛到閩浙，恨不得要想杖策獨行，不等靈蜂孫六。

　　但張蝶替他打聽道路，刻下正在陳兵對峙，民人決計過不去的，且聞北客南歸，動惹猜疑，若南中沒有人，投了去，或反受苦。

　　張蝶夫妻說：「孫六爺臨行千囑萬囑，教我們好好款待公子，你如今自己要走，我們怎麼對得起孫爺，如今兵荒馬亂，不能計日趕路，說兩月，哪能準兩月。」

　　盧鴻飛聽著，也覺有理，便只得暫留，於是展眼三個多月了，這其間忽然生了枝節。

　　那個張五姑娘，乃是張蝶的族妹，自然也是江湖中的人物，已與同道訂婚待嫁，她今年已經二十二歲，閨名巧玲，生得比她嫂子稍矮，兩眼很大，性情是忽然沉悶羞澀，忽然敞亮健談，好像隨境因人而變。

　　起初對這遇仇滅家的逃難公子，感覺眼生並且人家所說的公子必然

十八九歲，至多二十的，這一位盧公子自說三十多歲了；可是相貌又很少俊，既無海濱漁夫那麼赤睛黃臉，也無綠林豪客那樣粗暴之氣，竟安安穩穩像個老先生，文文靜靜像個大姑娘。

五姑娘覺得這人有趣，既不斷和嫂嫂過來服侍，日子久了，就常常對談。可是這盧公子也很怪，記得她哥哥和她哥哥的朋友，每逢來到，必大說大叫，要吃要喝；這盧公子不然，談忘了給他沏水，他就不喝，你吃飯喊遲了他，他就不來；三十歲的人，這麼靦腆，倒得這姑嫂二人趕著照應他。若是服侍他，他又張皇失措，呵呵道謝，在人前模樣很窘。等到白天他一個人獨處時，他又鴉雀無聲，連大氣也不出似的；到晚上他又繞著屋地走，不時喃喃自語。

聽嫂子和他談談家常，問問患難，他說是已經滅門，妻兒全被仇人殺了，如今只剩他自己一個人。他外表既如此文弱，一提及仇人，雙眸立刻灼灼吐火，面紅耳赤，咬牙切齒，威稜一振，他毫不怕仇敵，卻是十分的忿恨，仇人若在面前，有捉住生嚼的氣概。並且一提到仇恨，語聲頓變，斬釘截鐵似的，立刻流下眼淚，他又以流淚為恥，當著人不好意思拿手巾拭，淚珠只在眼角滾，有時流到腮上，他才背轉身，偷偷一抹。

他說的話有時很明白，有時也叫人難懂，他究竟是文縐縐的一個人，說話不免掉文。聽靈蜂孫六說，他這人還會武功呢，可是他在這裡寄居多時，並未見他一露，大概他也是會而不精。

問他：「就是靜等孫六爺麼？」他說：「是的。」問他：「將來做何打算？」他說：「報仇，報仇！」怒氣立刻重撞上來。問他：「報完了仇之後呢？也總得再安家立業，再娶妻生子麼？」他眼圈一紅，頭一低，說：「談不到這個了，我現在是什麼人，我還要安家做什麼，我連我自己都嫌活得多餘，只是身負重仇，不能就死罷了。有一天報完了仇，我便可含笑自戕，再不然出家。」說著他又哭起來了，她也不懂什麼叫自戕。

這樣，張五姑娘天天思索這盧公子，有時同著嫂嫂找到盧公子談，有時自己找他去談，盧公子知道許多的事情，五姑娘從來沒聽說過的，並且也是張蝶他們從來沒說過的。她覺得盧鴻飛這人很有意思，尤其是見了女人，便慌張臉紅。可是你只話引話，把他肚子裡的話勾出來，他又滔滔說起來沒完，也不臉紅了，也不慌張了，正色直言，也忘了男女界限了。

　　盧鴻飛自經劫難，精神失常，好像換了一個人，滿腹哀愁，一腔悲憤，恨不得逢人發洩，荒村無人知音，防患更難恣言。獨對五姑姑嫂，可以毫不戒備，並且盧公子困守，坐食，無書可讀；有仇在念，彷彿和人談談，便可稍減心中的煩悶。

　　這一來糟了，不知怎的，這五姑娘竟對這個被難的中年公子漸漸留情了，漸漸覺得若有一天，沒和盧鴻飛見面，沒和盧鴻飛閒談，就好像有一件什麼事沒辦，有點沒抓沒搔，悶悶不歡。但是這五姑娘卻是訂了婚的人，縱然婚期全未定，她可是年將花信，恰恰二十二歲了，和那未婚夫婿葉門當戶對。

　　有一夕，她和盧公子談起來，沒完沒散，直到盧公子局促不安，她還是不理會，問這個，問那個。盧公子忍無可忍，就明白的開口催她歸寢，她方才懶洋洋地站起來，臨行，問盧鴻飛：「你還渴不，你還餓不？」

　　盧鴻飛懍然戒懼，翹盼靈蜂孫六，心情日切，但一天一天的過去，始終不見孫六回來。盧公子又要自己走；張蝶夫妻一齊攔阻，又很抱歉地說：「公子若有什麼不方便的地方，請只管說話，千萬別見外。」

　　盧鴻飛辭行三四次，均被張蝶夫妻堅留，一晃快四個月了，一窩蜂的消息依然悠渺，朱全印忽然聽見一樁謠言，說是一窩蜂曾經聚眾起事，兵敗全都逃散了。這一夜，朱全印悄悄告訴張蝶夫妻，問張蝶：「你們那幫裡，聽見這話沒有？」

　　張蝶道：「沒有聽說，不過六爺的消息如今一點聽不見了，我知道他

們，要趁這亂世，大幹一下，也許現在真鬧起來。」

朱全印道：「可是他這位朋友怎麼辦呢？」張蝶悄指門窗，低聲說：「噤聲！」

他們唯恐盧公子聽見，盧公子斷不會偷聽窗根的。不想，他們那位五姑娘，不知怎的一時口快，大概是打聽盧公子今後作何打算了吧，竟無意中透露破綻來，好像說：「萬一令友靈蜂孫六他們來不了，你想怎麼樣呢，可有地方投奔嗎？」

盧鴻飛本是蘭陵世家，今雖遇禍傾家，他們老一輩的門生故吏現在安然無恙的，出仕江南的，還有許多人。靈蜂孫六替他作一番打算，盧公子自己也有一番打算，只是道阻難行，不能南渡罷了。

張五姑好像很掛念盧公子今後的安身立命處，張蝶夫妻本囑她瞞著，而現在盧公子聽出縫隙來了。

並且，張五姑近來越發不拘形跡，似乎一片芳心隱有所繫了。盧鴻飛公子在這海濱漁村盜藪，避仇隱居，原非本意，現在，立刻覺到凜乎不可久留。

張五姑娘還是那樣，似憐惜似矜恤，不斷找盧公子談，尤是近日，每次夜話，她竟流連不欲歸寢。盧鴻飛終於這一天突然出走，擺脫情網，別了這個漁村盜藪，只給居停主人留下兩封信札。

張家突發現盧公子失蹤，是在早晨，恰巧張蝶沒在家。張蝶之妻朱三秀給盧公子烹好了茶，備了點心，端進去時，只剩了空榻，在桌上壓著破紙寫的兩張字紙。朱三秀不認識字，但看屋內情形，已然覺察人是走了，不由她喊出詫異聲來。張五姑娘聽見了，走來問道：「嫂子，你喊什麼？」朱三秀一指空榻道：「這位盧公子不見了？」張五姑娘道：「許是到村外閒溜去了吧。」朱三秀搖頭道：「不像！」這最近幾天，盧公子神不守舍的不

安精神，姑嫂兩人全看出來了，並且都勸過他。

張五姑娘呆呆的目視空榻，良久才說：「他怎麼一聲不言語，就走了，我去找找他。」急到前村尋了一遍，哪有影子？

盧公子是昨天夜裡走的，偏偏張蝶既沒在家，朱全印連日賭錢，也沒回來。姑嫂二人在近處找了一圈不在，朱三秀拿著那兩張字紙，念叨道：「這準是他留下的話，回頭孫六爺來了，我們怎麼答對人家？人家跟我們有好處，信得及我們，才把朋友寄藏在我們家裡，現在客人悄沒聲的走了，想必我們做主人的待承不好。」

朱三秀是主婦，唯恐得罪了丈夫的朋友孫六爺，倒沒理會客人走向何方。那五姑娘竟掛念這不辭而別的客人，到底為什麼緣故走了，走向哪裡去了？忙忙的在村前村後找尋了一圈，每遇村童漁夫，就仔細打聽，可惜一點影子也沒問出來。朱三秀道：「這得趕快告訴他們哥倆。」

直到隔日，才將丈夫和內兄都找回，仔細告訴此事。張蝶和朱全印俱都詫怪；尤其擔心盧公子，怕他誤落仇人之手，將來孫六返轉，拿什麼話答對。郎舅兩人急得不得了，要借騎追尋。

五姑娘愕愕怔怔，在旁聽他們商量找尋辦法，就忍不住插言道：「聽嫂嫂說，這盧公子留下兩張字紙兒，大概不會是被仇人誆走的，只怕他在我們這裡住不慣，自己暗下走了，他話裡話外，惦記著回南。」朱三秀道：「咳，我倒忘了，可不是有字條。」忙將字條尋出來，張蝶、朱全印兩人瞪大四隻眼，看了半晌，破紙禿筆，好些草字，竟看不明白。朱全印要拿出去，找村塾先生念念；張蝶道：「使不得，我們費點勁猜吧。」

揣摩好久，這兩張紙條是兩封信。一張給張蝶，大意好像說：「叨擾日久，心甚不安，起居飲食，更為尊夫人及令妹添煩，尤覺抱歉，身負家仇深怨，不願在此忍恥偷生，今決南赴閩浙；一者尋找安身立命之地，二者見機尚須報仇。府上高誼，永誌不忘，他日有緣，再圖後會，金釧玉簪

兩件，留贈尊夫人及令妹，六符兄如尋來，請代轉達。」另一封信給靈蜂孫六和青蜂女俠，措辭也差不多，無非略述行蹤，兼表謝意。那金釧、玉簪不知他放在何處，還是五姑娘眼尖，看見桌窗臺上，有個小紙包，開啟來看，果然是金玉環簪兩件。

五姑睜著一對大眼，聽完了信辭，又代找出釧簪來，呆呆地發怔。朱三秀道：「盧公子這個人太客氣了。」手拿著金釧、玉簪道：「這是他給我們姑嫂倆的，他覺著天天給他洗衣做飯，過意不去了，可是的，這一金一玉，哪一件送我的，哪一件是送五妹的呢？信上寫著沒有？」張蝶道：「人家沒給你寫的那麼清楚，這全給五姑留著，作添妝罷。」

五姑娘猛然抽身，道：「我不要。」只一扭，走回自己屋裡去了。直到晚飯，沒有出來，這頓晚飯只由朱三秀一個做的。

五姑娘說，她有點兒頭痛，風吹著了。盧鴻飛公子自此走了，永不再現於這個海濱；他無形中給五姑娘心上留下一層淡淡的淒涼。每到黃昏，晚飯以後，照例刷淨了鍋，給盧公子烹一壺村茶，現在沒這個事了。五姑娘心上十分迷悶；但是人的緣法想不到會有如何的離合，盧公子雖不再來，九年之後，張巧玲姑娘卻和他重想見了。

第三十六章　大豪開府

　　兩年零五個月後，海疆一隅尚有餘氛；長江以北，黃河地帶，漸漸安寧；各地山林僻區，不時仍有桀盜跳梁，不過十九都是些散幫遊賊。唯淮南一帶，雖屬南方，地在江北，民風強悍，素稱多盜，樞廷特派下一位武職大員，在徐州開府坐鎮；緝盜安民，此公姓王，名錦城，掛提督通省水陸兵馬軍門職銜；有權專摺上奏，封得自辦糧臺，府道並聽節制，一時威福頗張。王軍門治亂邦，用重兵，在徐州、淮海，督兵剿匪清鄉，辦得非常嚴峻。這一下，當地宵小果然斂跡，匪幫多逃鄰村。經他坐鎮不到一年，便流布著夜不閉戶、路不拾遺的政聲了，可是他誅戮的人也太多，辦的案也太狠。

　　這王軍門不是別人，就是盧公子的仇人，綽號活閻王的那個土豪。自從帶部投降，頗立戰功，現在他居然成了一方大帥了。但因他誅戮太多，便結仇很大，他的仇人居然不少。還有他的舊部，歸降之後，不堪軍法的束縛，也有的叛變，就被督剿。從前和王軍門同夢的，現在做了階下囚，被他毫不徇情的懲治，這樣變友為仇，結怨更甚。

　　這時候的「橫江一窩蜂」群盜，當鼎革征戰時，也被旗兵嚴封海口，隔斷水路，弄得無地存身。那首領金蜂李被阻在江南，想向南軍投效，南軍不信任他；想與旗兵為敵，旗兵兵力太厚。結果這一窩蜂弄得遊動無歸，不得已，仍做他的強盜生涯，不過水路既斷，改做旱路了。

　　那靈蜂孫六和青蜂女俠一行，被阻在江北，竟與附近群盜結合，專做遊劫生意，有時抄掠過往大軍輜重。因他飄忽不定，旗兵也奈何不得他。

他們竟沒有固定的巢穴，他們有百十多人；往來奔竄，想和金蜂李合併，可是雙方懸隔，竟斷了消息。

那盧鴻飛公子，孑然一身偷渡關津，南下投效，半路遇上險阻，過不去了。忽然間，事逢湊巧，靈蜂孫六的一個同伴相遇；因有銅符暗號，無意中被盧公子看見。二人就屏人祕語，說破真情。那同伴道：「原來你就是盧公子啊。我們孫頭兒，苦心尋找你，找了這些年，只當你遇見不測了；哪知你一個人還在這裡困居。」

當下這同伴引領盧公子，走出百十里，去見靈蜂孫六，摯友想見，握手流涕。盧鴻飛看靈蜂孫六雄姿猶昔，只皮膚更黑；孫六看盧公子，兩年多不見面，面目黑瘦，氣色黯然，當年的豪華氣度渺然不存了，可是口角之間微露剛決之態。孫六嘆道：「公子改了模樣了，你怎麼不在張蝶隱居了，他們說你忽然出走，找了許多天，找不著你的蹤影。我當時因事覊身，過了六七個月，才去接你。看見你留下的信才知你有意辭別，到底你為什麼不在那裡住了？我想你或已南下過江，怎麼你還在江北盤桓呢？」

盧公子不能說張五姑娘眷戀自己的話，只吁了一口氣，說道：「我負著深仇家恨，在一個不相識的朋友家中久住，未免玩日愒歲，心上很不寧帖。所以留書自己走了。哪知奔走兩年多，飽受風霜，一事無成。」孫六聽了，不勝歎息，細問他這兩年多，都做了些什麼。他答道：「曾經兩次獻書軍門，仗策投效，怎奈武夫不信，所謀無成；又曾試著投奔親友，親友也已流離喪亡，因此在江湖上漫遊起來，竟以賣卜賣字為名，隨地流浪，苟延殘喘。一方結納風塵俠士，一方刺探仇家的動靜，心中還是想著報仇。本來也打算尋找孫兄，今得相遇，患難中堪稱一快。」兩個人互訴別情，雖當亂世，依然懷才不遇，全都一事無成。

隨後盧鴻飛打聽張蝶夫妻家的事，並謝居停之情。孫六道：「公子你是不曉得，你離開他們，正是你的洪福，你知道那個張五姑娘麼？」盧公

子正是要打聽她，只不好意思出口，忙問道：「不是張蝶兄的令妹嗎，我在張家寄寓，就多承她照應；她怎麼樣了？」孫六道：「她失蹤了，多一半是遇見大敵，拒賊全貞，拔刀自殺了！」

盧公子駭然一驚，雙睛直豎道：「丟了？死了？真的麼？可惜一個多情女子，是怎麼死的？她為什麼會失蹤？遇上歹人？」孫六道：「什麼多情？」盧鴻飛忙道：「這個姑娘很明白事體，不像村姑，想不到少年夭折，究竟什麼緣故？」

孫六道：「聽說她獨自出門，劫得了滿營輜重，被圍遭擒死的。公子離開他們，想必早看出他們舉動不穩吧？」盧公子道：「那個不是，我在那裡的時候，他們看在你的情面上，處處很小心！從來沒出去打劫，我是一來嫌住著不便，二來不甘困守，方才出來活動活動……可惜這位姑娘，她是什麼時候死的？」孫六道：「聽說去年夏天。」盧公子道：「咳！」臉上不覺的流露出悽愴之色來了。

孫六道：「不過，聽說她本來訂了婚，該出嫁的了。男家催了多少次，她只是推延，她的哥嫂也催不動她。問她有了人家，可不願出閣，到底怎麼樣？是不是心裡嫌惡，她也說不出所以然來；就是一味往後推日子。哪知死催的她竟這麼大膽，一個人硬鬥一千多個勁卒，許是命裡該當應以丫角終罷。她夏天劫營，一去未歸，夫家秋天要娶，你說這事……」

盧公子把眼睛聽直了，半晌做聲不得，停了一停，孫六又道：「死了就是死了，不要提她了。你可知道我們那位女同伴青蜂女俠嗎？」

盧公子又矍然一振道：「什麼，她、她，她也死了嗎？」孫六笑道：「她怎麼會無故的死了，我告訴你，你這半天也沒問問她，她可是很惦記你，現在她也在這裡呢，你不見見她嗎？」盧鴻飛又覺得說話太冒失了，忙說道：「青蜂女俠乃是我的恩人，我正想見她，她在哪裡呢？」孫六道：「你跟我來，我領你去。」

於是靈蜂孫六把盧鴻飛領進一座深山，見了青蜂女俠。青蜂女俠正和同伴忙著什麼事情，見了盧公子，很詫異道：「這不是盧公子嗎？久違了！」回顧孫六道：「嚇，孫六兄，你又尋見你的朋友了？」她還是那麼豪爽，說了些寒暄話，又問盧公子：「你可知道你的仇人的動靜嗎？他現在闊了！」

盧公子登時目吐怒焰道：「我知道他，他不是做了淮海提鎮了嗎？」青蜂一笑道：「公子還沒忘了他，有志氣，那麼，你打算怎麼樣呢？你的仇人現在十分得意，幾乎稱孤道寡、一出一入都淨街。人們又給他新起了外號，不叫活閻王，又叫閻摩王了，他的名字也改了，叫做王錦城了。」

盧公子踟躕著，目視孫六道：「我這些日子，也才刺探到他的實情。我也糾合了幾個江湖人物，只是，閻摩王不比舊日，越發難近了，他一出一入，馬步隊前呼後擁，很難接近，我所以總在江北盤旋，也就是為了他，無奈，咳……」底下的話說不出來了。

青蜂女俠就嘻嘻地一笑道：「盧公子還是這個脾氣，有話不肯直說，乾脆一句話吧，你想報仇不想，你打算約人幫忙不想？」

盧公子面色發赤道：「我久已存心報仇，只恐力量不夠？」

青蜂女俠道：「並且你又不好意思求人幫忙，是不是？你太不爽快了，看這樣子，還得我和孫六兄趕著向你上告奮勇，對不對？那麼我就說，盧公子，我們有心幫你報仇，你願意麼？」

盧鴻飛向孫六看了一眼，孫六正含笑意。盧鴻飛忙道：「報仇我正求之不得，不過今非昔比，這是以卵擊石的險事。」

青蜂女俠啐道：「我可不是雞蛋，告訴你吧，我們這一陣子，倒很想把閻王送到陰間去。我們現在恰巧有一件事，本不與他相干，硬教他破壞了；我們的夥伴還教他毀壞了，我們大家正在這裡算計他。公子你偏巧就

來了，彷彿這也有點天意似的，你是他的舊仇人，你如今一到，他一定該絕了。我們很歡迎你，我們一塊拆閻羅殿，毀掉這個假閻王！」回顧孫六道：「怎麼孫六兄，你沒告訴他麼？」孫六道：「我們剛見面，就立刻引領他見你來，什麼話都沒有顧得說。」

靈蜂孫六對盧公子說道：「這個活閻王實在該殺，他本來也是江湖人物，現在他專與江湖為仇。我們本幫的弟兄最近有兩個落在他手，我們發銅符警告他，不許他加害；他竟不顧一切，他的部下也只為鬥功約賞，不但把我們的人殺害了，還要調兵清鄉，剿辦我們一窩蜂。他簡直作死，我們正在這裡會合朋友，打算設法一下子撂倒他，適逢湊巧，你我竟又遇合到一處，這正是我們青蜂女俠所說的話。你這一來，上天已給閻王帶來死刑。公子，我們要邀請你加入。」

盧鴻飛聽了孫六和青蜂女俠的話，驚喜感激，喜出望外，忙向二人道謝，又請二人引領自己會見「一窩蜂」別位幫友。

有一個黑短精悍的人，名叫黑蜂蕭豪；一個白面俊俏人物，叫做銀蜂賀保柱，做事狠毒，與外表不稱；還有黃蜂黃君遠，驚蜂馬冀野，土蜂王元定等人，這些外號只為祕傳暗號用的，名色太多，盧鴻飛一時也記不清。唯有青蜂女俠的真姓名，此時才得問明，她姓杜，名叫萍青，自稱青蛤子，同夥就稱她為青蜂女俠。她生得唇紅齒白，體態輕捷；容色並不黑，也不青，可也並不很美，外表看著卻很灑脫雋爽；有時還帶點女兒憨態，她嘴是健談的；她已經二十五、六歲，依然沒有嫁人。她的身世似有難言之隱，一向不喜人問，也不對人說，只有靈蜂孫六略知一二，杜青蜂和孫六業已結為兄妹。

他們這一窩蜂，隔絕在江北，和江南金蜂李、遊蜂趙那一窩蜂，現時由合而分，幸得打通線路，照樣互通消息。江北一窩蜂仍有靈蜂孫六率領，青蜂女俠在幫中也很拿權。因為他們掩飾外人眼目，躲避官人緝察，

才好假裝良民，他們不是沒有妻子，但不能參預這類險事。獨有青蜂女俠，上馬可以攔路邀截，下馬可以拈針入廚，當窩主，做伏樁，窺探人家內宅，全倚靠著她一個人。她的主意也多，故此在江北一窩蜂中，青蜂女俠儼然是個謀主。

他們被清鄉兵收剿，在江北竄伏不定，近日靈蜂孫六預備架綁淮陰富戶。富戶之子出仕燕都，官居顯要，封翁在故鄉有勢有財，未免多行不義，但封翁不過好買小老婆，還不算過分。他的族人和奴才在鄉間難免借勢胡為，比主人尤惡。

江北一窩蜂全夥人多，正苦絕糧，聽見這富而不仁的豪家，遂派同伴，假裝變戲法，前往採探，不意失腳。富戶把兩隻蜂擒送官衙，搜出蜂子的符號；這件事遂做了火扇子，富戶和地方官向閻摩王請兵剿匪，把一窩蜂又趕逐得存身不住；祕巢縱未被發現，但已不能不遷移了。一窩蜂為此曾發出恫嚇信，勸閻王安富尊榮，少管閒事；閻王傲然置之不顧，反將捉的兩蜂正法，從此結下仇恨。而且江南一窩蜂也傳來祕訊，現在有綠林中人，要找尋閻王算帳，囑咐同黨，合夥一做，若能襲取徐、海，還想大幹一下，兩件事並成一舉，盧鴻飛恰現此時碰到一處了。

一窩蜂先一步派人刺探閻摩王王軍門的動靜，閻摩王已經是武職大員，軍權在握，擁雄城，率重兵，又是綠林土豪出身，全身防害之計，自然得法。平素他在衙署，深居簡出，衛士很多，因公一出一入更戒備森嚴，必有馬步衛卒前呼後擁，他方才出門。現在要想算計他，竟不容易；夜探帥府，固然太險，伏路行刺，更覺太難。一窩蜂幾經窺視，頗覺不易下手。

不意在這時忽然出了一樁變故，那閻王王錦城，最近竟又得罪了一夥仇人，現在徐州關，鬧得風聲鶴唳，他正在查拿刺客。一窩蜂接得密報，一喜一愁。這樣一來，報仇的事越難下手了；但是新仇舊讎正好結成一

夥，一同找尋這活閻摩王，豈不是添了幫手，倒好孤注一擲了。於是，靈蜂孫六陰加布置，教盧鴻飛公子和青蜂女俠裝作一家人，彷彿是夫妻倆，靈蜂孫六喬裝親戚，銀蜂賀保柱、土蜂王元定，偽扮奴僕，黑蜂黃蜂假作車伕轎伕，立刻束裝往徐州出發，女子少，男子多，其餘群蜂分途另走，不一日來到淮海近郊。

閻摩王王錦城現在是富貴了，錦衣玉食，養尊處優，漸漸狗馬子女是好，把當年的豪氣改掉。雖然威福日盛，究因他出身江湖，一旦發跡，同幫舊交，聞風前來投奔他的人，頗為不少；幾乎一日三吐哺，應接不暇。那幾個共過患難的兄弟，像牛首阿旁牛壽朋之流，都在他麾下，充當將校，最小的官職也撈個千把外委做做。閻摩王這人固然豪暴，交友倒也熱腸，他很願提拔這些幫友。不過這些綠林出身的人物，形跡上似乎不大檢點，有時脫略官體，忘了上下分；並且最難堪的，是這些野性朋友恃交怙權，賊腔未盡改，官態又不足。有的自恃是軍門的盟弟，在衙署中，難免凌壓同僚，高起興來，大說大笑，聲震大堂；也許翻舊帳，說起當年江湖上胡鬧的把戲，還洋洋得意。閻摩王面子上太下不來，也就迫不得已，稍稍加以裁製。這一來得意忘舊的話，立刻喧騰出來，因此閻摩王為官數載，外面結怨綠林甚深，內部也招得舊屬不快。

有一次，閻摩王麾下一員部將，黤夜進提督內堂，稟說地方官捕獲一個強盜，乃是他的舊友，曾搭救過自己的，現在下獄，身受刑法，懇求閻摩王託情保釋出來。閻摩王細問罪狀，情節很重，想了想，皺眉拒絕，把文武官的許可權告訴部將，說是：「我不能天天向州縣要罪人。」部將很掃興，變色退下來，私地說了許多怨話、怨言。

又有一次，牛頭大王牛壽朋的表姪，忽以霸占富孀，毆傷老婦的罪名，被州捉進官，稟見提督，當面請示辦法。閻摩王顧全官聲，維持軍紀，只得把這表姪逮案治罪。牛壽朋大惱，忙穿官服，面見閻摩王，力逼

著把人要來。閻摩王無可奈何，顧及舊交，把罪犯又討出來；可是他臉上很難看，忍不住把牛壽朋說了幾句。牛壽朋立刻摘帽子，拿出標下見上司的面孔來，諾諾認錯，但臉上很不是神氣。

像這等事不斷發生，把個閻摩王磨害急了，對待舊屬，漸漸地將國法軍紀加嚴，再不管他們說閒話了，而且把他們叫上來，講了一回道：「從此你們要革面洗心，若再不悛，嚴懲不貸。」這話是對一個舊日幫友說的，獨有牛壽朋，乃是閻摩王當年的軍師謀主，兩人呼兄喚弟，交情最親；論現在的官職，他倆也只差三級，因此這些話只能對別人說，對牛壽朋就無效了。

忽然，有一日，牛壽朋奉軍門之命，五更出城閱兵，竟在半路上遇刺，身受重傷；刺客沒有捉著，而且也不能捉著。緊接著又有最囂張、最跋扈的兩個將校，身犯重刑，被閻摩王以軍法逮捕，梟首示眾。又有一個中軍小校捱了八百軍棍，革職逐出。

這一來，閻摩王的綠林舊友闃然見機，各打主意，各奔前程，有的就重幹舊營生去了；但是走的人還不多，閻摩王還沒留心。

第三十七章　舊侶成讎 ——————

　　那牛頭大王牛壽朋遇刺之後，在私第養傷，因為刺客沒有捉著，他心中竟爾胡猜亂想，閻摩王盛排儀仗，親去慰問。不知怎的，兩人屏人私語，突然爭吵起來，擬護從人說，牛壽朋大惱大叫，從被底抽出一把匕首來，要跟大帥拚命；軍門大帥閻摩王也挈出寶劍，瞪眼大嚷。幸被閻摩王的從人跪阻、牛壽朋的姬妾哭求，才沒鬧出亂子。後來王軍門投劍在地，忿忿出來，只隔過兩天，牛參將竟不顧養傷，棄職攜眷在逃；連那個不甚得寵的二姨太太都不要了。王軍門聞報大驚，立刻騎上馬率領護從將校，奔到牛參將公館。來晚了一步，那姨太太也跑了，公館亂做一團，只剩下奴僕，屋中細軟也都空了。王軍門頓足大罵，發出嚴厲的命令來，可是沒有一點用。

　　而且，就在牛參將逃走的第六七天，閻摩王麾下的綠林舊部，三三兩兩，聚在一處，拿著一封沒頭帖子，嘖嘖咦咦，竊竊私議。過了幾天，這些人凡沒有家累的，都逃伍而去；只剩下官位高的，年紀大的，家口重的，還猶豫沒走；可也各有離志，都不打算好好混了。閻摩王率領舊部，來受招安的，也有六七百人，此刻差不多走去一半。同時閻摩王也接著一封沒頭帖子，內中措辭非常激烈，署名的就是他的當年患難至交、生死弟兄，那上面無非是說：「長頸啄鳥可共患難，不可共安樂，不意鳥盡弓藏被見於今日；區區性命，幾死於刺客之手。自今以後，沐恩有生之年，俱是報德之日，願大帥今後睡安枕、食甘味。」閻摩王看了勃然震怒，把門軍小校傳上來，鐵青著面孔，嚴詰這帖子怎麼投進來的，怎麼就不盤查？門軍小校嚇得說不出話來。閻王越發惱怒，問不上幾句話，竟將門軍推出

去砍了，立刻劃簽押房，把總文案請到，告知此事。

　　總文案聳然說道：「這還了得，晚生常說，大帥持法雖嚴，待部下過厚了。常言說，法嚴然後知恩，軍令如山，豈容訕上，大帥總得嚴辦一下才好。」閻王依計，傳令各營將佐，到轅門聽令；然後他穿上官服，排衙升座，把這些部下嚴厲申飭了一頓，嗣後再有訕上逃伍的情弊發生，唯該管參遊都守是問。話風中，部下倘有私與叛將牛壽朋通氣，查出必以叛逆治罪論；跟著又派中軍親兵，四出查緝逃叛，營規軍紀，居然為之一肅。

　　只是這樣雷厲風行的一鬧，那幾個留而未去的舊夥伴越發惴惴疑懼，人人自危。偏偏牛頭大王牛壽朋想盡了陰損歹毒的法子，不時給閻王添煩惱，匿名帖子一件一件投來，極盡挑撥恐嚇的能事。閻摩王越發對部下不放心了，部下也不放心自己的前程。

　　閻摩王的部下確乎有跟牛壽朋通氣的，閻王在徐州一舉一動，牛壽朋隔不幾天便曉得；既曉得，匿名帖子就給指摘出來。譬如他在後堂趙築瞭望臺，剛剛完工，匿名帖子就說：「那也不行，要行刺，先襲瞭望兵！」閻王派人查娼窯，匿帖就說：「江湖上的小人物才會在娼門露跡，共事十多年，你難道不知咱家的手段嗎？查娼窯，查客店，查古廟廢宅，查酒樓茶寮，那沒有一點用。」

　　閻王又好笑，又生氣，中軍小校誤接匿名帖，被他治罪的，已有數人，但是匿名帖仍會在想不到的地方出現。曾有一時，頗見減少，細一察訪，乃是手下人不敢呈給他看，都給燒了。他一想，這樣辦不對，這才放寬了司閽和承啟吏。閻王本來膽大，偏生他手下那個總文案，是個很小膽的紹興師爺，替他出主意，每以「防患未然」為言，有時倒鬧成活見鬼，庸人自擾。不久突然鬧起刺客來，總文案越發勸大帥小心。

　　閻王和這師爺籌劃了一回，便命最親信的門弟子、乾兒子，甄別親兵，重加考校，挑選出一隊健壯力強的漢子，責令各具妥保，厚給餉銀，

出重金聘請來若干拳師和會夜行術的人物，先試探忠誠，再優加禮貌，教他們護衛護宅，教練親兵；又僱來有名捕快，也編在親兵營內。漸漸的舊人殲裁，全換上新人；出入戒備，值夜守崗，比前嚴上加嚴。一面派兵清鄉，緝盜氛以清亂本。經過一番安排，牛壽朋似乎無計可施，匿名帖子不見了，閻摩王也放了心。總文案也說：「東翁，這計策奏效了。」

雖然如此，閻摩王王軍門在本年之內，到底遭了兩次的狙擊，拿獲了幾個嫌疑人犯，內中第一次最險，乃是猝擊不意，閻摩王差點被伏弩射殺。這支冷箭是在夜間，在官廨內，從簽押房穿窗射入屋內的，直釘在公事桌旁邊板壁上，震得板扇紮紮作響。閻王聞聲撲滅燈火，探身拔劍，大喊一聲，竄出戶外。他的膽量是很可以的，立在簷下，凝眸尋找，瞥見對面房頂，黑影一晃。閻摩王大叫：「有賊，快拿住他。」值夜的衛士聞聲奔來，大家只留神房上，不防側面南門暗隅，還埋伏著一個刺客。登的發出一箭，閻摩王急急伏身，幸得脫過；一個衛士剛剛奔來，橫身護主，竟被續發的箭射倒。噪噪聲中，燈火大明，衛卒刀矛弓箭攢攻；那刺客竟會越房逃走，那原伏在對面房頂的刺客，站起來跑了，還有一個蜷伏不動，被拳師竄上去擒拿，才知不是真人，乃是個皮製的替身。真的刺客地上一個，房上兩個，全沒有捉住。

當下帥府大亂，衛士親兵內外搜查，直鬧了一通曉。到了白天，立命捕快能手，登房攀牆，踏勘盜跡，一直查到帥府外面，結果仍無頭緒，閻摩王根究責任。把值夜的部屬大罵了一頓，又痛責了幾個人，城裡城外，嚴加搜緝，終歸無濟於事，沒把刺客拿獲。

半個月以後，閻摩王因公出城，到日暮回轉帥府，儀仗行至帥府前街，忽見西小巷內，有兩個人影貼牆一閃，縮了回去。被閻摩王一眼覷見，怦然動疑，急飭親兵上前搜捕。把小巷兩面一齊堵，二三十個親兵挨家搜查，當場捉住四個人。有三個是當地閒漢在巷內站著，像是看大帥出

門的排場的，看來許是誤撞誤拿。那第四個人似很可疑，官兵追捕，眼見他逃奔一家民宅，正要推門進去；忽然門扇一閉，裡面上了閂，把這個人關在門外。親兵一擁上前，這人竟然抽刀拒捕，砍傷好幾個兵，到底寡不敵眾，被撓鉤搭住；敲去凶器，將他擒獲，押入帥府。

閻摩王命將附近民宅住戶，挨門搜查一遍；各住戶無分男女，也都拘來審訊。出於意外，然而也在意中，在一家空無人住的民宅內，竟搜出一些利刃、毒弩、飛爪和鐵鍬、抬筐、繩索等物，還有一筒火藥。

又從屋內板床下，發現一個大地洞，直挖下去，深達兩丈，又橫掘下去，做成道地，迤邐穿行，通過了街心，足有六七丈遠。測那道地的線路，正直指著帥府內堂。不問可知，這又是一樁陰謀；更不問可知，這必是從前的死黨，今日的仇人，牛頭大王一流所幹的毒計了。他們必是要挖到閻王的內宅寢舍，栽埋地雷火藥，要把他轟炸了。

部下查出祕密，嚇了一大跳，這所空宅只見道地，宅中人不知何時，已經逃走；一所三合房十多間屋，只有兩份鋪蓋，明明灶中有熱灰，缸中有清水，廚中也有食物，人卻沒有了。

親兵忙將宅子左右鄰人，不問男婦，全數逮捕；又急急稟告閻王知道。閻摩王愕然大駭，忙親去察勘，一看見這樣深的隧道，這樣厲害的地雷，不禁咋舌，嚇得毛骨悚然，刺客若得手，豈但沒有自己的命在，連帥府也震塌一半。

閻摩王凶狠已極，用酷刑訊供，被擒的刺客果然吐實，真是閻王的舊部幹的。可是主謀是牛頭大王，主動人還不是他，主動人乃是謝邦賢，當年他們同在江湖，開過賭局，做過綁票案；歸誠後官居記名游擊，實任左營管帶官。謝邦賢的妻舅被閻王整飭軍紀，打了幾百軍棍。這傢伙氣性很大，捱打沒多天，就氣死了，因此與閻王結仇很深。謝邦賢的叛變，比牛頭大王還早了一步。如今他蠱惑舊夥伴，重幹舊營生，潛伏在徐州做賊。

牛頭大王牛壽朋和閻王決裂，一怒攜眷潛逃，就被謝邦賢勾引過去；兩個人合夥，要算計閻王。

他們還有一個毒招，行刺之外，要打聽朝中親貴路過徐州，或者過往文武大員，來拜訪閻王，他們要攔路劫殺，再嫁禍給閻王。這一招就是牛壽朋的主謀，他說行刺不易，因為閻王已經防備上了；可是刺殺住驛站的別的官，比較好下手得多了。他們在地雷之計破露後，又忙著做這一手。

他們算計得厲害，閻王防備得也加嚴，懲治得更加狠辣，閻王不但把活擒的刺客處死，連那吃詿誤官司的房主、四鄰也殺的殺，打的打，囚的囚。閻摩王又將扈從親兵加募了二百人，內有鐵甲營最為精悍，每逢出門，就有鐵甲營騎馬開道淨街，路旁只有人窺望，立刻開鐵弩，掄鐵蒺藜，把伸頭探頭的人射死打死。內宅又加派了二十四個飛虎隊，全是飛簷走壁的拳師，拿著很優厚的餉銀，白天一點事也不做，夜裡輪班守護邸宅。還不放心，更從外地招來許多工匠，把官邸內宅重新改建。舊瞭望臺有同虛設；新瞭望臺看外面，好像長牆高閣。天一黑，就有人上去，埋藏在暗處，四面八方的窺望，一旦有警，立刻擘鐘曳鈴。在王軍門寢舍左右，安置下祕密機關，入夜開動樞紐，生人一走，誤觸消息，裡外立刻曉得。王軍門自己的寢舍更不止一處，一處更不止一種機關，在簽押房挖下道地，在大堂、二堂、花廳，也有各種防備。把個提鎮節堂，直造成閻羅寶殿一樣。總而言之，這一次地雷陰謀發覺，閻王深知仇人必欲制他死命，饒他膽大，也未免害怕了。

三番五次布置以後，閻王稍稍放心，饒是這樣，他那舊夥伴，新仇人，暫受挫折，仍不放鬆。這一天，閻王的如夫人生了孩子，部屬同僚，紛送賀禮，中軍官收到鄰郡地方長吏專員送的一份厚禮，價逾千金，連禮單一同呈上去，不意開啟錦匣一看，那金印長命鎖已換偽物，那對玉人竟被砸去了頭，錦匣中又發現帖子是：「地雷不劈你，天雷也必劈你，我

三十六友定教你生時食不甘味，睡不安枕，死後也必教你斷子絕孫，妻妾為娼。」

這三十六友又是牛頭大王新起的名號，故意來威嚇閻王的，收禮人因禮物皆已損壞，不敢隱瞞，閻王得知，赫然震怒，又要加責中軍，中軍哭訴：「送禮的人還在轅門，下屬實不知情。」閻王暴跳如雷，就把送禮的人喚入，將這些殘破的禮物給他看，喝問這是怎講？那親信人忽又想到，乾禮如此，溼禮還不知如何？急將這鄰郡禮單所列的名酒，喜餅、鮮桃、珍果，都細加驗看，那酒開罐起沫，那喜餅果有裂痕，剖開試驗，果然有毒。

閻王大罵起來，要打送禮的。親信人再三勸阻，把嚇呆了的來吏，過細盤詰，才知道這小吏同送禮的軍健，果在半路上遇見夜行人，當時只防備偷盜，沒想到會有抵盜的事；而且他們既裝入恫嚇書，便妨礙了置毒酒的陰謀，他們這樣雙管齊下，自己破壞自己的計策，閻王竟一時想不出緣故來。親信人適知仇人用意還是打擾，因為那毒酒泛起泡沫，絕不會入口的。閻王衝著送禮人，瞪眼說道：「回去告訴你們老爺，我沒有叫他毒死，這毒酒，毒點心我收下了，這沒頭的碎玉人和銅片子長命鎖，你拿回去，給你們主人用吧。」到底大鬧了一頓才罷，當天把湯餅會也攪了。

並且，從這麼一來，閻王又生一重戒心，凡是新從外來的，不管什麼人，什麼物，必先盤詰搜檢，外來的食物他絕不入口。並又聯想到邸中的廚役，也許受了仇人的買囑，來害自己，他再不用前面節堂的飯了。在內本有廚房，他又另設小廚，命一個侍妾和兩個婢女，做茶給他吃；而且也添了嘗食的人和驗毒的人，不管多麼貴重的山珍海味，他總嘗第二口，頭一口別人吃過，再整治給他嘗新。

閻王連吃飯的方便也沒了，他自然氣得了不得。於是門崗和護夜的人又緊了一步，就在白天，也盤查很嚴，投遞文書的人，稟見的，送禮的，

院裡文武大僚，稍比他官職小的生臉人，僱的門崗就要搜詰。帥府周圍，可疑的住戶，都予驅逐；當地妓館、茶樓、客店、寺觀，凡易藏汙納垢之處，日日有兵弁檢查，無端被嫌，陷入縲紲的過客良民，幾乎日日有人，外面人不曉得，都說王大帥嚴於緝盜，比剛到任更緊一步了。閻摩王出身江湖，什麼鬼祕都很在行，把徐州全城，帥府內外，真個防備得風雨不透，刺客就想下手，幾乎也苦於無處下腳了。

就在這夾當，盧鴻飛和一窩蜂等，已然潛蹤攢程，趕到這龍潭虎穴的徐州城外。

靈蜂孫六與青蜂女俠，盧鴻飛公子，還有銀蜂、土蜂、黃蜂、黑蜂等人，假裝紳眷，往徐州走來。距城尚遠，便遇見臥底的同伴，俱說閻摩王王錦城氣焰正熾，炙手可熱，現在盤查外來的人正嚴，務須小心。孫六一聽，眉峰微蹙，他們這一行未到徐境，經沿路訪問過客和店家，便已熟悉閻王的威勢。人們都說，徐鎮的王將軍，兵權在握，兼管糧臺，朝廷許他專摺上奏，蘇北文武官都聽他調動。他手下兵精將勇，海盜為之絕跡，地方懾其威福，真有徐淮活閻王之稱。他不但善於用兵剿匪，尤善於辦案拿賊，部下頗招降許多綠林豪客，大盜小偷全有，因此查拿宵小，如同探囊取物。多麼狡猾的盜賊，再逃不出他的手心，所以連破巨案，迭梟著匪，就連久據運河的水寇，也都被他剿辨，在水上立腳不住，成幫的逃到山東做旱盜去了。徐淮通境，目下有路不拾遺，夜不閉戶的傳說，固然過甚其辭，可是他懲治匪賊的刑法也太歹毒。賊人落到他手，受盡慘刑，真有求死不得之苦。

孫六探明虛實，把群蜂看了一眼，只看外貌，青蜂女俠和盧公子都不要緊；卻是土蜂王元定、黃蜂黃君遠等江湖氣太重，似應小心。遂不進城，在附近小鎮落店，單攜臥底的同伴和青蜂女俠，先一步進城試試。盧鴻飛也要跟去，青蜂女俠也主張他不妨同去，因為越獄之事已隔三年，盧

公子面貌變得很厲害，仇人絕看不出來。孫六不願叫他冒險，說：「明天我再接你。」青蜂女俠搖頭道：「不好。」問臥底的同伴道，「你們給我們預備了住處沒有？」回答說，早預備了，是一個小獨院，就在城內僻巷。青蜂便道：「孫六兄，你裝車侠，盧公子裝主人，我裝家眷，正好！」那先時在徐城臥底的同伴算是家僕，這樣盤算，孫六又把盧公子上下全打量了一回，說道：「倒像是紳士。」但是裝紳士，不如裝買賣人，不過盧公子太不像。

商定，又囑黃蜂等，老老實實在店中住，千萬不要生事。

到次晨，青蜂遂上了車，盧鴻飛在外跨轅，孫六裝車侠，臥底同伴跟著車，車尾繫著行囊，一直走到徐州西門。

四個人到了關廂，才進了甕城，就見門邊有一個帶刀的軍校，領十幾個把城的軍士，在那裡盤查行人。辦得很蹊蹺：出城的不查，進城的有的只問不搜，有的又搜又問，有時只看一眼，便揮手放過去了；有的剛走過去，忽然厲聲喝命站住，從旁邊轉過幾個穿便衣的人，把人捆住，重搜重問。那穿便衣的不時衝著軍校軍士遞眼色，通暗號，舉動似很認真。幸虧靈蜂孫六早防到這層，在臨行前，已和盧鴻飛、青蜂女俠，都先把話商量好了，遂開車直往前走去。

車到城門口，守城軍校命小卒將車攔住，把盧鴻飛和孫六都叫下來，仔細盤詰；又往車廂裡，看了看青蜂女俠，女俠穿裙盤腿，坐在車中，假裝怯生，把頭低下。軍卒們把盧、孫三人分開了問，來蹤去向，都問得很仔細。那個軍校單盯住盧鴻飛，親自過來問：「你不是買賣人吧！你攜帶家眷，投靠親戚，可是怎的就有這麼一點行李？」那邊兩個軍卒對孫六也說：「我看你不像車侠。」靈蜂孫六請安作揖的答對道：「老爺，我是新改行，我本來是木匠手藝。」又一軍人打岔道：「你是木匠，這裡有點零活，給收拾收拾。」靈蜂孫六本要獨自對付城門守兵，現在軍卒把他真當作車

伏，倒不難為了。盧鴻飛是坐車的，反被盤詰得很嚴。孫六暗替他捏一把汗，在店中打算得很好，把答對的話都編出來，哪知拿來到場一用，到底不盡在預料之內，軍卒們問出許多節外生枝的話，有時難於置答，並且單町住了盧公子，翻來覆去的問，不住看臉上的神色。

孫六是曉得的，盤問只是一種手法，捕快緝訊宵小，要緊的還在察言觀色。孫六很擔心盧公子的面色，盧公子鎮定心神，安安靜靜的回答，他臉上似乎沒有變色，答對的很妥當，只是話聲微顫，想見心已發慌了。那幾個軍卒徹頭徹尾，問到無可再問，過來又到車邊驗看，將車墊掀了掀，又將車後行李摸了一把，把青蜂女俠看了又看，由那軍校發話道：「去吧。」

孫六牽著車扯手，在步下趕著車，和盧鴻飛從人叢中，徐徐走出數十步，不禁回頭，只見那個軍校和一個便衣人，眼光一閃，正望著盧鴻飛的後背。盧鴻飛心中怵惕，低頭急走，走出人叢。靈蜂孫六故意把鞭墜在地上，假裝拾鞭，偷眼回看，那個便衣人站在城門道邊上，側睨進城的行人，那個軍校正攔詰十幾個腳伕打扮的江北大漢，好像出了事。風過處，聽得他喊罵了一聲：「把他扣起來，帶到衙門問問。」彷彿有兩個漢子嚇得跪下了。青蜂女俠在車中催道：「喂，你們還不上車！」孫六和盧鴻飛才一齊上了車。

靈蜂孫六對青蜂搖頭道：「好險！」禁不住誇讚盧鴻飛道：「我們大哥真沉住氣了，比三年前大方多了。」遂由那個裝僕人的同伴，叫做胡蜂胡日禮的，將青蜂、孫、盧男女三人，引領到預覓妥的下處，人進了院，把車馬也開了進去。

一窩蜂臥底的人已在徐城，備了大小兩處住所，這一處是較大的長房，小小三合房，卻有大車門，大院落，已有兩個同伴在內住著。閻摩王嚴緝宵小之後，房主往外租房，都限定房客要帶女眷，才肯賃給。臥底的

人是四個光棍漢，先時只在尋常的客店，包下幾個房間；地面吃緊，查店加嚴，店客常常睡得好好的，半夜闖進官人，按店薄指名喚起睡客，徹詰一頓。

臥底的人無可奈何，憋出主意來，教一個年青的同伴，外號桃花蜂薛耀的，假扮女人，與同伴喬裝夫婦，費了很大事，花錢買了鋪保，這才將民宅租妥了一處。原先住著的店房，仍未退租，不過只包租一間，照樣留一個同伴住著，現在這三合房，就是桃花蜂賃的，便做了青蜂女俠和盧、孫三人的落腳地點，但是房子很破舊，距帥府稍遠。

第三十八章　群蜂臥底

　　當晚先歇了一夜，次日忙著先安排「安家」的家具、鍋爐、盤碗、被褥等物，又由胡蜂出城，潛告土蜂、黃蜂、黑蜂一行，慢慢的將兵器、夜行衣物，設法偷運進城，又慢慢的將散在城外的同伴，和分途後到的群蜂，挨個兒引領進城。

　　這時候，該開始算計仇人閻摩王的性命了，但是，這三合房忽然聚居了這些異鄉口音的生客，男子多，女人少，舉止打扮形形色色，不倫不類，又是突如其來，未免引得四鄰打眼。

　　好事之徒紛加猜議，有的伸頭探腦打聽他們，靈蜂孫六道：「不好，我們還得想法子！」胡蜂胡日禮道：「是的，我們不能不小心。」閻王這傢伙手法很毒，一家鬧亂子，四鄰坐，因此徐城告密之風正熾。

　　一窩蜂提防祕謀敗露，也沒有旁的法子，只有找房子搬家，或者分居另住，把人散開，一出一入也當心些，總以不惹人注目為要。群蜂夜議良久，決計教那年紀輕的同伴桃花蜂薛耀，再喬裝少婦，與夜蜂郭桐青，配成夫婦；再把別個同伴冒充舅爺、二爺和家丁，設法在帥府近處，多買一所民宅，添買了許多空箱、木器、被褥和女衣奩，好像城外富農進城來，聘女娶媳似的。費了一番周折，居然租妥了一所新居，比三合房還大，還嚴密，大家都很滿意，這地方正是閻王出衙必經之路的一條鄰巷。

　　新居和舊居就做為親戚走動，可以彼此過訪，通候，在這新居門口，掛了一方木牌，上寫「四明周宅」。桃花蜂薛耀搽胭抹粉，曳長裙，垂珠冠，蓮步姍姍的登車進宅，仗他容色潔白，身材瘦小，倒也混充得下去。

甚至房主娘子前來溫鼓賀喜，也沒看破。當他一下車，進入內宅，他就要洗臉更衣，被他的假丈夫攔住，說是：「你稍為等一等，留神鄰家來串門拜客。」正說著，女房主就來叩門了。

　　桃花蜂薛耀一連裝了三天女人，群蜂都不敢取笑他，他仍然發怒，對靈蜂、胡蜂說：「這不行，還是把青蜂叫來吧，你們臨時教我裝一裝還對付；如今一連三天，我不幹了。」夜蜂郭桐青假裝周秀才，說是略通醫道，也給親友診病；家中有錢，並不以此為業，為人性情傲冷，不喜交遊。搬家三天以後，便堵門隱居，謝絕交往，連近鄰都不投拜，除了房東，別的街坊概不延見，閉上門度日，桃花蜂自然無妨易裝。

　　胡蜂胡日禮就住在這假的「四明周宅」，其餘群蜂也連夜溜進來，把大門一關，輕易不露面，以免扎眼。那三合房，只留盧鴻飛和青蜂女俠、靈蜂孫六三個人，人少，出入便疏，四鄰也便不再多疑，以為他們定是新搬來，門友來往看望，顯得熱鬧，住久了，也就不亂猜疑了。靈蜂孫六這才放心，對盧公子說：「這三合房距離帥府過遠，倒比較安穩，你不用過去了。」

　　潛身之處既已安穩無患，群蜂一鴻立刻開始刺探閻摩王王錦城軍門的動靜，有的穿長袍馬褂，假裝斯文，到茶寮酒肆，採聽輿論；有的穿短衣、挑扁擔，喬裝負販，到大街小巷亂竄；有的更採取夜行人的行徑，晝伏夜出，暗中窺訪。但是靈蜂孫六和胡蜂胡日禮曾加諄戒，千萬不要迫進帥府，千萬不要打草驚蛇。因為在白天，他們假裝行人，已在帥府前後走過，的確是戒備森嚴，高牆峻宇，巨廈崇樓。教外行看，只看出帥府高大罷了；一到行家眼內，便約略窺見牆內必有更道，樓頂隱有瞭望亭。胡蜂胡日禮和靈蜂孫六，警告「四明周宅」的同伴，「你們在院中，一舉一動千萬留神，帥府樓頂正可以望見我們院內的情形。」群蜂聞言聳然，站在院中，仰頭一看，果然帥府一角樓廈在望，不過相隔太遠，未必看得清楚。

大家自此，在院內也加著一份小心。

　　群蜂下了苦心，日夜忙碌，力探閻王的消息和帥府內的布置。真是天下無難事，只怕有心人，費了一個多月的工夫，居然把戒備森嚴的帥府內部格局，和衛士巡守的情形，大致都鉤稽出來，這都是靈蜂孫六策劃之功。靈蜂孫六訪得本城一家木廠，曾在帥府，承辦土木工程；孫六改裝前去打聽，假裝有大工程，要蒐羅庭園建築圖樣，以便興工、仿造。木廠主人貪攬生意，竟將舊圖樣尋出，孫六由此騙弄到手。不過這種房圖只是建築大面，聽說閻王特從外郡祕僱巧匠，一亭一榭，加以改造，潛設地隧翻板，在木廠這房圖上卻是沒有。那木廠主人還說，帥府有道地的話，乃是外面傳言，實際是沒有的。

　　孫六把這話對胡蜂說了，問他從前探的那話是否有據。胡蜂說：「確是有的，恐怕木廠主人不肯說，或者祕密建築人沒有畫在圖上罷了。但看這房圖，總可以把帥府出入之路推斷出來，此圖仍然有用。」群蜂仍然繼續想法子，窺探內情；不久又買了帥府的一個挑水夫，另地賄買，按圖尋問，把官衙前面道路，大致訪確，只剩下後堂內部了。只是帥府有不少能人，到底武功如何？人數有多少？外間傳說得稀奇古怪，究竟真情怎樣，總須設法訪確，才好下手。

　　靈蜂孫六聽人說，帥府有一位杜師爺，以小杜後人自居，詩酒風流，問柳尋花，自以為很高雅。這人絲竹彈唱，樣樣都來得，據說文才倒是不錯。近時常到娼寮，大吃花酒，和一個妓女名叫小梅雲的，交情正熱。孫六試去打探，不料小梅雲架子大得很，冰桶涼得厲害，把孫六硬冰出來了。孫六雖然機警，到底湖海豪氣重，儒雅缺欠，遂不為名妓青眼。孫六負氣出來，對盧鴻飛說：「公子，這事還得用你，你拿出清門公子的派頭來，好歹把小梅雲巴結到手才好。」盧鴻飛搖頭不肯去，青蜂女俠笑說：「公子還要守節麼？我們不訪出閻王殿的細情，怎好算計閻王，目下有現

成的判官情人，你怎麼不去牢籠一下，這有許多好處哩。」一窩蜂都這樣說，盧公子這才勉強答應，換了豪華的衣飾，帶了很多的纏頭費，由一隻蜂假做幹僕，算是慕名訪妓。

小梅雲是個氣性最倔劣的妓女，不愛鈔而愛俏，尋常看著不入眼的嫖客，多被她幹罵出來，就是鴇兒愛鈔，也奈不得她。就是帥府幕賓結識她，她也不是為財為才，實是懼勢，心裡早就厭煩上了。因為這小杜師爺縱然以小杜自居，他今年可惜已經五十一歲了。在二十年前，他當然風流，可惜無名，現在大有文名了，又只剩下一對風流眼，不時見風流淚。小杜很愛小梅，給親筆寫屏、畫扇，而且不惜用工楷，自署杜陵小史，自以為用情很深，除了大帥壽升，曾用工楷，尋常應酬，只用行草罷了。小梅雲看了，只覺噁心，像這泥金屏，還不如買件褥子，鋪在床笫之上，多得實用。

小杜起膩，小梅皺眉，一晃過了半年多。這恰當，盧鴻飛以翩翩世家公子，乘機前來，盧鴻飛人已屆中年，又加憂患，自然形容憔悴，但到底掩不住他那瀟灑的氣度，典雅的談吐，並且他又加意修飾，故示溫柔，施出揮霍的手法來，衣履鮮明，揮金如土，對待小梅雲，不即不離，似很愛慕，又不肯沉溺。只十幾天工夫，竟把個小梅雲牢籠住了。有一窩蜂暗助著費財，給小梅雲打首飾，裁衣料，給娼奴鴇母開賞，千金立擲，毫不吝惜，並且小坐即走，向來不談文章，不贈詩聯。一個月過去，小梅雲幾乎昏了，好像羅公子（盧鴻飛的假姓）人越帶著走馬看花的神氣，越不輕談聘娶，越能打動這個名妓。以前許多嫖客都上趕著她，獨這羅公子不然。這一來，小梅雲反而傾倒心醉了。

數十天後，由這裡輾轉套弄，再加上外面訪得的消息，兩相印證著，居然獲得帥府不少的機密。

一天深夜，群蜂聚議，盧鴻飛對靈蜂孫六說：「裡面的情形，我們已

經探好，可以下手了。閻摩王惡貫滿盈，今日眾叛親離，已不足畏。聽小梅雲說，閻王確是白天在簽押房，入夜宿在花廳後邊。精襲行刺，手法要快，最好用分撥行事的辦法，有的行刺，有的截阻衛卒。」

聚議處是在三合房的東房，桌上放著一盞燈、一壺茶、一張帥府草圖和筆硯等物。外面有人巡守、瞭望，裡面低聲悄議，唯恐走漏消息。青蜂女俠、靈蜂孫六、桃花蜂薛耀、胡蜂胡日禮、黑蜂肖豪、黃蜂黃君遠、銀蜂、土蜂，全都在座。盧鴻飛提筆將那草圖，畫了一條點線，這畫正是帥府的房圖，從木廠主人、帥府水夫和妓女小梅雲，好幾個人口中探聽出來，去疑存真，加以推測，然後才畫定的，衛卒駐所，巡瞭地點，連人數都註明白。一窩蜂以為此圖不會錯，哪知還有差失。

盧鴻飛畫的這條線，是從帥府東邊混進去，按線路曲折進襲，行刺之後，從北面翻牆逃走。依鴻飛的打算，要用聲東擊西之計，先在南面裝鬼放火，佯做入襲內宅女眷，把帥府驚動一下，中間由巡風的人往來策應，專牽制帥府的衛卒；動手行刺的人不管別的事，只單刀直入，有進無退，直入簽押房，用暗器把閻摩王打死，然後奪路逃走。這件事盧鴻飛要自己孤注一擲，拚命一干，但他的飛縱武功太差，沒人相助，恐不能襲進帥府，又焉能行刺？但這件事論情論理，又必定該放在盧鴻飛身上，他是責無旁貸，不便煩人代庖的。眾人商計之後，決定屆時由靈蜂孫六和青蜂女俠，緊緊相伴，各帶毒弩利刃、各種暗器，替盧鴻飛做助手、打接應，另派兩隻蜂，做為助手的助手，遇到狙擊之事發動，帥府必然騷亂。盧鴻飛只顧尋仇行刺，帥府中人來抄襲他，擒拿他時，就靠孫六和青蜂女俠，做前鋒，助盧行刺；靠兩隻蜂做後應，用暗器應敵阻眾；好教盧鴻飛展開手腳，乘機取事，不受阻撓。還有別的夥伴，或乘亂放火，或堵截衛卒，也都草草安排下。跟著就規定行刺的日子。

靈蜂孫六對圖沉思，良久方才說：「閻王到底在什麼地方歇宿，我們

必須刺探確實；若是撲錯了，可為害不淺，滿盤皆輸了。我們訪來的話，總有點道聽塗說，我想他也是個酒肉匹夫、財色漢子，怎能不入內宅，不近女色，整年的在簽押房睡覺？況且他正妻已歿，現在有好幾個寵妾伺候著，那麼他天天宿在簽押房的話，顯見不可靠。簽押房恐怕是空城計，內中保不定有什麼埋伏，據我看來，我們訪的日子還淺、目下風聲又很緊，不如再耽擱幾天，訪聞閻摩王就在九月初幾、開筵做壽。」

胡蜂胡日禮道：「這話你聽誰說的？」青蜂也道：「是真的麼？」孫六道：「一點不假，就是在一座茶館，從一個旗牌口裡無意中聽來的。他說他們新升的參將正忙著派人，往蘇杭置辦壽禮，這趟外差是很有找項的；因為派了別的同伴，沒有輪上他，所以他在茶館，拍桌打凳，罵別人進讒了，頂了他的差事了。越是這種無心閒談，越透露真情，我想此話不假。」眾人齊道：「閻王如果做壽，倒是好機會，可曉得準在哪一天嗎？」

孫六道：「我怎能貿然動問，但是我們還是請盧公子再到妓館，套問小梅雲去罷。其實到了做壽那天，帥府必然懸燈結綵，鑼鼓喧天，我們那邊寓所相隔又近，不必打聽，就揣測出來了，這時候很不用忙。」

盧鴻飛道：「趁做壽行刺，恐怕不妥吧，帥府門崗必然加嚴。」青蜂女俠忽然說道：「無論多麼嚴，到那天必然賀客盈門，人出人入，前後不斷；我們不會假扮賀客，乘機取事。」

孫六笑道：「不好，我的打算是趁做壽完了之後，客散主疲之時，我們再猝然發動。」

此策一出，眾人嘩贊。桃花蜂道：「這就叫兵法乘勞。這麼說來，我們莫如假裝賀客，先混進去。」大家屈指計算日期，九月距今已近，次日仍由盧鴻飛去到妓館，見了小梅雲，把閻王做壽的正日子訪出，是九月二十七日，回來告訴群蜂，群蜂立刻預備。

這一次一窩蜂潛赴徐城，沿江老巢還有些個同伴。靈蜂孫六在臨行

時，約略估定日期，覺得不出八月，準可成功回轉。

哪知到了徐城，一時不能下手，那留守的人久候不放心，在七月末，又派來八個同伴，前來打接應，就便打聽情形。但因彼此潛伏，不能指名找訪；直到八月初旬，方在街上，與先來的群蜂相遇。

這後到的八個人，俱各舉止粗豪，有兩個人假裝負販，有一個人假裝遊方和尚，其餘五個人由野蜂紀振江裝做扮戲賣藝的江湖漢子，來到徐城，就住在城廂小店。白天進城做藝，晚上出城，他們本來就是賣過藝的人，懂得江湖切語，因此扮起戲來，毫無破綻。這天，他們正在小巷做戲，靈蜂孫六提著酒瓶，從那所三合房出來，忽聞隔巷鑼聲震耳，細辨敲的鑼鼓點，似與平常不同。孫六便聽聲找去，見這野蜂紀振江，正在敲著鑼，用山東口音，侉聲侉氣，在那裡弄生意口。空場子圍著一群小孩和閒漢，兩個人剛剛演完單刀破花槍，一個人拿小笝籮，向看熱鬧的人討錢。

靈蜂孫六排眾擠進去，拿出五十文大錢來，放在笝籮內，那個藝人低頭道謝，遞過來許多眼色。孫六便說：「這位師傅，你們有幾套玩藝，我們宅裡正要約你們扮演。」那藝人忙說了一個價錢，辭謝觀眾，散了場子，收拾了賣藝的刀槍，要跟隨孫六走。

一轉身間，忽見人叢中，站著黑森森一個大漢，同一個文人打扮的少年，四隻眼正灼灼的打量藝人和靈蜂孫六。孫六心中一動，外表不做理會，帶著這一夥扮戲唱技的人，徑往三合房寓所走，觀眾紛紛散去。

那個文人打扮的少年似對黑大漢說了幾句話，轉身往南走去。黑大漢舉步緊跟過來，把為首的賣藝人野蜂紀振江叫住，說道：「喂，相好的，別走，我們大爺也要傳你去做戲哩。」野蜂紀振江側身一看道：「哦，二爺，我們這不是剛應了一樁生意，今天伺候不了你啦，明天再見吧！」

黑大漢眼往孫六身邊一丟，說道：「我知道你們有生意，我告訴你，等人家演完，你就跟我來。」野蜂紀振江又向黑大漢臉上一看，又看孫六

的神色；孫六似身軀一震，到底沒說什麼。野蜂回過頭來，對黑大漢說：「好吧你老，你們大爺貴姓，貴宅在什麼地方？請你告訴我，等我們侍候完了這家主顧，好按地名尋找貴宅去。」黑大漢搖頭道，「不用，我只在這裡等著你們好了。我們大爺是這麼交派的，你只管先支應這號生意去，我在這小茶館等著。」野蜂紀振江一聽，暗忖道：「這是什麼意思？」因他是新來乍到，不曉得徐城的近情，臉上露出疑訝。

孫六忍不住插話道：「這位老哥，恐怕你等不得吧，我們宅裡只要演起戲來，往往接連演好幾天。」黑大漢笑而不答，只對藝人說：「反正我們是定下了，這當子把戲只要人家演完，就該輪著我們，我們大爺也是少爺脾氣，玩鬧起來，沒完沒散的！」

孫六哼了一聲，對野蜂紀振江說：「先跟我們走吧！」帶著五個假藝人，進了巷口。那黑大漢在巷口外一站，向孫六等瞥了一眼，跟著步入小茶館，喝著茶，很耐煩的等候。過了片刻，三合房內鑼鼓喧天，裡面扮起戲來，街門卻已緊閉。實則三合房內只有兩個閒人，在那裡耍弄鑼鼓，那五個假藝人早由孫六邀入祕室，互詰近情，孫六把近日之計也告訴了他們。

青蜂女俠和靈蜂孫六以及盧公子等，對這巷外的黑大漢，都放心不下，過了一刻，打發一個生臉的夥伴，裝作廚役，開門提籃出來；孫六也隱在門後張望。那黑大漢倒沒有綴過來，仍在巷外茶館坐等，兩隻眸子不住向這邊打量，孫六和群蜂一齊大驚。

支持到黃昏時候，黑大漢在茶館買點心吃，仍在耐心等候。孫六和群蜂互相揣疑，胡蜂胡日禮恰從外面回來，也起了疑心道：「這不是閻王的走狗麼？」孫六搖頭道：「很難說！」立即密囑五個假藝人，又約定暗號，教五個看事做事；如果情形不對，這黑大漢竟真是閻王部下的小鬼，那麼，五個人趕快通一暗號，這裡大家好做避地互救之策。商量已罷，把鑼

鼓停敲，又給五人做好飯吃了，這才開門放出；五個假藝人由野蜂紀振江率領，出了巷外。

那黑大漢欣然迎上來道：「完了吧，這工夫可不小，賺了多少錢？」說著，就催五人同他前去做戲。五個人說：「天色太晚了，怕出不去城。」又說，「我們還得回下處吃飯，索性趕明天，再伺候府上大爺吧。」黑大漢笑道：「不要緊，我們大爺傳你們扮戲，難道會不管飯麼？不要怕累，把財神爺往外推，快跟我走吧。去了，有你們的好處。」立逼著五人同行。五人再三以天晚城閉、難以回寓、沒地存身為由，婉言辭絕。黑大漢更大笑道：「我們大爺還有叫城門的人情，城裡有的是店，宅裡也有的是睡覺的地方，你們要住皇宮，我們大爺就沒法了。」

野蜂紀振江看了看四個同伴，手底又都有兵刃，心說：「你就是龍潭虎穴，我也闖闖看。」連說道：「好吧你老，您就引路吧，我們就伺候你一回。我們再說什麼，真成了不識抬舉了！」黑大漢竟將五個藝人引走。靈蜂孫六心中怵惕，深覺前途不測，忙囑同伴，先去一隻蜂，潛綴黑大漢的行蹤；又按地名，另派一隻蜂，把假裝負販遊僧的三個同伴等著，教他們聽信進城；又請盧鴻飛，避開這裡，遷往新居。新居的群蜂既知此事，也都驚疑不安，深恐謀洩。靈蜂孫六本人匆匆安排就緒，暗帶兵刃，換穿長衫，急急追過去。

時近黃昏，那黑大漢伴同五個藝人，直奔角城根，到一處大宅，輕輕敲門，獨自走進去。少停片刻，又同一人出來，把野蜂紀振江一行五人，傳喚入院。跟著轟隆一聲，把大門閂上了，那另一隻蜂恰從遠處綴到。隔過一頓飯時，孫六也潛蹤追來，兩個人遠遠地觀望；忽然間也聽見大宅裡面鑼鼓齊鳴，彷彿也正在做戲。

靈蜂孫六遠望那緊掩的朱紅大門，揣測五個藝人的吉凶，鑼鼓既響，料已無妨。但只過了一會兒，鑼鼓頓住，裡面聲息不聞了，可也不見人出

來，也不見人進去。孫六到此，又忐忑起來。轉瞬日影西沉，天色昏黑，城中的更鑼已起；朱門內扮戲的鑼鼓寂然無聲，五個藝人仍沒有出來。那一隻蜂問孫六道：「這是怎的，莫非他們五個人，在裡面被人審訊了吧！」

孫六環顧大宅左右，從前門走來走去數次，朱門依然緊閉，門內悄然，又繞觀後門也覺聲不像。直耗到二更將近，孫六和同伴沉不住氣，正要登房窺探，忽有兩個不尷不尬的夜行人，從街上走進巷內。孫六忙與同伴退藏到暗處，兩個夜行人提著一隻紙燈籠，直奔朱門，從牆角拾起一塊碎磚，投入牆內。轉眼之間，朱門驟開，那兩個夜行人走進去了，大門轟隆一聲，又復掩上；更聽「格登」一聲，似上了大鎖。

靈蜂孫六與同伴相顧駭異，看這來派，又不似官人，倒像道裡人了。隨後又從街上，悄沒聲的溜進兩個夜行人；孫六和同伴急急藏避，險些露出形跡。這兩個夜行人也是一聲不響，直奔朱門，也俯身拾起磚塊，投入牆內；朱門也照樣驟然開鎖拔閂，把這兩個人放進去，隨又關門上鎖。鼓打二更二點，連進去兩撥人，卻沒有出來的。五個藝人在朱門院內，正不知吉凶如何；只是鑼鼓不響，顯見沒有扮演。

轉瞬間，鼓打三更二點，朱門以內聲息不聞，遠聞鄰巷有邏騎馳過，五個藝人仍不出來。孫六實在猜不透這朱門大宅是怎的一回事，遂抱定主意，招呼同伴，在巷口巡風；自己四望無人，徐徐溜了過來，捱到朱門門口，貼門縫往裡偷看。裡面黑洞洞，悄然無聲，寂然無人，就連門房也無燈火；又往左右鄰伴一看，家家關門閉戶。孫六揣量一回，打算攀牆登高，往朱門內窺望一下；又恐怕宅內必是行家，露了破綻，反倒塌臺。正在攀堵貼壁，要上未上的游移，巷口那個同伴忽然投過一塊碎石來，孫六急一縱步，竄了過去。同伴在巷口牆根，向他點手，孫六忙即湊過，問是何事？同伴不語，俯下腰，把火折一晃；孫六急看地上，就在巷口隅角下，一堆垃圾上，插著長短十二根竹竿。孫六伸手拔起竹竿一看，竿上畫

著黑紅道，有作「出」字形，有作「井」字形；同伴手中也拔下一根，共計十三根。

同伴又將火摺往牆上一晃，就在垃圾堆旁邊灰牆上，畫著炭畫，仔細辨認，有的畫著龜形，有的畫著兔形，有的畫著「不准小便」，有的寫著「小阿二是兒子」「朱光大是大王八」等語，信筆塗鴉，顯見是頑童手筆。就在這縱橫筆畫之間，另題著「佛光普照，紫氣東來」八個字，「東來」的東字特別加大，還隱約刻著「九百二十七」三個蘇州碼，和一個「醜」字，一個「黑」字。

靈蜂孫六看著這些「壁畫」，和這十三根竹竿，心中越發納悶，因問同伴：「你怎麼看見的？」同伴說是：「剛才末一批來的那個人，從街上走進巷口，我見他在此逗留了一會兒，我想著許有事故。」孫六且聽且道：「我們再看看對面牆上。」到對面牆隅，晃火摺一照，居然也有許多壁畫壁書，還有一張紅紙條，寫著「尋人」兩個大字，文是：「告白四方仁人君子，今有本宅二表兄，素患羊角瘋病症，突於本月初九子正三刻，離家出走，進城未歸，至今五日，並無下落。四方仁人君子如有知其下落，將其送回本宅，或報信因而找獲，本宅奉酬紋銀三十兩，絕不食言。二表兄年四十五歲，面黑身中無須，身穿藍布衣褲，白襪青鞋，本地口音……」送信地址寫的是本城東南鄉馬王廟，下面具名可是正趕在左下角，竟撕掉了。

孫六看罷，疑惑道：「唔，怎麼是在城外，具名又怎麼撕的這麼巧，二表兄的稱呼也很稀奇，莫非也是暗號麼，莫非這附近有道裡人潛藏麼？」說著不禁回頭，忽見那邊街上足音又起，有一撥查夜的人，從鄰街走過，兩人急急退入巷內，躍上民房，爬伏在房脊後。

第三十八章　群蜂臥底

第三十九章　恩怨變幻 ——————

　　等了好半晌，查夜的人去遠，孫六就與同伴直起身來，先往街上縱目一望，又轉身往巷內一望。住戶都已入睡，遠望朱門以內，院中似有火亮，與鄰戶不同。靈蜂孫六與同伴溜下平地，重奔朱門房後，忽想出一策，竟縱聲唱道：「南來的風，北來的風，一陣春風吹動了鐵馬丁東，斜月照簾櫳，有一個二八俏佳人，想情郎嘆五更，鼓打了二更，鼓打了三更，天上的織女，痴望著牛郎星，銀河耿耿隔在西東，要相逢，在夢中⋯⋯」

　　孫六拿風字點逗六字，一遍沒唱完，朱門陡聽開鎖拔門之聲，為了慎重，孫六一捅同伴，又躍登民宅，且俯首偷望，試觀門中人的來意。

　　果然隔了不大工夫，朱門洞開。出來一條人影，往各處東張西望，口中胡哨。這人沒有提燈，看不清面目，但絕非一窩蜂的同黨，乃是宅中人。孫六一聲不哼，一任此人來回亂找，找不著。這人就出了聲，叫道：「喂，朋友、請出來見見。」孫六的同伴見這宅中人後背正對著自己，就要掏石子給他一下，孫六連忙攔住，不教他妄動。這宅中人連喚數遍，發出疑訝聲音，抽身回去。孫六和同伴急探身瞭著他，只見這人進了宅門，轉眼間，便引出一對紅燈，和兩個穿長衫的人，一個穿短衣衫的人，穿短衣的正是自己的同黨，那五個藝人之一，野蜂紀振江。

　　紅燈一出來，分找巷口兩面，紀振江似已聽出孫六的口音，找到後巷，仰天低聲叫道：「六爺，出來吧。喂，這裡不是外人，喂，也是道上同源；狹路相逢，長流水同歸大海了！」

靈蜂孫六和同伴這才一塊石落了地，低聲嘶了一聲，飛身跳下平地，野蜂紀振江道：「六兄，你們二位全來了，我猜你們不放心，你們真找來了。」

孫六抱怨道：「你們太豈有此理，就是遇著熟人，也該分出一個人，給我們送個信去。你們心上明白了，不管我們懸念。你要曉得點子也是行家，我們只擔心你們入了圈套，再說又見你們從三合房出來的，弄不好，就露了底。你看，我們都把盧公子送到別處了，你們還許說我膽小過度吧。」

紀振江連連認錯道：「倒真是我們大意。」一指朱門道：「情實是我們一進去，他們就套弄我們，我們就糊弄他們，很費了好些周折，才得開啟窗戶說亮話。我們又不知你也跟綴過來，他們又忙著引見我們的人會見他們的人，他們的人又是現往一處湊，所以耽誤了。好在這事都過去了，六兄也進來吧。」

孫六道：「說了一會子，到底本宅宅主是誰呀，我也認識麼？是跟你認識，還是跟他們四位認識？」紀振江笑道：「我也不認識，他們四位也不認識，這裡頭彎子很大，簡直這麼說，跟你那好朋友盧爺倒許有認識，走吧，進裡面說去吧。」

孫六為人仔細，邁步要進前巷，卻對紀振江說：「你們大意，我可不能大意，現在我們兩窖裡的人，個個提心吊膽，等候動靜，現在既然遇見朋友，沒有危險了，我們得分個人，回去給他們先送一個信。」野蜂紀振江道：「六爺進去，先向這裡的頭兒見了面，說停當了。再派人回去，詳細一報，豈不更好？」靈蜂孫六怫然道：「轉眼就到五更，我們兩撥人一去不歸，他們豈不久候生疑，弄不好還許又挪地方哩，不行，別大大意意，弄出枝節來。」回顧同伴道：「你先走一步吧。」這同伴也極欲知道詳情，戀戀不走。紀振江道：「得了，還是我們五個人先回走，六兄，你來，我

領你進去，給你引見引見，我立刻就帶他們四位回去，這不就完了麼。」

野蜂紀振江和靈蜂孫六喁喁辯論，挑燈的兩個黑衣人已然湊過來，悄然聽著，並不搭腔。等到孫、紀二人商定，舉步走向朱門，這兩個人方才分開了，一個當先引路，走進朱門；一個落後，繞宅看視一遍，然後轉身進宅，將朱門上閂加鎖。

孫六道：「你老兄不要上鎖，我們的人立刻要走的。」黑衣人點頭微笑道：「回頭再開，並不費事，朋友，我們應該處處小心，我們是在虎口邊上探頭哩！」野蜂暗地裡把孫六的手握了一下道：「六兄，我先告訴你一句，你好放心；他們也是閻王的對頭。」孫六道：「你不說是自己人麼？」野蜂還未即回答，挑燈的人進了門，方才啟齒道：「朋友，同仇就是同道，同道當然就是自己人了！」

孫六側目向這人一看，道：「好一個同仇即是同道。」通過門道，走向前院，這宅子原來共有三進，中層庭院已迎出三個人，內中一個便是五藝人之一，也是一隻蜂，名叫楊大川；楊大川身旁是兩個雄壯的大漢，江湖氣十足，高舉著燈籠，叫道：「把外面的朋友接進來了麼？哦，兩位，就是您兩位麼？」

靈蜂孫六抱拳答聲：「朋友請了。」楊大川借燈光看出是自己首領親到，忙道：「六爺，你自己來了，你說多麼巧，我們碰見同心同道的好朋友了，你猜他們幾位是誰？」

孫六道：「好麼，既然碰見同道，也不分出一個人來，給我送個信，教我懸著心？」重向宅中人招呼道：「教諸位見笑，我們這幾個男兒真夠粗心，倒像我膽小似的。」

宅中出迎的兩人道：「那倒莫怪令友，這裡頭曲折太多，五位令友個個都夠江湖的，我們費了許多話，好容易才揭開了假面。」楊大川說：「就是這話，若不是野貓劉拴，居中拉線，我們直到此刻，還怕談不到一塊

呢。」說著話，大家邁上臺階，到了中層院旁的小跨院。

宅中人把靈蜂孫六引到二間祕室。室中明燈輝煌，兩張桌對在一起，酒饌雜陳，杯盤錯列，設著十幾副座位，可是全部空著；只靠東壁有一長榻，散坐著三五個人。另有一個胖漢，臂纏白布，似負創傷，在榻上躺著。其餘數人都站立肅迎，內中一人說是所謂野貓劉拴，乃是旱路大盜，和靈蜂孫六認識，和這宅中潛伏之客，也素有認識。

靈蜂孫六算這屋中人，共有十六七位，假扮藝人的同伴俱都在此，其餘自然是宅中人，高高矮矮，都向孫六舉手施禮，那野貓劉拴更搶前一步，拉著孫六的手道：「六哥，我們好久沒見了，我真想不到你和閻王也有仇。閻王那小子倒行逆施，眾叛親離，他隨便殺害老百姓，本就該剮；誰想他還膽敢招惹你們一窩蜂，這不是作死麼？六哥，他們這些位也都是閻王爺的要命鬼，他們也正在這裡，思索閻王爺的三魂七魄哩。六哥這一來，極好了，你們兩家簡直就合夥，幹他一下，管保比分著來，各幹各的強。」野貓劉拴嗓音很尖銳，他極力小聲說，卻越說越響。

宅中人忙警告他，他這才按低喉音道：「六哥，我給你引見引見吧。」一指眾人，內有一個黃面瘦子，野貓道：「此君是有名的金判官房金熊。這位姓周名叫周端五，這位姓陸名叫陸鼎九。」又指著受傷的人道：「此君是謝邦賢，是閻王的死對頭。」挨個引見了一回。那纏著手臂的謝邦賢又說了許多客氣話，並引見朋友。靈蜂孫六聽了，沒有一個早先聞名的，看定劉拴，正要細問內情。那房金熊似是謀主，向孫六舉手道：

「靈蜂孫六爺的大名，我們久慕，現在我們不必繞彎，可以開門見山的講一講，我們這一夥朋友，跟閻摩王，從前有過很深的怨恨，只無奈人單勢孤，屢次計算他屢次失腳。近聞閻摩王得新忘舊，與當年的舊夥計也鬧翻了臉，他們這夥老友也都離伍重入山林，也正在聚眾訂盟，立下盟單誓約，一定要把閻王弄死，才算甘心。他們大撒綠林箭、廣邀綠林能手。

綠林受他害的，不一而足，立刻都聚合起來。」說著一指宅子道：「這所屋子也就是我們大家出錢賃的，我們兩夥已經合在一起。閻王雖狠，到底無奈我何，我們可是一層一層布置，定準要趁閻王做壽的日子，大大地給他一下。」孫六聽著，兩隻眼不住打量房金熊和他的同伴。野貓劉拴道：「你聽，你們正是同仇敵愾，你們正好聯手了。現在他們哥幾位已經把小弟我手下這一竿子，約入盟內，人數已經很不少了。他們的意思，仍嫌人少勢孤，打算跟你們一窩蜂套交情，連在一起，也省得動手時，互相牽制，互相妨礙。」

孫六備聞詳情，又驚喜，又疑惑，向房金熊、謝邦賢、周端五、陸鼎九，說了幾句客氣話，卻將一窩蜂楊大川和那個給兩面牽合的野貓劉拴，調到一邊，祕問了幾句，的確毫無可疑。又問此處宅主是誰？劉拴指著一個年輕人，好像花花公子似的人物，說就是這位，姓高名錦濤，原來就是那個呼喚藝人的公子。孫六又問他們一共多少人？都跟閻王有什麼仇？現想怎樣報法？

那房金熊方要實說，被一個綽號金鐘罩的大漢攔住，此人名叫趙東明，就是巷口壁上所寫「佛光普照，紫氣東來」那個東字，這趙東明有一身很好的輕巧功夫，並不會鐵布衫、金鐘罩，不知何故，江湖上送了他這樣一個外號。有人說，他身高面黃，所以才叫金鐘罩。趙東明實是牛頭大王約出來的硬幫手，不過他深知一窩蜂乃是幫盧公子來的，盧公子和牛頭大王牛壽朋也有前仇，趙東明怕說破前情，因此引出疑念，故此瞞著孫六。當下只說在屋這些人都是綠林，凡是綠林，都受過閻王的害，閻王升官發財，就是賣同黨賺來的。

牛頭大王牛壽朋此刻實在還沒進徐城，牛壽朋自從和閻王翻臉，棄職亡命，逃到魯南，立刻和當地大盜勾結起來，又和舊同道謝邦賢合了夥。他為一心報仇，在歷試狙擊均未得手之後，就到處聯繫匪盜，百計暗算閻

王。不時施出一招來，把閻王恐嚇一下。後來閻王戒備加嚴，牛頭大王自己不敢出頭，就約出一個後起少年豪客，暗作地主，潛入徐城，這人就是白花蛇高錦濤。旋又遇見了野貓劉拴，又結納了金鐘罩趙東明，輾轉引見，又和金判官房金熊、周端五、陸鼎九合了幫。這些人都先後受過閻王的害。既合力報仇，也陸續混進徐城，到八月間，各方的人已約聚到四十多個了。他們也是要趁閻王做壽，給他一個毒手，至少打破他的高興。

這一天，正是趙東明新從魯南趕到，牛頭大王牛壽朋潛藏在鄰縣，不敢露面。他的族弟祿朋，忙把趙東明引進徐城，先和高錦濤接頭。高錦濤忙帶一個夥計，衣冠楚楚，出離徐城，給潛伏在潼關的同黨送信；臨回城時，恰巧和一窩蜂楊大川一行五人相遇，看出這五隻蜂不像賣藝的人，因此叫到院內，設法誘探。楊大川等都是老江湖，但憑口舌，實在誘不出半句真話。偏巧牛壽朋、高錦濤約的幫手，有野貓劉拴；而野貓劉拴和楊大川以前一在水路，一在旱路，曾經一度聯手做過買賣，劫過遊宦，平分過油水。以此淵源，兩人抵面，一拍即合，各將本意說出。

趙東明和高錦濤心眼很快，既聽說一窩蜂也跟閻王有仇，登時大喜，忙提出合力殲敵的打算，跟著又打聽一窩蜂為何事，跟閻王結下怨仇。那楊大川慨然說：「本幫和閻王的私仇還小，不過本幫的領袖有一位義友，跟閻王結下滅門深仇，本幫義氣為重，這才糾眾離巢，大舉而來，是替朋友拔刀。」牛祿朋一聽，忙問：「貴舵主的朋友是哪一位？」楊大川率然說道：「我們頭兒的好朋友，是蘭陵世家，在江湖上也很有名氣的……」說到這裡，轉對趙東明道：「提起來，趙仁兄想也知道，這位和老兄還是同鄉，他名叫盧鴻飛，乃是魯南的縉紳世家，聽說為了械鬥幫拳，和閻王結下大怨；後來閻王竟乘兵亂，把盧公子全家都害了。我們頭兒和盧公子乃是患難生死弟兄；所以教我們大家齊上，替盧公子出這口怨氣。」

趙東明不知內情，就很驚訝的說道：「盧鴻飛這個人，我很知道，我

和他沒見過面，可是久已慕名。此人別看是位闊公子，可是素有平原君之號的，原來他和貴舵主金蜂李有深交啊；怎麼又會跟閻王這小子結下仇呢？」閻王和盧公子結怨時，牛頭大王牛壽朋不但在場，而且是主謀。這事趙東明絲毫不知，並且他這回來參與行刺，也不是純衝著牛壽朋來的，他實是為了江湖義氣。但是牛壽朋的族弟牛祿朋卻深知個中原委，高錦濤也聽說過。牛、高二人忙設法將趙東明調出來，略述曲折，請他務必瞞著這一節，免得盧公子心存芥蒂。

　　趙東明是有名望的盜俠，聞言不悅道：「怎麼，你們的意思，是不打算跟一窩蜂合夥麼，那倒是不妨老老實實瞞起來。你們若還想跟人家合謀，那麼匿怨結交，同床異夢，可不是我們武林漢子應該乾的。若是背著人家，另外還藏著別的心眼，那我可對不住。我和盧公子是同鄉，又是慕名的朋友，倘或存著以毒攻毒、借刀殺人的招，硬把人家賣了，我可受不了。咳，乾脆，別合夥了，把人家打發走了吧，我看還是各幹各的好。報仇行刺，本是賣命的事，互相關照著好好的幹，還怕出錯；事到臨頭，內中有誰心眼一歪，自己走好道，教別人填餡，那可就留下罵名，教江湖上的好漢恥笑了。」

　　說罷，趙東明就要走出去，把話點破，當面教楊大川離開。牛祿朋不敢攔阻，只說：「趙三哥，你且慎重著辦；你老得反面想一想，我們不害一窩蜂，難保盧公子不害我們呀！萬一他們倒存著以毒攻毒的心，反過來給咱告密，豈不糟了。」

　　高錦濤抓住趙東明的胳臂道：「三哥這番話光明磊落，當然是正理，牛家弟兄和我們本沒有匿怨結交的心，三哥何必著急。」

　　牛祿朋道：「是啊，我們不過是怕他們一聽見報仇一事內有家兄，他們必然惱怒不肯合謀，甚或反噬我們。我們和三哥一個意思，借刀殺人之心不但沒有；三哥若不說，我們連想也沒有想到。我把三哥調出來，就是

要把這番隱情由來，請你二位明白指教，到底是瞞著他們好，還是不瞞好？」

趙東明道：「這還罷了。我們江湖上殺人放火，斬頭瀝血，什麼凶狠都做得出，就是不許賣友、賣底。哪怕冤家對頭，一經結盟合夥，共上了事，就決計不許誰再陷害誰了。我看這事當然挑明了好，若不挑明，他幹他的，咱幹咱的，弄不對付，就要互相牽制妨害，互相牽制就夠糟的了，更怕的是各不相謀，各自鼓搗各自的，一個不釘對，最容易洩底壞事。」高錦濤道：「既然各不相擾，怎會洩底？」趙東明笑道：「你連這點都不明白。打個比喻吧，他們打算放火，我們打算行刺，誰也沒跟誰商量，碰巧他們規定頭天放火，已經洩露了；我們可是一點不知道，第二天還想去行刺，你想這不成了白送命，自找倒楣麼？又比方，我們把埋伏在半路樓上，打算放冷箭射殺對頭，他們可是預備著假裝喊冤，攔轎告狀，他們一擊不中，跑了；我們一點也不知道，還在路上放探子，下卡子；哪知仇人受驚，已經打道回衙，我們傻不唧唧的還在那裡憋等著，仇人的衛隊可是挨門挨戶搜過來了；你想，這糟不糟，這豈不是你給我捅漏，我給你捅漏，互相洩底麼？」

趙東明說到這裡，高錦濤大讚道：「三哥真是老謀深算，既然如此，我們必須明白告訴他們了。可是聽說當日殺害盧某的妻小，牛二哥正在閻王手下，盧某人傾心報仇、詢聞必恨，他豈肯聯繫旁邊的對頭，專算計正對頭呢。」牛祿朋道：「一點也不錯，姓盧的恨家兄，也很深切。他那邊的人總猜疑閻王是禍頭，家兄是謀主，把出壞主意的帳，全算在家兄的頭上了。我們當真把實話都說出，他們也許坐山看虎鬥，或者把家兄賣了呢！」

其實，當年閻王作惡多端，大半都是牛壽朋主謀。現在這麼一說，措辭得體，倒像無端代受惡名似的。趙東明只哼了一聲，也未深想，沉吟一

會兒說道：「這倒可慮，現在這麼辦，我們總得把實話告訴他，我們不妨反客為主，報仇之事本由牛二哥暗中出頭；如今暫把牛二哥藏起來，就說是高仁兄主動，牛二哥算是約來幫忙的。」高錦濤道：「這不大好，我剛才口氣衝，已經露出替人報仇了。」趙東明道：「那麼索性就擱在周端五、陸鼎九兩位身上，想來也沒有什麼不便。等到動手的時候，我們再酌量情形，把實底只告訴一窩蜂，也不算我們鬼祟了。」牛、高齊道：「如此甚好。」忙又將野貓劉拴和房金熊、周端五、陸鼎九，先後調到別室，一一囑咐了。既依成議，假定周、陸二人為復仇正主，可是一切裝置、約人、糾黨羽、聯盟幫、都推趙東明做主謀之人。會見群蜂時，牛祿朋閃在一旁，只聽話，不插話。那牛頭大王牛壽朋，此時潛藏鄰邑，本因面熟，不便入城，此際為求兩幫合夥，更不用他露面了。

趙東明和靈蜂孫六，就燈下開談，孫六也不願把好友盧鴻飛露出來。當天夜間，孫六先遣楊大川回去，給同伴報信；他自己和一個同伴，留在朱門內，由野貓劉拴相伴，與趙東明、房金熊、周端五、陸鼎九、高錦濤等，敘江湖交道，叩姓名宗派，論武林技功，互致敬仰，各引黨人，各套近乎。隨後把聯手復仇的初步辦法，大略說定。兩方都主張趁閻王做壽，賀客盈門，出入雜亂時，裡應外合，猝然行刺，但須在他主客已疲乏之後。更挑出幾個外表闊綽的人來，捨出性命，寸鐵不帶，盛飾官服，假充賀客，混入帥府，以便相機接應外面潛伏的人。

入手辦法便是大致如此，旋又議到合謀聯手的辦法，這更要緊。兩邊的人都主張，應該召集雙方全體的人物，擇一個日期，定一個地點，彼此都見見面，認認人，將來動手，才好互共生死，互相救應；並且還要在事先，大家焚香誓天，歃血結盟，彼此同心協力，共戕大仇，誰也不準潛存私心，誰也不許退縮卸責，也不許臨難嫁禍。當場由野貓劉拴做為居間人，約定了後天的日期，地點仍在此處，算是本宅做壽，一窩蜂是賀客，

孫六不願把外人引到盧公子潛藏之處，故此寧願捨己從人，仍擇此地。但說定一窩蜂前來赴會時，須要小心分批散到，不要教鄰人看出可疑來。

商罷，天色漸明，靈蜂孫六吃了早點，候到街上已有行人，便辭別高錦濤、劉拴等人，回轉三合房。盧鴻飛、青蜂女俠、胡蜂、桃蜂等，雖已得到紀振江、楊大川等人的歸報，仍然不放心；一個個正等得心焦意急，也都徹夜未睡。一見孫六歸來，都圍上來打聽，他們對方到底是何等人物，靈蜂孫六敘說詳情。又道這一夥人多半是綠林人物，確與閻王有隙，確也久經潛伏在此，要行刺報仇。盧公子聽了，這才放心，野蜂紀振江笑道：「我一回來，就告訴他們，我說一準沒錯；他們總是擔心，我們青蜂女俠更疑得古怪。喂，你聽六爺說吧，我沒有聽錯吧。你想閻王先為大盜，後為降將，現當大官，他的紅頂子全是拿活人的血染出來的，他的仇人還會少得了麼？」

青蜂女俠道：「紀四哥不必自誇高見了，我不是多疑，我是小心。這本是拚死捨命的事，壓根兒就不該跟別人聯手；就聯手，也得知根知底，你當鬧著玩麼！倘或他們竟是閻王買出來臥底的呢？況且如今晚的事，人心隔肚皮；就算他真跟閻王是對頭，事到臨頭，萬一他們拿我們蹬道，填餡呢？你要明白，這事情不許有一點含糊，只一上當，就算大夥送死。我請問你，他們的主動人到底是誰？你又說不上來。你還一味寫包票，管保沒錯，你就衝著野貓劉拴一個人麼；他們可是還有同黨哩，還有別人哩。別人跟我們沒交情，就不許把我們當秧子麼？」一口氣把野蜂紀振江頂得只翻眼珠，不敢搭腔，半晌才說：「得得得，既然如此，怨我心實，見事不明，我們就拉倒，不跟他們聯手，還不行麼？」青蜂女俠道：「拉倒，就行了麼，你倒想拉倒，人家要是翻臉惱了呢？」轉臉來，她又撲哧一笑，對靈蜂孫六說：「紀四爺一向看事太易，我不攔你高興，誰敢攔你。我說六爺，我們還是說真格的，到底他們的主腦人物是誰？為了什麼事，跟閻

王結下的仇？他們一共有多少黨羽？都是幹什麼的，他們的頭兒跟野貓劉拴交情怎樣？他們打算怎麼樣報仇？這都該訪透澈了，然後方能說到聯手。還有，所有我們這邊的細情和打算，他們曉得不曉得，六爺對他們明說過沒有？」

靈蜂孫六道：「你真仔細，一開初我倒沒打算詳細告訴他們，不過紀四哥已經對人實說了，說了一個底兒掉，我也就無須乎隱瞞了。」青蜂女俠斜睨了野蜂一眼，笑道：「我們紀四哥一向最誠實的。」靈蜂孫六忙笑道：「九姑別抱怨他了，他可要惱了。好在房、周、陸這魯東三豪真是閻王的對頭，有野貓劉拴保證，他們也是真願跟我們聯手。莫說有關礙的話還沒洩露，就算洩露，又有何妨？」野蜂紀振江道：「哼，這是怎麼說的，我何曾洩露什麼來，還是他們先承認跟閻王有仇，然後我才承認和他們一樣；別的要緊話，我一點也沒吐啊。」青蜂女俠道：「沒吐太好了，我想就憑四爺，還會教人家誘去實話不成。」

野蜂紀振江又咳了一聲道：「我算倒運，我一直在青姑娘手底下跑腿，管保受燒。這回更好，我頭一腳剛踏進徐城，立刻就落了包涵了！」青蜂女俠格格的笑起來了。其實野蜂紀振江為人也很機警，因他當場看準了對方的底細，這才毅然決然吐實攀交。但若沒有野貓劉拴這個熟人當場居間，給雙方引見，恐怕任憑他們如何軟誘、威嚇，也騙不出野蜂的半句實話來。

第三十九章　恩怨變幻

第四十章　大舉會盟

　　靈蜂孫六把自己跟高錦濤、劉拴、魯東三豪，商定的聯手辦法一一詳告眾人，先將聯手的利弊兩端，細細向大眾研討了一遍。若講到害處，雙方如能謹守盟誓，不存誣責嫁禍的私心，那就一點害處也沒有，至於益處，卻是不少。一來可免各不相謀，彼此牽害。二來，我們一窩蜂臨來時，沒想到刺探機密，會用錢很多，此刻賄通帥府下役水夫，打點妓女寵奴，頗感財力不能湊手，我們又不敢在此地作案盜財，恐因緝賊犯案，牽動大局。靈蜂孫六已經急遣一隻蜂，回去籌款，尚不知能否如期趕回。現在魯東三豪自告奮勇，大誇財力，所有賄買仇家奴僕，購辦賀客禮物，已由高錦濤當場一力擔承過去，如此，財力一項頗可借重他們。而且更有一椿最當藉助的事，是魯東三豪自說於復仇一舉，祕密布置已歷多時，所有帥府內部戒備的形勢，和閻王帥府內宅建造的格局，他們想已訪得很清楚，比一窩蜂輾轉刺探來的情報，是既詳細，又確實，他們有一張詳細的房圖，最為珍貴。靈蜂孫六初聽魯東三豪提及時，心頭一動，頗覺可怪，怎麼他們會探得這麼準呢？自然實際情形，乃是牛頭大王牛壽朋本身曾在帥府做事數年，瞭臺地板，祕密隧道，初建造時，他還出過主意，不過此時不便據實相告，只說巧得到一張房圖罷了。

　　高錦濤、牛祿朋皺著眉對孫六說：「這些事情全是一位死友的胞姪告訴我的。不瞞孫兄，敝友就是被閻王殘害的，敝友臨死之前，好像已慮及禍臨，曾將帥府細情，一點不漏，告訴他的姪子，跟著又罵閻王，富貴忘交，對友太薄，他只要對不起我，我若無故暴斃，那就是受了他的毒害。你們那時千萬給我報仇，給他洩底。說了這話不久，敝友便忽然慘死，所

以我們得的消息，乃是從裡面來的，當然比諸位從外面訪的可靠了。」這話說得很近情理，孫六信以為真。

高錦濤又說：「另有數張帥府房圖，也是敝友親繪，將來訂盟聯手，一同舉事，自當重畫副本，雙方分用，那麼閻王寶殿雖然森嚴，已在我們指掌間。」孫六聽得有圖，更是歡喜，現在把這三項綜合起來看，第一聯手可免兩誤，第二更可藉助財力，第三又可借用情報、借用房圖；再加上合謀之後，人力倍增，群策群力，自可一擊必中，結果一窩蜂跟魯東三豪聯手合盟之舉，遂一定而不可移。

當夜商量著，青蜂女俠頭一個喝采首肯，剛才她不過故意慪紀振江罷了。跟著定規後天蒞盟的人數，誰該去，誰不該去？若依原議，雙方的人應該全數到齊，彼此都見見面，同飲血酒，誓共生死。不過，一窩蜂主張此次是初會，應該持重，別人還罷了，唯有盧鴻飛公子，總是暫不出頭為妙。但若去得人太少，又恐遭人恥笑膽小，遂選擇了十一個人，隨同靈蜂孫六，野蜂紀振江，前往蒞盟。青蜂女俠定要改扮男裝，隨眾赴約，孫六隻得答應她，這一湊，恰為十四個人，孫六又把桃蜂、胡蜂約上，共湊足四四一十六之數。十六個人赴會，別的人在外巡邏防變，盧鴻飛公子退守三合房，作為後鎮。

赴會的十六個人，又把屆時應答的話，預先商好，以免彼此參差。見面之後，不妨正告魯東三豪：「此次向閻摩王大舉尋仇，純為江湖義氣，因我一窩蜂群中，不幸有兩隻蜂誤落在閻王之手，被他誅死。綠林和鷹爪本是對頭，誰殺誰也是尋常事；最說不過去的是，閻王本來也是江湖出身，他竟任意胡為，太不守江湖規矩。他擒住兩蜂，若一刀兩斷，也還教人心平氣和些，可恨他不該用酷刑橫施殘虐，更不該灌尿挖舌，為此奇辱，才大動公憤，所以我們一窩蜂大舉找他來算帳。」即由靈蜂孫六自承為尋仇的主腦人物，把幫助盧鴻飛報仇的真情，瞞過不提。

一窩蜂潛伏徐城的人數，也略加隱飾，至於一窩蜂潛伏的地點，一共三處。青蜂女俠說：「我們一窩蜂一向不告訴人的，但能不對他們說，更妙。」孫六以為不對，人家把潛身之處告訴我們，我們若瞞著人家，似乎情理上說不下去，況且既經聯手，遇事接頭，彼此也應互留一個收信地址，才覺方便。結果，只將三合房的所在宣布了，別處依然守祕。

　　他們這樣準備，到底不脫爾詐我虞的意思，牛氏弟兄那邊，也把話編排好了，也要把真情瞞過。只是內中有野貓劉拴和金鐘罩趙東明兩人，在旁力主開誠布公。因為一窩蜂在江湖上素有名聲，既要彼此聯手，必要暗察我們的底細，我們藏頭露尾，一個掩飾不密，若教人家訪出，必遭不齒，甚或引起誤會。爭辯了一陣，還是折中辦理，暫時仍由魯東三豪主盟，訂盟之後，再看情形，試著把牛家弟兄也在數內的話，告訴群蜂。

　　到了會面結盟的這一天，魯東三豪假裝做壽，盛備酒筵，同夥都長袍短褂的打扮好了，在街頭巷尾，也暗暗安放下人。

　　這邊靈蜂孫六把自己的十六人抽成數撥，陸續前往赴約。有的就假裝賀客，有的裝送禮的俠役。青蜂女俠也坐著轎，稍後一步來到。野貓劉拴，金鐘罩趙東明，竭誠招待。魯東三豪拿出做主人的模樣，把群蜂讓到中院正房裡面，落座敘茶，且泛泛地談些江湖閒話。

　　牛頭大王牛壽朋伏在城外，心中惦念著此事的成敗利害，到底忍不住冒險改裝，偷偷溜進城來。起初要藏在別屋偷聽，劉拴勸他蒞盟，他自取銅鏡一照，鬍眉已改，臉色也變，也許人們認不出來。他遂公然陪居末座，只聽著，不說話，這也是他自己嘀咕，到場的一窩蜂沒有認得他的，盧公子又沒來，他過了一會兒，這才放心。

　　到午時，人全來齊，靈蜂孫六和青蜂女俠，打量對方的人物，高高低低，此來彼往，不過十來個人，全不認識。高錦濤向魯東三豪說：「酒已擺好，是時候了。」魯東三豪含笑站起來，向孫六舉手道：「請到裡邊坐

吧。」孫六也不客氣，引領十五個同黨，起身外走，房金熊在旁相陪，周
端五、陸鼎九搶先一步，在前引路，直到後院，有一座敞廳，已擺好八桌
酒席，有一排長凳。原來在此處，已先有二十多人，長穿坐在那裡等候。
這二十多個人神情粗豪，體格壯健，江湖氣非常濃重，一見客到，闃然起
立相迎。青蜂女俠向紀振江看了一眼：「人家的人數很不少啊。」魯東三豪
請一窩蜂入座，靈蜂孫六笑道：

「我們兄弟承魯東三位豪傑不棄，邀來共事，我們總是辦正事要緊，
諸位何必備這盛饌，倒不像武林道直爽派頭了，再說，誰也無好飲食，我
看還是免了這一節吧，我們應該先行焚香訂盟才是。」野貓劉拴道：「六爺
說的自然很是，不過我們許多人都是初會，也應該借一杯水酒，彼此親近
親近，認識認識。至於盟誓，他們哥們也早預備好了，你瞧，在那邊屋裡
呢。我們都坐下吧，我們是且喝且吃且談。」野蜂紀振江道：「諸位太費
心了，倒是這些位朋友，我們兄弟眼拙得很，請魯東三豪給我們引見引
見。」牛氏一黨也道：「我們久仰橫江一窩蜂的威名，今日幸會，請房大哥
給我們引見引見吧。」

房金熊就要逐個報名引見，野貓劉拴道：「我看這麼辦，人太多，莫
如我們自己引見自己。」高錦濤道：「自己可怎麼引見呢？」趙東明在那邊
早就出了聲道：「自己引見，就是自己報名，喂，一窩蜂諸位方家，我小
弟名叫趙東明，外號金鐘罩，我跟點子……咳，何必管他叫點子，他不
是叫閻王麼，他也配，我們簡直管他叫小鬼就完了。我跟小鬼倒是沒冤沒
仇，只是他傷了我好些朋友，現在他們哥幾個要找小鬼算帳，把我邀來，
我也算一份。」又重複一句道：「小弟就叫金鐘罩趙東明。」

二牛同黨七言八語，跟聲報名，報到牛氏弟兄，含糊述名沒帶姓，一
窩蜂一點沒理會。青蜂女俠微皺雙蛾，覺得可笑，暗推靈蜂孫六一把，教
他替群蜂報名，不要學他們自報字號。

孫六容對方報完了名，便拱手說：「久仰諸位英名了，小弟是靈蜂孫六，這一位是我們夥計桃花蜂薛耀，這一位是夜蜂郭桐青，這幾位是胡蜂胡日禮，土蜂王元定，驚蜂馬冀野，銀蜂賀保柱，黑蜂蕭豪，黃蜂黃君遠，野蜂紀振江，流蜂楊大川……」

依次提名引見，到青蜂女俠，只得含糊其辭。這番聚會，抵面報名，雙方幫友自然有先認識的，土蜂王元定、木蜂杜青林，和魯東霍夢周早先聯過手，此刻兩人不覺湊近了，握手敘舊。

然後，賓主歸座，傳杯酬酢酒過三巡，靈蜂孫六道：「諸位高朋，我們現在置身虎口要剝虎皮，我看無須乎多講虛禮，貴幫的朋友不是都在這裡了，我們的人能來的也全來齊了，賜酒已經拜領，我們趕緊辦正經事為要。」

金鐘罩趙東明道：「對，本來無須乎擺筵，只是人家哥倆客氣。」野貓劉拴急瞪他一眼，他一笑改口道：「現在，小鬼的生日眼看就到，我們打算趁他生日，宣布他的死期，實在日限沒多遠了。孫六爺，我們聽聽你的高見！」

一窩蜂中站起一人，是桃蜂薛耀，此人美如女子，和青蜂女俠對坐，如玉樹雙輝，難辨雌雄，可是他說話的嗓音很高朗，當下道：「我聽我的頭兒說，這一回我們兩幫聯手報仇，誓共生死，不但這麼約定，還要歃血立盟，共飲血酒，這一手不能算多餘。我們應該這樣辦一下，我們不要喝這淡而無味的面子酒了吧，我們喝一杯熱熱火火的血酒，也提提神。」說時，眼視著靈蜂孫六，暗催他向對方，要求快辦這一節。魯東三豪忙道：「我們早預備好了，老兄的話最直爽，既然訂盟比喝酒要緊，請到這邊。」立刻全站起來，移到對面廂房，對面廂房門窗全掩，早擺好香案，備妥盟單、硃筆、黃表，從人還縛著活的白雞、青羊。

群蜂群雄來到香案前，分立在兩邊，魯東三豪為表示客氣，就請一窩蜂燃香。靈蜂孫六略一尋思，口頭微讓，便慨然上前，把一股香點著，上前插香叩頭，只插了三炷香，餘香遞給了魯東三豪。魯東三豪到了這時，

不好再做主人，把香舉了舉，轉遞給牛氏弟兄。眾人眼光齊看二牛，牛壽朋毫不推拒，立刻接香行禮，把香插在香爐中，叩下頭去，以下便是雙方到場的人，逐個叩頭起誓：「我弟子某某，禱告神明，與群蜂結盟共患，誓無二心。」

口誓已罷，更讀盟詞，牛壽朋將黃紙寫好的盟詞舉起，大聲朗誦，大意說：「在盟之人，同心合意，立誓報仇，自同盟之後，決其生死，矢同禍福，報仇殺敵，奮勇當先，義不返顧，有險當先，有難不避，縱遇挫折，不渝此志，萬一事敗，在盟諸人必當藉舌受死，絕不扳供，絕不攀舉同黨，有違此盟，神明殛之。」

盟詞讀罷，又寫盟單，把各人的名字，一個不落地全部寫上，連同盟詞，立刻焚化了。然後殺雞宰羊，就用鮮血滴血，先祭天地，次祭鬼神，然後由雙方首領，引頭各飲血滴。更由趙東明當前致辭激勵大眾，再由靈蜂孫六和牛壽朋，分別陳辭激眾，把閻王的罪狀宣布了一回。雙方又互相推誠述志，互致謝意，於是盟誓禮成，大家退出來，重歸筵席，歡飲共談，無非是激勵之詞，再不然，就罵閻王。

靈蜂孫六見時已不早，遣眾分批迴去，只留下幾個人，和自己在此，跟二牛之黨，細商動手的層次，定規下分頭辦事，每隔兩三日，要互派下手，同換情報。於是應辦的事，孰先孰後，誰辦著相宜，都已議妥。兩邊的人或刺探帥府，或收買內役，或預備喬裝祝壽的衣物，立刻忙起來。各項花銷，初議分攤，因一窩蜂這邊錢財不足，二牛慨然擔當過來，居然很有義氣。起初彼此偶存戒虞之心，等到聯手辦了幾天事，居然很好，大家一齊放心，就是當天沒有見過面的人，在加盟之後，也零星引見，都已接過頭。只有盧鴻飛公子，始終沒有出面，沒和二牛想見，別的人都算推誠想見了。於是群蜂和二牛居然打成一片，事情也辦得一步比一步緊，日期也一天比一天近。

第四十一章　帥府祝壽 —————

　　到了九月初，兩邊散在城外和遠處的幫手，都催促趕到，橫江一窩蜂留守的人，也送來一大批現銀。到了九月十五，距閻摩王王錦城的生日只有十二天了，群蜂和二牛把一切人聚齊，一切事備好，靜等著下手。當此時，徐淮一帶的文武官吏，送禮的、祝壽的、照料效勞的，也就沓至紛來。祝壽的官員，有的是本人親到，有的是派官差，押健卒，擔盒送禮，禮先到，人後到。徐城地方驟形熱鬧，內外店房也驟多寓客，也有送禮的人，也有奉賀的人。有的是扮演雜劇的藝人，被閻王部下的文吏、將官傳喚來，預備屆時奏技祝嘏；變戲法的、唱崑腔的、跑馬賣解的，形形色色，應有盡有。帥府門前已然懸燈結綵，府內花廳大堂，內室中庭，通通高搭蘆棚，宴客的酒席，也設在蘆棚內。又搭了四座戲臺，以娛文武賀客，據說是閻王的五十整壽，故此大大舉辦。而內外戒備也特別森嚴，因閻摩王近來屢次破獲刺客，故此警備加緊。部下的勁兵健卒，早由新升任的中軍官和前後左右四營統帶，督飭著晝夜分班站崗查街、下夜。親衛隊的正隊長虎頭羅蘊石、副隊長雞爪顧英，更從護衛的武士拳師中，精選出武矯健者七十六名，預備到正生日那三天，專管保護帥座本身；至於大帥的寶眷，也另有護衛力士。總而言之，閻摩王為了裝點榮華，收受賀禮，是一定要做壽。為了提防宵小，是祝壽縱然盡歡，仍不忘戒嚴，兵權在握，有恃無恐。況他在徐城，已非一年，既將地面治理得路不拾遺，他也就放心大膽了。

　　閻王做壽一天比一天期近，群蜂和二牛潛施陰謀，也一時比一時緊。

　　橫江一窩蜂這一方面，由靈蜂孫六、盧鴻飛公子等，多方規劃，居等

弄到一個好機會。盧鴻飛公子潛伏不出，靈蜂孫六等晝夜間出，竟與一個棚鋪工匠頭，套弄同鄉，摸到一條捷徑。本帥府壽棚十數座，由一家棘廠承包下來，由九月初八早晨，開手搭起。棚廠夥計將應用的嶄新蘆席、沙蒿、竹竿、繩索等物，用大車裝來，派幾個手藝人，在轅門領到腰牌，陸續運往帥府。頭趟車剛到，過來幾個軍健，將棚廠跑街、工匠，一齊攔住，動手搜檢。府中幹辦人員忙上前搭話，證明無訛，仍將腰牌、門證驗看過了，又把車上東西檢畢，才准放行。運卸了數車，運來了數趟，把築棚對象運齊，棚廠跑街領著數名工頭，數名工領袖著數十名手藝工匠和笨力小工，卸下席捲、棚竿，跟著就一齊動手。十數座蓆棚同時動工，連勘工，帶卸料，要第二日報竣，所以人多工忙。

這數十名熟練工匠及笨力小工裡面就有兩個生色人物，一個是靈蜂孫六，一個是夜蜂郭桐青。孫六是小工，不會築棚；夜蜂不知從哪裡學會這椿手藝，居然大顯身手。棚廠攬得這椿好買賣，大招工匠，先找工頭，由工頭再找幫手和小工。其中一個工頭，和郭桐青敘鄉誼，又是同行，親熱起來。

殊不知江湖人物多會幾種方言，說他是江北人，就說江北話，說他是山東人，就說鄒魯方言。這個工頭不知內中陰謀，只因他應下這手活，忽然手底下的棚匠有兩名臨期失蹤，靈蜂孫六和夜蜂郭桐青乘虛而入，情願把工錢提出四成給工頭，來接幹這份事。人財兩得，工頭何樂不為；況且又是失業的同鄉，理應照應，遂慨然僱傭，把夜蜂招為大工，把孫六招為小工。棚廠主人看孫六、郭桐青，土頭土腦，只疑是鄉下來的難民，沒有飯吃，強來應募，再想不到他二人已經化妝，故意裝傻。那工頭一來為貪利，二來為同鄉義氣，極力幫腔，終把二人留用。橫江兩隻蜂乘這巧機會，混入了閻王殿元帥府。

那工頭還怕靈蜂孫六不會爬竿上高，靈蜂他們倆怎能不會爬高？兩個

人很不費事，深入帥府重地，搭了一天棚，把帥府路線，都暗暗記下，得與先畫的地圖印證，不啻得了指南針。

事竣回去，遍告群蜂，又關照了二牛之黨。

那一邊二牛之黨，金鐘罩趙東明，卻又由牛祿朋暗中設法，買通了帥府廚房茶役，經眾公推金鐘罩趙東明、金判官房金熊二人，喬扮水夫，混進帥府，探了一回道。那桃花蜂薛耀與粉蜂錢昭文，因生得容貌秀美，由盧鴻飛公子，引他二人到娼窯，挑識帥府師爺所寵愛的那個妓女小梅雲，居然買得小梅雲的歡心。由小梅雲幫忙，把帥府內宅的建造格局，也重新調查了一下，拿來和先竊的房圖對證，大致無甚出入。

群蜂和二牛彙集各方所得的消息，把路線勘確，以為帥府的祕密，已查得纖悉無遺，如在指掌之上了。只可惜他們疏忽了一點，他們所勘得的地形，只是帥府裡面的外表；帥府西部隧道的祕情，就是帥府中的親信，也尚不能詳悉。他們到底小看了閻王，閻王縱粗魯，為宦多年，識見日廣，手下謀士又多，防患之心又深，在二牛叛逃之後，他早把整個帥府重加建造了。

群蜂和二牛自以為十分有把握，到底是冒險求功、報仇之心太切。

轉眼間，到了做壽的日子，壽筵連開三天。第一天自然是先宴外官同僚，第二天宴部下文武，第三天是家宴。這天帥府懸燈結綵，衛卒森列，全換嶄新的制服，持著嶄新的亮銀般的刀矛；遠望帥府，一片紅光，鑼鼓喧天，絃管齊奏，有名的昆曲戲班，在花廳前彩臺上唱。同僚大官祝嘏之後，由壽翁身穿官服，花翎紅頂，親出來道謝，陪賓客到廳前看戲。戲臺上登時停演，重跳加官，重行開鑼。

同僚大官赴筵賞音，宴後小坐，點了一齣戲文，看完了放賞，便坐轎走了；閻王親送到轅門，眼看上了轎，方才回去。

壽堂上，帥府處，都有荷矛衛卒戒備，閻王一出一入，更有死士扈從。當下，帥府熱鬧異常，歌樂齊奏，鼓吹喧天。

一連兩日，靈蜂孫六、夜蜂郭桐青、金鐘罩趙東明等，早已冒險混入帥府，青蜂女俠、桃花蜂薛耀、盧鴻飛、野貓劉拴、房金熊、周端五、陸鼎九，以及群蜂、二牛，二牛的陰黨等，八十餘人也分布在各處，靜等訊號，立刻動手。

掌訊號的一共四人，一窩蜂這邊是粉蜂錢昭文和一個幫手，二牛那邊是高錦濤和一幫手。只等靈蜂孫六和金鐘罩趙東明，看準下手機會，一放火箭，錢、高四人立刻就各把兩個草堆點著，再把一處柴棚點著。他們料定三天壽筵，末一日窮歡極樂，樂極生疲，疲極動手，正是機會；好歹給他一個樂極生悲，把閻王送至死地，一消積恨。

粉蜂錢昭文候到二更時分，換上一身夜行衣裳，暗帶兵刃，拿了火種，叫著同伴助手，悄悄溜到帥府馬號隔壁的牆外。果不出群蜂、二牛所料，三天歡筵已到末天，只有樂事，沒有一點噩耗，作主帥的或者還有防患之心，做小卒從官的可就放心大膽，一心一意要到治筵處，竊嘗餘味，偷喝剩酒，再抓個空隙，溜到迴廊角門邊，戲臺角落裡，能夠偷看一兩齣熱鬧戲文，總算伺候鬧官，沒有白受累。固然長官也有勻分勞逸的安排，也曾頒給酒肉，但是好戲摸不到看，未免冤枉。他們站崗本分上下班，他們每一個職位必有四人，要緊地段八人。這些帥府親軍衛士，便除了公事上的休假之外，又私自向同伴告假，彼此輪班，抽換著看蹭戲、上廚房打零食；於是該四人一班的，覷人不見，變成兩人了；該八人一班的，變成三人了；越到夜靜該戒備的時候，他們弄鬼越甚。全靠長官查得嚴，他們才加緊，但到後來，那些小武官也要看戲，也要側居末席。小武官一鬆懈，衛卒全鬆懈起來了。他們忘了這是大帥作壽，只當是尋常過年，而且他們已經忙了七八天，也該著舒服一會兒了。一窩蜂與二牛死黨乘此機

會，一步步迫近了帥府。

群蜂藏在馬號隔巷，這裡本有崗，每一隔角，必有四人，此刻只剩下一兩人。粉蜂錢昭文潛報同夥，把身子一蹲，往牆上一貼，一個衛卒荷矛過來，兩目望空，似看星光，他的兩隻耳朵早伸得很長，已經扯到帥府內戲臺上了。府內鑼鼓聲不斷，正唱好戲，衛卒不覺隨著調子，也唱了起來。粉蜂一身黑衣，這衛兵一點沒覺察，一步一哼，走了過去。

粉蜂就嗖的一聲，竄過去，又一躍，上了房；那同伴也跟蹤而上。兩人俯腰爬房脊，越到帥府鄰垣，鄰垣下也有崗；候到這崗上的衛兵挪了地方，二人就又嗖地一躍，上了馬號的牆，一溜而下，貼馬號牆根，蹲下身來，一動不動；微微側首，往裡面窺看。偷渡之功已成，他們現已進了馬號。

馬號內靜悄悄，比外面還鬆，馬伕們都沒事了，上過了馬料，臥倒睡覺，不睡覺，就賭錢。他們比衛兵還低賤，雖然戲臺前挨不進去，大帥做壽，賞了他們許多酒肉，他們喝醉了。

粉蜂與同伴見馬號冷清，放心大膽，一步一探，往裡面試行搜找，片刻之間，找到了草堆。兩人大喜，匍匐蛇行。掊到草堆，覓尋潛身，靜候訊號，立即縱火。

那一邊，二牛死黨由高錦濤執掌訊號，竟沒有襲入帥府，在帥府鄰近，找到一所民房。這民房也有草堆，也有柴棚，兩人便選定此處為放火集眾之處。兩人悄悄地爬上房，執火種，聽候動靜。倒楣的自然是這所民宅了，命裡該當遭受火劫。偏偏這民房的住戶恰是閻摩王部下一員小校住家，小校偷空溜回家來，把筵上的蜜柑，弄來不少，給他的兒子、娘子吃，跟著講起帥府的豪情樂事。高錦濤聽得真真切切，心中一動，恨不得下去，把小校拿住，問他底細。

轉瞬二更，靈蜂孫六、夜蜂郭桐青從帥府暗隅混入裡面，從花廳爬上

蘆棚，從席縫往下偷看。此時花廳聽戲的人更多，可是要人漸少，全是帥府本署的幕賓侍從，內宅又全是大小部屬的家眷，但是壽堂上的戲又演得正熱鬧，夜筵已在別院陸續開罷，堂中只設茶果。棚底下前排擺列大帥椅座，是備顯宦貴人看戲的，此刻已多半空閒，正面三排簡直沒人坐。後面方桌長凳，聚坐著許多小官和師爺，萬頭鑽動，痴痴的看戲臺上的通天犀。後排又是數行長凳，兩廊旁道還站著許多武弁吏員。

中軍小校之類，一個個比賽著伸長脖頸，大瞪眼的看戲。

那一班親衛拳師看著賀客已稀，大帥又已脫去官服，和姬妾欣開家筵，用不著扈衛了，就由執事人把他們邀去吃酒，只留下十二個人，分布在花廳前後。

閻摩王在家筵後，和寵妾坐在內堂，看了一齣戲，因在座的頗多部屬的妻、子、女、太太們，他覺得不便，就又轉到花廳，手綽虯髯，站在花廳廈下，望著這些帥府屬吏，雖覺稍倦，心中是得意的。站了一會兒，那身邊的侍僕忙給搬過交椅，又一小童便捧過茶來。閻摩王看了看，隨即在廈下臺階上坐下，忽想起一事，叫一聲：「來人呀，把馬中軍喚來。」

馬中軍從前邊跑來，將到花廳，放緩腳步，到帥座前行禮一站。閻摩王問了幾句話，又吩咐了幾句話，旋又想起什麼事來，咳嗽了一聲，命眾人請孟師爺。侍從人一迭聲傳喚，孟師爺忽從戲臺的後臺內鑽出來，他正與一個唱小旦的伶人搗亂，聞呼連忙肅容止聲，整衣冠，邁四方步，走了過來，說道：

「帥座是叫晚生麼，帥座真是龍馬的精神，一連應酬了三天，絲毫不帶倦容，真是福星福將。」閻王不甚通文理，乍聽龍馬二字，眉峰一皺，意似不恰；但聽到福將二字，他是久以此自許的，不由掀鬚笑了，又將面色一板道：「鋪張太大了，都是蔡知府的主意，我哪有心情鬧這些麻煩。那件嚴斷海禁、以消匪氛的奏摺，上奏出去了沒有？」說話時，孟師爺尚

在侍立，從人已給搬來一把小椅子，塞在他的屁股後面，閻王就請他坐下。孟師爺連忙撮屁股尖，側身坐在椅子邊上，回稟道：「清查海防的奏疏是韓逸翁擬稿的，逸翁的文筆是很好的，只是稍微慢些，聽說還沒有交繕哩。」閻王道：「好幾天了，怎麼還沒有發出去。」說著回頭看中軍，中軍忙代稟道：「昨天轅門放炮，聽說那奏摺已經轉發了，是三百里加急塘報。」

孟師爺臉一紅，「我倒不知道，原來已經發過了，大帥沒有看稿麼。」

閻摩王王錦城道：「這兩天這個官兒來，那個官兒來，腿不歇，嘴不歇，心不歇，我哪有工夫看稿，想必是韓逸生起完了稿，隨手繕發出去了。馬中軍，請韓師爺。」韓師爺是個鬍子，浙江紹興人，乙卯舉人，專管奏疏，和孟師爺素來面和心競的，正在外廳前座看戲。他被中軍請來，僕人立刻看座，於是賓主之間，說起奏摺的事。談完了，又評論戲臺上的戲子。

二幕賓不知說了一句什麼，閻王捧腹大笑起來，傳中軍到後臺，把一個十八九歲唱旦角的，一個十七八歲唱小生的叫來，叫來問長問短，旋即擺酒果小餚，命二伶侑酒。

靈蜂孫六在棚頂上窺望良久，他並不認識閻王，但揣測舉動，檢視相貌，已料到此人紫面虯髯，形容威猛；這些中軍都圍著他趨前承後，他又做出謙恭下士的面孔送迎來賓，當然是壽堂主人無疑了。

過了一會兒，閻王飲了幾杯酒，蹙眉捶腰，起身回內。恰巧金鐘罩趙東明也湊過來，孫六偷偷問他：「這個傢伙大概是閻王罷。」趙東明道：「一準是他。」只可惜認識他的人，都沒有混進來，但是這一定不會錯的。

兩人在棚上慢慢移動，趙東明又四面望了望，覺得帥府中人連日歡筵，人人疲憊，現在正是動手的時候了。遂與靈蜂孫六一打手勢，他自己退下蘆棚，繞到後廳，將三隻弩箭，對準帥府東面牆大樹上，用力射去，

嗖嗖嗖，三聲微響，三溜火光，直釘在樹上。那潛藏在高棚的粉蜂錢昭文，和潛入鄰巷小校之家的高錦濤，以及其他群蜂、牛黨，正在等得心焦。錢、高二人，一見箭到急急縱火，錢昭文把馬號的草料堆，用火烜、油紙，一烘點著。馬號恰有馬伕在外面，見狀大驚欲呼，錢昭文的助手早將一支暗箭，藏在手底，對準了驚呼的馬伕心坎，唰的一下。這馬伕帶箭狂號，往屋內跑，錢昭文趕上去一刀，把馬伕劈死。別的馬伕亂竄狂奔，把東廠的人全驚動起來；可是火勢已起，熊熊猛烈。兩道濃煙，夾著火苗火蛇，往天空捲去，直衝夜幕，給同伴做了暗號；散在帥府近處的一窩蜂和二牛之黨，登時一傳兩、兩傳三，互相關照，互相策動，各按預定的路線，往帥府急急偷襲過來。

那一邊，高錦濤率一助手，伏在那個帥府小校家內，小校從帥府偷來果點酒肉，分餉他的妻、子。他的妻、子已入睡鄉，被他敲門叫醒，很得意的把蜜柑、鹿肉等等珍食，擺弄給兒子、老婆看，教老婆給他熱酒，是偷來的好酒，不可不嘗。

他的妻子睡眼惺忪，來到柴棚取柴生火。柴棚中就伏著一個刺客，房頂上還有一個刺客，小校的女人取柴時，險些死在刺客的匕首之下。幸而這女人迷迷糊糊，直走到刺客身邊，也沒有看出來，也就暫免一死。

房上的刺客就是高錦濤，正延頸貯望帥府；忽見火箭射出來，就手捏口唇，吱的一聲怪嘯。屋中小校掉杯問道：「這是什麼聲音。」小校的女人在外屋驟聞怪響，又見人影撲出，嚇得往屋內跑，說：「柴棚裡黑乎乎，有個大白腦袋。」一言未畢，滿院忽發焦烈氣味；呼的一聲，火光照窗。

那放火糾眾的兩路刺客均已得手，高錦濤從房上竄過來，向助手點手，助手從柴棚鑽出來，要往房上跳，可是飛縱的功夫又不好，正在游移，意欲奪門。忽然小校大呼火警，連叫走水，一手拖兒子，一手抱妻子，從屋門跑出來，也奪門往街上走。兩方碰見了，這小校又吃一驚，駭

叫：「有賊。」牛黨助手持刀喝令噤聲，小校後逼火警，前逼夜行人，窘極越喊，女人小孩也叫喚不休。高錦濤咬牙，一抬手，嗖的一聲，小校狂號倒地打滾，中了一箭，他的孩子女人都嚇得匍匐哀叫。高錦濤飛身跳下地，引同伴破門而出，小校與妻子也爬出火坑。

這放火的高錦濤與錢昭文縱火既已得手，便按原計接應同伴，往帥府裡面闖，不走正轅門，從兩側斜襲入，仍要乘亂放火，火燒帥府。但元帥府既已聞耗，衛兵武士已仗利刃出來勘變、找賊、護帥府、衛主帥了。刺客方面同時下手，同時發動，正在仗利刃，攻帥府，找仇人，誓報舊怨深仇。

靈蜂孫六與金鐘罩趙東明，在帥府內登高飛竄，在帥府外，有二十多個同黨，突然從一家民宅出來。這二十多人都是官弁衛兵打扮，與閻摩王帥府內的親衛，穿著打扮，絲毫無別，這是一窩蜂最厲害的計畫，魚目真可混珠，要離刺慶忌，獻身可以行刺。於是二十多人在僻巷列好隊伍，打起官銜燈，人雖然少，有官有弁有兵，為首武官模樣的人騎著馬，列隊火速前行，三分鐘熱風似的趕到帥府黑影中，還有步行的短衣人一幫，跟隨在後。武官到轅門下馬，口稱有緊急軍報，面稟副將，轅門小校不辨真偽，慌忙進內傳達。片刻中軍出來，在轅門與差官想見，假差官低聲說：「奉蘇撫密札，有機密文書，面呈交王軍門親拆，並且要立候回批。」說罷，拿出假文書、中軍接過看了，心中迷惑，只得簽發了回據，捧了文書，進了內署。

閻摩王已入內宅，脫去官服，聞請，從後堂轉出，把文書拆開，文中字句非常古怪，有些看不懂，便命從人把師爺請來。那個孟師爺忙進內庭，請問大帥，有何吩咐。閻王王錦城道：「你看，這是撫臺來的公事，這到底講的是什麼事，怎麼我看不明白。」孟師爺忙雙手捧接過來，只看了一眼道：「唔，怎麼用札諭，撫臺和大帥乃是文武同僚，他怎麼不用橄

文，反倒用起札子來了。」閻摩王道：「我也覺得稱呼不對，你看末尾居然用札飭字樣，撫臺和我是換帖弟兄，他就是狂放，也不會無端跟我端架子呀，我們品職一樣啊。」

賓主正議論來文，在這夾當，蘆棚上的靈蜂孫六和金鐘罩趙東明已經發出訊號火箭，重又爬到這邊來，居高臨下，看得分明，並已遠遠認準這紫面虯髯大漢必是對頭閻王。二人便略相關照一下，轉身復抽火箭，忽地又掠起一溜火光，同時，馬棚火警已然報到，一個馬伕氣急敗壞，奔到花廳，才叫得一聲：「不好了。」被親衛將弁一棍打去，逼聲喝止。閻摩王忙道：「什麼事。」一言出口，親衛壯士已瞥見後棚火起，忙叫道：「後面走水了。」奔到前邊，把謝隊長喚出來，謝隊長忙叫道：「這火不對，快快稟知大帥。」謝隊長立刻撥眾撲向馬號。

馬號大火已起，帥府上下全已驚動，閻王站在內廳階上，怒問道：「是怎麼失的火？親兵營的統帶哪裡去了？」親兵營徐統帶從前邊出來，不待吩咐，急急的招呼部屬，撲火詰情，又傳水夫備水，命武士護宅，但親兵營的眾武士，有的還在蘆棚聽戲，有的已入宿處歇息，統帶出來進去，喚了半晌，只聚了二三十人。統帶急得亂叫，喝命部屬，把下班的人都找來，一面率領現有之人，馳赴火場。

那親衛隊四十八名力士分為兩撥兩班，此刻也只聚了二十一二個人，親衛隊力士長官虎頭羅蘊石，恰在中軍回事處，與一班同僚閒談；忽聞火警，立刻驚動，急忙拿起兵刃，跑到外面，吹哨子集隊，先撥人把住要路口，次率隊奔尋大帥，來盡護衛之責。一般男女賀客也都驚擾，內處亂鑽亂問，一霎時，帥府騷然。

第四十二章　群蜂刺虎 ————————

　　閻王到底是硬漢，是行家，一見火警甚衝，便覺得可異，見部下亂竄，勃然大怒，喝命親衛隊長不要救火，命令身畔力士全數入衛內宅，看守印信。力士長羅蘊石應命奔入內宅，閻王又大叫：「中軍何在，快把統帶請來，教他督兵救火查賊。」

　　又道：「無故起火，必有奸細，你們把大門上了，不許人出入，你們要細加搜查。」正在下令，突然前邊奔進人來，大叫：「不好，前邊有奸細，把中軍砍傷闖進來了。」閻摩王叫道：「今夜誰的班。」一言未了，前面早有衛兵，退守二門，把那假差官阻在外面，用箭抵擋。假差官混進回事處，漏了破綻，忙橫刀覓路前闖，自有同伴認得路線，立刻往房邊角門衝去。正是後邊失火，前邊鬧奸細，閻摩王越加暴怒，正要追究責任。哪料到就在他頭頂上，還有二個刺客，便是趙東明和靈蜂孫六。

　　靈蜂孫六和趙東明認準了閻王，又見衛士已奔往內宅，此處空虛，正該下手，便抽白刃，突然挑破廬棚，憑空而下，如箭馳一般，雙雙奔到內廳壽堂前。刀未下，暗器先發，兩枝箭直奔閻摩王的面前和胸口，箭如流星馳馳發響。放箭人登時被閻摩王看見，閻王忙問：「什麼人？」喊嚷時暗器已到，閻摩王急一閃身，大叫：「有刺客，快拿。」孫六早已隨暗器掄刀砍來，眾人大嘩。眾武士措手不及，推倒閒人，奔來捨命攔擋。

　　閻摩王回頭便跑，直奔後廳，壽堂大亂，座客東倒西歪。突然從角門又撲來兩個刺客，正是魯東三豪。武士忙把兩個刺客截住，舉刀對砍，兩刺客刺倒兩三個人，滿庭全是桌子、凳子和絆倒的人，不能前進。

孫六和趙東明卻很得手，超越而進，竟到閻摩王背後，雙刀齊下，惡狠狠砍去。閻摩王一個箭步，竄開躲遠。孫六、趙東明越眾急追，忽然那親衛隊長羅蘊石趕到，大叫：「大帥快往這邊來。」挺雙矛過來救駕。可是一窩蜂也突闖來三個，是胡蜂、黑蜂和野貓劉拴，把羅蘊石牽住。但已緩了一步，閻摩王急急搶奔花廳，穿堂而過。

靈蜂孫六與趙東明，咬牙切齒，緊緊追趕。閻摩王跑到花廳屏門後，遇見兩個武士，閻摩王揮手急叫：「有刺客。」兩武士本奉命入護內宅，見大帥奔來，驟然大驚，將手中兵刃一揮，忙迎上來道：「刺客在哪裡？」閻摩王又用手一指，卻又突然上前，把武士的短矛奪取在手，這才大放寬心，急一頓足，跳出花廳。

那兩個武士忙將腰刀抽出，把住屏門，趙東明已如電激風馳般，當先趕到，那二武士揮刀擋門。趙東明大喝道：「呔。」

一刀猛削下去，刀刀相格，火星亂迸，二武士大驚倒退。趙東明一拔身，斜從二武士頭頂竄過去，二武士大呼，倒追過去。

不妨黑影中還有靈蜂孫六，從側面一鏢，唰的打去，直掠武士，側取閻王。當此時趙東明的刀已向閻王刺去，這一鏢險些傷了趙東明，趙東明略微一閃，伏身又追，又釘。

閻摩王此刻身穿便服，但仍是長袍，腳下穿的是官靴，底厚衣長，奔走不利，他且跑且回頭望。若僅區區兩個刺客追趕，他並不怕，只是壽誕末日，火災忽發，刺客忽至，料必來者不善，數必非一，更不知黑影中還有幾個刺客，也不知有無內奸，他不敢在花廳迎鬥，忙又搶奔後堂。

此時全帥府都聞警變，知有刺客混入，士兵立刻綽刀搜查，卻因刺客在前面聚集多人，假充差官，襲入轅門，揮兵刀大鬧，帥府親兵都不知真情，被騙到前面，只顧捉拿假差官，反把後面放鬆。又有一部分親兵，聽說後廊失火，又一同奔往後面，查究放火的奸細的前牽後掣，前後亂跑，

在刺客猝發的當時一刹那，花廳內宅竟空了。府中人竟不知刺客在何處？共有幾批？只有羅蘊石所率的親衛武士，全是一些拳技之士，乍聞變故，急顧樞要，分出一撥來護印信，護內宅，又分出一撥來衛護大帥。大帥已奔到裡面，他們持刀找到裡面，但是蓆棚已經燒著，戲臺下的賓客亂叫亂跑，戲臺上的伶人穿著戲衣，也亂叫亂跑。眾武士分開逃竄的賀客和伶人，往裡急搜去，竟有六個刺客，守住花廳進口，揮刀亂砍，禁人出入，眾武士忙搶上去，圍攻刺客。

那親衛隊副隊長雞爪顧昊，本已休假，也已聞耗奔來，一看火勢，料到前門後廳，必是擾亂之賊，真正刺客一定混入裡面。便統集十來個人，繞過走廊，離開蓆棚火場，一直馳救內宅。內宅大亂，所有一窩蜂和二牛死黨，已分別先一步襲進來，那盧公子和青蜂女俠，從東街越牆跳入帥府，內宅瞭望樓上的護宅壯士，不幸撲奔內廳救火，只餘下幾個人，一見賊來，慌忙敲動警鐘，把硬弩利箭扯滿，開了視窗，照那馳奔內宅的人影亂射。但此刻青蜂女俠已陪同復仇主人盧鴻飛公子，仗利劍，握暗箭，率四隻蜂，急襲入內宅之外，便來攻打後宅門，把發火之物放在恰當處，預備放火燒宅。

宅內原有十二個值夜的力士，此刻只有八個還在，見帥府兩三處熊熊火起，人聲沸騰，刺客在暗處，己在明處，還不知攻進來多少人；遂不敢應敵，依照遇警救急的辦法，急將內宅正門上鎖。又飛奔入上房告警，保護夫人、如夫人、小姐、公子，開道地，下地室，避賊避亂；其餘力士就把守上房。上房關門熄燈，力士在內伏地下動，只伺隙往外放箭，仍勻出兩人，扯動活線警鈴，催前邊散值的力士，從道地通過花廳，入援內宅。

青蜂女俠、盧鴻飛公子，率四隻蜂，攻打後宅，轟隆一聲大響，把後門攻倒，卻不從門洞入內，反在門口放起火來。青蜂女俠一身急裝短服，抄寶劍，招呼盧公子：「跟我來。」嗖的騰身上房，盧公子往上一竄，牆高

沒有上去；青蜂係下飛抓來，盧公子急借力一扯，也由牆頭躍到房上；四
隻蜂也個個跳上去，然後六個人銜枚急走，一同跳到牆裡，呼噪一聲，進
撲內宅。內宅的女眷全被護宅力士救入地室，拜壽的女客有的跟進地室，
有的沒有，全聽得鬼哭神嚎，鑽在各房內。內宅也有蘆棚，群蜂乘勢也放
了一把火。但是青蜂一夥與孫六一夥，牛黨一夥與假差官一夥，竟分組成
四堆三截，內外不能相通。

　　帥府初聞警大亂，稍後便施展出防衛的祕計，開動機關，把要緊路口
的鐵門放下來。這一來固然阻住了刺客，可是閻王也被阻在內廳，不能闖
進內宅，而且急切間又不能鑽進道地。

　　內廳道地的入口，正在蘆棚下，而蘆棚上已然發火，靈蜂孫六和趙東
明正在緊追。閻摩王像猛虎似的，穿著肥大長袖的便衣長袍，提短矛跳出
內廳，心想奔入內宅，內宅鐵門已關。又要退入內廳後方穿堂，穿堂也有
道地入口，也有翻板機關；只要容出空來，撥動機關，便可拒住刺客，豈
但拒住，更可以一開樞紐，四面鐵網鬥然而下，可把刺客一網打盡。想得
固好，哪料靈蜂孫六和金鐘罩趙東明，窮追不捨，半步不容，在他身邊護
衛的力士，又被他遣去護印，孫、趙雙雄帶夜蜂郭桐青，疾如流星趕月，
緊緊追趕閻摩王。

　　閻摩王不願以千金之軀，與刺客拚命。他如飛的奔到一道穿堂門，不
料門已內扣，急忙退出來，改走別路，忽見房上人影憧憧，是衛士往下放
箭。閻摩王大驚，恐受誤傷，急又退回去，繞走另一道門，另一道門也已
門扇緊掩。閻摩王暗叫不好，回顧身邊護衛，一個也不見了，正是前進無
門，後退無路。他就怒吼一聲，大張武威，縱步直搶到這東角門，橫臂一
推，用力一拉，咔嚓一聲，角門門扇立刻拉倒，他就側身而入。

　　就在這一俄延間，刺客靈蜂孫六、金鐘罩趙東明、夜蜂郭桐青，兩人
前突，一人斷後，已如飛鳥掠空，趕到近前，利刃一挺，又一揚，摟頭蓋

頂，直劈下去。閻摩王王錦城覺得背後金刃破空之聲，急急半轉身，挺短矛招架。趙東明正要他如此，便一側身，唰的一竄，超越到閻摩王的前邊，阻住出路。

靈蜂孫六這才從斜刺裡，掄鋼刀，一趨步，披胸刺來。夜蜂郭桐青趁機一抬手，寒光一縷，直奔閻摩王的面門，相隔數丈，竟比刀先到。

閻摩王急急低頭，往旁跨步，所幸內堂到處全有燈光，比較好躲，但也就不好逃。夜蜂的飛鏢噹的一聲，釘到對面柱上；孫六的刀跟蹤又一劈。閻摩王轉手橫矛擋住，嗤啦一聲，順手把袍襟扯去，且戰且退，要改道重逃，並振吭大呼：「你們快來，好大膽，刺客在這裡了。」

孫六、趙東明大怒，叫道：「萬惡的惡奴，你的死期已到，你還鬼叫什麼！」趙東明利刃翻飛，孫六一手使刀，另一手把鋼鞭也抽出，圍著閻王猛攻，一招緊一招，竟走過六、七回合，未能把仇人刺倒。孫、趙大恨，刀鞭攻得越緊，兩人都詫異，閻摩王這東西擁節鉞，居高官，安富尊榮，怎麼武功會沒有忘？哪知閻王只躲不攻，他此刻驚慌實甚，拚命似的支持，心中只盼力士來救。力士都被刺客「極肆多方」之計所誤，東擋一頭，西堵一頭，正不知刺客進來幾撥，有點亂了陣，更被驚竄的賀客和文吏所攪，有招也展不開手腳。閻摩王苦苦支持了一陣，穿著這樣的袍服，很是吃虧，百忙中將腳一踢，把厚底靴子甩掉，光著襪底，東閃西竄，好容易對付了幾招，才見穿堂門開，奔出來五個力士。閻摩王大喜，忙叫：「這就是刺客，我在這裡呢。」不想力士剛來，門開處，又跟蹤追來刺客同黨，從房上跳下兩人，從平地跟來兩人，這兩夥人竟在這別院一門前，亂打起來。

趙東明和靈蜂孫六覺著情勢不好，恐怕再一遲延，衛士群集，自己必受包圍，不能成功。兩人大喝一聲，向續來的同伴招呼：「這紫面大漢就是閻摩王，休管別的，掏暗青子上。」

　　續到的刺客，有兩隻蜂，是胡蜂胡日禮、木蜂杜青林，還有二牛死黨，是周端五和陸鼎九，見孫、趙喊出一聲，往旁一退，分明留出發暗器的空，群蜂和周、陸拋開力士，立刻各取暗器，轉奔閻王這裡。那聞呼趕來救主的五名力士，一見這局勢，不暇追砍刺客，慌忙飛奔過來，橫身保駕，護住了閻摩王，同時叫道：「大帥快走。」

整理後記

本書最早刊於偽滿的《麒麟》雜誌，連載 24 章。1942 由北京文興書局分三卷先後出版，共 42 章；1948 年上海勵力出版社分三集再版，但全書結尾，故事未完。

本社此次整理出版，前 32 章據北京文興書局版，後 10 章據上海勵力出版社版。

摩雲手：

江湖揚名，威震一方

作　　者：白羽

發 行 人：黃振庭

出 版 者：崧燁文化事業有限公司

發 行 者：崧燁文化事業有限公司

E-mail：sonbookservice@gmail.com

粉 絲 頁：https://www.facebook.com/
　　　　　sonbookss/

網　　址：https://sonbook.net/

地　　址：台北市中正區重慶南路一段六十一號八樓
　　　　　815 室

Rm. 815, 8F., No.61, Sec. 1, Chongqing S. Rd.,
Zhongzheng Dist., Taipei City 100, Taiwan

電　　話：(02)2370-3310

傳　　真：(02)2388-1990

印　　刷：京峯數位服務有限公司

律師顧問：廣華律師事務所 張珮琦律師

定　　價：420 元

發行日期：2024 年 05 月第一版

◎本書以 POD 印製

國家圖書館出版品預行編目資料

摩雲手：江湖揚名，威震一方 / 白
羽 著 . -- 第一版 . -- 臺北市：崧燁
文化事業有限公司 , 2024.05
面；　公分
POD 版
ISBN 978-626-394-268-4(平裝)
857.9　　113005653

電子書購買

臉書

爽讀 APP